地雷有约

谭克明 编著

中共党史出版社

图书在版编目(CIP)数据

地雷有约/谭克明编著.—北京:中共党史出版社,2016.1
ISBN 978-7-5098-3162-5

Ⅰ.①地… Ⅱ.①谭… Ⅲ.①纪实文学—中国—当代
Ⅳ.①I25

中国版本图书馆 CIP 数据核字(2015)第 158016 号

出版发行:*中共党史出版社*
责任编辑:贾京玉
复　　审:姚建萍
终　　审:汪晓军
责任校对:龚秀华
责任印制:谷智宇
责任监制:贺冬英
社　　址:北京市海淀区芙蓉里南街6号院1号楼
邮　　编:100080
网　　址:www.dscbs.com
经　　销:新华书店
印　　刷:北京汇林印务有限公司
开　　本:170mm×240mm　1/16
字　　数:305 千字
印　　张:21.5
印　　数:1—5050 册
版　　次:2016 年 1 月第 1 版
印　　次:2016 年 1 月第 1 次印刷

　ISBN 978-7-5098-3162-5
定　　价:39.00 元

此书如有印制质量问题,请与中共党史出版社出版业务部联系
电话:010—82517197

前　言

　　地雷是一种高效费比的防御性武器,花钱不多,好使管用。人们常常利用它的爆炸性能,以多种方式和手段杀伤敌人、摧毁兵器、限制机动,令人望而生畏、举步维艰。但它又是一把"双刃剑",既可杀敌,也会误伤平民。而且,地雷特有的杀伤性和长效性并不随战争的结束而终结,遗留的隐患会长期危害平民的生命和财产安全,阻碍战后经济的恢复和发展。

　　放眼世界,哪里发生过战争,哪里就留下了地雷。遗留在全球近百个国家或地区的上亿枚地雷,像穷凶极恶的隐形杀手,成群结队地潜伏在大地深处,或占山为王,或割据一方,长期蛰伏,时刻在捕杀过往的无辜生灵,每年都会带来成千上万人的伤亡,已成为战后难以医治的创伤,引起了全人类的关注。

　　20 世纪 90 年代,随着冷战的结束,因雷患而引发的人道主义问题日益凸显。目睹地雷给人类带来的灾难,一些国家呼吁国际社会要广泛关注地雷引起的人道主义问题,提出了全面禁止杀伤人员地雷的主张;一些国家则提出要兼顾人道主义关切和正当防卫需要,合理限制地雷的使用。于是,地雷问题便形成了禁雷和限雷两大阵营,主张彻底禁雷的国家签订了《渥太华禁雷公约》,主张合理限雷的国家签订了《修订的地雷议定书》,并各自在履约问题上作出了不懈努力。联合国不断加大了解决地雷问题的协调力度,建立了地雷行动机构,开展了地雷履约活动,还将每年的 4 月 4 日确定为"国际提高地雷意识和协助地雷行动日",从 2006 年开始,每年的 4 月 4 日,联合国秘书长都要发表讲话,呼吁全球关注地雷问题。

　　中国政府充分理解国际社会对杀伤人员地雷滥伤平民问题的人道主义关切,支持国际社会为解决这一问题所作的努力。多年以来,在地雷履约、境内扫雷和国际人道主义扫雷援助方面做了大量卓有成效的工作。但中国一贯主张合理限雷而不是彻底禁雷，因为中国的安全环境和国情决定了在找到杀伤人员地雷的替代方法并形成有效防御能力以前，不得不保留在本土上使用杀伤人员地雷进行自卫的权利。

地雷这种极其普通的常规兵器，由它引发的地雷问题却如此吸引全球目光，触动人类神经，那么，地雷问题究竟缘何而起、争论焦点何在；地雷行动有何举措、进展情况如何；消除雷患有何愿景、未来走势怎样……这些都无不需要人们去关心、了解和探究，无不需要人们的理解、共识和行动。

本书以翔实的资料、精巧的构思、生动的笔触，对地雷问题作了全景式的记述，详细介绍了地雷的相关知识，生动再现了地雷行动的伟大进程，充分展示了国际社会为解决地雷问题所做出的不懈努力，热情讴歌了我国地雷履约的火热生活和广大履约人的精神风貌，是中国第一部全面系统反映地雷问题的纪实文学作品，也是一部系统介绍地雷武器知识的科普读物，具有较强的思想性、知识性、趣味性和可读性。本书的出版发行，对于普及地雷知识、强化雷患意识，引导读者理解和支持地雷行动，具有积极意义。

目 录

第一章 "地雷小姐"惊世秀

（一）地雷与小姐结缘，选美与残缺联姻，
安哥拉评选"地雷小姐"震惊世界

2008年，世界上发生了许多惊天动地的大事件。

5月12日，在中国的四川发生了8级强烈地震，大地颤抖，山河移位，满目疮痍，生离死别……此次地震重创约50万平方公里的中国大地，造成69227人遇难，374643人受伤，17923人失踪。中国政府为让人们永远铭记这场灾难，决定每年5月12日为全国"防灾减灾日"。

8月8日，第29届夏季奥林匹克运动会在北京开幕，8月24日闭幕，204个参赛国家及地区的11438名运动员参加了302项比赛。这是首次在拥有世界上五分之一人口的中国举办奥运会，完美诠释了"绿色奥运、科技奥运、人文奥运"的理念，是一届真正的无与伦比的奥运盛会。

也是8月8日，位于东欧高加索高原南部的南奥塞梯的居民，正围坐在电视机旁收看第29届夏季奥林匹克运动会开幕式盛况，格鲁吉亚军队却突然发动了军事进攻，有1000多名南奥塞梯居民在看电视时或在睡梦中被打死，一万多名被打伤，许多房屋被炮弹炸毁。俄罗斯军队不能容忍格鲁吉亚军队的所作所为，便闪电般地发动反击，仅5天时间就击退格军，这就是"2008-俄格战争"。

还有至今仍余波未尽的全球金融危机。这是一场在2007年8月9日

开始浮现的次贷危机。自次级房屋信贷危机爆发后，投资者开始对按揭证券的价值失去信心，引发流动性危机。即使多国中央银行多次向金融市场注入巨额资金，也没能有效阻止这场金融危机的爆发。到了2008年9月9日，这场危机开始失控，导致多个相当大型的金融机构倒闭或被政府接管，引起全球金融市场的长久动荡，名副其实掀起了一场空前的金融海啸。

......

以上这些大事件，有的是天灾，有的是人祸，有的是人类文明成果的大展示，让人触目惊心，动人心魄，经久难忘。

其实，2008年的世界上还发生了一件意义重大、影响深远的大事件，它虽然不像"5·12"大地震和"2008-俄格战争"那样惊天动地，也不像北京奥运会和全球金融危机那样举世瞩目，但它所提出的重大问题和所揭示的深刻内涵，却足以引起全人类的深切关注，这就是：安哥拉评选"地雷小姐"。（图1-1）

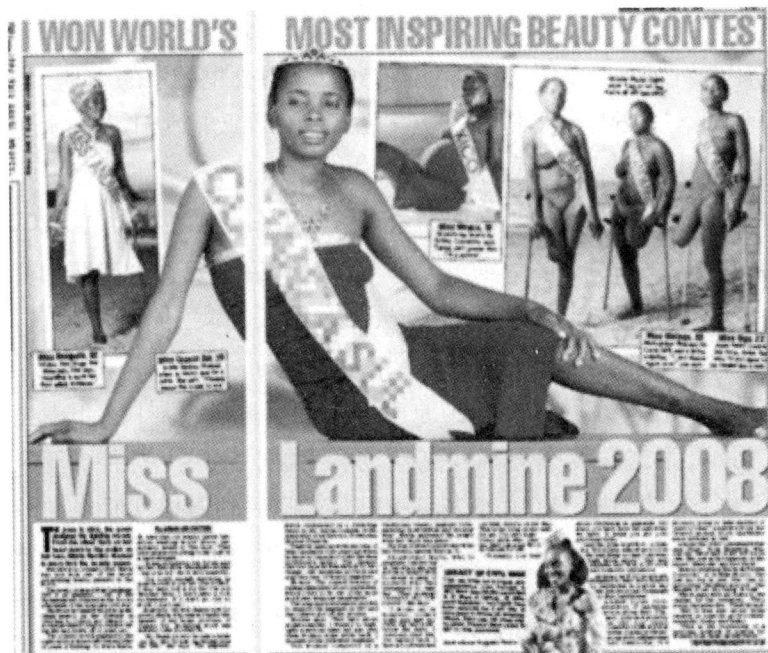

图1-1　参加"地雷小姐"评选的佳丽们

安哥拉，位于非洲西南部，北邻刚果共和国和刚果民主共和国，东接赞比亚，南连纳米比亚，西濒大西洋，海岸线全长1650公里，面积124.67万平方公里，人口1700万。安哥拉虽然靠近赤道，但由于地势高耸，又有大西洋寒流影响，使其最高气温不超过28摄氏度，年平均气温只有22摄氏度，素有"春天国度"的美誉。

但"春天国度"却并不事事如春天。

在中世纪时期，安哥拉分属刚果、恩东戈、马塔姆巴和隆达四个王国。公元1482年，葡萄牙殖民船队抵达安哥拉，从此安哥拉就成了葡萄牙的一个"海外省"，由葡萄牙政府派总督进行统治。

20世纪50年代中期以后，安哥拉人民解放运动（简称"安人运"）、安哥拉人民解放阵线（简称"安解阵"）和争取安哥拉彻底独立全国联盟（简称"安盟"）先后成立，开始进行独立解放运动。1975年1月15日，上述三个组织同葡萄牙政府达成关于安哥拉独立的《阿沃尔协议》，并组成过渡政府。

过渡政府过渡得很不愉快。"安人运"、"安解阵"、"安盟"之间由于各自的期望值不同而产生了尖锐的利益矛盾，进而刀兵相见，大打出手，发生了大规模的武装冲突，导致过渡政府于1975年8月解体。

葡萄牙当局出于自身利益的考虑，不愿陷入安哥拉内乱的泥潭，就于1975年11月10日宣布："把权力交给安哥拉人民。"11月11日，"安人运"宣布成立安哥拉人民共和国，阿戈斯蒂纽·内图出任总统。

但独立后仍长期处于内战状态。1976年，安哥拉人民共和国政府军击溃"安解阵"部队，并将"安盟"部队逐出城市，基本掌控了全国局势，巩固了执政地位。但反政府武装割据一方，继续与政府军对抗，国家长期处于战争状态。1992年8月，安哥拉议会决定将国名改为安哥拉共和国。2002年4月，安哥拉政府与反政府武装最终签署停火协议，结束了长达27年的内战。

在安哥拉27年的内战中，交战各方在城镇周围、要塞据点和交通要道埋下了上千万枚地雷，用以阻止或迟滞对方进攻，保卫己方安全。战争期间，先后有100多万人丧生，其中有数十万武装人员和平民百姓因地雷致残或死亡。

内战结束后，安哥拉政府开始采取措施清除地雷。但由于布雷面积广、数量多、型号杂，且时间长、缺乏详细的布雷资料，给清除地雷的工作带来了极大的困难。因此，安哥拉至今仍是非洲乃至世界地雷密集度最高的国家之一。据国际禁雷运动组织发布的地雷监测报告称，战后，安哥拉境内仍遗留着上千万枚地雷，平均每人都能摊上一枚地雷。每年该国仍有众多的民众被遗留的地雷致残或不治身亡，已拥有8万多名因地雷受伤截肢的人，全国人口每1000个人中就有5个人是地雷致残者。在一个雷患异常严重的小村庄，50名村民仅有40条腿。

让地雷与小姐结缘，将残缺与选美联姻，"地雷小姐选美大赛"的幕后策划者是挪威著名艺术指导莫滕·特拉维克。

2003年，在安哥拉首都罗安达，民间举办了一场特殊的选美比赛，特拉维克获邀担任比赛的评委。

这是特拉维克首次来到安哥拉。大凡搞艺术的人都有一个共同的爱好，到了一个地方都想到处转一转，游历名山大川，了解风土人情，丰富自己的阅历，在大自然和社会生活中获取灵感，为艺术创作积累素材。

特拉维克的安哥拉之行却让他大失所望。"安哥拉全国各地都遍布着内战时期遗留下来的地雷"，特拉维克说："你根本去不了什么地方。因为大部分地区都没有进行地雷勘测，别说是进行清除了。"随遇而安吧，特拉维克便安下心来参加选美比赛的评判，哪儿也没有去成。

他所要参与评判的这场比赛极为娱乐化、平民化，并非现代意义上的西方商业化式的选美比赛。没有豪华的舞台，没有镁光灯，也没有蜂拥的媒体，而是由当地热心居民自发组织和参加的一个娱乐活动，更像是一个社区的聚会。7岁到17岁的小姑娘排着队上台走步，一举一动也没有职业模特儿那么专业规范，但朴实自然的表演却足以让人赏心悦目。特别是几位触雷致残女性的表演，更透出了她们对生活的热爱和对美的追求。

正是这场远非专业的选美比赛给了特拉维克一些启发：为什么不用艺术的形式来表现那些被地雷夺取肢体的年轻女性呢？她们的身体虽然有残缺，但同样有追求尊严和完美的权利。由此，他产生了举办"地雷小姐"选美比赛的想法。

通过反复思考，经与朋友、同行们商讨，特拉维克自我感觉这个创意的确不错，于是便下定决心着手策划活动方案。

首先，他考虑的是如何确定这次活动的主题和口号。举办一个大型活动，如果主题不鲜明，缺乏时代感，口号不响亮，缺乏感染力，那么，这个活动的效果就可想而知。特拉维克说："通过评选地雷小姐，主要是为了唤起人们对杀伤性地雷的关注。这是一种最令人难以想象的可怕武器，埋在地下，到处都是，只要踩上它，无论何时何地，人都会在瞬间被炸伤、炸残，甚至死亡。通过评选地雷小姐，也是为了展示触雷伤残女性的坚强和自信，每个人都有权美丽，而坚强和自信的美丽最动人。"经过反复斟酌，特拉维克拟定地雷小姐评选的主题为："唤起人们对杀伤性地雷的关注"；口号是："每个人都有权美丽"。

其次，他要找到合适的、具有权威性的主办单位和热心于公益事业和人道主义援助的赞助商。开始，他找到多家从事公益、福利或人道主义援助的非政府机构去谈自己的设想，但都被拒绝了。有的认为，评选地雷小姐是"性别歧视"，是"丑化妇女形象"，是"搞笑""恶作剧"，甚至还有人称他的想法是"怪物秀"，都拒绝提供资金援助。有的则认为，评选地雷小姐有它的积极意义，但意义不大。比如，同样也在非洲开展救助工作的牛津饥荒救济委员会就认为，虽然残疾女性的美需要得到认可，但如果为了提高她们的社会地位，选美大赛却不一定能达到这个目的。但牛津饥荒救济委员会也认为，评选地雷小姐能够让社会对地雷致残问题加以关注，有一定的积极意义。

特拉维克不无感慨地说："很多妇女运动拥护者在不同的援助机构担任要职，我原以为她们会支持我的想法，但听到选美比赛这些字眼后，他们的想法就回到了20世纪70年代，思想仍很陈旧、封建，与我们的沟通也就戛然而止。"看来，在如何保护妇女儿童和残障人士合法权益的问题上，不少人的观念还有待更新，认识还有待提高。

对于各方的非议，特拉维克坚持认为，评选地雷小姐，仅仅是借助选美的形式，更重要的是为了传达积极的声音。他说："也许这会让某些人感到不舒服，但从我的视角来看，在她们的照片上，我看到的是她们那种自信和尊严，这和弱势群体以往的形象是不一样的。"

　　特拉维克为了争取国际舆论的支持，还将地雷小姐的照片送到挪威等国的大型展览会上作为艺术品参展，观众的反应更让他坚定了自己的想法，因为每到一处，这些残疾女性所展现的乐观和坚强，都给人们带来了感动。

　　通过耐心的说服，特拉维克的主张逐渐得到了更多人的理解和支持。

　　安哥拉政府被特拉维克的真诚所感动，欣然同意了特拉维克的想法。不仅指定"安哥拉扫雷委员会"为主办单位，并且表示，希望参赛的小姐们都恢复女性的自尊。同时，也想通过这次活动提醒世人，在安哥拉内战结束后，地雷为患的情形仍然很严重。安哥拉政府还承诺，所有的参赛者都能得到政府的资助，使其能够重新回到学校完成学业，或者能够进行小规模的创业。安哥拉家庭部部长坎迪达·塞勒斯特说："残疾人选美并不是安哥拉首开先河，美国有'美国轮椅小姐'评选，每年还有全世界范围的'世界失聪小姐'大赛。举办地雷小姐选美，能够表明这些女性的勇气和信心，能够展示她们自尊自强的精神，将激励所有那些遭受战争创伤的人树立生活信心。"

　　非政府机构——挪威人民援助组织也加入到大赛的筹划工作中。该组织的排雷行动项目负责人贝基·汤姆森说："让我们中的很多人改变原有想法的是那些照片，在照片中，你会看到那些女性充满尊严的表情，这是非常重要的。"挪威人民援助组织表示，评选活动将得到他们一定的经费支持，冠军还能得到一副挪威企业赠送的义肢（假肢）。

　　此外，特拉维克还得到了欧盟委员会、挪威艺术理事会的支持，以及为残疾人士服务的一些公司的赞助。

　　有了活动平台，有了经费支持，接下来就要看怎样才能确保活动的效果了。

　　世界上选美的办法主要有两种：

　　一种是地面选美。参赛选手到指定的地点报名，举办者组织评委投票选出获奖选手。传统的选美一般都是采用地面选美，如港姐、亚姐、世界小姐的比赛等。因为选手的命运决定于评委的好恶，因此，往往会出现一些暗箱操作，丑闻时有发生。近年来，地面选美在决赛阶段开始借助电视媒介，以增加比赛的透明度。

另一种是网络选美。参赛选手把参赛资料登录到网络媒体上，由网友进行投票选出获奖选手。网络选美强调的是大众参与、公正公开，因为评判者具有广泛性，从一定程度上避免了潜规则现象的发生。不过，网络选美的标准完全出于网友们的个人喜好，也容易出现组织网友帮忙拉票的弊端，缺乏一定的严肃性和权威性。因此，在知名度上大多不如地面选美。

"地雷小姐"评选采取何种形式效果最好？特拉维克认为，地面选美，通过现场表演、评委打分的办法，形象、直观，还能互动、交流，加上电视转播，效果肯定不错。但这种形式也有局限，它只限于安哥拉境内的人群参与，转播也会因语言等因素，吸引境外观众有限。网络选美的办法，把评选的权利交给网友，国际互联网遍布世界各地，参与面会更广，影响会更大。但这种形式也有局限，它的现场感差一些。最好的办法是两种形式同时采用，使其优势互补、相得益彰。

地面选美的办法取得了轰动效应。

在招募参赛者的过程中，特拉维克规定了一系列评选条件和参选要求。他筛选掉了一些年龄太小的选手，但他没有因为外表将选手拒之门外。让特拉维克颇有感触的是，每一位参赛者对待生活都是那么积极乐观，她们很高兴能够得到普通女性所应有的待遇，而不是成为怜悯的对象。很多选手唯一的疑问是，"这是真的吗？"每一次，特拉维克都耐心地向她们解释，这是一场严肃认真的选美比赛。

经过层层评选，2008年4月2日，"地雷小姐"选美比赛进入决赛，评审团由当地名人、各国驻安哥拉使馆和非政府组织的代表组成。最终入围选美决赛的共有18位年轻女性，她们分别代表着安哥拉18个省份，年龄最小的19岁，最大33岁。18位佳丽大都是在田间劳作时意外触雷而致残的，但她们勇于面对不幸，并且兴高采烈地参与选美比赛，这种对待生活的态度，已经为美丽作出了全新的定义。在参赛者的个人资料中，不仅写着身高、年龄和兴趣爱好，还详细记录了她们是怎样受伤的，夺取她们肢体一部分的地雷是哪种型号。

2008年4月3日晚上，"2008-安哥拉地雷小姐"选美比赛决赛及颁奖仪式在安哥拉首都罗安达举行，安哥拉国家电视台对这一场特殊的选美比赛进行了现场直播。

上场参加决赛的那些失去一条腿的"选美小姐"们，配上假肢，身着晚礼服或泳装，伴着悦耳的音乐，迈着优美的步伐，尽情地展示自己的自信和坚强。

荣膺冠军头衔的是31岁的奥古斯塔·乌里加，她代表首都罗安达参赛。头顶王冠的奥古斯塔·乌里加从安哥拉第一夫人安娜·鲍拉·桑多斯手中接过2500美元奖金，此外她还将获得一副挪威企业赠送的义肢（假肢）。

"能参加选美真的让我很兴奋，我认为，这将唤醒全社会对残疾人的关注。"25岁的参赛者葆琳娜·瓦迪虽然没能荣膺冠军头衔，但她言谈中饱含着深情和激动。她说，11年前，还在读小学4年级的她去田间采摘果实。附近突然爆发军队交火，她在奔逃躲避中不幸踩到了一枚防步兵地雷，并永远失去了自己的右腿。现在瓦迪和母亲还有自己的3个孩子生活在一起。她依靠在街头贩卖啤酒和饮料谋生。瓦迪表示，参加"地雷小姐"选美大赛是为了能获得重新上学的机会。在瓦迪的参赛照片上，她斜躺在沙发上，头上戴着头巾，身上的绶带上写着："胡伊拉"——她所代表的省份。

网络选美的办法更是牵动着世界各地善良人们的心。

参赛者通过网络报名，详细介绍自己的身高、年龄和兴趣爱好，是何时何地哪种型号的地雷炸伤致残，并配以图片资料。经过网友投票初选，最后确定10位佳丽进入决赛。就在"2008–安哥拉地雷小姐"选美比赛进行决赛的同时，举行了世界范围的"2008–安哥拉地雷小姐"网络投票，网友们可以根据各自的审美理念为自己喜爱的选手投票，拔得头筹的佳丽将获得一副义肢（假肢）的奖励，颁奖时间与"2008–安哥拉地雷小姐"选美比赛一样，定在4月4日，也就是联合国规定的"国际提高地雷意识和协助地雷行动日"。

结果，摘得"地雷小姐"国际网络投票冠军的是26岁的玛丽亚·曼纽尔，她来自安哥拉中西部的南宽扎省。曼纽尔得到了30多个国家的9888张网络投票中的29%。

由于怀有身孕，曼纽尔未能前往首都罗安达参加地雷小姐网络选美的加冕典礼。但是，过了两天，也就是4月6日，活动的组织者们专程来到她的家乡，为她举行了一个隆重的颁奖仪式，并将一副量身定做的配有黄金饰品的义肢（假肢）送给了曼纽尔。

这两种形式评选地雷小姐的活动，由于充分发挥了现代媒体的传播作用，在全世界广泛播报，引起了强烈的反响，让人们清楚地看到了地雷给人类带来的危害，激发起人们更加自觉地参与禁雷、限雷和扫除雷患的斗争。

（二）柬埔寨叫停第二届"地雷小姐"选美比赛，特拉维克遭遇"滑铁卢"

"2008·安哥拉地雷小姐"选美比赛的成功举办，让特拉维克着实激动不已。是啊，为了这场比赛，他整整花费了5年时间，5个春夏秋冬寒来暑往，1800多个白天黑夜东奔西忙，他挥洒过几多汗水，付出了多少辛劳。真是天道酬勤，他5年的努力没有白费，他无私的付出得到了丰厚的回报，他欢欣鼓舞，他很有成就感。因为世界上没有什么比自己的愿望变成现实，自己的梦想得以实现而更让人感到骄傲和自豪的。

特拉维克在这次成功中受到了鼓舞，他设想着要把这种活动继续搞下去，搞成一个系列，安哥拉这次评选算第一届，以后要一届一届搞下去，搞成一个警醒世人关注雷患的经典节目，要在全世界雷患最严重的国家普遍开展评选地雷小姐活动。于是，他便开始了第二届地雷小姐选美比赛方案的策划。

第二届地雷小姐选美比赛在哪个国家举办？特拉维克查阅了联合国地雷行动中心公布的有关资料，咨询了从事地雷履约和人道主义扫雷的有关人士和部门，雷患给人类带来的苦难让他痛心疾首。

据国际禁雷运动组织发布的《2006地雷监测报告概要》称：截至2006年，世界各地还遗留有1.1亿枚未爆地雷，每年都有1.5万人到2万人因触雷致残或者死亡。作为最难消除的战争遗迹，地雷已经给所在国家人民群众的生命和生活构成了严重威胁。

特拉维克从国际禁雷运动组织在互联网上发布的资料看到,遗留下的上亿枚地雷及未爆弹药主要分布在全球大约79个国家和8个地区,雷患重灾区集中在非洲和亚洲战乱频繁的地区,欧洲的巴尔干半岛和南美洲部分国家也有一定数量的分布,基本上是哪里发生过战争,哪里就埋有地雷。(图1-2)

图1-2　品种繁多的地雷武器

在非洲,未被清除的地雷约为1800~3000万枚。其中雷患比较严重的国家有苏丹、安哥拉、莫桑比克、埃塞俄比亚、厄立特里亚、卢旺达、塞内加尔等。

在苏丹,雷患主要集中在南部和东部地区,多由反政府武装布设,雷区设置杂乱,有些地区已形成几乎无法通过的地雷障碍区,造成南部大片地区几乎与世隔绝。在安哥拉,雷患的严重程度和危害程度特拉维克已有深切的感受。在莫桑比克,其十个省中约有未清除地雷百万余枚,全国交通干线受阻,影响难民返回家园。埃塞俄比亚和厄立特里亚的内外冲突也持续了数十年，遗留的近百万枚地雷影响埃、厄两国的经济重建和国内人口的自然迁徙。

由于存在严重雷患，当地农民无法开展土地耕种，也不敢到遍布地雷的河岸、水厂和灌溉系统取水。而对非洲地区来说，许多地方本来就多旱少雨，经济发展落后，战争遗留的雷患更加剧了当地人民的饥荒，也使国际社会的援助因雷场的阻隔而难以到达饱受天灾人祸的饥民手中。

世界上最大的雷患区是在亚太地区。亚太地区遗留下约有2800~4800万枚地雷未清除，主要分布在柬埔寨、阿富汗、越南、老挝、韩国、朝鲜、印度、巴基斯坦、缅甸等国。其中柬埔寨历经30年的战乱，在柬泰边境形成了数十个雷区，在境内军事战略要塞形成了十多个较大的雷区，留下了上千万枚各种地雷（其中绝大部分是杀伤人员地雷），成为世界上未清除雷患最严重的国家之一。（图1-3）

图1-3 印度查获私藏的地雷

亚洲的另一个世界级雷患大国是阿富汗，自1979年苏联武装干涉到随后的连绵内战，直至今日的国际反恐战争，冲突各方在其境内埋设的地雷多达千余万枚，使得阿富汗人民饱受战争的创伤以及由此带来的地雷与未爆弹药的伤害。

在越南、老挝、韩朝边境地区,也同样存在大量未清除的地雷和其他未爆弹药。在印度与巴基斯坦边境,2001年以来因克什米尔历史遗留问题及南亚军备竞赛加剧,造成两国军事、外交关系空前紧张,不仅许多过去埋设的地雷没有清除,双方还重新部署了自1999年《渥太华禁雷公约》生效以来世界上最大的地雷防御线,直接威胁当地居民的生产和生活,而且使国际社会多年来的禁雷努力严重受挫。

世界上雷患时间最长、布设最复杂的地区要数欧洲和中亚地区。

欧洲现有300~700万枚地雷未被清除,分布在阿尔巴尼亚、保加利亚、塞浦路斯、摩尔多瓦、乌克兰、阿塞拜疆、白俄罗斯、格鲁吉亚、吉尔吉斯斯坦、拉脱维亚、俄罗斯、前南斯拉夫、阿布哈兹、车臣、科索沃、纳戈尔诺-卡拉巴赫等多个国家和地区,在这些未清除的地雷中,部分是在二战期间遗留下来的,其中前南斯拉夫和前苏联各加盟共和国遗留的地雷数量最多,联合国维和部队估计,在前南斯拉夫大约有250万枚地雷,具体分布在克罗地亚、波黑、塞尔维亚。波黑战争期间,冲突三方出于各自利益,在波黑境内分别埋设了大量地雷,而且基本上未做布雷记录,雷区面积达6000多平方公里,约占波黑总面积的12%。在克罗地亚战争期间,克罗地亚和前南斯拉夫双方在克境内埋设地雷达120多万枚,战后克罗地亚的21个省(市)中14个省都存在不同程度的雷患,雷区面积达6000多平方公里,占克罗地亚陆地面积的10.6%。前苏联地区,一些原加盟共和国都把地雷作为防御和内战使用的重要武器。据报道,在阿塞拜疆和亚美尼亚之间有争议的纳卡地区,双方共埋设了5万枚以上的地雷,而塔吉克斯坦和格鲁吉亚的反政府武装也埋设了数以万计的地雷,估计前苏联各加盟共和国中的地雷总数可能在100万枚左右,其中俄罗斯、乌克兰、白俄罗斯等境内还有二战期间遗留下来的地雷。

雷患密度最大的地区是在中东。中东地区的长年战乱和动荡使遗留地雷达1700~2400万枚,数量十分巨大,主要分布在伊拉克、黎巴嫩、埃及等8个国家。据非政府组织估计,仅伊拉克政府军在打击库尔德人和什叶派武装的冲突中,双方布设的地雷就达300~500万枚之多。(图1-4)

另外,除了以上提到的雷患分布,在拉丁美洲还有未清除的地雷约为30～100万枚,散布在尼加拉瓜、萨尔瓦多、洪都拉斯、哥斯达黎加、危地马拉等八个国家,这些地雷都是在本国内战中埋设的。

据《2006地雷监控报告》称,在2006年,哥伦比亚发生了1110起触雷事件,柬埔寨发生了875起触雷事件,伊拉克发生363起触雷伤人事件。在阿富汗,地雷平均每月夺取100人的生命,而据阿富汗当局估计,近20年来,阿富汗因地雷伤亡的人数接近150万。

图1-4　多国部队在伊拉克收缴的地雷

……

特拉维克看着这些资料,心潮起伏,思绪万千。他仿佛看到了地雷这种隐形的杀手成群结队地潜伏在大地深处,时刻在捕杀过往的无辜生灵。这种由战争和武装冲突衍生的恶魔,或占山为王,或割据一方,长期蛰伏,长久地危害着人类的生存和安全,已经成为癌症、艾滋病之后,人类难以战胜的危及生命安全的顽症,必须引起全人类的关注。想到这些,特拉维克更加坚定了举办地雷小姐选美比赛的信心。

世界上最大的雷患区是在亚太地区,而柬埔寨又是世界上雷患最为严重的国家之一。于是,他把目光投向了亚洲,投向了柬埔寨。

柬埔寨,位于中南半岛南部。东部和东南部同越南接壤,北部与老挝交界,西部和西北部与泰国毗邻,西南濒临暹罗湾,人口约1370万。

公元1世纪下半叶建国,历经扶南、真腊、吴哥等时期。9—14世纪的吴哥王朝为鼎盛时期,国力强盛,文化发达,创造了举世闻名的吴哥文明。1863年沦为法国保护国。1940年被日本占领。1945年日本投降后被法国重新占领。1953年11月9日独立。1970年3月18日,美国支持朗诺集团发动政变,推翻西哈努克政权。1970年3月23日,西哈努克组成柬埔寨民族统一阵线开展抗美救国斗争,1975年4月17日取得胜利。1978年12月,越南出兵侵略柬埔寨。1990年10月23日,柬埔寨问题国际会议在巴黎召开,签署了《柬埔寨冲突全面政治解决协定》,柬埔寨问题最终实现政治解决。随后,国内各派政治力量又发生了武装冲突,最终,以恢复王权体制而达成和解。

多年的战争和武装冲突,使柬埔寨成为世界上地雷隐患最大的国家之一。境内的地雷有千余万枚,比人口数量还多,人均一个还有富余。30年来,因地雷致残截肢的柬埔寨人有4万之多。2006年仍然有500位不幸者。地雷不但造成人员伤残,而且阻碍了国家经济发展。

柬埔寨政府非常重视扫雷工作。

柬埔寨首相洪森多次强调:"王国政府要把扫雷工作当作国家恢复和发展经济的头等重要任务之一,因为它直接关系到边远地区人民的生命安全和经济发展。尽管在柬埔寨被地雷炸死炸伤的人数从平均每月200人减少到50人,但这个数字仍然高于世界上其他国家。"

柬埔寨副首相索安曾经在一次讲话中指出:"即使地雷不直接造成人员伤亡,它也是国家发展的一大障碍。有雷患的土地无法用于农业和居住,其造成的通行不便还让人们无法接近最基本的社会基础设施。清除地雷是帮助受害人口摆脱贫困的前提条件。"

2007年,国际新闻媒体组织了一次了解柬埔寨地雷之患的实地考察活动,让记者们身临其境地感受了一番战争创伤的余痛。

记者写道,从柬埔寨首都金边乘坐汽车四个多小时才到达了柬西北的马德望省省会马德望市。柬埔寨"排雷工作旗舰组织"——地雷行动中心的第二办事处离马德望市还有大约半小时车程。好在1月中下旬是凉爽的季节，坐车观景，看着成排的绿色植物和零星的高脚屋在深黄色的土地上依次后退，可以体会到柬埔寨人乡间生活的恬淡和宁静。但记者此行却实地感受到在这种恬淡和宁静之下所埋藏的危险，这就是地雷给柬埔寨人带来的生命隐患。

地雷行动中心的第二办事处院内停着10来辆专用排雷车，屋内大厅里陈列着各个时期起获的地雷，前来参观的人免不了细细察看一番，间或发出慨叹。年轻的行动中心副主任拉塔纳看上去非常精干，他用熟练的英语介绍说：从1992年到2006年，柬地雷行动中心共清理了1.7亿平方米的土地，其中清除地雷面积达8100万平方米，发现约35万枚普通地雷、6000多枚反坦克地雷和100多万枚其他未爆炸物。2007年，该中心计划清理约2800万平方米的土地，涉及237个村庄。

简短停留之后，记者随拉塔纳换乘皮卡车，在乡间土路上颠簸一个半小时之后，终于抵达了此次考察的目的地——波尔维区赤烈汤姆村的排雷现场。这是一片杂草丛生的坡地，几十年前的游击战争留下的无数枚地雷已经把这里变成一片禁区。几十名排雷人员身着蓝色制服和防爆马甲，头戴防爆头盔，手里托着探测器，各自在用麻绳划分的一片片"任务区"内进行勘察，已经初步发现雷情的地点通常被插上一块红色警示牌，上面画着一个骷髅头，用英文和当地文字写着"地雷！！危险！！"

在排雷工作区内，拉塔纳还用遥控起爆装置引爆了一枚地雷。随着震天动地一声巨响，一股浓烟从远处升腾到空中，足足10分钟才散尽。他说："这样的地雷，在人群密集的情况下，可以炸死二三十人呢。"现场还有3只排雷犬，听到爆炸声，它们都明显变得躁动起来，在原地不停地走动，喉咙里发出嗷嗷的吼声，用目光向身边的主人探询。

据地雷行动中心官员透露，目前排雷人员比较短缺，很多都是从邻近村落中征召、经专业培训后投入实地工作。因为雷区周围村落不时会有人触雷身亡，所以大家对地雷有一种又恨又怕的心态——既不愿面对又不得不面对。有一次，排雷人员在几棵玉米的根茎处发现了一枚地雷，也就是说，当初撒种子的村民离死亡只有一步之遥。中心拿这样的照片教育村民，让他们认识排雷的必要性。这种宣传的效果不错，一些村民就不再反对自己的子女加入排雷队伍了。在村口，中心还竖立了一块公益广告牌，上面画了两名村民因私自拆卸地雷而被炸伤的情景，目的是教育村民不能蛮干，遇到雷情应及时通知专业人员予以排除。在离开村子时，村民告诉记者："死伤时常发生，我们都麻木了，觉得地雷总也排不完似的，希望这样的日子能早日结束。"

另一位参加考察的记者还介绍了考察暹粒的情况。暹粒位于柬埔寨西北部，与闻名世界的吴哥窟近在咫尺。他写道，如果你来此瞻仰辉煌的吴哥古迹，十有八九会有人提醒你："当心地雷！"实际情况没那么可怕，游览名胜十分安全。但是所有的旅行指南都会提醒游客，千万不要远离熟路，更不要独自在乡间山林中徒步旅行。游览之余的恐惧也许是外国人对柬埔寨地雷之患的唯一感性认识。然而对于柬埔寨人来说，不断出现的触雷事件和截肢的伤残者延续着30年内战的痛苦。

记者写道，沿800公里长的柬泰边境部署了700公里的"地雷带"，宽度从10米到150米不等，埋下地雷有200万之多。1988年，越南从柬埔寨撤军后，仍然有游击队深入柬埔寨内地，和平直到10年后才真正实现。战争期间，双方均埋下了大量地雷。由于丛林游击战没有固定的阵地，"敌进我退、敌退我进"的情况十分普遍，谁也弄不清楚地雷的确切分布。对此，扫雷人员介绍说："埋雷远没有我们想象的那样正规。那些在热带丛林中行进的士兵，背着地雷和枪支弹药还要走路，巴不得找个机会把地雷早点埋了，省得背着又沉又危险。当年布雷的随意性增加了今天的排雷难度。"

记者写道，柬埔寨的农民扫雷积极性特别高。这是因为，柬埔寨80%的人口生活在农村，全国劳动力的70%和贫困人口的90%都在农村。农业、纺织业和旅游业是柬埔寨经济的三大支柱产业，后两者集中在城市地区。近几年来，经济增长的三分之二靠纺织业拉动，但是，纺织业吸收的直接和间接就业只有50万人。旅游业主要集中在吴哥窟周边地区、首都金边以及西哈努克港，并非遍布全境。随着战后生育高峰的到来，柬埔寨劳动力以每年7%的速度增长，农业就业不足和农村贫困现象不断加剧。此外，城乡产业在推动国民经济发展的同时，也吸引了政府的大部分基础建设投资，从而加剧了城乡经济差距。大批农民不得不自己找饭吃，开垦土地是唯一出路，尽管这是铤而走险的选择。

专业排雷人员通常以地雷密度高、有再利用价值的土地为工作重点，于是一些农民便跟随专业人员同步推进，一边抢占土地，一边自行拓展，利用自制的简单工具开垦地雷密度低的土地。尽管时而发生触雷事故，但是农民的自发排雷占地行为极大地加快了清除雷患的速度。HALO基金会认为，应该充分考虑柬埔寨农民的自行排雷成就。

记者还介绍了柬埔寨扫雷队伍中的一支女子扫雷队。作为世界上地雷最多的国家之一，在各国的援助和培训下，柬埔寨已拥有一支庞大的排雷队伍，其中有几支排雷队伍全是女性。她们每天起早摸黑，活跃在广大的地雷区扫雷，把土地还给人民。

有支女子扫雷队全队共有15名队员，每个人每天的工作从上午6点钟开始，争取早一点比较凉快时到达排雷区。最近的排雷区为遂索村，每个排雷的工作人员都必须穿上防弹衣和防护帽，这个村曾因为触雷而死过八个人，另有九个人受伤。每天前往雷区前，队长成女士都必须在一片很大的土地上先划好路线，有黑影的地方表明已拆雷完毕，划白线的地区是未拆雷区。

每天工作告一段落后，女排雷员必须作汇报。这时，成女士会把自己的工作计划和想法告诉自己的队员或就某些工作进行讨论，排雷队员的工资比国家规定的正常工资高出10倍，她们的收入除了能养活自己外，还改善了家人的生活。

但2007年1月19日，另一支女子扫雷队却发生了惨剧。事故发生在马德望省科姆里昂区，靠近柬泰边境，距首都金边约250公里。当天，扫雷人员在雷区执行扫雷任务，上午约9时30分，一名女队员发现了三枚反坦克地雷并招呼其他队员前来辨认，此时地雷突然发生爆炸，七名队员当场死亡。

柬埔寨女子扫雷队，被人称为"寡妇扫雷队"。她们的男人，有的在战争或武装冲突中牺牲，有的在战后扫雷中触雷死亡或伤残，有的在野外干活时触雷死亡或伤残，为了生计，她们便干起了扫雷这项风险极大的工作。7名队员当场死亡，这是多么悲壮的一幕。

……

这一份份资料、一篇篇报道，像一篇篇声讨的檄文，一份份血泪的诉状,让特拉维克看在眼里,痛在心头。他再也坐不住了,他要用实际行动来声援柬埔寨扫除雷患的行动。

特拉维克凭着"安哥拉地雷小姐"选美比赛活动积累的经验和资源,他很快确定了合作伙伴,解决了比赛的经费问题。他在与柬埔寨联系沟通的过程中也比较顺利,柬埔寨社会事务部、地雷行动中心、红十字会以及其他福利机构都表示支持。

于是,"第二届世界地雷小姐"选美比赛就轰轰烈烈地开展起来了。通过宣传动员、报名初选、初赛淘汰,最后确定了20名参赛选手,并在互联网上公布了照片,她们的年龄在18岁至48岁之间,戴头冠,着裙装,都有肢体残缺,比赛优胜者可获得免费安装义肢(假肢)作为奖励。比赛的形式采取地面选美的办法,评审团由当地名人、各国驻柬埔寨使馆和非政府组织的代表组成。比赛时间定于2009年8月7日在柬埔寨首都金边举行,电视媒体向全世界现场直播。

就在特拉维克带领他的团队紧锣密鼓筹备"第二届世界地雷小姐"选美比赛决赛的时候,一封来信让他感到震惊和茫然。

2009年7月31日,柬埔寨社会事务部通过信件的方式通知"地雷小姐"选美比赛的主办方,称"为保护残障人士尊严和名誉",政府决定取消这项活动。

柬埔寨社会事务部本来是这次选美比赛的合作机构之一,它应该属于政府机构里的一个部门,怎么政府又要取消这项活动呢?是不是协调上出了什么问题?

特拉维克还想挽回这种局面,通过各种渠道找柬埔寨有关部门,力图说服柬方继续举办这项活动。但柬方的答复都是肯定的,没有商量的余地。

为了平息舆论,表明态度,以正视听,2009年8月2日,柬埔寨新闻大臣兼政府发言人乔卡纳里正式在新闻发布会上表示:"在那些遭受地雷伤害的人看来,'地雷小姐'选美比赛是对他们的嘲弄,政府不支持这项比赛的举行。"

这就是东西方文化的差异。

且不说柬埔寨政府领导人有言在先,2006年,柬埔寨首相洪森就曾下令取消"柬埔寨小姐"的选美比赛。洪森首相当时表示,在实现全国贫穷人口数字减半之前,柬埔寨不得举行选美比赛。

是啊,人们只有在解决了和平、温饱、健康的基本生存条件之后,才有可能有心情去追求美,想方设法去为自己的生活增添一份美丽和和谐,这样那样的选美活动才应运而生。一个国家连温饱问题都还没有解决,却去搞什么高档次的审美活动,这是有点不合时宜。难怪举世瞩目的2003年环球小姐大赛刚刚在巴拿马城落下帷幕,3000名巴拿马工人便走上街头,抗议政府不顾百姓忍饥挨饿的现实耗资数百万美元举办什么环球小姐比赛的做法。

单说这审美标准的差异就很大,西方人推崇残缺美,东方人却追求完形的美。

西方美学认为,残缺美也是一种美丽。残缺美也可以说是期待的美,期待实现完形的美。有了残缺才更真实一些,有了残缺才能让人有所思有所悟,有了残缺才能感觉到人类追求完美和进步的最深层的呼唤和力量,有了残缺才能唤起人们某种特殊的感受,才能激发人们的其他联想,在与完美的对比中,残缺使人感觉到追求进步、追求美的需要,从而具有了积极的意义。

西方经常把残缺当作一种美,美国有"美国轮椅小姐"评选,每年还有"世界失聪小姐"大赛,更典型的就是断臂的维纳斯雕像。

1820年,在米罗岛上,一个叫尤尔赫斯的农民在翻挖菜地时,发现了这尊雕像,后来在法国人和米罗人的争夺中,塑像被摔断了双臂。尽管女神雕像残缺了双臂,但仍可见体态之优美,神情之柔和,不失为雕塑艺术中的极品!因此,当雕像在法国的卢浮宫展出时,人们惊讶人类这一杰作的同时,对其所残缺双臂的原来姿态表现出强烈的兴趣。时至今日,这座雕像仍以其"残缺美"形成特殊的魅力,成了女性美丽、青春的永恒象征,是世界上最负盛名的雕像。(图1-5)

东方人却追求完形的美,讲究的是完美和圆满。东方美学认为,完美的艺术能带给人们无限美好的享受,激发人类对生活的无限热爱。像我们中国的《西厢记》《柳荫记》《女驸马》《龙凤呈祥》等戏剧都是有情人终成眷属,《梁祝》虽然生不能成双,死后化成蝴蝶也要成对。《窦

图1-5　断臂的维纳斯

娥冤》虽然窦娥含冤而死，但天老爷出来主持公道，下起了6月雪，让人有个心理平衡。总之，东方的文艺作品，都喜欢追求一个圆满的大结局。

这就是东西方文化的差异。特拉维克还是缺乏对东方文化的了解。柬埔寨政府叫停"第二届世界地雷小姐"选美比赛就给他上了一堂生动的东方美学课。

金边维护人权团体的负责人嘎拉布鲁就对比赛表示反对。她说："毫无疑问，提高民众对地雷危害的意识很重要。但是，在我看来，这种选美比赛是在利用那些受害者。对于参赛的受害者来说，这仍然是非常伤痛的事情，但是她们却不得不说'看我，即使失去一条腿，我仍然很美。'"嘎拉布鲁强调："我们不需要通过这种有争议的方式来提高人们对地雷危害的认识。"

特拉维克对柬埔寨政府这项决定表示感到失望。他表示："原计划取消，但活动转为网络投票。民众可以登录选美比赛网站浏览参赛者的照片。网络投票将在2009年12月3日截止，比赛结果将于今年12月31日公布。"……

第二章　古今中外地雷阵

地雷,原本是一种爆炸性武器。因为它常常被埋设于地下或布设于地面,爆炸后响声如雷而得名。在现代武器装备大家族中,地雷虽然貌不出众,但能够以多种方式和手段,或"藏于九地之下",或"动于九天之上",令人望而生畏、举步维艰,是一种极具威慑力、用途广泛且经济实用的陆战兵器。

(三)火药的发明,使战争硝烟弥漫;炸药的诞生,
使毁伤威力无穷:地雷的出现,使战场举步维艰

火药的发明是中华民族的骄傲。它与造纸术、印刷术、指南针构成了中国古代的四大发明。

火药的发明经历了一个漫长的发展过程,它是一代又一代华夏儿女上千年努力探索的结果。

早在公元前六世纪的春秋时期,伴随着硝石和硫黄产地的不断发现,渐渐引起了药物学家和医学家们的重视。他们经过试验,认为硝石和硫黄可作医药原料使用。医药炼丹家在得知硫黄和硝石的妙用后,又在炼制丹药的过程中,偶然发现了硝石和硫黄混合物的燃烧和爆炸现象。在对这种燃烧爆炸现象反复研究试验后,逐渐掌握了硝石和硫黄混合物燃烧爆炸的规律,火药便诞生了。因此,人们常说火药的发明应当归

功于古代的医药炼丹家。

火药发明后，首先在军事上得到了应用。公元10世纪，中国就已由开始利用火药的燃烧性能逐步过渡到利用火药的爆炸性能，进而制造出了火铳及火药箭等新式兵器。公元1044年，北宋人曾公亮编写了一部军事百科性质的兵书《武经总要》，书中不仅描述了各种火药武器，还记载了三种火药配方。

火药制成火器后，在抵御外敌作战中得到了广泛的应用，也使得火药技术向外扩散。先是传到了朝鲜和日本，后来又由商人经印度传入阿拉伯国家。直到13世纪末14世纪初，才由经阿拉伯国家传入欧洲。

炸药是在火药的基础上发展起来的。进入18世纪以后，化学作为一门现代科学有了较大发展，为炸药原料的来源和制备提供了条件。

说到炸药的发明，不得不提到瑞典著名科学家诺贝尔，因为，世界上最早用作军事用途的炸药是他发明的。（图2-1）

阿尔弗雷德·伯纳德·诺贝尔（Alfred Bernhard Nobel, 1833.10.21—1896.12.10）是瑞典著名化学家、工程师、发明家、军工装备制造商和炸药的发明者。诺贝尔一生拥有299种发明专利，其中有129种发明是关于炸药的，所以诺贝尔被称为炸药大王。

公元1859年，许多西方国家迫切要求发展采矿业，加快采掘速度，但炸药不能适应这种需要，是一个亟待解决的大问题。了解各国工业状况的诺贝尔，坚定了改进炸药生产的决心。就在这个时候，一个惊人的消息传来了：法国发明了性能优良的炸药。其实，这个消息是不确切的。原来，法国有名的军械专家皮各特将军，在研究改进子弹的射程和速度时，发现用现有的炸药，不可能有更好的结果，必须改良炸药。于是，陆军部组织力量着手研究炸药。这件

图2-1 炸药、雷管发明者：诺贝尔

事，促成了诺贝尔全力以赴研究炸药。

诺贝尔一天到晚关在实验室里，查阅资料，一次又一次地做着各种炸药试验。他的父母明白搞炸药的危险，对他改变专业很不高兴。有一天，父亲对他说："孩子呀，你的职业是搞机械，应当集中精力干份内的事，别的方面还是不要分心为好。"诺贝尔说："改进炸药是很重要的，一旦用在生产上，就会给人类创造极大的财富。危险当然免不了，我尽量小心就是了。"从此，诺贝尔经常向亲戚朋友，宣传解释改进炸药的重要意义。这样，同情、赞助他的人越来越多，连反对他的父母，也被他的坚强意志所感动，只好默认了。

研究炸药，在诺贝尔之前，很多人研究和制造过炸药，中国的黑色火药早已传到欧洲。意大利人苏伯莱罗，在1847年发明的硝化甘油，是一种威力比黑色火药大得多的猛烈炸药。但是，这种炸药特别敏感，容易爆炸，制造、存放和运输都很危险，人们不知道该怎么使用它。

1862年初，诺贝尔的哥哥试图用硝化甘油制造出更好的炸药。他想：硝化甘油是液体，不好控制，要是把它和固体的黑色火药混合在一块，应该可以做成很好的炸药。他反复试验，结果发现：这种炸药放置几小时后，爆炸力就大大减弱，没有实用价值。诺贝尔的哥哥失败了，诺贝尔没有放弃，继续他哥哥的研究。过去，人们是用点燃导火索的办法，来引起黑色火药爆炸的，安全可靠。但是，这种办法却不能使硝化甘油发生爆炸。硝化甘油既容易自行爆炸，又不容易按照人的要求爆炸，所以在发明以后的十几年间，除了用来治疗心绞痛外，并没有人把它当炸药用。

1862年的五六月间，诺贝尔做了一次十分重要的实验：在一个小玻璃管内盛满硝化甘油，塞紧管口；然后，把这个玻璃管放入一个稍大一点的金属管内，里面装满黑色火药，插入一只导火管后，把金属管口塞紧；点燃导火管后，把金属管扔入水沟。结果，发生了剧烈的爆炸，显然比同等数量的黑色火药的爆炸要猛烈得多。这表明所有的硝化甘油已经完全爆炸。这个情况启发了诺贝尔，使他认识到：在密封容器内，少量的黑色火药先爆炸，可以引起分隔开的硝化甘油完全爆炸。

1863年秋，诺贝尔和他的弟弟一起，在斯德哥尔摩海伦坡建立了一所实验室，从事硝化甘油的制造和研究。经过多次的试验，这年的年底，诺贝尔终于发明了使硝化甘油爆炸的有效方法。起初，诺贝尔用黑色火药作引爆药；后来，他发明了雷管来引爆硝化甘油。1864年，他取得了这项发明的专利权。初获成功之后，接着来的是巨大的挫折。1864年9月3日，海伦坡实验室在制造硝化甘油的时候发生了爆炸，当场炸死了五人，其中包括诺贝尔的弟弟。这个祸事发生以后，周围居民十分恐慌，强烈反对诺贝尔在那里制造硝化甘油。结果，诺贝尔只好把设备转移到斯德哥尔摩附近的马拉伦湖，在一只船上制造硝化甘油。几经波折，1865年3月，诺贝尔在温特维根找到一处新厂址，在那里建造了世界上第一个硝化甘油工厂。

在诺贝尔前进的道路上，真是荆棘丛生。世界各国买了他制造的硝化甘油，经常发生爆炸：美国的一列火车，因炸药爆炸成了一堆废铁；德国的一家工厂，因炸药爆炸，厂房和附近民房，全部变成一片废墟；"欧罗巴"号海轮，在大西洋上遇到大风颠簸，引起硝化甘油爆炸，船沉人亡。这些惨痛的事故，使世界各国对硝化甘油失去信心，有些国家，甚至下令禁止制造、贮藏和运输硝化甘油。面对这种艰难的局面，诺贝尔没有灰心，他深信完全有可能解决硝化甘油不稳定的问题。一年过去了。诺贝尔在反复试验中发现：用一些多孔的木炭粉、锯木屑、硅藻土等吸收硝化甘油，能减少容易爆炸的危险。最后，他用一份重的硅藻土，去吸收三份重的硝化甘油，第一次制成了运输和使用都很安全的硝化甘油工业炸药。这就是诺贝尔安全炸药。

为了消除人们对硝化甘油炸药的怀疑和恐惧，1867年7月14日，诺贝尔在英国的一座矿山做了一次对比实验：他先把一箱安全炸药放在一堆木柴上，点燃木柴，结果，这箱炸药没有爆炸；他再把一箱安全炸药从大约20米高的山崖上扔下去，结果，这箱炸药也没有爆炸；然后，他在石洞、铁桶和钻孔中装入安全炸药，用雷管引爆，结果都爆炸了。这次实验，获得了完全的成功，给参观的人留下了深刻的印象；诺贝尔的安全炸药，确实是安全的。不久，诺贝尔建立了安全炸药托拉斯，向全世界推销这种炸药。从此，人们结束了手工作坊生产黑色火药的时代，进入了安全炸药的大工业生产阶段。

1873年，诺贝尔的安全炸药托拉斯，在巴黎设立了一个总办事处，附设一个实验室。他在这里做了许多实验,改进炸药的制造方法。诺贝尔的安全炸药比黑火药的威力大得多,又安全可靠,所以销售量直线上升,逐渐风行全世界。1867年卖出11吨,到1874年,就卖出了3000吨。安全炸药也有缺点。缺点之一,就是爆炸力没有纯粹的硝化甘油大。正是由于这种原因,有的地方,仍然冒险使用硝化甘油做炸药。怎样找到兼有硝化甘油的爆炸力,又有安全炸药的安全性能的新炸药,一时成为许多发明家努力寻求的目标。这一回,又是诺贝尔首先获得了成功。有一天,诺贝尔在实验室工作的时候,手指被割破了,顺手用一种含氮量比较低的硝酸纤维素敷住了伤口。那天晚上,因为伤口疼痛,不能入睡,他躺在床上琢磨工作中的主要问题:如何才能使硝酸纤维素同硝化甘油混合。硝酸纤维素,是用纤维素同硝酸和硫酸的混合酸互相作用制成的,是一种很容易着火的东西。因为硝酸和硫酸的混合比例不同,作用的时间长短不同,生成的硝酸纤维素的含氮量有高有低。诺贝尔很早就想把硝化甘油和硝酸纤维素混合起来,制成炸药,一直不能成功。现在,诺贝尔从敷料能够吸收血液这件事得到了启发,忽然想到能不能用含氮量较低的硝酸纤维素来同硝化甘油混合呢?他一骨碌爬起来,忘记了手指的疼痛,跑到实验室,一个人做起实验来了。他把大约一份重的火棉,溶于九份重的硝化甘油中,得到一种爆炸力很强的胶状物——炸胶。第二天,当诺贝尔的助手华伦巴赫上班时,一种新型的炸药——炸胶已经制成了。华伦巴赫又惊又喜,十分佩服他这种如醉如痴的干劲。经过长年累月的测试,1887年,诺贝尔把少量的樟脑,加到硝化甘油和火棉炸胶中,发明了无烟火药。直到今天,在军事工业中普遍使用的火药,都属于这一类型。无烟火药比黑色火药的爆炸力大得多,而且爆炸时燃烧充分,烟雾很少,所以人们称它为无烟火药。制造炸药,一要爆炸力强,二要安全可靠,三要按照人的要求随时爆炸。诺贝尔制成了安全炸药、无烟火药,又制成了引爆用的雷管,很好地解决了这三大难题。人们称诺贝尔是炸药大王,他是当之无愧的。

诺贝尔去世前立下遗嘱,将其财产的大部分920万美元作为基金,以其年息(每年20万美元)设立物理、化学、生理或医学、文学以及和平事业五种奖金(1969年瑞典国家银行增设经济学奖金),奖励当年在上

图2-2　诺贝尔奖章

述领域内作出最大贡献的学者。从1901年开始，奖金在每年诺贝尔逝世时间12月10日下午四点半颁发。（图2-2）

地雷是火药、炸药衍生的一种爆炸性兵器，它的发展也经历了一个漫长的过程。

史书《兵略纂图》记载，中国最早的地雷，是1546年至1549年，明朝兵部侍郎曾铣在陕西总督三边军务时组织人员制造成功的。不久便在军队中渐渐普及开来。抗倭名将戚继光在率军镇守东部长城时，也大量制造地雷，在戍边防御中将其布设在隘口要道或设伏圈内。到明代万历年间，各种地雷纷纷问世，仅《武备志》中就记载了10多种。雷壳材料有铁质、石质和陶质。引爆方式有踏发、绊发、拉发、点发和定时引发等多种。主要制品有炸炮、伏地冲天雷和无敌地雷炮等。

炸炮，是用生铁制作的一种地雷，大小如碗，铁壳体表面预先留有装药口，装药捣实后将火线通出壳外。使用时，常将几个炸炮的火线串联起来，并接在一个机械触发式"钢轮发火机"上，然后选择敌军人马必经之路挖坑埋设。敌军进攻时踏绊长线，牵动钢轮发火装置，即发火爆炸。炸炮就其形状而言，类似于后来的连环雷。（图2-3）

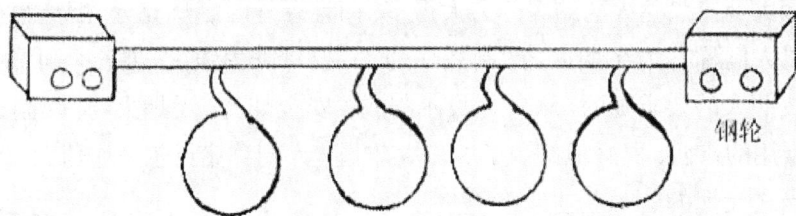

图2-3　炸炮

伏地冲天雷,是用火种引爆的地雷。通常将火种装在一个火盆内,放在雷体上,从雷体内通出的火线联于盆上,靠近火种。布设时盆面上竖立着长杆枪等兵器以诱敌上当,然后再用土、草等物加以巧妙伪装。当敌兵经过摇拔长杆枪时,碰翻火盆,倒出的火种点燃火线,将地雷引爆。

无敌地雷炮,是点火引爆的球形铁壳地雷,威力甚大。此种地雷能装火药10—50升,装药后用坚木将雷口塞住,并从雷中通过竹筒引出三根火线,使用时将地雷埋于敌方必经之路上,待敌军进入雷区时,士兵点燃火线,引爆地雷以杀伤敌军人马。

据大量史料考证,中国古代大量制造和广泛使用地雷的时间在明代中期,比欧洲人发明地雷要早数百年以上。公元1621年(明代天启年间),茅元仪在其编纂的《武备志》中,对明代各种地雷的结构和制作方法进行了全面的总结。可见,中国明代地雷的制造和发展已达到了一定的规模和水平。

到了近代,地雷的性能和威力产生了质的飞跃。

随着各种炸药和点火法的相继发明,为地雷向制式化和多样化方向发展提供了有利条件。1904年至1905年日俄战争期间,俄军在旅顺口防御作战中使用了应用跳雷和可操纵的应用地雷。同时,由于地雷在作战中的独特作用和广泛应用,出现了由工厂生产的防步兵地雷。第一次世界大战的1916年,坦克在战场上出现以后,接着便出现了专炸坦克的防坦克地雷,使地雷很快就成了一种威力巨大的反坦克武器。为了对付坦克,防坦克地雷也随之发展起来。(图2-4)

图2-4　防坦克地雷

第一次世界大战,当时世界各强国十分重视地雷的研制。1935年,苏联及美英等国都先后研制了第一批制式防坦克地雷装备部队。第二次世界大战期间,地雷在品种、数量和性能等方面都有了较大发展和提高。有关资料统计,仅二战期间,苏联就生产了61种型号的地雷和26种地

图2-5　防步兵地雷

雷引信。

德国用于作战中使用的地雷也高达36种。1944年，德国人利用聚能装药爆炸原理，发明了能击穿坦克装甲的穿甲雷弹，为后来反车底地雷和反侧甲地雷的发展开拓了新的技术途径。与此同时，防步兵地雷亦有了较大的发展。（图2-5）

20世纪40年代初，德、意两国军队在非洲作战时，使用飞机空投防步兵地雷，又开创了使用可撒布地雷历史的先河。第二次世界大战结束后，进入50年代以来，各国对地雷的研究和发展更为重视，一些主要国家在研究提高地雷的抗爆、诱爆性能方面取得了较大的进展。随着探雷器材的发展和探雷手段的提高，塑壳地雷应运而生，从而提高了地雷的防探性能。

20世纪60年代后期，越南战争中出现了美国研制的空投布撒雷MK42型防步兵地雷和MK82低速爆破弹。这两者实质上是早期现代地雷的实例。前者在落地之后，弹出八根绊线，人员触动绊线并拖动雷体时，其机电一体化引信受扰起爆。后者投布于水中就成为水雷，若投布在陆地则成为防步兵、反车辆地雷。MK82配用MK42动磁非触发引信，具备了定时和欠压双重自毁电路，只是当时的电路由分离元件组成。

现代地雷在智能化、"布设后不用再处理"等思想的指导下，已有了长足发展。在目标识别，寻的和单雷障碍宽度与单雷造价之比等方面逐步远优于近代地雷。

现代地雷具备以下基本特征：

（1）具有战斗战役期结束时的自毁功能和后备自失效（自失能）功能。现代防坦克地雷的单雷拦阻范围大，可适应多种布雷手段，所以大多数采用复合非触发引信，由电池作为能源，因而具备了自失效、自失能功能。

（2）具有全过程安全保险功能，便于人工布设、便于快速抛撒和火箭、火炮、飞机大面积快速布撒。

（3）具有机电一体化或光机电一体化特征。

（4）地雷和地雷场具有数字化、智能化特征。

现代地雷能否取代近代地雷？答案是肯定的，只是个时间问题，目前还取代不了。因为现代地雷的生产仅限于少数工业发达的国家，第三世界国家在科学、技术和工业基础方面还远不能满足生产要求。我们必须正视人类社会发展的不平衡性和世界的多样性。现代地雷虽然开发了防直升机地雷、拦阻巡航导弹的地雷和防气垫船地雷等，但是，对近代地雷隐蔽而神秘的精神威慑作用、简单易造和经济性等方面还远没有形成取代或替代的基础。许多国家还不得不采用近代地雷来稳定漫长陆地边境上的防务体系。

（四）军队进攻能力的提高，推动着防御兵器的发展。种类繁多的地雷，构筑起坚固的防御之盾

随着科学技术的飞速发展，军事装备不断更新换代。随着军队进攻手段的不断丰富，地雷这种古老的防御兵器也焕发了青春活力，其种类不断增多，家族不断繁盛。目前的地雷按用途可分为防步兵地雷、防坦克地雷和特种地雷（如诡雷、化学地雷、核地雷等）；按引信分为触发地雷、非触发地雷和能够按照操纵者指令而动作的操纵地雷；按制作方式分为工厂制造的制式地雷和使用就便器材制造的应用地雷。

防步兵地雷是地雷家族中资历最老的一种地雷

它诞生伊始，主要是用来对付步兵和骑兵，在防坦克地雷出现之后，为了打破敌步兵和坦克的协同进攻，以及保证防坦克地雷场的安全，防步兵地雷开始主要用于对付配合坦克进攻的步兵和在地雷场中开辟通路的扫雷人员。

自第二次世界大战以来，由于科学技术的发展，防步兵地雷已有了相当大的改进。目前的防步兵地雷按照其杀伤人员的方式，可分为爆破型和破片型两种。

爆破型防步兵地雷是利用装药爆炸产物和冲击波的直接作用来杀伤人员。早期的防步兵地雷多为爆破型防步兵地雷。它的杀伤半径比较

小，一般只能杀伤单个人员的下肢。

在所有爆破型防步兵地雷中，英军的"突击队员"防步兵地雷和意大利的SB-33防步兵地雷较为突出。"突击队员"防步兵地雷是"突击队员"可撒布地雷系统的组成部分，它是为配合L9A1防坦克地雷的使用而研制的。这种地雷由英国皇家军械研究与发展中心和桑恩电子有限公司研制，在70年代初就已经装备部队。（图2-6）

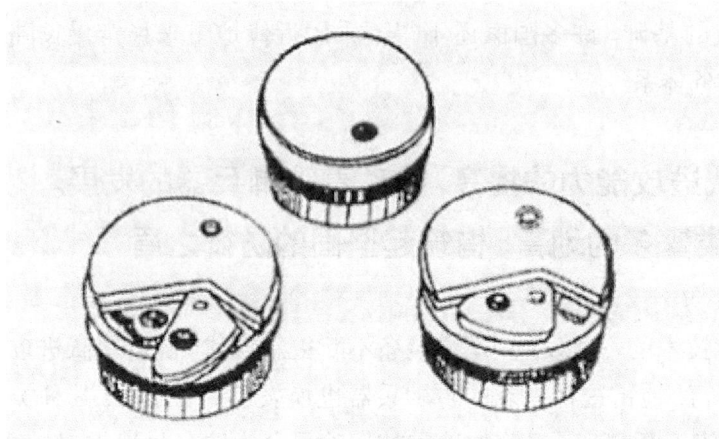

图2-6　英军"突击队员"防步兵地雷

意大利SB-33防步兵地雷是一种小型的防步兵撒布地雷，由意大利米萨公司于1977年初开始研制，并于同年10月投产，主要装备北约和其他一些国家。该雷外形为不规则扁圆形，塑料雷壳，配用压发引信，雷重140克，直径88毫米，高32毫米，装药量35克，其爆炸产生的威力能杀伤步兵下肢，使其残废。它既可以由直升机和地面车辆撒布，也可用人工埋设。地雷无须维护，储存期10年。

为了增大地雷的杀伤半径，一些国家发展了破片型防步兵地雷。这种地雷主要采用预制破片或加进钢珠，以增加杀伤破片的密度，同时采取腾空爆炸和定向爆炸的方式来加大地雷的杀伤半径，并控制破片的飞散方向，以免伤害己方人员。第一颗防步兵跳雷是德军在1935年首先使用的所谓"S"雷，而首先生产和使用的定向雷是美军在越南战争中使用的M18克莱默定向雷。

德国DM31防步兵跳雷和美军M26防步兵跳雷是破片型防步兵跳雷中的代表。DM31防步兵跳雷由联邦德国迪尔公司军械部生产，装备德国和丹麦军队，该雷直径为100毫米，高135毫米，采用金属雷壳和控发引信，杀伤半径达60米。它通常采用人工布设。（图2-7）

图2-7 德国防步兵跳雷

美军M26防步兵跳雷，跟DM31防步兵跳雷一样，也是呈圆柱形，直径79毫米，高145毫米，装药重170克，全重1千克，雷壳材料采用压铸铝，配用压发和拉发引信，采用人工埋设。

目前，在破片型定向雷中，具有代表性的是前苏军的MON-100和MON-200防步兵地雷。前者全重5千克，装药重2千克，直径236毫米，高82.5毫米，杀伤距离为100米。后者相对比较笨重，全重25千克，装药重12千克，体积也较大，直径为434毫米，高130毫米，这种地雷的杀伤距离达200米，在当今所有定向雷中独占鳌头。（图2-8）

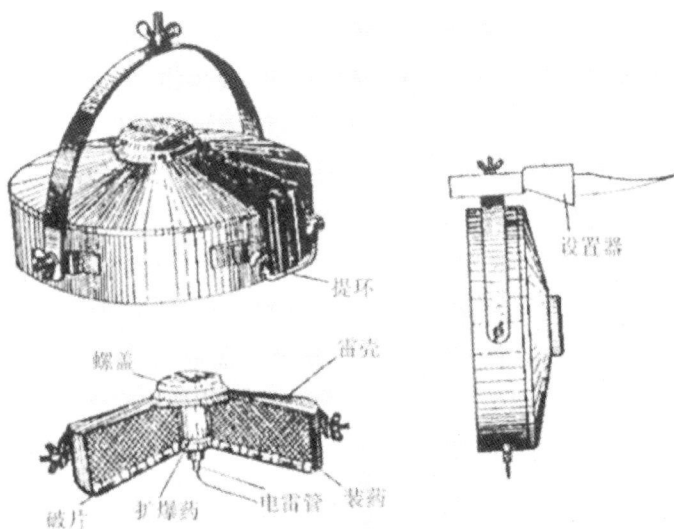

提环
螺盖
雷壳
设置器
破片
扩爆药
电雷管
装药

图2-8 苏军防步兵定向破片地雷

现在的防步兵地雷多以配合防坦克地雷的方式使用。在金属防坦克地雷场中，布设非金属防步兵地雷，能有效地对付敌金属探雷器作业，提高雷场障碍效果。因此，非金属防步兵地雷，特别是爆破型防步兵地雷在整个防步兵地雷中仍占有重要位置。

国外一些军事专家认为，使用地雷爆炸炸伤敌人比炸死敌人更为有利，因为炸伤敌人可以给敌在精神上造成恐惧心理，且能更多的牵制敌人，使其为照顾伤兵而加重负担，这就要求地雷向小型化发展。同时，地雷小型化就能在相同吨位的情况下，增加地雷的个数，扩大布雷的面积和提高雷场密度，增加了杀伤敌人的机会。美军目前装备有较多小型地雷，M14地雷全重才95克，M25地雷全重才78克，在侵越战争中使用的地雷则更小，XM布袋雷只有70克，蝙蝠雷更小，才29克。

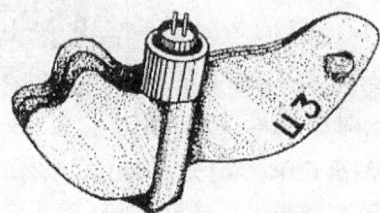

图2-9 苏军空投小型防步兵地雷

苏军也装备有许多型号的小型的防步兵地雷，并曾在战争中广泛使用过（图2-9）。

可撒布地雷的出现，使大面积布设防步兵地雷成为可能。可以想象，防步兵地雷在未来战争中仍将发挥重要作用。

坦克冲上战场，"逼"出了各种各样的防坦克地雷

防坦克地雷从出世至今，已有近90多年的历史。虽然年代久远，但至今不但没有衰老，反而随着军事新技术的应用，愈发显示出勃勃生机。

1918年英法联军与德军在索马河畔的激战中，英法联军首先使用了他们的秘密武器——坦克。当第一批体态臃肿、行动笨拙的"水柜"坦克轰隆隆冲向德军阵地的时候，德军士兵先是一惊，继而集火射击，可是"水柜"刀枪不入，这些庞然大物继续肆无忌惮地向前猛冲，德军士兵一个个惊慌失措，很快就乱了阵脚。

为了对付这可怕的"水柜"怪物，此后不久，德国人尝试着用炮弹改装成防坦克地雷，取得了一些战果，先后有几辆"水柜"坦克被炸断履带，趴在地上动弹不得了，从而减轻了坦克的威胁。因此，炮弹实际上就是防坦克地雷的雏形,防坦克地雷的出现又使古老的地雷武器获得了新生。

坦克是第二次世界大战中的"陆战之王",参战国使用的坦克装甲车辆先后达10万辆之多,这一客观形势使防坦克地雷进入了大发展的时期。

专炸坦克履带的防坦克地雷

在坦克身上,最薄弱处莫过于它的铁脚板——履带。炸毁坦克的履带,破坏它的机动系统,让坦克失去机动能力,是人们对付坦克的最先想法,因而炸履带地雷就自然成了防坦克地雷家族中的老大了。它不仅数量最多,而且在历次战争中的功劳也最大。

起初研制的炸履带地雷威力小,对坦克的破坏不够彻底,敌方修理人员只需几分钟的时间就可以修复履带,坦克马上又可以耀武扬威了。于是,地雷专家们不得不在炸履带地雷的研制上采用新的手段来增强地雷的威力。

首先是改变地雷的外形。早期的炸履带地雷对外形并不十分重视,只是简单地把地雷制成扁圆形,也有的呈方形。但后来发现,地雷的外形对地雷效果有一定的影响,圆形或方形地雷的障碍宽度并不如长条形地雷的障碍宽度大。于是一些国家在地雷的外形上展开进一步研究,并加以改进,出现了一些长条状地雷。比较典型的是英国的非金属棒状地雷。这种地雷的外形尺寸为1200毫米×110毫米×80毫米,重为11千克,雷体内装有8.4千克的炸药,采用单脉冲压引信起爆。它比制造圆形的MK7地雷要少用一半的金属,现在国外在发展可撒布炸履带地雷时,对雷体的外形也十分重视。

其次是发展非金属地雷,提高抗探性能。由于金属探雷器的出现和战争中金属材料的缺乏,促使许多国家考虑使用非金属材料做雷壳。其中以前苏联在这方面的办法为最多。他们除了使用木壳防坦克地雷外,还使用油纸、泥炭和沥青混合物及人造树脂做雷壳。二战以后,越来越多的国家流行使用强度高、重量轻且便于加工的合成塑料壳,像美军的M19防坦克地雷,前苏联的TM-4611防坦克地雷和英军的L8A1防坦克地雷都是塑料壳。塑料壳不仅可以有效地对付金属探雷器,还可以有效地降低雷重,使装药的重量在整个地雷重量中的比例不断上升,威力不断

增大。(图2-10)

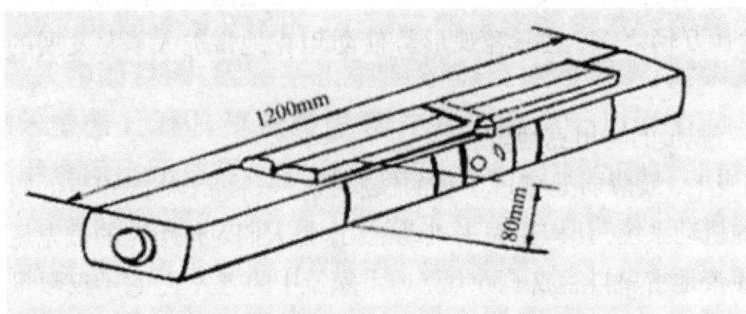

图2-10 英军防坦克履带地雷

再次是采用耐爆引信,提高地雷的抗扫能力。扫雷器材的发展虽然总是落后于地雷的发展,但到目前为止,除了人工搜排地雷外,已经发展有机械扫雷器材、爆炸扫雷和磁扫雷器材。为了对付这些扫雷器材,耐爆引信受到了人们越来越多的关注。

所谓耐爆引信就是在受到敌方的炮弹轰击时安然无恙,不会爆炸,而当敌坦克履带压来时,履带压力则能引起地雷爆炸。前苏联的TM 56反坦克履带地雷就是耐爆地雷的优秀代表。

自20世纪80年代以来,防坦克地雷在发展中更快更多地吸收电子、新材料和工艺方面的最新成果,出现了更有杀伤力的炸履带地雷。目前有代表性的是意大利的MTAS地雷、MTA-5炸履带地雷及法国的ACPM炸履带地雷和"米特里拉"防坦克地雷。

MAT-5炸履带雷是意大利兵工界的一个新研制成果,深受西欧许多国家青睐。它用新型塑料做雷壳,感应式探雷难以发现它。地雷密封技术高超,可以置于淡水或海水中。其保护、保险措施完备,雷体内可安置内装式反地雷系统,气动机械引信能顶住各种打击和爆炸扫雷,稳定性极好。它呈圆形,直径为290毫米,高108毫米,战斗全重7千克,装药重5千克。既可用机械布设,也可以人工布设,不仅能炸断履带,其杀伤力甚至可以危及坦克乘员的性命。

法国"米特里拉"防坦克地雷形象独特,是三角形截面的棱柱体,长约300毫米,高90毫米。雷壳由复合材料制成。引信上有延时装置,还有预定时间内的自毁装置。雷体采用黑索金为主的混合装药，药重约1千克，战斗全重2.6千克。它既可用定向药筒抛射撒布，也可采用直升机和飞机抛撒。

钻心剖腹的炸底甲雷

由于现代技术的发展，坦克的性能得到不断提高，其火力、机动力和装甲防护能力不断增强，而炸履带地雷只能炸断履带，暂时使坦克丧失机动性能，被炸断履带的坦克还可继续使用火力打击对方，而且很快会修复，恢复机动能力。此外，炸履带地雷只能对占车辆全宽30%的履带起作用，对占车宽一半以上的部分则难以发挥作用。因此，许多国家对地雷打坦克的部位重新加以研究，普遍认为炸坦克车底可以取得较明显的效果。就坦克本身而言，它身上各个部位的厚薄程度并不一样，为了对付空心装药弹头，坦克的前甲和侧甲部位不断变厚，而其车底没有多少改变，因为增加车底厚度，会大大增加坦克的重量，在很大程度上影响坦克的机动性，这是军队所不能接受的。所以目前的情况是：坦克底甲最薄，最易被击穿，且如果被击穿后，坦克的内部结构就会遭到严重破坏，坦克内的燃油和弹药会起火爆炸，失去战斗力，其内部乘员也将难逃厄运。在目前对付坦克底甲武器不多的情况下，炸底甲地雷可谓独树一帜。

炸底甲地雷比炸履带地雷出世要晚几十年，最早的炸底甲地雷于1948年诞生于法国。对炸底甲地雷的研制成功主要是对原装药结构和引信的重要突破。炸底甲地雷采用锥形角药形罩聚能装药。在爆炸作用下通过药形罩形成的不再是金属射流，而是高速穿甲弹丸。前苏军装备的TMK-2防坦克地雷用梯恩梯和黑索金各半的混合装药，半球形薄壁金属药形罩，破甲深度110毫米，同时还能炸断坦克履带。美军M21反坦克地雷采用厚壁大锥角药形罩，小药块聚能装药，爆炸威力大，既能炸穿车底，又能炸断履带，还能使负重轮变形。

炸车底地雷的引信比炸履带地雷的引信在技术上有很大的提高。一般的炸履带地雷使用的是触发引信，即只有当坦克履带压到地雷时或碰到地雷的垂直触杆时，地雷才能爆炸，如果没压上地雷或碰到触杆，地雷就不会爆炸。而非触发引信就不一样了，它是通过坦克装甲车辆的物理场的作用来引爆地雷。坦克本身的磁场、其在行进过程中的振动、发动机发出的热量和噪声都是物理场。如果将磁感应、声感应、振动感应等各种传感器装到引信上就会形成各种各样的非触发引信。有的传感器采用两种传感装置集中于一个引信上的复合引信，像振-磁复合引信、声-磁复合引信，进一步提高了对坦克装甲车辆的识别能力和抗干扰能力。德军的AT-2防坦克地雷的引信就是声-磁复合引信。传感装置在收到坦克的噪声和磁场信息后，就会引爆地雷。美军在20世纪70年代装备的"蝗虫"防坦克地雷就是采用振动-无线电复合引信。地雷着地之后，引信的振动传感装置就开始搜索目标，一旦坦克装甲车辆靠近地雷一定距离时，振动装置就会报警，引信的无线电电源就会接通，从而引爆地雷。为了适应战争中反机动的需要，世界各国装备有不同规格的可撒布炸底甲地雷。

1987年进入法国工兵部队服役的F2型HPD防坦克地雷，是当代炸底甲地雷的代表。它依照组件式原则，由简单的几个组件构成，拆装很方便。雷壳采用塑料材料，其内有两种装药，即有聚能作用的主装药和用于在起爆前炸开壳体的发射火药。在棱柱形组件中有非接触式磁感应引信，它内有自动保险装置，能把超过规定时间仍处于战斗状态的地雷自动转至无危险状态。该雷呈长方体，长280毫米，宽185毫米，高105毫米，战斗全重7千克，其中装药重达3千克，地雷爆炸后形成的金属射流能穿透200毫米的装甲，也就是说，它能击穿当代所有坦克的底装甲。这种地雷通常采用机械布雷车布设，布下后的有效使用时间为4—72小时。

图2-11　德国防坦克地雷

德国的AT-2防坦克地雷也是采用塑料作雷壳材料，它呈圆柱形，直径为103毫米，全重2千克，内装0.8千克的钝化黑索金炸药。它虽然体积小，装药最少，但是破甲威力大，能炸穿车底，破坏武器系统，杀伤乘员。该雷适合直升机、火箭炮、火炮发射和机械车辆抛射。布撒距离为几十米至几千米。（图2-11）

在当今所有炸底甲地雷中，威力最大

的是奥地利的"波兹米–88"电子反车底地雷,它能穿透300毫米的装甲。这种地雷呈棱柱形体,长和宽均为250毫米,高130毫米。采用空心聚能装药,地雷全重6.5千克,装药重1.5千克。它的智能化特点比较突出,可用遥控方式对地雷进行临时保险、解除保险以及实现安全状态与战斗状态的互换,战斗值勤期为30天。

由于高技术不断应用于军事,在20世纪80年代末期,出现了炸坦克全宽度的地雷,即以炸履带和炸车底为目标。这种地雷吸收了炸履带地雷和炸车底地雷的优点,采用先进的非触发引信和复合引信技术,只要在坦克宽度范围内,无论是否压上,地雷都会爆炸。这种地雷的典型产品是法国的HPDF–2型地雷、意大利的SBMN/T和瑞典的FFV028地雷。

瑞典的FFV028防坦克地雷是全宽度地雷中的佼佼者。该地雷直径为254毫米,高120毫米,全重8.4千克,内装黑索金和梯恩梯的混合装药3.9千克。它有两种型号,一种为可撒收重复使用型,寿命为180天;另一种为自毁型,内装有自毁装置,设置30天后可自行销毁。该雷既可人工设置,也可机械设置,为了满足机械设置的需要,瑞典还专门为它设计了一种专用布雷车。（图2–12）

图2–12 瑞典防坦克地雷

旁攻侧击的防坦克侧甲雷

在现代战争中,坦克显示出越来越强的机动力,过去被认为能阻止坦克的地形障碍,现在看来已经不复存在了。对比较狭窄的地形来说,当前面的坦克被击毁,后面的坦克得到的最多只能是迟滞,而很难受到伤害。而在有些地域,诸如隘路、山口、雷场、城镇等地方,却很难布设其它武器和防坦克地雷,在这种情况下,聪明的士兵和地雷专家把反坦克火箭筒改装成炸坦克侧装甲的地雷,这样,早期的反坦克侧甲雷就产生了。

反坦克侧甲雷又称"路旁地雷",顾名思义是设置在道路的一侧或在固定方向上拦击坦克并专从侧面攻击其侧甲的地雷。它由于在一定距离上能够主动攻击坦克，且设置隐蔽，难以发现，更难以排除，因而可以弥补其他防坦克地雷的不足，在使用上有一定的独特性，备受欧美国家青睐。

自第二次世界大战以来，反坦克侧甲雷已发展了三代，先后研制了20多个型号。

二战爆发后不久，雷场的效果就得到了证实，但当时埋设地雷不仅需要大量人力物力，而且爆炸能量相当一部分被土壤吸收，爆炸破坏力不足。面对这种情况，专家们开始探讨投掷弹或火箭自动发射地雷的可能性。最后研制出了绊线装置控制火箭弹的就便器材，利用其聚能装药的金属射流击毁敌坦克，形成了最初的反坦克侧甲雷。

这种最初的反坦克侧甲雷由于是采用就便器材制造，使用中暴露出了许多问题。首先，抗运输振动性能差，需要在战场附近组装，而此时，是人力物力最紧张的时节，这就使得战争间隙忙上加忙。其次，敷设时间较长，一个人设置一颗地雷平均需要10分钟。另外，由于仓促制造，缺少正规的工艺检查，安全性和可靠性很差。再次，这些地雷受风雨的侵蚀，主要零件容易被锈蚀，丧失战斗力。第一代反坦克侧甲雷虽然存在一些需要改进的问题，但它的设想却是空前的，为以后侧甲雷的发展奠定了基础。

二战以后，随着自锻破片技术的不断发展和应用，新一代反坦克侧甲雷得到了迅速发展，最先推出的第二代反坦克侧甲雷是法军的F1地雷。西方军事家认为，这种地雷的发展和装备，弥补了地雷战器材的空白。随后，北约的几个主要成员国为了在国际武器技术装备竞争中保持优势，也通过各种途径发展自己的反坦克侧甲雷，诸如，美国的M66地雷，联邦德国的PARM1地雷、奥地利的ATM6地雷和ATM7地雷、英国的MK-F1地雷等。其中以法国的Fl地雷最为突出。(图2-13)

F-1地雷由雷体、支座、发火器和输出电缆等组成，全重12千克，装药重6.5千克。它采用声—红外复合引信，作用距离为80米。破甲深度为70毫米。设置F-1地雷时，首先打开支架，根据所选择的地形，将雷体升到一定高度，瞄准既定目标后，将绊线沿着瞄准线呈直线或曲线状态展开，然后，接上安全电缆，再把起爆筒装进插管里。为了安全，必须使用控制盒在距地雷50米外检查引信，最后拆下安全短路片，地雷即进入战斗状态。一个人布设一枚地雷只需几分钟的时间。

第二代反坦克侧甲雷的划时代意义在于，它给常规地雷战器材带来了重大变化。它使制式地雷由原来静止状态下攻击目标，发展成为运动中攻击目标。然而，由于这种地雷引信采用的绊线断发或电缆感应式传感装

图2-13　法国的F-1地雷

置，需要通过路面敷设，使用起来比较麻烦，尤其是雷场稳定性差，易遭敌火力破坏。显然，在现代战争中，第二代地雷难以满足战场需要。

为了适应现代战争的需要，解决第二代地雷存在的问题，欧洲几个主要国家花费了巨大的人力和财力进行研究，积极发展第三代侧甲雷。从20世纪70年代末开始，反坦克侧甲雷的第三代在欧洲陆续问世。

第三代侧甲雷显示了很高的作战效能。以美国的XMS4地雷为例，该雷利用雷达原理探测移动的目标，与第二代侧甲雷采用的绊线式或电缆式传感器相比，它不仅设置方便，而且障碍性能稳定，更难发现和排除，并且更能适应战场瞬息万变的形势。

除了美军的XMS4地雷以外，第三代防坦克侧甲雷中，有代表性的还有法、英、德联合研制的"阿吉斯"地雷，法国的"阿皮拉斯"地雷，德国装备的M12和"铁拳-3"地雷，英、法联合研制的"阿帕杰克斯"地雷，英国的"阿德尼内-埃杰克斯"地雷，瑞典的016地雷，奥地利研制的DNG地雷和俄罗斯装备的TM-83地雷。

击顶索命的炸坦克顶甲雷

1990年6月，在法国举行的第12届萨特利地面武器展览会上，一种专门攻击坦克顶甲的地雷引起了参观者的极大兴趣，它就是法国最新研制

的"玛扎克"（MAZAC）声控增程防坦克地雷。

这种地雷是一种智能地雷。它内装声音探测器、微处理器和红外探测器。当声音探测器探测到目标，并确认是敌方目标之后，立即将信号传给微处理器，由微处理器计算出目标的运动速度，并实施跟踪，当目标进入地雷半径为200米的杀伤范围后，地雷通过指令作用腾空而起，在红外探测器的指引下，地雷以50米／秒的速度自动跟踪目标，直扑坦克。当到达坦克上方时，地雷射出自锻破片弹丸攻击坦克顶甲，使坦克头部开花。由于这种地雷的作用半径可达200米，因而，一颗地雷的障碍面积相当于60—100颗普通地雷的障碍面积。

"玛扎克"炸坦克顶甲雷的出现，说明本来用作防御的防坦克地雷已发展成为一种进攻性武器。

长期以来，一些防坦克武器对坦克顶甲无能为力，而炸坦克顶甲地雷的研制成功，则填补了兵器库中的空白。这种地雷适合机械化布设，属大面积毁伤兵器，可在作战前沿地段使用，也可用遥控布雷系统布设，限制敌方第二梯队和预备队的机动。

炸顶甲雷的智能化，是积极运用微电子技术的结果。美国的ERAM防坦克地雷也是炸顶甲地雷。雷体上的红外寻的装置和数据处理装置，能自动寻找目标，找到目标后又能自动识别目标，继而跟踪目标，计算出目标移动方向和最佳的攻击位置，带有红外寻的器的自锻破片弹头直攻坦克顶部装甲。

美军的M93炸顶甲地雷，呈圆柱形，高343毫米，直径188毫米，全重约16千克。雷体上有若干能自动打开的小爪子，以便地雷布设后能稳定在固定位置。地雷的引信系统里装有音响传感装置、红外传感装置和微处理装置，也同样具有发现、识别和追踪目标的能力。它的值勤期为180天，当期限已满时，地雷会自动转入无危险状态，但当敌方坦克突然来到时，它又能再转为战斗状态。

有了炸顶甲地雷，反坦克地雷家族的战斗力就更强了，可以想象，在未来战场上，炸履带地雷和炸底甲地雷攻击坦克的履带和底装甲，炸侧甲雷猛攻坦克腰身的侧装甲，炸顶甲雷从坦克顶部往下攻击坦克的顶甲，坦克受到了来自地雷的全方位的立体攻击，这时，坦克纵使有再大的能耐,也将难逃被击毁的厄运。

防坦克地雷发展到炸顶甲地雷,发展也不是就到顶了,它还有向多用途地雷方向发展的趋势。地雷研制、生产成本相对较低,高技术的小地雷能摧毁现代化的大坦克,其军事经济效益是相当可观的。新的地雷将更灵敏、更可靠、伪装生存能力更强,杀伤坦克的威力也将越来越大。

武装直升机超低空攻击衍生出反直升机地雷

武装直升机以其机动性高、隐蔽性好、攻击力强等特点在现代战争中屡建奇功,特别是在两次阿富汗战争和海湾战争中,武装直升机无论是在攻击重要目标还是在对付集群坦克、装甲车辆上,都显示出非凡的效能。由于武装直升机可利用地形、地物隐蔽接敌,实施超低空甚至贴地飞行,能在雷达盲区机动且速度变化大、机动灵活,对现有的防空系统和地面防御作战构成了严重威胁。因此,世界各军事强国都正加紧研制高新技术兵器,以对付日益强大的武装直升机。

正是由于直升机超低空和贴地飞行的特点,使地雷又有了新的用武之地。可以说武装直升机的迅速发展,促使反直升机地雷在多元化的防空体系中异军突起。

在1986年,美国首先制订了研制反直升机地雷的计划,并决定由费伦蒂公司、特克斯特伦防御系统公司和得克萨斯仪器公司分别研制样雷,然后择优录用。在计划执行后不久,特克斯特伦防御系统公司捷足先登,率先研制出了反直升机地雷。

该雷是一种全自动并有一定智力功能的地雷,可以人工设置,也可以由MLRS多管火箭炮、ATACMS陆军战术导弹或"火山"布雷系统抛撒投置。设置后就无须人去控制,它能根据预定的指令进行工作。该雷防御半径可达400米,主要用来对付高度在200米以内的直升机。

此种反直升机地雷主要由声音预警识别系统、红外探测起爆系统和装有炸药的战斗系统三部分组成。地雷设置后处于休眠状态,只有声探测系统处于值班状态,像猎犬一样,竖起耳朵,机警地探寻着四周可能出现的猎物。直升机飞行时,它的主旋翼和发动机会发出具有一定特征的声音,当地雷的声频识别系统探测到这种声音之后,立即对其进行判断,如果确认是己方或友方直升机时,地雷起爆系统就无动于衷,继续处于休眠状态。一旦确认是敌方的直升机时,声音预警识别系统立即唤醒地雷,使之进入战斗状态。此时,红外探测起爆系统开始工作,探测目标是否进入了地雷威力区。当发现直升机已进入地雷的威力区时,立即起爆地雷,地雷当即腾空至100米左右的高度爆炸,击毁直升机。

这种地雷在对付直升机时之所以非常有效,是由直升机飞行时的特征决定的。直升机为了避开雷达的侦察,通常采用贴地飞行的方法,利用地形、地物来隐蔽自己,达到出敌不意的目的。但是,飞机的噪声却难以隐蔽,无论飞机在树林中或小山后隐蔽得多么巧妙,它的特殊的声音还是会透过树林,绕过山丘传播开来,只要这种声音被地雷的声音预警系统发现,直升机就已步入危险的境地,随时有可能被击落。由于声音预警系统是一种被动探测装置,飞行员很难发现地雷的具体位置来进行躲避,从而造成飞行员的恐惧感,促使他高飞,而当直升机飞行的高度达到50米以上,它也就进入了雷达的探测范围,这时由雷达控制的防空武器就会发挥作用。

反直升机地雷的出现,弥补了雷达的探测盲区,使直升机只要进入作战区域,随时都有可能被击落。反直升机地雷的使用还将能有效地节省防空兵力,便于指挥员把有限的防空兵力集中起来,保障主要作战方向和主要作战部队的行动。特别是在一些山丘、谷地附近,直升机能够隐蔽接近目标而防空兵力、火力又难以控制的地方,反直升机地雷将会发挥其独特的作用。

正如防坦克地雷的出现使坦克的行动不再无所顾忌一样,反直机地雷出现将能有效地制止敌武装直升机的长驱直入,为防御部队抗击敌人赢得更多的时间。如果能在战场上巧妙运用,将成为控制战场超低空的有效武器,不仅使敌方的立体机动陷于极大困难,且能割裂其战斗队形,打乱其地空协同,瓦解敌方的立体进攻。因而,反直升机地雷具有广阔的发展前景。

排雷技术的提高,催生出难以辨别的诡雷

"兵不厌诈",历来是兵家的一条重要法则。当诡诈与地雷巧妙地融为一体的时候,一种非常高明的诡雷就宣告问世了。

诡雷,指的是设有诱杀装置、具有防排功能的地雷,平时也称之为诡计地雷或饵雷。其不同于一般地雷之处就在于它表面上看似和善，不会对人有什么伤害，但其内心却极其险恶，只要一碰到它，就会在你无意之中，产生爆炸，让人身首异处，肢体残缺。(图2-14)

诡雷最初产生在中国。明代兵书《武备志》中记述有两种诡雷，一种是以刀枪为诱惑物设置的地雷，名叫"伏地冲天雷"。它是在地上挖一个二三尺深的坑，将装有火药的地雷(一个或数个)设置在坑内，上面是盛有火种的瓦盆，其上插有刀枪，刀枪下端与火盆相

图2-14　手提包地雷

连，周围用土填覆并加以伪装。当敌人接近并拿动刀枪时，拉翻下面的火盆，火种倒在火药线上，便将雷体引爆。另一种是以生铁铸成形似石榴的诡雷，名叫"神机石榴炮"。它的壳体用生铁铸造，跟碗差不多大，呈石榴形，外面绘以五色花卉，通常设在路边，当敌人拾起摆弄时，会立即爆炸，书中称之为"杀贼利器"。这种雷所以会瞬时爆炸，是因为雷内除装有火药外，还在火药上面放上一只酒盅，酒盅内盛放着火种(烧红的木炭用灰盖上，可持续一个月时间)，当敌人好奇地摆弄诡雷时，使酒盅倾翻，将火种倒在火药上，即引起爆炸。

通常不论是工厂制作的制式诡雷，还是利用就便材料制作的应用诡雷，大都也仍是由雷壳、炸药和引信三部分构成。利用高能炸药制作的诡雷，有的只用几克重的固体炸药或液体炸药。诡雷所使用的引信，有压发、拉发、松发和电发等形式，有的即使目标不去触动它，只要有特定的声响、震动或电磁感应等物理场的作用也会爆炸。还有的不仅能定时起爆，还能识别、辨认目标，有选择地爆炸。

诡雷能产生如此独特的作用，主要在于制作的多样性和迷惑性，以及设置的巧妙性和隐蔽性。(图2-15)

根据诡雷所采用的欺骗手段不同，大体可分为五种类型。

图2-15　伪装成植物的地雷

第一种为诱喜型。根据不同作战对象的喜好和生活习性，将诡雷制作成外形精美的匕首、枪支、金表、收录机、书刊、文件包等，诱人去拾取，然后爆炸。第二次世界大战时，苏军就曾根据德军官兵喜好书籍的特点，制造了书本诡雷，放在遗弃的工事内或居民地住宅内，屡屡使德军上当。与此同时，德军和日军也抓住盟军官兵在战场上嗜酒如命，见到酒就会不顾一切，一哄而上的特点，将装有液体炸药的酒瓶，伪装布设在散乱食品和空瓶之中，当敌人不假思索地打开瓶盖时，由于瓶塞产生摩擦而引起爆炸，有时一颗诡雷能杀伤数十人。前苏军也曾在阿富汗游击队活动区撒布过大量手表、袖珍收音机、儿童玩具等形式的诡雷，诱杀了许多人，特别是一些妇女和儿童。（图2-16、图2-17）

图2-16　酒瓶地雷

第二种为激怒型。丑化敌方的漫画、模拟人像，咒骂敌方的标语、传单、播放瓦解敌军广播的收音机等，这些能强烈刺激敌方官兵视觉、听觉等感官的物体，巧施装扮的诡雷，可使之怒而冲动，无意中被杀伤。特别是丑化敌方所崇拜的偶像、信仰、人格的诡雷装置，最易诱敌上当。

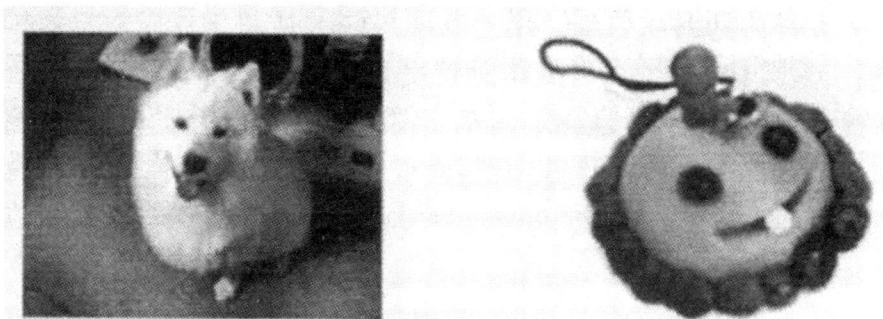

图2-17　玩具地雷

第三种为易动型。将诡雷爆炸装置巧妙布设在敌人很容易移动的物体上就成为易动型诡雷。例如，把诡雷的拉火线与工事、房屋的门相连，敌人想进入其内部，开门就爆炸；与电灯开关、电话听筒、桌椅、抽屉等相连，只要一动就起爆。美军《诡雷教令》中还提出利用延期引信起爆诡雷，设想敌开门时，仅启动诡雷的引信但不爆炸，等敌人都进入工事或室内时再爆炸，可收到更大的杀伤效果。易动型诡雷还可以布设在车辆或机械上面，使敌人一开动就爆炸。前苏军为特种部队装备了一套MC-1、MC-2、MC-3型多用途诡雷，内装烈性炸药，并有一块磁铁，使其能吸附在车辆、机械或飞机上，受到震动即起爆。

第四种为反排型。将诡雷设置在路障下，甚至设置在门前的粪便里，当敌人为了行动而去排除障碍时，诡雷便爆炸。诡计地雷还常与普通地雷结合起来使用，有的在制作地雷时，就留出了安装1—2个诡计引信的位置，当敌人去排雷时，稍不留神就会雷炸人亡。在海湾战争中，伊拉克在科威特布设的许多普通地雷上，都安装了这种诡诈引信。

第五种为隐真示假型。用一些逼真而又显露少许设置痕迹的假雷，吸引敌人的注意力，当敌排除这些地雷时，就会牵动附近的数枚真雷爆炸，从而构成了隐真示假型诡雷。这样以假掩真，可以获得出敌不意的杀伤效果。设置假诡雷要比设置真诡雷节省且要容易得多，可以广泛布设，其中再设置少量真雷，真真假假，使敌难辨真伪，由于神经过度紧张，会严重迟滞其行动。

45

核武器的出现，产生了威力巨大的核地雷

核地雷是指装有核爆炸装置的地雷。它通常也被称为核爆破装置。核地雷是战术核武器的一种。它和其他核武器一样，是利用原子核的裂变反应造成弹坑、堆积物和放射性沾染等阻滞敌军行动，特别是制止敌坦克集群的行动或直接杀伤敌军，也用来破坏敌后方的军事目标，如机场、指挥所等。

核地雷不同于一般的地雷，其爆炸后具有多方面的杀伤作用和强大的破坏力。首先，它的威力巨大，能在瞬间对较大区域造成严重破坏。实验表明，一颗在地面爆炸的一万吨级的核地雷，可以形成直径为90米、深为20米的炸坑，如果采用地下爆炸的方式，炸坑将更大。其次，它爆炸之后有冲击波、核辐射、电磁脉冲和放射性沾染等多种破坏作用，能对敌产生综合的、长期的杀伤破坏作用和障碍作用。

核地雷是伴随着核武器的逐步小型化而发展起来的。据报道，从研究至今的近50年历史中，美国曾设想了一系列不同梯恩梯当量的核地雷器材族，重量在45—650千克之间多个品种的核地雷。但到目前为止，美军正式装备部队的只有两种核地雷。一种是中型核地雷，爆炸威力为0.1—0.5万吨梯恩梯当量，重量约180千克，可由吉普车或直升机运输，工兵分队埋设，1965年开始装备部队。另一种是特种核地雷，爆炸威力为10—1000吨梯恩梯当量，重量约70千克，可以随身携带，由特种部队和别动队埋设，1964年开始装备部队。

从20世纪70年代开始，美国虽然也开展了新一代核地雷的研究，并利用高能炸药来模拟掩埋式低威力地下核爆炸对建筑物产生的破坏效应。但到80年代末为止，还未有更新型核地雷出现。

北约组织对核地雷在战争中的运用也非常重视，他们在几乎各种规模的演习中，都演练了使用核地雷保障部队的战斗行动。他们不但重视战斗过程中核地雷的使用，而且非常重视未来战场上核地雷设施的建设。早在1964年12月，在北约组织军事委员会的一次会议上，就提出了在靠近东德和捷克的西德领土上构筑所谓的"核地雷带"计划，根据西德战略家的企图，通过核地雷带，为北约组织在战时能够建立起强大的进攻集团提供一种独特的盾牌，而在进攻失利的时候则成为敌人难以克

服的障碍, 这项计划深得当时各国首脑的赞同。

　　会后不久, 西德政府很快就开始着手实施这项计划。到1968年底, 该核地雷带基本建成。沿着西德东部边界和在易北河、威悉河及莱茵河地区准备了大量的破坏基点。每个基点包括一组3-8个永久性混凝土爆破坑, 爆破坑之间的距离为10-30米, 用来设置普通地雷或核地雷。爆破坑基本全都构筑在没有迂回路的公路地段交叉路口及隘路等处, 整个地雷带的总长超过800千米, 纵深为100-150千米。

　　据前苏联专家分析, 北约组织所设置的这一大面积的核地雷场是"北约组织'前进防御'战略主张的一个组成部分, 它规定北约武装力量直接从西德边界地区采取对华沙条约国的积极行动和武装冲突的开始阶段就使用核武器"。

　　核地雷威力巨大, 使用效果诱人, 但它的使用过程要比普通的地雷复杂。一般分为设置和引爆两个阶段。设置核地雷, 首先是根据战术需要, 确定是设置在地面, 还是地下或水下。若设置在地面时可以直接放在地面上, 也可以设置在专门的雷坑中(通常坑深3-5米, 直径1米左右)。如设置在水下和地下则困难较大, 先要根据当量的大小确定需要设置在地下的最佳深度, 把放置地雷的洞室开挖出来, 然后用直升机、汽车或人工将核地雷直接从仓库运至设置地点, 由专门的作业人员进行设置。核地雷设置完备之后, 还要专门派出警戒分队前去警戒, 并在四周设置障碍物, 确保核地雷的安全。

　　核地雷的破坏范围大, 因此, 它不像一般的地雷那样通常使用触发引信来引爆, 而多采用定时引信、有线电操纵和无线电遥控引信来引爆。对于定时引信的选择, 可以根据控制时间的准确程度来确定, 关键是要准确、可靠。因此, 除设置基本操纵点之外, 还要准备在紧急情况下使用的备用操纵点。

　　据《望而却步的武器》一书介绍, 美军军直属单位中有一个专门负责核地雷设置和引爆作业的建制连, 该连由一个连部、一个作战排和六个核地雷排组成, 每个核地雷排由一个排部(四人)和四个点火班(每班五人)组成。为了保证战时正确使用核地雷, 美军特别注意平时的训练。1977年美军一工兵核地雷排进行了用核地雷爆破水坝的训练, 同时另一个排进行了一次中等规模的水坝爆炸实验。爆破时采用了遥控点火装置，实验获得了圆满成功。

对核地雷的发展，一些发达国家倾向于使用威力小的核地雷来构成障碍物。美国陆军司令部对核地雷的研制提出了一系列具体要求，其中包括外形尺寸要尽量小，重量不超过100千克，坚固密封，尤须采取特殊的维护和保管措施，可用有线和无线遥控，或用钟表装置控制，并且对起爆前的准备时间要求甚严，当采用地面爆炸方式时，准备时间不应超过10分钟，采用地下爆炸的方式时，全部准备时间最多为30分钟。

核地雷小型化主要是从经济角度和战术角度来加以考虑的。实验表明，核地雷的大小并不与其威力成正比例增加。当装药数量提高10倍时，炸坑范围仅增加1倍。因此，小型地雷比较合算，且小型核地雷使用方便灵活，作战中有利于分割敌方战斗队形，为己方赢得反应时间。

化学武器投入战场，派生出毒似蛇蝎的化学地雷

化学地雷是化学武器的一种。它主要是以毒剂来杀伤人员和阻挠对方的行动。它通常由雷壳、毒剂、炸药、引信等部分组成。起爆时，借助炸药的爆炸能量，将毒剂抛撒分散出去造成地面和空气染毒。在实战中，它可以单独用来布设化学地雷场，也可以与防坦克地雷、防步兵地雷共同设置，形成混合地雷场。

化学地雷通常有两种类型。一种为地爆式，它内装持久性毒剂。通过触发或操纵引爆，在地下或地面上爆炸，造成地面染毒；另一种为空爆式，实际上就是化学跳雷，它采用电点火引燃抛射药，将装有胶粘芥子气或维埃克斯等持久性毒剂的雷弹从抛射筒中抛至2—5米高的地方爆炸，洒出毒剂液滴造成地面染毒。

化学地雷与毒剂炮弹相比，具有较多优点，如炸点均匀，毒剂云团扩散的有效杀伤率高，而且不会像毒剂炮弹那样有时落在目标区以外。因此，当敌人接近或到达目标区时，突然起爆，将会给敌人造成重创。

虽然美、俄及北约成员国均加入了《禁止化学武器公约》，俄国销毁了70%、美国销毁了90%的化学武器，并且美、俄都宣布不首先使用化学武器，但却发展和装备有化学武器，其中就包括化学地雷。俄军现装备有X-10型和X-3型化学地雷，美军则装备有M1型和M23型毒剂地雷。

美军的M1型毒剂地雷内装有5.6千克的芥子气，紧贴地面埋设，通过导爆索或塑料切割装药释放药剂。值得一提的是几乎任何防坦克地雷外壳都适合于装填化学药剂和爆炸装药。美军M23型毒剂地雷就是这样制成的。它与M15压发防坦克地雷使用相同的雷壳，内装10.5千克的神经性毒剂。

专家分析，化学地雷在世界不少国家和地区已有不同程度的发展，有的还把它作为提高国家军事威慑能力的重要砝码。在两伊战争中，双方都使用了化学地雷。

总之，地雷武器自15世纪问世以来，在第一、第二次世界大战、朝鲜战争、越南战争、中东战争、柬埔寨战争、马岛战争、海湾战争以及我国珍宝岛自卫还击作战等一幕幕威武雄壮的战争活剧中，它既是攻防兼备、用途广泛、令敌望而却步的管用武器，又是防不胜防、杀机四伏、让敌闻风丧胆的威慑手段。直至今天，不仅仍是发达国家常用兵器，更是发展中国家以劣胜优的"撒手锏"武器。

（五）技术决定战术，战争样式的不断演变，催生出与地雷相关的诸多战法

地雷战，是利用地雷的爆炸性能杀伤敌人、炸毁敌车辆、摧毁敌兵器、限制敌人机动的一种传统战法。在作战中，地雷战通常与其他战法结合运用，也可以单独运用。随着地雷战的普遍开展和地雷武器的发展，到后来逐渐形成了一套比较完整的战法。主要包括地雷防御战、地雷伏击战、地雷破交战、地雷袭击战、地雷围困战和地雷威慑战等。

无形盾牌——地雷防御战

地雷防御战，又叫地雷保卫战，是抗日战争中最先使用的一种战法。是用地雷来保卫城镇、保卫乡村、保卫群众财产、配合警戒以及巩固

阵地的一种有效战法。因其隐秘的防御特性，被称为无形的盾牌。

　　抗日战争中，日军依托据点，经常对我根据地和其占领地区进行"扫荡"和"蚕食"。我抗日军民为了对付敌人外出烧、杀、抢、掠，通常将地雷埋在敌人可能行动的路口、桥头、村边或敌人容易隐蔽接近的地方。有时敌人品尝过几次"铁西瓜"的苦头以后，可能避开大路而改由小路迂回，突袭我村镇，这时便灵活地选择埋雷地点，多在小路上、路边或田埂埋雷；有时还在水溪或水渠中设置水中地雷；为了对付敌人进村后抢劫和掠夺，还在村庄的院落、门口、畜圈或家具中设置地雷；当庄稼、瓜果和蔬菜成熟的时候，为"看护"劳动果实，就在接近路、田头或地边埋设地雷；对来不及转移的比较笨重的物资，如车辆、弹药、兵工厂的机器、设备等，就在附近埋设地雷，以警戒和消灭前来"搜剿"的敌人；在小分队和民兵驻扎、集结或开会地点，为防止敌人偷袭，除派出人员警戒外，还在敌人可能出现的地方埋上地雷，这样不仅可以达到警戒、报信和杀伤敌人的目的，还可为我转移和调整部署赢得时间。由于采取了这些办法，迫使小股敌人不敢轻易出来活动，也有效地遏制了敌大队人马的骚扰，对于保卫家园，保卫群众的财产发挥了很有效的作用。(图2-18)

图2-18　设在门底下的地雷

抗日战争的历史证明，在敌人袭击或包围时，敌人外出抢劫烧杀时，小分队在敌占区活动时，为挫败敌人偷袭和抗击敌人的进攻，巧妙开展地雷防御战，的确是一种十分有效的战法。

地下神兵——地雷伏击战

地雷伏击战，是以使用地雷为主，选择有利地形，出敌不意地伏击敌人的一种战法。因其"以雷代兵"的优异特性，被称为地下神兵。地雷伏击战运用时通常有待伏和诱伏两种。

待伏，是在敌人必经的路上，如山垭口、山谷、桥头、渡口等场所，巧妙地利用地形，预先埋设地雷，当敌人进入雷区后，雷枪结合杀伤敌人。待伏战法又分为迎头伏击和返回伏击。迎头伏击，是在敌人出发的来路上进行设伏；返回伏击，是在敌人撤退时的去路上设伏地雷，又称"回头炸"。

抗日战争时期，我抗日军民曾广泛运用这种战法打击日本强盗。如1943年，山西省沁源县民兵，为有效地打击日军的运输队，在二沁大道上多次巧妙地设雷伏敌。一次战斗即取得了炸毁敌军车5辆、炸死炸伤敌50多人的辉煌战绩，控制了交通线。

诱伏，又称"金钩钓鱼"。用计将敌人诱至我预先设伏好的雷区，雷枪结合，大量杀伤敌人。诱敌中计的方法通常有：饵兵引诱、情报欺骗、围城打援和佯动造势等。

无论采用待伏还是诱伏，都要符合要求：一是情报（敌兵力、装备、出发时间、行军路线、目的等）要准确可靠；二是要把握敌人的活动规律，选择有利的埋雷地点，巧妙布雷，严密伪装，并便于火力配置和撤离；三是要掌握好布雷时机，既不宜过早，也不能过迟；四是要善于创造和捕捉战机，随机设雷，在运动中伏击敌人。

运用地雷伏击战，还应合理选择伏击目标和伏击地区。

伏击目标通常应选择战斗力较弱或行动疲惫之敌。如敌人的运输车队、军用列车、航运船队、巡逻分队、侦察及外出抢掠的小股人员或分队。

伏击地区一般应选择在有良好地形、利于观察隐蔽、便于发扬火力和能及时撤离的地区。如：在荒漠草原地区，应选择沿交通线有沙丘、山地和水源附近；在山岳丛林地区，应选择山垭口、峡谷、隘路、坡道及道路转弯处；在江河湖泊设置水雷伏击敌人运输船队时，应选择河道转弯、狭窄处，或水中有浅滩暗礁的地方，或渡口附近，或有芦苇草丛的地方；在高原寒区，可选择在陡坡和狭路布雷；在交通线上设伏，应选择敌坦克、装甲车或运输车队难以向路旁展开和机动的地区；伏击敌火车时，应选择在铁路高墙路基、斜坡、弯曲处、桥梁或隧道等地点。

拦路打劫——地雷破交战

地雷破交战，就是利用地雷武器破坏公路、铁路、车站、桥梁，涵洞、机场和港口等目标，迟滞敌军机动，阻碍和瘫痪敌人交通运输线的一种战法。因其"拦路打劫"的特性，被称为交通线上的拦路虎。

地雷破交战通常与部队的作战行动紧密配合，使出击、增援或退却之敌不能及时机动，在一定的时间和地域内，将敌置于进退维谷的困境，为大量歼敌创造有利战机。运用地雷破交战法应随机应变，在敌通行的公路、铁路或重要的交通枢纽处埋设多种地雷，要定点设置与不定点设置相结合，白天设置与夜间设置相结合，使敌人难以掌握我埋雷规律，使敌防不胜防。（图2-19）

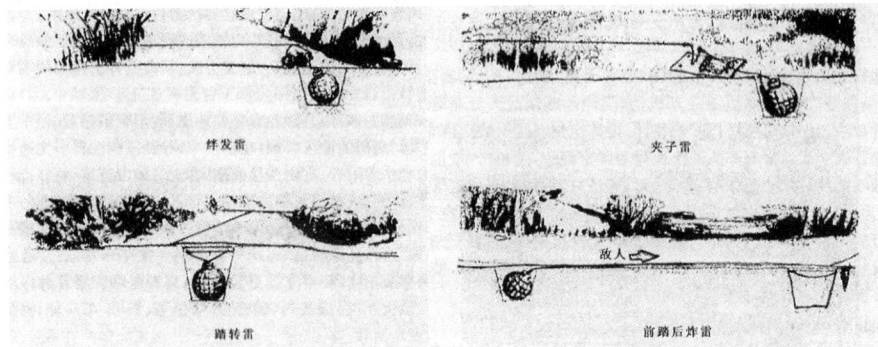

图2-19　在敌人通行处埋设的地雷

布雷地点要选择关口。破坏涵洞和桥梁是破坏公路、铁路最有利的地方，其次是破坏路基和道路交叉点。在隘路和山谷地段破路时，通常在隘路、山谷的进出口和中间地段都埋上地雷，待敌人进入"口袋"后，首先引发出口处的地雷，再引发进口处的地雷。这样，前边的地雷一炸，一部分敌人必往后跑，后边的地雷一响，一部分敌人又往前跑，在敌人前拥后挤慌不择路的时候，再引发中间的地雷，这样地雷的爆炸效果更能奏效。抗日战争时期，河北民兵曾用这种战法，多次袭击敌人的运输车队，切断敌人的交通补给线，使"扫荡"我根据地的日伪军弹尽粮绝，最后不战自溃。

实施地雷破交战，在战术运用上要隐真示假。在铁路、公路、涵洞、隧道、桥梁、车站等处设雷，通常要进行严密的伪装，消除暴露征候，巧妙布设，使敌人难以发现和排除。在作业困难的地段要真假雷结合，以假乱真，以欺骗、迷惑和疲惫敌人。

虎口拔牙——地雷袭击战

地雷袭击战又称地雷麻雀战，是由敌后游击队、武工队和敌占区民兵最先使用的一种战法。因其出其不意的特性，被称为虎口拔牙术。

运用地雷袭击战，通常由少数人员，携带少量地雷，出没于敌人的防区和驻地内外，扰乱敌人、调动敌人和消灭敌人。这种战法的主要特点是：把地雷由防御性武器变为进攻性武器；且人少、雷微、目标小，便于昼伏夜出；虽每次袭击战果较小，但可小群多路，使用次数多、范围广，目标选择突出，可以积小胜为大胜，从而达到迟滞、疲惫、震慑和消耗敌人的目的。如果战术运用巧妙，避强击弱，扬长避短，有时能取得出其不意的战果。

运用地雷袭击战时，要注意摸清敌人的行动规律，方法要灵活多变，把死雷变成活雷。当敌人离开据点外出活动或"扫荡"时，就随敌跟进，采取前敌设伏或随机设雷的办法，使敌人走到哪里，地雷就炸到哪里。当敌人经我多次打击后，固守老巢不敢出来时，可采取"送雷上门"的办法，把地雷埋到敌人的据点里或要塞里。这时，通常以精干人员利用夜暗、不良天候或其他有利时机，隐蔽潜入敌人驻地，或巧妙改扮混入敌内部，在井边、操场或岗楼口布雷。有时甚至可把地雷设在敌人的吊桥边、城墙上或办公室里，秘密潜入，即设即离。运用这种战法人数一般不宜过多，通常以小组为单位活动。抗日战争时期，山东民兵就曾运用这种战法，将地雷送进了日军洗澡的温泉里，炸得鬼子魂不附体，血染泉池。（图2-20）

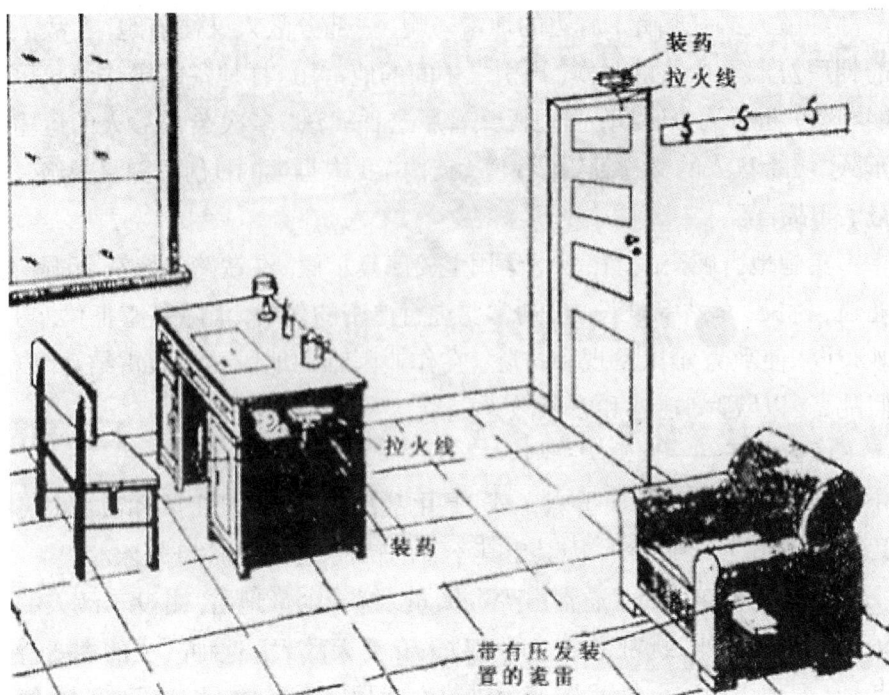

图2-20　在室内设置的地雷

　　运用地雷袭击战，应注意选择好袭击目标和时机。袭击目标通常应选择战斗力不强、防备不严和便于袭击之敌；或分散孤立、疲惫沮丧、骄狂疏忽和临时驻止之敌；或敌仓库、机场、指挥机关和敌伪官员住所等。袭击时机通常应选择在夜间敌人就寝以后拂晓、假日或风雪雨雾等恶劣天气。

四面楚歌——地雷围困战

　　地雷围困战是用地雷封锁、围困敌人，断绝其粮弹供应和交通联络，限制敌人的活动范围，使敌无法持久作战和生存，为攻克敌据点、全歼或逼走敌人创造条件的一种战法。因其难以逾越和困守待毙的特性，往往置敌于"四面楚歌"，最后，"无可奈何花落去"。

　　运用地雷围困战法，通常是根据作战目的，区别对象，分别实施。一般地讲，对于敌人的小据点或碉堡，利用敌人惧怕夜暗的弱点，隐蔽地接近到敌据点或碉堡附近，在其运输补充粮弹和外出取水的进出路上以及敌人白天可能活动的地方都埋上地雷，以致敌人出操、巡逻、取水都可能踏上地雷。敌人多次受炸后，再也不敢出来了，直至弹进粮绝，难以为继。达到围困的目的后，此时可相机行事，或配以政治攻势，促敌瓦解，不攻自破；或借机发挥，"趁火打劫"，一举夺占据点。

对于敌人据守的大据点，如县城、村镇等，可采取地雷封锁的办法，把敌人外出活动的范围尽量压缩到较小限度内。在敌人经常外出活动的地方，可增设多道雷区。用地雷封锁的办法围困敌人，使敌不敢轻举妄动，为我安全生产、异地作战和全歼被围困之敌创造有利条件。如抗日战争时期，山西沁源县城地雷围困战中，曾埋设各种地雷5000多枚，把日军两个大据点围困的水泄不通，敌人想出出不去，想进进不来，整整八天未能越雷池半步。第九天，据守据点的敌人实在支撑不住了，便孤注一掷，不得已冒险出城。谁知刚一出城门，地雷便连续爆炸。被围困的敌人多次突围，结果死的死，伤的伤，在付出了惨重的代价后，被迫弃城而逃。（图2-21）

压发地雷

手榴弹

图2-21　设在野外的诡雷

闻而生畏——地雷威慑战

地雷威慑战是利用地雷爆炸运动的恐怖恫吓结合政治宣传进行造势，使敌人恐惧、沮丧，达到瓦解敌人、战胜敌人的目的，是地雷与谋略相结合与敌人斗智的一种战法。因其闻而生畏和望而却步的特性，被称为恐怖的阴影。

地雷威慑战的方式大致有两种：一是谋略造势，迷惑敌人。通常故意制造声势，对俘虏、敌伪家属等散布消息，扩大宣传效果，到处宣扬我方要大量使用地雷。有时可采用"示形"的办法，让敌人看得见我部分布雷行动，虚虚实实，真真假假，无中生有，以假乱真，使敌人弄不清我真假虚实，感到草木皆雷，陷入疑神疑鬼、寝食不安的苦境。二是软硬兼施逼敌缴械。采取地雷围困与地雷爆破相结合的方法，用地雷封锁敌人碉堡之后，对龟缩在据点里的敌人喊话，展开强大的政治攻势，促敌缴械投降。如敌人出来追击，就会触发我预先设伏的地雷。如敌人仍负隅顽抗，就利用开挖好的地道，先炸他一两个地堡，进一步威逼敌人。对敌斗争的实践证明，这种办法，可以达成"不战而屈人之兵"的目的，是瓦解敌军意志、征服敌人的有效战法。（图2-22）

图2-22　吊石连环雷

开展地雷威慑战应注意掌握时机和敌人的心理状况，这种战法要在群众性的地雷战已普遍开展起来的基础上，且敌人连遭我地雷多次重大打击，恐惧心理骤增、军心动摇、人心厌战和士气低落时进行。特别是敌人连吃败仗或遭我围困封锁、机动受限、弹粮缺乏、缺医少药的时候，此战法更能奏效。

（六）打得赢是硬道理，地雷用无可辩驳的事实
在战争史上书写了自己的辉煌

攻不破的列宁格勒

前苏军工程兵中将文斯基在总结第二次世界大战苏军防御作战的经验时指出：地雷作为一种爆炸性障碍物，能最好地保障自己部队的机动，阻止敌军的推进，并给敌人造成损失。在整个第二次世界大战期间，苏联军民总共设置了2.22亿枚地雷。地雷作为一种防御性武器，在苏联卫国战争中发挥了极其重要的作用。下面，我们来看列格勒保卫战中地雷所起的作用。

列宁格勒保卫战，是苏德战争期间一次持续时间最长的、大规模的城市保卫战。这次保卫战，从1941年7月10日开始至1944年8月10日结束，历时3年零1个月。列宁格勒的军民经过艰苦奋战，战胜了德军长期围困封锁造成的种种困难，守住了城市，在防御和反攻过程中歼灭德军约50个师，并牵制了德军侵苏总兵力的20%和仆从国芬兰军队的全部兵力，取得了列宁格勒保卫战的重大胜利。

列宁格勒位于芬兰湾东岸涅瓦河入海处，是仅次于莫斯科的苏联第二大城市和经济、文化、科学研究的中心，是重要的海港和铁路、河运枢纽，也是苏联波罗的海舰队的基地和大本营。市内河渠密布，城西约24千米处有科特林岛，城东约32千米处为拉多加湖，城北约120千米处为苏联与芬兰国界。市区面积2.6万公顷，人口319万。

鉴于列宁格勒所处的重要战略地位，德军统帅部在其侵占苏联的"巴巴罗萨计划"中就明确了迅速占领波罗的海沿岸地区和列宁格勒的企图。并企图在1941年冬季之前完成这一企图，然后挥师南下进攻莫斯科和斯大林格勒。

苏军统帅部识破了德军这一战略企图，决定尽一切力量坚守列宁格勒，牵制和消耗德军兵力，配合莫斯科方向的苏军作战，等待有利时机转入反攻，彻底粉碎德军的战略企图。

德军和芬兰军队进攻列宁格勒最初投入的兵力为38个师又3个旅，约有1600架飞机。进攻列宁格勒的德军，是德军的北方集团军群，共计23个师（包括3个坦克师和3个摩托化师），1000多架飞机。进攻列宁格勒的芬兰军队，共有15个师又3个旅，共506架飞机支援作战。

担任列宁格勒防御的是苏军西北方面军、北方面军和波罗的海舰队。

苏军西北方面军兵力为31个师2个旅，在列宁格勒外围西南方向维利卡亚河和卢加河之间占领防御，防御正面为455千米，距市区约260千米。

苏军北方面军兵力为18个师，分别在城市北面、西南面接近地域占领防御，防御正面为250千米，距市区约120—150千米。

苏军波罗的海舰队负责从芬兰湾海面掩护和配合城市保卫战，阻止德军舰艇侵入芬兰湾从海上登陆。

为抗击德军的进攻，列宁格勒军民在城市外围构筑了一道弧形防御地带和三个筑垒地域。外围防御地带在城西南方向沿卢加河一线，也叫卢加防御地带。

三个筑垒地域是：

城市西南的赤卫城筑垒地域，距市区约30千米；

城南的斯卢茨克—科尔平诺筑垒地域，距市区约20千米；

城西北方向的卡累利阿筑垒地域，距市区约15千米。

城内市区分成六个防御地境，每个地境内又设有数道防御阵地。在主要街道上筑起街垒，街垒前面设有地雷等反坦克障碍物。这样，从城市外围远接近地到近接近地，从外围到市区，层层设防，形成了纵深梯子形的防御体系。

1941年6月22日清晨4时，德军北方集团军群发起对苏联的进攻，德军集中优势兵力，在强大空、炮火力的掩护下越过国境线，于7月9日冲进了列宁格勒省区。芬兰军队于6月底越过苏芬国境线，突入苏境内25—30千米。

德军进攻开始二周内，进展相当迅速，德军在突然闪击中占领了整个波罗的海沿岸地区，并包围了一部分苏军，但苏军采取分散有组织的突围，冲出了德军的包围并很快在列宁格勒周围进入防御。

还在6月25日，苏军步兵第191师各第一障碍设置队已开始在格多夫方向进行设障作业。随后，摩托化工程兵第106营、列宁格勒工程兵学校和第42舟桥营的工兵，已分别在卢加阵地中央前的地域上开始布设地雷。为加强力量，还从军队和地方组织中挑选了300名爆破手派到卢加阵地，其任务是在两三天内在主要防御地段基本完成布雷作业。

从1941年7月12日至8月初，苏军在卢加前进阵地上进行了战斗，任务是阻止德军向主要防御地带的中央地段前进。苏军各部队以地雷战给德军以重大杀伤，炸毁了德军的坦克，以地雷场限制了坦克机械化部队的机动，迫使其寻找迂回路线。7月12日，工程兵第106营的地雷工兵阻挡住了德军一个坦克连的多次进攻，并炸毁了四辆坦克。

苏军在卢加前进阵地上的积极行动和其防御地区严密的地雷障碍，迫使德军不得不放弃沿公路从正面直接进攻卢加，改变进攻方向，企图在卢加阵地的翼侧寻求成功。但在翼侧，也遭到了苏军顽强的抵抗和反击。

在右翼，德军在夺占卢加河岸不大的登陆场后即遇到障碍受阻。工程兵第106营的工兵和舟桥第42营的舟桥兵，在德军夺占的登陆场的周围设置了地雷和铁丝网等障碍物，并同炮兵一起摧毁了许多坦克。在这里，德军的进攻一直被阻止到8月中旬。

在左翼，德军坦克第8师被地雷炸得溃不成军，迫使其不得不停下来变更部署。在战斗中，苏军各师工兵营和方面军工程兵部队设置了大量地雷障碍物，保障了军队的行动，并担负了抗击德军坦克的主要任务。（图2-23）

列宁格勒的城市工业为防御工程提供了一切保障：供给了成百套的装配式工事，上百吨的炸

图2-23　苏军使用的防步兵地雷

药、地雷、喷火式地雷和燃烧油料等。有50万列宁格勒人参加了在防御地区的作业，其中有10万人变成了工兵，学会了布设地雷。

在维堡战斗中，叶拉斯托夫大尉指挥的工兵营参加了战斗，在防御前沿实施了布雷，又在尔后的退却中，成功地破坏了道路和设置了许多地雷。

防御地区的工事构筑是多种多样的。为构成独立支撑点的环形防御，挖掘了壕沟，设置了铁丝网和地雷。

列宁格勒接近地域的战斗从1941年7月10日开始，经过约3个月的苦战，阻止了德军的进攻，到年底基本在列宁格勒城市外围的筑垒地域防线上稳定下来。德军虽然占领了波罗的海沿岸地区，从陆地上封锁了列宁格勒，但经过苏联军民的艰苦奋战，彻底粉碎了德军企图攻占列宁格勒城的计划并使德军遭受重大损失，再也无力发动新的攻势。

列宁格勒保卫者在德军封锁的条件下，转入了阵地防御。由于当时缺乏地雷爆炸性障碍物所用的炸药，使用了爆破炸弹、水雷和炮弹等实施布雷。1942年春，为迎击德军对城市的强击，苏军在所有防御阵地和战役战术纵深地带开始了大规模的布雷作业。

1943年1月12日，列宁格勒方面军和沃尔霍夫方面军开始了突破。在发起进攻的前夜，列宁格勒方面军派出的工程兵分队，在己方的地雷场中设置了1000多个悬挂炸药。随着炮火准备的开始，他们起爆了装药，在自己的障碍物中进行了全面扫雷，为坦克炸开了通路。这次突破封锁战役，粉碎德军7个师，歼敌3万余人，摧毁工事800座，并击毁和缴获大批坦克和自行火炮。

1944年上半年，苏军在各个战区的反攻不断取得胜利，而德军在苏军的强大反攻下，节节溃败。苏军最高统帅部决定对列宁格勒以北的芬兰军队实施进攻，消灭芬军，恢复苏芬边界，以迫使芬兰退出法西斯阵营，然后抽兵转向苏德战场其他战区作战。

在对芬军进攻作战中，苏军进行了巨大的排除障碍物的作业。对115处居民地，1300所房屋，2400千米道路和许多其他目标进行了布雷检查和扫雷。只在各次战斗过程中，就取出和销毁了3000多枚地雷。

随着反攻作战的进程，在解放爱沙尼亚战役期间，列宁格勒方面军工程兵修复了340千米道路，取出约6000枚地雷。在爱沙尼亚解放和德军库尔良吉亚集团投降后，苏军又在波罗的海沿岸地区实施了巨大的全面扫雷作业。其间，地雷工兵发现和排除了12700多枚防坦克地雷，91300多枚防步兵地雷，12100多枚手榴弹，9781发炮弹和炸弹，13796发迫击炮弹。

在列宁格勒会战过程中，由于地雷战与其他战法的密切配合，使列宁格勒在强大的德军进攻面前岿然不动，成为一座攻不破的堡垒。共歼灭德军11.4万人，坦克327辆，汽车4500余辆，击毁飞机100余架，船艇5艘，炸毁德军火车1100余列以及铁路、桥梁和仓库等。至此，历时三年零一个月的列宁格勒保卫战，以苏军的完全胜利和德军的彻底失败而告结束。

阿富汗不欢迎苏军

1979年，苏军重兵入侵阿富汗。阿富汗游击队避开苏军的锋芒，在交通线上广泛开展地雷伏击战，入侵苏军惶恐不安，陷入了到处挨打、疲于应付的被动境地。

阿富汗游击队十分重视破坏敌人的交通运输线。阿富汗没有铁路，交通运输主要靠公路。游击队经常采用挖沟、炸桥、埋雷等方法，在苏军经过的许多公路上，造成交通中断，同时，经常伏击苏军的车队和巡逻队，使苏军的交通运输受到严重威胁，并不断遭受损失。稍有疏忽大意，地雷就会爆炸。游击队时常选择山间小路、水源、绿洲、丛林及接近路等处布设地雷，特别是在山区和山间通道的险要地段，通过改造和利用地形，结合进行地雷战，多次阻击和伏击进剿或开进中的苏军坦克和机械化部队。

1980年4月，阿富汗游击队在位于喀布尔北部的潘杰谢尔山谷用地雷伏击了苏军的一支机械化部队，击毁坦克和装甲运兵车10余辆，炸毙100多人，俘获30余人。后来，苏军和阿政府军集中兵力多次对活动在这个山谷的游击队进行清剿，但游击队利用山谷的有利地形使敌人多次扑空。当敌人追来时，游击队就巧妙设置地雷杀伤敌人。当时，西方通讯社

评论说："游击队的地雷战打得好，当他们受到威胁时，就钻进山里不见了。"（图2-24）

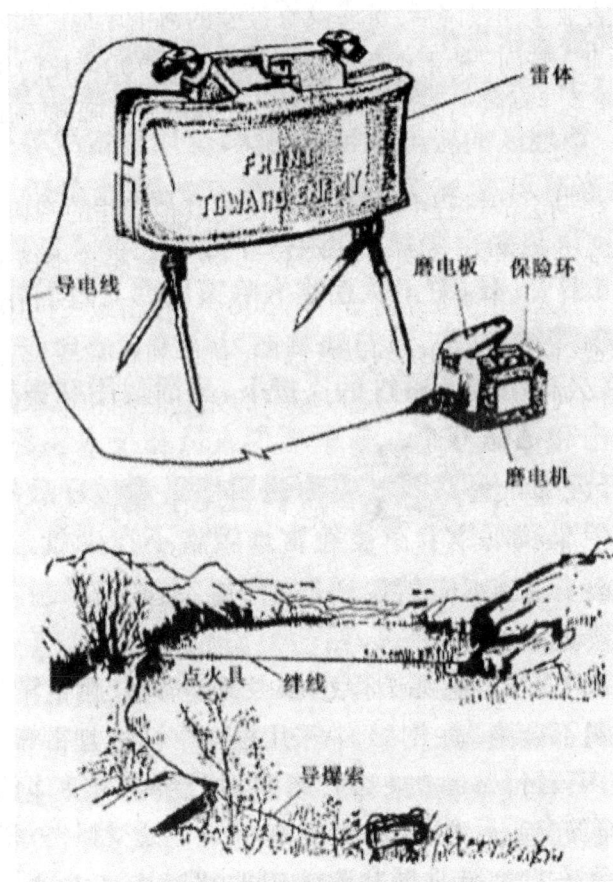

图2-24　定向破片地雷及设置

此类情况曾多次发生。

1980年5月，苏军出动坦克和装甲车600多辆，在阿富汗中部地区进行扫荡。该地区的努里斯坦游击队运用地雷战等战法同敌激战三天，击毁苏军坦克36辆，毙伤苏军400余人，最后，迫使苏军撤出了该地。

1981年8月23日，游击队在坎大哈市以西5公里处以地雷炸毁苏军坦克两辆，炸毙12人。

游击队在公路沿线老百姓的支援下，灵活运用麻雀战、伏击战等战法，不断打击和杀伤苏军。苏军不少人员和技术装备就是在公路上被游击队歼灭的。公路线已成为使用地雷大量歼敌的主要场所。苏军坦克、装甲车和军用卡车被地雷炸毁者不在少数。由于路况不良，行车速度降低，技术事故也随之增多。有些路段经常中断，修复后又遭破坏，不能正常通行。

1983年1月下旬，昆都士至巴格兰之间的公路被游击队用地雷封锁，较长时间不能通车。

游击队为了对付苏军的扫荡，有时在己方控制的据点外围埋设地雷，加强警戒和设伏，以阻止苏军对据点的袭击。1983年3月12日，赫尔曼德省米富特地区的游击队同苏军激战8小时，毙伤苏军42人，支援作战的苏军坦克和装甲车望雷兴叹，不敢前进一步。

4月10日，苏军出动坦克和装甲车对坎大哈省的桑萨尔和帕什摩尔地区的游击队据点发动进攻。由于游击队早有准备，在据点外围埋设了大量地雷，并加强了对各据点的防御。苏军来袭时，有两辆坦克触雷被毁，迫使其慌忙回窜。

苏军侵阿战争期间，游击队用地雷武器阻挠苏军的机动，破坏公路交通，迫使苏军进退两难，使其在战争的泥潭中越陷越深。到后来，人心慌恐，士气低落，损失惨重。

海湾战争中的沙漠要塞

1991年，历时42天的海湾战争，是自第二次世界大战以来波及全球的对世界政治、经济、军事影响最深远的一场现代化高技术战争。在这场战争中，进攻和防御都得到了充分的体现：伊拉克坚固完整的防护工程体系、精心构筑和苦心经营的"萨达姆防线"和"沙漠要塞"，对保障生存、保持战争潜力、迟滞多国部队的地面进攻、延长战争进程发挥了重要作用；而多国部队卓有成效的"沙漠风暴"和"沙漠军刀"行动，极大地削弱了"萨达姆防线"的抵御功能，克服了宽大的障碍地带，打开了

"沙漠要塞"的大门,保障了地面部队的顺利进攻,为多国部队取得战争的最终胜利创造了有利的条件。(图2-25)

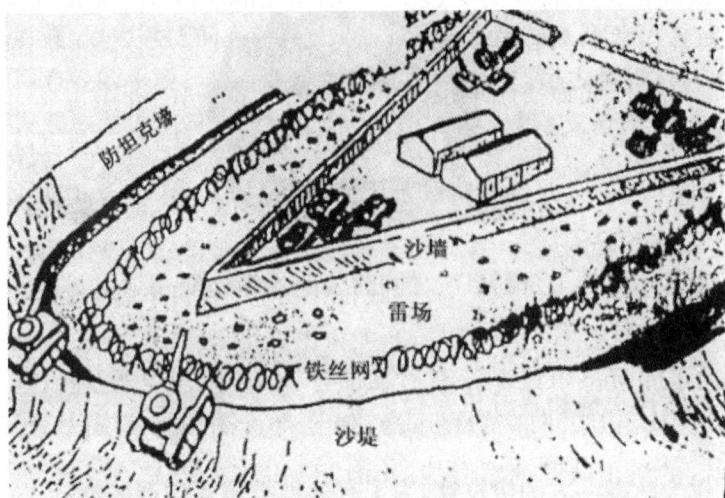

图2-25 沙漠要塞示意图

在这场高技术、高强度的现代化战争中,地雷战是地面作战的一个重要组成部分。

伊拉克仅战前储备的地雷就有2000万枚,共计50余种型号,多为防坦克地雷和防步兵地雷。早在两伊战争时期,伊拉克就从前苏联、美国、英国、法国、意大利、埃及和智利等国家购进了20余种地雷。1990年8月,伊拉克占领科威特以后,又购进了大量不同类型的"万国牌"地雷,既有传统的压发地雷和拉发地雷,也有现代的电子引信和磁震引信高科技地雷。

防坦克地雷以炸履带为主,如前苏联的TM-46型;美国的M19、M21型、英国的L9A1条型,意大利的VS-22型和法国的ACPM型地雷等。

防步兵地雷主要有:前苏联的PMH型爆破雷;美国的M18A1防步兵定向雷;意大利的VS-50型爆破雷和VALMAR69型破片雷;智利的CARDOEN型防步兵定向雷等。(图2-26)

伊军地雷大部分由人工设置或用机械布雷车布设,也有部分可撒布地雷用火炮和直升机布设。此外，伊军还装备有一定数量的化学地雷。

作为防御一方的伊拉克，为了有效地抵御多国部队的进攻，用了4个多月的时间，沿伊沙、科沙边境构筑了长达240千米，纵深7—8千米，由沙堤、防坦克壕、火障、铁丝网及混合地雷场等障碍组成的宽

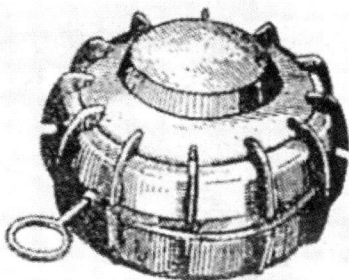

图2-26　意大利爆破雷

正面、大纵深的障碍体系。该障碍体系中，除布设有专门的防坦克和防步兵地雷场外，还在沙堤附近、防坦克壕两侧、陷阱及铁丝网周围均布设了大量地雷群，数量多达50万枚。

防坦克地雷场的纵深约400米，成4—6道阵列；防步兵雷场的纵深约100米，成2—3道阵列；布设的防坦克地雷场和防步兵地雷场的总长度约455千米，总面积约153平方千米；使整个科威特变成了一个大型地雷场。

为阻止多国部队海军陆战队的海上登陆进攻，伊军沿科威特海域还布设了1000多枚水雷，又在沿海滩头地域精心设置了防登陆障碍场，布设了数万枚地雷。同时，伊拉克从科威特被迫撤军后，又在科威特的大部分油井周围及城镇内外布设了大量地雷群。

现代战争中各种高技术兵器云集，战争进程加快，但地面交战仍旧是决定战争最后胜负的关键，地雷战是地面作战的重要组成部分。海湾战争中，由于科沙、伊沙边界地区及科威特境内的地形开阔，无天然屏障可以利用，因此伊军以地雷武器为防御盾牌不失为一种以弱胜强、以劣胜优的有效战法，也是迟滞多国部队进攻推进速度的简便而有效的手段。多国部队虽然占有绝对空、海力量优势，却迟迟不能发起地面进攻，不得不延长空袭时间，造成重大物资消耗，这不能不承认地雷战在其中所起的重要作用。由于伊军大量使用地雷，使多国部队不得不反复研究和演练排除的方法和行动，并向海湾地区投送了大量的扫雷装备和工兵部队，以用于在地雷障碍物中为坦克、装甲车等技术兵器

和步兵开辟通路。

　　伊军的地雷战对以美国为首的多国部队的士兵造成了极大的精神震撼,普遍产生恐惧心理。在短短的地面交战中伤亡甚少的多国部队,仅法国就有30多名参战士兵伤于地雷。

第三章　禁雷浪潮连天涌

(七)地雷危机催生出国际禁雷运动

在战场上使用地雷的确是一种有效的反机动手段,这就是世界各国军队不断研制和应用地雷和布雷器材的根本原因。但随着地雷的大量使用,不仅在战争中给作战部队带来严重威胁,更严重的是给战后恢复重建带来长期的危害。

地雷深深地埋在地下,有时会默默地躺上几年的时间,在那里等待着玩耍的孩子、寻找孩子的母亲、踢足球的年轻人或者是复耕土地的农民,它等待的总是毫无戒心的人。然后,当这些毫不提防的人恰好走到那里时,它就没有任何先兆地爆炸开来,将受害者的身体炸个粉碎,或者炸断他们的胳膊和大腿。

20世纪80年代初期,已有许多非政府组织已正视到上亿颗地雷在地球上造成不人道的伤害问题,人权组织、儿童福利团体、难民组织、医疗及人道团体,都从自身的领域出发,试图了解地雷对人类所造成的伤害,并利用其资源帮助受害者。明显地,减轻该问题危害的唯一方法即是减少武器数量,非政府组织便用各自最具影响力的方式来达成上述目标,他们不断地增加与地雷相关的议题,并且努力地收集有助于全球禁武的相关资讯。

20世纪90年代,随着冷战的结束,因雷患而引发的人道主义地雷危机日益加深,逐渐成为国际社会的关注热点。一些雷患严重国家的人们不无伤感地表示：战争或许停止，但对付地雷的战争会永远伴随着人类，成为当地人们心中永远的痛。雷患正在严重威胁着那里的无辜平民，特别是妇女和儿童，无数的人遭受着地雷所带来的无端痛苦。地雷使农田无法耕种，道路无法使用，人们无法返回家园，严重阻碍着各国战后恢复重建和经济发展。而要排除战后残留地雷，彻底消除雷患，需要投入很大的财力、物力，耗费很长的时间。因此，地雷问题自然引起国际社会的广泛关注，民间力量和政府组织都在为早日解决雷患问题而不懈努力。

目睹雷患给人类带来的人道主义灾难，一些国家要求限制使用地雷，国际民间力量如非政府组织、宗教团体、和平组织则相继提出全面禁止杀伤人员地雷的主张，呼吁国际社会要广泛关注地雷引起的人道主义问题，于是，国际禁雷运动便逐渐兴起。

1991年1月，保护妇女儿童难民妇女委员会的领导人在泰柬边界的难民营看望了地雷受害者，几个月后在美国国会做证时要求禁止使用杀伤人员地雷。

1991年夏天，"美国越战老兵基金会"在柬埔寨成立了它的第一家康复诊所，专门为地雷伤残者提供服务。

1991年9月，人权观察组织亚洲部和人权医生组织共同发表了《懦夫的战争——柬埔寨地雷报告》，联合要求禁止杀伤人员地雷。

1991年11月，"美国越战老兵基金"和"德国国际医生组织"共同发起倡议，号召非政府组织团结起来，协调一致，开展禁雷行动。

随着禁雷呼声的不断高涨，一些非政府组织开始认识到：要在全球实现禁雷，必须把国际社会分散的民间力量汇集起来，开展协调的政治行动。1991年底至1992年初，一些非政府组织开始走到一起，有组织地开展禁雷活动。

1992年5月，残疾人国际、地雷顾问团和人权医生组织联合发起了"停止懦夫的战争"运动，举行了要求进一步限制使用地雷的请愿活动，世界范围的禁雷运动风起云涌。在这种背景下，国际禁雷运动组织应运而生。

1992年10月，由残疾人国际（法国）、人权观察组织（美国）、国际医生组织（德国）、地雷顾问团（英国）、人权医生组织（美国）和美国越战老兵基金会等六个非政府组织发起成立了"国际禁雷运动组织",协调全球的非政府组织禁雷行动,并发表了《关于禁止杀伤人员地雷的联合要求》。

1993年5月,这六个组织在英国伦敦联合主办了第一次国际非政府组织地雷会议,来自40个非政府组织的50名代表参加了会议,共商发展禁雷运动组织的大计,同时推举上述六个组织组成国际禁雷运动组织指导委员会,并推选"美国越战老兵基金会"的乔迪·威廉姆斯为协调员。

威廉姆斯全心全意地投入到了这项史无先例的事业中,在她的努力下,先后将80多个国家的1300多个非政府组织召集到了国际禁止地雷运动的旗帜下。一方面,广泛宣传杀伤人员地雷战后对平民造成的伤害,发动新闻媒体关注地雷问题,同时也在公众中开展各种宣传教育活动,建立和提高公众的地雷问题意识,取得媒体和公众的支持,为禁雷运动广造舆论。另一方面,在各自国家中积极发展禁雷组织、开展禁雷活动,建立与政府的联系和对话机制,向所在国政府施加压力,促成各国政府形成禁止地雷的政治意愿。

这一运动非常强调建立尽可能庞大的同盟,并很早就经常会见宗教、劳工、商界、科技、军事和政治等方面的领导人。美国佛蒙特州的民主党参议员帕特里克·莱希是较早转向这项事业的最重要人物之一。他和伊利诺伊州的议员莱恩·埃文斯一起提出了将美国杀伤人员地雷的出口暂停一年的议案,1992年在国会获得通过。后来证明,这是一剂强有力的催化剂,使得世界各地的政治家们从此开始考虑,既然美国能采取这样的行动,这项事业就真有可能取得重要进展。

1993年2月,法国总统密特朗在访问柬埔寨期间,宣布法国将禁止地雷出口。很快,就有十几个国家纷纷效仿,发表了类似的声明。

1994年6月,瑞典国会要求全面禁止地雷。8月,意大利议会要求政府采取行动,禁止所有地雷的出口。接着,压轴戏开场了,美国为了主导国际禁雷运动,在当年9月举行的联合国大会的开幕会议上,克林顿总统呼吁"最终根除"地雷。

紧接着,克林顿又在1996年5月宣布了一项新政策:到1999年,美国将在除朝鲜之外的地方停止使用"迟钝"(不具有自毁、自失能功能的地雷）地雷，在达成国际协议前将无限期地继续使用"灵巧地雷"（能根据预先设定的时间自毁、自失能的地雷），将努力通过谈判来达成一项禁止杀伤人员地雷的国际协议。这就为召开引人注目的渥太华会议奠定了基础。

1996年10月，借国际禁雷运动的东风，加拿大遍邀所有赞成全面禁止杀伤人员地雷的政府到渥太华共商大计（后称"渥太华战略会议"）。与会者包括50个国家的政府和24个观察员国家的代表，另外还有非政府组织团体以及联合国的代表。在会议即将结束之际，加拿大外交部长劳埃德·阿克斯沃西宣布，加拿大政府计划一年后再召集这些国家，以及其他愿意加入的国家，在1997年12月签署一项条约，立即全面禁止所有种类的杀伤人员地雷。实现这一目标的过程被称为"奥斯陆进程"。"奥斯陆进程"的核心成员国包括加拿大、奥地利、比利时、挪威、爱尔兰、荷兰、德国、瑞士、菲律宾、墨西哥、南非等国。

就在1996年"渥太华战略会议"结束几星期后，奥地利政府正式起草了禁止杀伤人员地雷公约第一份草案，要求每一个缔约国在一年内销毁地雷库存，并在公约于本国生效5年内清除已埋设的杀伤人员地雷。

1996年11月，美国驻联合国大使向联合国大会介绍了一项84个国家共同决议草案，敦促开展全面禁止杀伤人员地雷的谈判。1996年12月，联合国大会以51/45S号决议通过了由主张全面禁止杀伤人员地雷的国家提出的"继续开展卓有成效的努力，尽快完成禁止使用、储存、生产和转让杀伤人员地雷这一合法约束性国际协议谈判"的建议性文件。该决议最后以157票赞成、0票反对、10票弃权（即白俄罗斯、中国、古巴、朝鲜、以色列、巴基斯坦、韩国、俄罗斯联邦、叙利亚、土耳其）获得通过。

成功通过了联合国大会决议后，一个来自世界各地、支持政府这一主张的"核心小组"成员开始进行非正式集会，讨论如何继续推动这一进程。1997年，参与"奥斯陆进程"的100多个国家和非政府组织的代表连续召开了4次会议，即维也纳会议（2月）、波恩会议（4月）、布鲁塞尔会议（6月）和奥斯陆会议（9月）。

1997年2月12—14日在奥地利召开了维也纳会议，由奥地利外交部赞助主办，有关国家就禁止杀伤人员地雷公约的内容交换了意见，专家会议则讨论了《禁止杀伤人员地雷公约》文本，来自111个国家的政府代表参加了会议,并就许多关键问题,特别是就分阶段禁雷与立即禁雷的优点、杀伤人员地雷的定义、核查、遵约的普遍性和谈判场所的选择等进行了开放性的协商讨论。这次会议吸收了参与者的意见,奥地利政府修改了公约的原始文本。1997年3月14日,发布了《关于禁止使用、储存、生产和转让杀伤人员地雷及销毁此种地雷的公约》草案第二版。相对于草案第一版,最显著的修改是对"杀伤人员地雷"的定义进行了修改,该定义中的"主要"一词被删除,增加了防车辆地雷不得装配反排装置的特别条款。

1997年4月24—25日,在德国召开了波恩会议,即:"关于禁止杀伤人员地雷可能的核查措施的国际专家会议",共有121个国家出席了这次会议。参加会议的国家形成了两派意见:一方坚持认为,详细的核查是确保任何协议有效的根本;而另一方的争论是,协议的本质在于其人道主义特征,强调制定明确的禁止杀伤人员地雷标准才是最主要的问题。会后,奥地利政府根据讨论的意见,对公约文本进行了再一次修改,形成了禁雷公约第三版也是最后一版草案文本,这为后来的布鲁塞尔会议正式谈判与达成公约提供了基础。

1997年6月24—27日,在比利时召开了布鲁塞尔会议,即:"全球禁止杀伤人员地雷国际会议",通过官方继续推动和加强1996年"渥太华战略会议"的效果。会议为将在1997年9月奥斯陆外交会议就奥地利提交的第三版也是最终公约文本的谈判与达成的主要任务发表了布鲁塞尔宣言。156个国家参加了布鲁塞尔会议,其中97个国家签署了"布鲁塞尔宣言",宣言确认了"禁止杀伤人员地雷公约"的主要条款内容是:

一、全面禁止杀伤人员地雷的使用、储存、生产和转让;

二、销毁所有库存和清除所有杀伤人员地雷;

三、对雷患国的扫雷提供国际合作与援助。

除了推动奥地利的公约草案文本作为奥斯陆外交会议的谈判基础外,支持"布鲁塞尔宣言"的与会国还重申了加拿大外交部长提出的于1997年年底前签署全球禁止杀伤人员地雷公约的倡议。

1997年9月1—18日,在挪威召开了奥斯陆会议,即:"全面禁止杀伤人员地雷的国际外交会议",按议程,会议持续了三个星期。只有正式支持"布鲁塞尔宣言"的国家作为官方代表参加会议并享有投票表决权，其他国家连同国际禁雷运动组织、ICRC和联合国代表则以观察员身份参加会议。奥斯陆会议期间的谈判，集中在美国就公约草案文本提出的实质性改变要求。美国代表提出了许多建议，包括为保护韩国，美国可以拥有在朝鲜半岛使用地雷的例外权利等，但美国的建议没有获得通过。不过，美国在1997年9月18日上午的公约草案表决中也没有投反对票。

1997年12月2—4日，在加拿大渥太华召开全球禁雷战略国际会议，开放签署《关于禁止使用、储存、生产和转让杀伤性地雷及销毁此种地雷的公约》。152个国家、联合国有关组织、国际红十字会及国际禁雷运动协会等众多非政府组织以正式代表身份出席了会议，美国、俄罗斯、中国和以色列等28个国家也以观察员身份出席了这次会议，在全球造成了广泛的政治影响。挪威、南非、蒙古等122个国家当即签署了该公约，加拿大、爱尔兰、毛里求斯当时就向联合国秘书长安南提交了公约批准书。由于会议是在渥太华召开的，因此该公约又称《渥太华禁雷公约》。该公约要求40个国家批准或加入才能生效——"交存联合国秘书长的第40份公约批准书、接受书、核可书或加入书那个月之后第六个月的第一天起生效。"1998年9月18日，第40个国家批准或接受加入了《渥太华禁雷公约》，到该月底有45个国家加入公约。因此，《渥太华禁雷公约》在1999年3月1日起正式生效。

"奥斯陆进程"在短短一年时间里便实现了预期目标。1996年1月，加拿大全面暂停生产、使用和出口杀伤性地雷，并于10月承诺在签署《渥太华禁雷公约》前销毁其储存的地雷。比利时于1996年3月制定了世界上第一个禁止生产、使用、出口和储存杀伤性地雷的法律。日本政府也作出了最终废除地雷的承诺。1996年4月15日，澳大利亚宣布了一项禁止使用地雷的命令。次日，德国国防部也宣布，联邦国防军"无条件"放弃使用杀伤性地雷（不包括反坦克地雷），并将在日内瓦召开有关地雷问题的会议之前销毁100万枚此类地雷。英、法两国原本对立即禁雷存有疑虑，但英新政府上台后大幅调整了政策，法政府迫于国内的反雷压力也不得不作出政策调整。两国于1997年5月均决定全面加入"奥斯陆进程"。

值得注意的是，美国作为冷战结束后的唯一超级大国，在地雷问题上，处处体现出其在国际事务中的严重"单边主义"色彩和霸权心态。一开始，美国为了领导全球禁雷运动，以拥护禁雷运动的姿态成为全球禁雷运动的主倡国，认为全球禁止杀伤性地雷符合美国的长远利益和人道主义价值理念，积极鼓动、参与国际禁雷的"奥斯陆进程"活动，还向有关国家施加压力。在地雷销毁方面，美国也走在世界的前列，它已经销毁了武器库中的300万颗地雷，为世界范围内的地雷销毁提供的财政支持也比其他任何国家都多。美国还不断延长地雷出口的禁令，并在联合国提出要通过一项决议，号召所有国家"积极奉行"禁止杀伤人员地雷的政策。

但随着国际禁雷运动发展超过其心理预期和控制后，美国的态度却变得有几分迟疑。美国驻联合国副大使卡尔说："我们不准备明确确定日期，但我们打算立即行动起来。如果'奥斯陆进程'能够在那一时间框架内完成，并且能解决我们所关心的事情的话，我们将非常支持。"这话口气上虽然肯定，却有一个关键的限制词——"如果"。

这是因为美国国防部想尽力达成一项能满足其关键性防御需要的条约，因此，它要求有三点例外：须允许在朝鲜和韩国之间的非军事区使用地雷；须允许美国在复合反坦克系统中继续使用地雷；美国须保留使用"灵巧地雷"（能根据预先设定的时间自毁、自失能的地雷）的权利。它辩称，朝鲜应不受任何条约的束缚，因为它是冷战的最后一个战场，而地雷是几十万保卫汉城的美军和非军事区另一侧百万朝鲜军人之间仅有的屏障。无论如何，"灵巧地雷"不会造成什么问题，因为它们到时间就会自毁、自失能，所以不应该在被禁之列。

这一立场使民主党参议员帕特里克·莱希和其他国会领袖及世界上众多媒体一片哗然。克林顿8月相应地改变了方针，同意参加将于约两周后在奥斯陆进行的"奥斯陆进程"的会谈。这些会谈是为条约的最后制定和12月在渥太华的签署所作的准备。但是，尽管美国同意加入"奥斯陆进程"，它仍然坚持那三点例外，至少是暂时性的。因为克林顿收到了一封由10位退休四星上将写来的信，称这项条约"存在明显缺陷、没有根据、无法实施且徒劳无益"。这封信进一步给政府施加压力，要求它保持原有的立场。经过又一个星期痛苦的思想斗争后，克林顿于1997年9月17日宣布，如果这项禁止地雷条约不作修改的话，美国不会签字。因此，当122个国家，包括美国所有的亲密盟国，于12月初在渥太华签署《关于禁止使用、储存、生产和转让杀伤性地雷及销毁此种地雷的公约》（即《渥太华禁雷公约》）时，美国只能远远地旁观。克林顿总统说："我们国家的责任与众不同……作为总司令，在派我们的战士去保卫美国人民的自由或其他人的自由时，不会不尽一切可能保障他们的安全。"

美国既想领导全球禁雷运动，又坚持有条件禁雷的政策，结果陷入了两难困境。164名众议员在一封公开信中，要求克林顿政府签署《渥太华禁雷公约》，而美国国防部坚决要求保留在朝鲜半岛使用地雷的权利。尽管美政府宣布不签署《渥太华禁雷公约》，但它已提出全面禁止杀伤性地雷的日程表，即2003年在朝鲜半岛以外、2006年在所有地区停止使用杀伤性地雷。但小布什政府上台伊始，在宣布相继退出《反导条约》《京都议定书》后，2001年8月公开宣称，美国承担着独特的安全责任，不赞同《渥太华禁雷公约》，认为现有的《修正的地雷议定书》已经足够了。

俄罗斯出于防御和出口的需要，也不赞成立即全面实现禁雷。

（八）乔迪·威廉姆斯和"国际禁雷运动"组织获得诺贝尔和平奖

回顾国际禁雷运动发展的历程，不难看出，国际禁雷运动组织事实上已经成为推动禁雷运动的中坚力量。自从成立以来，国际禁雷运动组织及其6个创始会员组织便对地雷之于平民的身家影响研究，集聚了多样的专业权威及实地考察经验。禁雷运动得到了不断的成长及扩展，如今已有超过1400个团体加入，包括妇女、儿童、退伍军人、宗教团体、环保、人权、限武、和平及发展等不同的组织，这些团体分布超过90个国家，通过地区、国内及国际各层面的工作以达成彻底清除杀伤人员地雷的目标。国际禁雷运动组织及其弹性的非政府组织网络持续于国际间推动禁止使用、生产、储存、转让杀伤人员地雷，并呼吁国际社会增加资源，资助人道主义扫雷及地雷受害者的救援计划。借助世界性的研究员网络每年出版《全球地雷监督报告》，监督世界地雷现况。同时，国际禁雷运动组织主持倡议活动，游说《渥太华禁雷公约》的普及化及全面实施；加速人道主义扫雷行动计划尽快满足受地雷影响地区的需要；支援地雷生还者及其家属和社区；向各界包括非政府武装团体宣传停止生产、使用及转让杀伤人员地雷。国际禁雷运动组织定期参加禁止地雷公约相关会议，力促非缔约国加入公约并呼吁非政府武装团体遵守禁雷规范，谴责使用地雷及推广地雷议题的公共意识及讨论，举办活动及引发媒体议题。国际禁雷运动组织有一个6人管理委员会以及由21个会员组织组成的咨询委员会。目前国际禁雷运动组织有4位员工，分布于日内瓦（总办事处）、巴黎、罗马。国际禁雷运动组织每年亦雇用许多实习生。

为表彰国际禁雷运动组织在推动禁止使用杀伤人员地雷运动中的杰出成就，该组织及当时的协调人乔迪·威廉姆斯女士于1997年同时获颁"诺贝尔和平奖"。当诺贝尔委员会宣布乔迪·威廉姆斯和"国际禁雷运动"组织获得1997年"诺贝尔和平奖"时，说明诺贝尔委员会已意识到禁雷事业的重要性，并认同了国际禁雷运动组织成立的模式。诺贝尔委员会强调："国际禁雷运动组织以不确定的方式展现并传播人民的委托，让许多中小型国家也有能力担负起这样的议题……这样的工作可以增加人民对和平政策重要性的觉醒。像这样的运作模式，在未来可以增强和平与非武装政策的影响力，并可以提升这些政策在国际上的重要性"。（图3-1）

图3-1　乔迪·威廉姆斯获诺贝尔和平奖

（九）戴安娜成为国际禁雷运动的形象代言人

国际禁雷运动的顺利开展，还得益于戴安娜的鼎力推动，她是世界上最漂亮的王妃、最有亲和力的慈善家、最善良的和平天使,是国际禁雷运动最有感召力的形象代言人。

戴安娜和查尔斯的婚姻经过丑闻的冲击,最终于1996年8月正式宣告结束,戴安娜同时失去"殿下"头衔。作为原来王室中最受欢迎的一名成员,戴安娜将来的角色会是什么?白金汉宫明确回答:"由威尔士王妃自己来决定。"

戴安娜认为她同意离婚那天是她一生中最痛苦的一天。她不会贪恋王后宝座的风光,她的路本来就与丈夫、王室和君主制格格不入。她所在乎的,是王妃这一职位能使她最大限度地关怀不幸的人。

她要继续从事慈善事业,一纸协议不会使她放弃余生的努力。离了婚的戴安娜摆脱了重重的束缚,她像一只脱离了樊笼的小鸟,展翅飞向广阔的天空。这位备受世人关注的前太子妃将以罕见的勇气和不懈的努力让世人刮目相看。

离开了白金汉宫的戴安娜,希望被看作"人民心中的王后"。她要利用媒体对自己的追捧去解决最需要解决的问题。

当戴安娜投身到国际禁雷运动中时,人们发现此时的戴安娜与以前完全不同。她不再是美貌高贵的王妃,而是呼吁人类和平的斗士。

最初,戴安娜是通过国际红十字会了解一些情况后,便开始为解决这个问题而四处奔走的。她说:"我一直了解到由于杀伤性地雷造成了连续不断的悲剧。但我想能够做的还不仅仅是读统计数据,我能做得更多。我的目的很简单——促使全世界都来关注人类由于罪恶的武器所遭受的灾难。"

戴安娜感到,杀伤性地雷问题的产生与发展本身即是一个敏感的政治问题。东南亚、非洲一些国家因为外族入侵而留有不少未排的地雷。由于这些地雷埋藏的地点比较隐秘,因此无意中被引发的可能性极大。每个月因不小心踩雷而死亡的就有800人,另有1200人因此而致残。在安哥拉就多次发生过无辜儿童致死致残的事件。

戴安娜了解到,反对使用地雷运动是由加拿大发起的,当时已有70多个国家通过了永久性禁止使用地雷的倡议,但克林顿政府、俄罗斯、印度等地雷大国都还没有此种意向。戴安娜想通过自己的努力,使得这一状况能够向着好的方向转变。

1997年1月，戴安娜作为国际红十字会代表，飞赴杀伤性地雷严重的安哥拉，宣传扫雷活动。在那里，她看到人为的祸害中无辜的受害者和战争结束后遍布在山野、公路上的伤残儿童，而对这种人为的、可避免的祸害，戴安娜泪流满面，也愤怒异常。在行前，她同意BBC电视台录制组成员跟踪她到安哥拉，因为她深知电视台在暴露问题方面的作用。镜头跟踪她，她则把镜头引向了那些需要帮助的人们。

在她的日记中，真实地记下了她在安哥拉的所见所感、悲伤与愤怒。

日记中写道：

第二天一早，我们乘飞机前往奎多。最后一分钟我要求改变行程，去参观这座城市，因为我想亲自看看这一战争中心国的部分地区。在我们驱车前往医院参加下一个会议的路上，我一直想着保罗（保罗·伯勒尔，戴安娜的管家）告诉我的那些令人不安的故事。可悲的是，对于居住在这一地区的人来说，这些都是常事。在今天这所谓的和平时代，地雷的牺牲者大多是妇孺。妇女，是因为她们要在田里辛劳；儿童，是因为他们不知脚底的危险而嬉戏玩耍。医院的工作人员告诉我，他们每星期都要接纳像这个14岁男孩一样的地雷伤残者。最近，男孩的家人战后返家，他正帮助家人种植庄稼，却不知道他家那一片地是雷区，他失去了大半条腿，脸部受损。而他只是想尽力而为养家，他是许多无辜受害者的典型。我来安哥拉前，就有所了解，可事实更令人震惊。在此居住的人们很清楚有人被炸死或炸伤只是个时间问题。看到那些重新学习走路的人所表现出来的自信真是令人鼓舞和感动。但在未来的几十年里，他们国家中成千上万未被引爆的地雷将会继续摧残生命。如果希望这些孩子拥有未来，我们必须停止使用这些邪恶的武器。唯一的出路就是在全球的范围内禁止杀伤性地雷。

（现场采访的电视画面）：

戴安娜：战争期间没有人离开自己的家园，所以他们把亲人埋在花园里？

男人：是的，其实，我的老板来自卢旺达，昨天还在这儿。他带我们看了他曾住过的房子。井里面有5具尸体。

女记者（采访戴安娜）：夫人，国内的一位政府部长说你支持这项运动无疑是"发疯"。对此你有何反应？

戴安娜：我是真的想把一个全球性的问题摆到世人面前。仅此而已。

女记者：但有人说你这是在和劳动党政策联盟。你觉得那明智吗？

戴安娜：劳动党？我，我不知道你在说什么……

（保镖介入。）

保镖：……非常感谢。

戴安娜：哦，我都哭了。谁？我？是谁说我发疯了？我不是政治家，也不想成为政治家。我带着……带着一颗心来，我想唤起苦难中的人们的觉醒，不管是在安哥拉或是世界其他的地方。事实是，我是一个人道主义者，一直都是，永远都是。

……

戴安娜所投入的排雷事业不可避免地招来英国武器出口部门多方的强烈反对。因为一方面，王室成员不应该插手敏感政治事件；另一方面，武器出口是英国军械方面重要的获利部门。

果然，戴安娜回到英国，发现自己已处于政治谩骂的包围之中。英国国防部长指责戴安娜为松口大炮，因为她的言论与英国政府的不一致。戴安娜的这次大义之举，得到了全球性的关注，这种关注超乎她的想象之外。同时，强烈的反对意见也在她的想象之外，她感到愤怒。

戴安娜顶住了压力，她多次与国会议员和外相进行商谈，积极寻求解决地雷的办法。罗宾·库克曾经在报告戴安娜安哥拉之行的结果时，用了"深深地理解这个话题""非常勇敢"等字眼。他说他本人深深地被威尔士王妃对待孩子的爱心所感动。面对因地雷不小心被引爆而受伤的儿童，戴安娜给人的感觉像一个和平天使，她安慰了无辜少年的心。

她最终得到了工党的支持，并促成了奥斯陆会议的召开。

1997年，在奥斯陆召开的国际会议的主要任务是解决关于禁止使用杀伤性地雷问题。自由民主党的斯蒂尔告诉记者："我们有许多人为这项事业奔走呼号已达数年。但戴安娜3年前关注它之后，立刻成为头条新闻。她确实很用心。"许多人更是对戴安娜有勇气触及这种政治敏感事件而敬佩有加。

国际红十字会对戴安娜的工作非常欣赏，称赞她对国际禁雷运动的"巨大贡献"。为此，她受邀去华盛顿与400余名国际红十字会员会晤。他们都是国际禁雷活动的积极奔走者。

1997年的美利坚之行，戴安娜可以说大获全胜，促成了美国加入了国际扫雷行动，也充分证明了她的魅力并不因为失去"殿下"称号而减少。

"戴安娜，威尔士王妃，已抵达华盛顿为推行'反对使用地雷'国际禁令进行宣传活动，王妃本人对此项善事已抱有极大热情。昨晚，美国红十字会执行宴上的其他400多位客人也来拜访戴安娜。"美国报纸纷纷报道。

一位接受采访的人说："我是来看王妃的，男人总是爱看漂亮女人。"

报纸上的评论则说："看起来，戴安娜令人愉快。她面色红润，身穿惹眼的红色缀珠晚礼服，金发梳在后面。离婚并未使她丧气消沉。"

"我的目的就是将全世界的注意力吸引到这个十分重要但又被忽视的话题上来。"戴安娜告诉美国国家妇女博物馆的听众说："任何人都应该注意到这是人类的悲剧，因而我也希望你们会理解我为什么尽力推动世界性的禁止使用这种武器的运动。"

她作了富有激情的演讲。事后连美国总统夫人希拉里也深受感动，邀请戴安娜到白宫讨论禁雷行动。这一举动有点冒险，因为当时美国军事策略并不禁雷。

当戴安娜王妃坐在德国总理科尔和鲍勃·多尔中间与他们共进晚餐的时候，为这一运动捐款的活动也正在进行。美国红十字会主席伊丽莎白·多尔和森·帕垂克·丽亚一同主持了募捐宴会。宴会上座无虚席，仅宴会上所售的领带就赢利3000—3500美元。最后整晚的捐款共计60万美元。

戴安娜本人还捐献了一个小银盒拍卖，上面刻着"伴随着戴安娜的爱"，1997年，华盛顿作家吉尔·斯科特以2.1万美元的高价买走了银盒。"这是无价之宝"，他显得很兴奋。

与美国的狂热相比，英国显得过于低调。英国外交部声称戴安娜的访问是"私人性质"的，她住在好朋友巴西大使夫人的宅邸中。

美国新闻界为戴安娜而狂热。她的漂亮黑裤频频出现在报纸、杂志上。1996年9月，在美国国家博物馆，戴安娜曾与葛莱汉及《时尚》主编安·温特儿共同发起为尼纳海德中心乳腺癌研究所捐款活动。后来，位于乔治敦大学内的这家研究所共收到捐款达100万美元之多。

在美国，她受到每一个有心想将世界改造得更美好的妇女的热烈拥抱。她是美的化身，也是勇气、善良、爱心的代言人，是一位值得效仿的杰出女性。

这世界上最受欢迎的王妃所到之处，即意味着新闻冲击力与金钱。人们仅仅看她一眼，就不会不为她的慈善事业尽力。在纽约的克瑞斯蒂展览会上，她的79件晚礼服共拍卖得资金达570万美元。戴安娜坦言，自己非常喜欢这些衣服，是威廉王子极富想象力的建议才让她动心的。

拍卖所得的款项将捐给与艾滋病和癌症有关的慈善事业中，主要包括英国皇家马斯登医院癌症基金会、美国哈佛艾滋病研究学院、伊芙琳·劳德乳腺中心、纽约医院艾滋病看护中心及艾滋病危机信任中心。

在拍卖槌的响声中，王妃也与过去告别了。

这个温莎王室的明星，摒弃浮华，卸下层层面具，下定决心再世为人，她尝试学做一个有自身价值的女人，一个游戏者，而不是一只被游戏的木偶，一个独立的人，而不是一个被崇拜的偶像。

她与王室成员之间，也隔得越来越远了。当她所敬佩的女王和其他王室成员在皇家阿斯科特赛马周上尽情欢乐时，戴安娜正在斥责地雷为"这些该死的武器"，并且为帮助全世界受难者而筹款。她还拜访了巴瑟达·尼欧医院，并会见了一位伤员，这位巴西上校在洪都拉斯——尼加拉瓜边界排雷时失去了一只脚。

1997年8月初，戴安娜的波黑之行是她发起的国际禁雷运动的又一部分，在她到达饱受战争创伤的波黑的第二天，她便造访了位于图兹拉郊区一个偏僻乡村的一户人家。

她探访的是地雷受害人、致残者和康复专家。处于弱势地位的地雷受害者在国内没有人重视，那些号召全球性禁雷组织的国际组织也忽略了他们。

穆罕默德·索里安克格告诉王妃，自从5年前他的双脚被地雷炸飞后，他是如何的日渐消沉，又是如何的渴望争取得到一双合适的假足。

多年来,他一直使用不舒服的临时假足,因为波黑卫生组织无力提供"真正的假足"。

今日他终于得到一双由总部在美国的地雷幸存者协会支付资金购来的假足,戴安娜的这次访问是由该组织安排的。

离别时分,戴安娜已和这家的孩子们亲密无间了,虽然她不会说他们的语言。走在花园的树下,她一会儿拉拉这个孩子的手,一会儿拍拍那个孩子的头,颇有点恋恋不舍。

索里安克格的妻子后来说:"我很高兴,但我并不知道戴安娜王妃是谁,直到有人告诉我。"

国际禁雷运动任重而道远,戴安娜还要继续走下去,但命运和她作对。

1997年8月30日,车祸无情地夺去了戴安娜年轻的生命。在她去世前,她正与国际红十字会商量安排她访问雷患国家的事宜。

子承母业。戴安娜的儿子继承了她的衣钵。据2010年6月《广州日报》报道:哈里王子也像当年母亲戴安娜一样,戴上面罩和穿上防护服。(图3-2)

13年前,已逝王妃戴安娜穿行于安哥拉的雷区,来赢得当地民众对她禁雷倡议的支持。这一举动立即产生了国际轰动。

13年后,2010年6月21日,哈里王子也像当年母亲戴安娜一样,戴上面罩和穿上防护服,穿行在莫桑比克的雷区,引发了人们对她母亲当年的鲜活回忆。

受母亲的熏陶,哈里王子从军事学院毕业后,积极投身于慈善事业。2006年4月,哈里成立慈善基金会,旨在帮助南部非洲莱索托王国的艾滋病孤儿。

图3-2 哈里王子穿上扫雷防护服

2009年11月，威廉、哈里又一同成立了"威廉王子和哈里王子慈善基金会"，帮助以受战争创伤的士兵为主的一些特殊群体，这是兄弟俩首次联合成立基金会。

为了兑现在18岁生日上作出的承诺——"继续完成母亲生前没有彻底完成的事情"，25岁的哈里在莫桑比克一个布满地雷的乡村住了两天，向英国拆雷慈善组织"光环信托组织"学习拆雷。

哈里王子每天在拆雷人员的帐篷里睡觉，并探望了被地雷致残的村民们，其中包括一个在18个月前放牧被炸掉一条腿的14岁的小男孩。

在访问期间，哈里王子接受了基本的拆雷训练，并且在专业人员的指导下成功拆除了7个埋设在身边的地雷。

"当发现如此多的地雷数量埋设在四周时，他很吃惊。""光环信托组织"负责人威洛比说："当得知地雷仍然是影响附近居民的大问题时，他感到很震惊。"

自从2009年11月到达该地区后，"光环信托组织"的工作人员已经拆除了村庄附近的1893个地雷。他们有望于下月完成对第一个雷区——一个长达1公里的地雷带的清拆。"我们正寻找更多的拆雷人员，这样可以加快拆雷速度。"该慈善组织的南非代表克里斯丁·里查曼说。

里查曼说："哈里从阿富汗回来后，看到战争造成越来越多的死伤，他深有感触地说：'我想找出更多的地雷并将其清除，这会影响到雷区人们的生活。'哈里、威廉和他们母亲有同感。"

第四章　地雷走进联合国

(十) 世界需要一个维护国际和平与安全的
协调机构和外交平台

　　联合国是第二次世界大战结束后于1945年成立的国际组织，总部设在美国纽约。主要由联合国大会、安全理事会、经济和社会理事会、托管理事会、国际法院和秘书处六大机构组成。其中，秘书处负责处理各大机构的行政、秘书事务，执行各机构交付的任务。秘书长为联合国行政负责人，由安全理事会推荐，经联合国大会选举产生，任期五年，可连任。联合国的主要宗旨是维护国际和平与安全、发展国际友好关系、促进经济文化等方面的国际合作。中国是联合国创始会员国和安理会五个常任理事国之一。

　　早在20世纪第一次世界大战结束的时候，看到战争对人类带来的灾难，人们一方面祈祷上天的佛祖、上帝、神仙们保佑人间的安全，另一方面也思考着怎样通过国际间的协调来维护世界和平。当时，一些国家的有识之士就萌生了"应建立一个世界性安全框架"的观念，经过一段时间的酝酿、讨论和宣传，这个观念逐渐被世人所接受。时隔20年后爆发了第二次世界大战，人们进一步看清了维护世界和平的需要，使"应建立一个世界性安全框架"的观念更加深入人心，并且在战争初期就出现了成立新国家组织的思想萌芽。

1941年夏，英国首相丘吉尔与美国总统罗斯福共同起草了以建立"更普遍和更持久的全面安全关系"为主要内容的《大西洋宪章》。1941年12月，"联合国"一词首次出现，以此称呼以反对德、意、日邪恶"轴心国"为宗旨的广泛联盟，但这只是一个不稳定的战时同盟，而不是一个计划成立的战后组织。1943年的莫斯科会议上，同盟国代表大致表达了"根据一切爱好和平国家主权平等的原则，建立一个普遍性的国家组织"的构想。

1944年6月，诺曼底战役成功登陆后，苏、美、英三国领导人认为，将不稳定的战时同盟转化为战后重建组织的时机已经到来。1945年2月的雅尔塔会议上，三国领导人斯大林、罗斯福、丘吉尔经过一番激辩，最终确定了未来国际组织永久性成员对"实际问题"拥有否定权的原则。雅尔塔会议上确定的否决权制度在很大程度上决定了未来联合国将是一个大国协调立场的组织，而不是一个全球性的治理机构。在罗斯福的推动下，斯大林和丘吉尔同意尽早召开会议，正式成立联合国。

1945年4月12日，罗斯福在起草联合国成立大会发言稿时溘然长逝，举办会议的重担一下子落到了继任总统杜鲁门的肩上。他在宣誓就职总统仅仅一小时后，就宣布旨在成立联合国的旧金山会议将按计划如期举行。4月25日，共有50个国家的代表应邀出席了大会。

旧金山会议前，第二次世界大战的五个战胜国，即美国、英国、法国、苏联、中国五个大国召集正式会议，商讨成立联合国可能遇到的反对意见并协调各大国的战略目标。尽管如此，五大国仍然无法压制其他国家的批评。在安理会超乎寻常的权利面前，许多代表团更担心他们在政治上可能毫无发言权。一旦五大国联合起来，他们几乎可以为所欲为；而只要有一个大国持有异议，行使否决权，安理会便可能陷入瘫痪。五大国最终使出了杀手锏，他们明确指出：没有否决权，就没有联合国。

1945年6月26日，《联合国宪章》正式签署，一个新的大国集团开始在世界舞台上崭露头角。各大国为保护各自的战后利益而在旧金山唇枪舌剑，他们也从此被正式授权成为世界安全的守护人。

新诞生的联合国有四项主要宗旨：

一是维持世界各地和平；

二是发展国家之间的友好关系；

三是帮助各国共同努力，改善贫困人民的生活，战胜饥饿、疾病和扫除文盲，并鼓励尊重彼此的权利和自由；

四是成为协调各国行动，实现上述目标的中心。

由于其独特的国际性质和其《联合国宪章》赋予的权利，联合国可就广泛的问题采取行动，并通过联合国大会、安全理事会，经济及社会理事会和其他机构或委员会，为其会员国提供一个论坛来表达他们的观点。

联合国工作的范围达到了地球每个角落。虽然联合国最著名的是维持和平，建设和平，预防冲突和人道主义援助，但是联合国及其系统组织（专门机构，基金和方案）还通过许多其他方式，影响着我们的生活并使世界变得更加美好。联合国工作范围广泛又具体，它包括可持续发展、环境和难民保护、救助灾民、打击恐怖主义、推动裁军和不扩散、促进民主、保护人权、治理政务、经济发展、社会发展，国际卫生、清除地雷、扩大粮食生产等。为了给当代和后代一个更安全的世界，联合国正在协调努力地去实现其目标。

联合国成立60多年来的历史证明，其存在的最大意义在于为世界大国交流看法、达成一致提供一个氛围宽松的平台。它是一个大国间定期交流的机制，是一个协商安全问题和达成妥协的机制，通过国际合作和集体安全来维护和平、发展国家间友好关系、促进社会进步、提高生活水平和保护人权。治理与一致行动是联合国具有代表性的两大功能，它肩负着维护世界和平与安全的责任，还同时承担着对数十个联合国行动的管理任务，其中，"地雷行动"，就是联合国管理的一项重要行动。

（十一）以法治雷，联合国与两个国际地雷公约的出台

世界上专门针对地雷问题的国际公约先后出台了三部。其中有两部是联合国主导制定的：一部是1980年达成的《特定常规武器公约》（英文缩写为CCW）附加的第二号议定书，即《禁止或限制使用地雷（水雷）、饵雷和其他装置的议定书》（简称《地雷议定书》）；另一部是1996

年5月《特定常规武器公约》缔约国又重开续会，达成了"修正的二号议定书"（即1996年《修正的地雷议定书》）。第三部国际公约是1997年达成的《禁止杀伤人员地雷公约》（即《渥太华禁雷公约》），它的出台，也离不开联合国的不懈努力。

在现代国际法中，有两大法律分支适用于"战争手段"——武器，它们既有区别又相互关联。

第一分支即国际人道主义法，也就是所谓的战争法。旨在通过限制敌对双方的非法行为以减少武装冲突的伤害，尤其是国际人道主义法致力于保护战争中的平民、战俘和受伤士兵。尽管这种法律的某些条款适用于和平时期，但大部分只适用于国际、国内的武装冲突。传统上，国际人道主义法主要用于限制或禁止武器的使用。

国际人道主义法的起源，即使不能追溯到几千年前也可以追溯到几百年前。实际上，据说战争惯例就是国际法的第一条规则。例如：公元前4世纪的印度，就有文献和法律记载禁止某些武器的使用，如带毒或可燃烧的箭头。同样的惯例在古希腊和罗马也存在，他们通常也遵守禁用毒药或带毒武器的规定。公元1139年，当时的拉特兰（罗马）议会宣布："弩和劲弩为粗野的武器"，尽管没有阻止其在战斗中继续使用，但它具备了法律条文的特性，因为它是通过一个国家的立法机构——议会宣布的。

国际法的第二大分支专门用于武器管制，也就是裁军法。它通过限制或削减某些可以合法生产、储存或转让的武器数量或类型，以达到实现或维持军事平衡的目标。例如，1972年达成的《生物武器公约》，禁止生物武器的发展、生产和储存；1968年达成的《核不扩散条约》，寻求限制可以合法拥有核武器的国家数量，并要求已经拥有核武器的国家继续销毁核武器；1993年达成的《禁止化学武器公约》，禁止发展、生产、储存和使用化学武器。

尽管战争惯例规则已有很长的历史，但就禁止武器使用而言，直到19世纪中后期，有关国家才首次以订立书面国际条约的形式结束了战争惯例的历史。1868年，在俄罗斯沙皇邀请下，国际军事委员会召集16个国家谈判讨论400克以下爆炸性弹丸在战争中的使用问题，谈判结果产生了《圣彼得堡宣言》，宣言中明确规定：禁止使用新研制的用于摧毁运输弹药的四轮马车的爆炸性子弹。因为该子弹爆炸也会危害人体。但1868年的《圣彼得堡宣言》的重要性"并不在于禁止了某种特殊的武器，而是其引入了禁止原则，该原则基于：……人道主义法承认战争的合法目标是使敌方人员丧失战斗能力（许多情况下可能包括致死），但反对使用对非军事利益导致额外伤害的武器。这一原则保留至今仍很重要，它已成为人道主义法的基本原则之一，根据这一原则，所有武器和战争手段的合法性都将接受其检验"。

1899年，在海牙举办的第一届国际和平会议上，进一步就有关化学战和达姆弹的两个协议取得了不同程度的成功。实际上，由于1899年达成的"关于禁止使用窒息性毒气的海牙宣言"，没有阻止1914—1918年战争期间引起公愤的毒气攻击士兵行为，推动了1925年最终达成了"日内瓦协议"，禁止在战争中使用"窒息性、毒性或其他气体"和"细菌战"。紧接着在1939—1945年，即第二次世界大战中，禁止特种常规武器使用的努力也没有取得成功。

人类进入20世纪80年代，和平与发展成为时代的主题，军事对抗和武装冲突逐渐减缓，国际军控领域逐渐把目光聚焦到一些在战时或战后会给人类带来人道主义灾难的武器。比如，碎片武器、地雷武器、燃烧武器。1980年10月10日的日内瓦裁军谈判会议一致通过了《禁止或限制使用某些可被认为具有过分伤害力或滥杀滥伤作用的常规武器公约》（简称《特定常规武器公约》），最初附加了三个议定书。一号议定书是禁止使用"任何主要通过爆炸破片伤害人体，不可被X光探测到的武器"；二号议定书是"禁止或限制使用地雷（水雷）、诱杀装置和其他装置"；三号议定书是"禁止或限制使用燃烧武器"（《特定常规武器公约》经过不断的充实完善，现已附加到五个议定书；四号议定书是1995年9月增加的"禁止使用激光致盲武器"；五号议定书是2003年11月增加的"战争遗留爆炸物议定书"）。其中，《特定常规武器公约》附加的二号议定书，即《禁止或限制使用地雷（水雷）、饵雷和其他装置的议定书》（简称《地雷议定书》），是第一个限制地雷武器的国际公约，当时，有93个国家同意加入该公约。《地雷议定书》对地雷及与地雷相近武器的使用作了一定的限制。

首先，《地雷议定书》对地雷进行了统一规范的定义。即："地雷"是指"布设在地下或地表之上并被设计成在人员或车辆出现、接近或接触时爆炸的一种弹药"。"遥布地雷"是指"以火炮、火箭、迫击炮或类似手段布设或飞机投布的一种地雷"。

其次，《地雷议定书》对地雷作出了限制使用的规定：即地雷、诱杀装置或其他装置不能以平民为目标或不加区别的滥用。此外，"必须采取一切可行的预防措施，保护平民免遭地雷的伤害"。并要求缔约国记录下所有"预设雷场"和"竭力保存"所有其他雷场的记录以及埋设的地雷。缔约国应该"通过双边协议特别在敌对行动停止后的管理协议中，尽可能提供有关雷场地点、地雷、诱杀装置的信息"。

再次，《地雷议定书》对地雷作出了限制使用的特殊规定。即："在任何城市、城镇和村庄或其他类似的平民聚集区"禁止人工布设地雷，除非（a）地面部队之间发生或即将发生战斗，或（b）已经埋设了地雷或接近敌方的军事目标或已经采取了保护平民的措施。遥布地雷仅可用于"本身属于军事目标或包括军事目标的区域内"，而且必须保存记录并带有"有效的失效机制"。"除非情况不允许，布设或遥布的、有可能影响平民的任何地雷必须事先发出'有效的预警'信息。"

以上是第一个国际地雷公约出台的有关情况，它是在联合国有关机构的主导下谈判形成的。

进入到20世纪的90年代，战争遗留地雷给人类带来的人道主义灾难引起了国际社会的广泛关注，国际禁雷运动风起云涌。在国际禁雷运动的推动下，1993年第48届联合国代表大会决定修正《地雷议定书》，并为此于1994年成立了政府专家组，开始研究公约修正问题。经过数年谈判，1996年5月3日，《特定常规武器公约》成员国在日内瓦以协商一致的方式通过了对《地雷议定书》的修正，形成了《修正的地雷议定书》。到1997年10月，有71个国家同意加入新修正的公约。于1998年12月3日《修正的地雷议定书》正式生效。截至2010年11月24日，已有95个国家加入了新修正的公约。《修正的地雷议定书》将适用范围扩大到非国际武装冲突，并对地雷的使用、转让等作了进一步限制，成为限制地雷武器的第二个国际公约。（图4-1）

图4-1　竖立在日内瓦街头的禁雷标志椅

首先，《修正的地雷议定书》对地雷的定义进行了进一步的界定："杀伤人员地雷"是指"主要设计成在人员出现、接近或接触时爆炸并使人员丧失能力、受伤或死亡的一种地雷"。加入"主要"一词一度引起争议，因为防车辆地雷包括带防排装置的防车辆地雷也可能由人员引爆，但没有包括在"杀伤人员地雷"定义范畴。在本议定书中，防车辆地雷被作为"除杀伤人员地雷以外的地雷"看待而受其一般规定的约束。

其次，《修正的地雷议定书》对地雷的使用进一步作出了限制规定。

探雷器设备无法探测的地雷禁止使用。按照国际法惯例，地雷装置、其他装置不能以平民或民用物体为目标或不加区别地滥用。

在冲突中使用此类武器的国家和其他参与方必须：

◆ 结束敌对行动时，清除此类武器；

◆ 采取一切可行预防措施，保护平民免遭此类武器伤害；

◆ 在布设此类武器时，提前向平民提供预警信号，以免危及平民；

◆ 保存好布设此类武器的区域记录；

◆ 采取措施，为联合国维和部队、ICRC和其他执行人道主义任务的人员提供保护，免遭此类武器的伤害。

《修正的地雷议定书》对地雷的使用还作出了特殊规定：所有杀伤

人员地雷必须是使用普通金属探雷器可以探测的。这就意味着地雷构造必须含有8克以上的金属,因为少于8克金属,普通金属探雷器就无法探测。

议定书技术附录规定,除非在由军事人员监视并采用栅栏或其他保护措施的区域内布雷外,人工布设的杀伤人员地雷必须装有自毁和自失效装置。应确保这些布雷区域与平民隔离,并在放弃该区域前清除这些地雷。

遥布杀伤人员地雷必须同时具有自毁和自失能功能,而且综合有效率应达到99.9%。遥布防车辆地雷必须尽可能设置有效的自毁和自失效机构并具有后备的自失能特征。

转让议定书禁止使用的地雷是非法的。任何地雷都不能转让给非国家的实体。禁止向不受本议定书约束的国家转让杀伤人员地雷,除非接收国同意接受议定书。

总之,《修正的地雷议定书》与《地雷议定书》相比,它从地雷的可探测性、自毁能力、使用区域、转让范围等方面对地雷进行了极为严格的限制,同时对战后扫雷与扫雷援助问题也作了一些约定。这样就确保了战后能尽快排除地雷,防止平民误入雷区,避免地雷对平民伤害,从而使杀伤人员地雷滥伤无辜平民的问题得到有效解决。当然,这需要国际社会的共同努力,得到普遍和切实的遵守。

以上是第二个国际地雷公约出台的有关情况,它也是在联合国有关机构的主导下谈判形成的。

虽然第二个国际地雷公约已经对地雷武器作出了严格的限制,但许多国家还是很不满意其中的有关条款,仍在寻求能够全面禁止杀伤人员地雷的合法手段。就在1996年5月3日第二个国际地雷公约《修正的地雷议定书》出台后不久,即1996年的秋天,加拿大发起了有关协商谈判。1997年9月1日,在挪威召开了奥斯陆会议,就“禁止使用、储存、生产和转让杀伤人员地雷及销毁此种地雷的公约”达成了协议。简称为《禁止杀伤人员地雷公约》或《渥太华禁雷公约》(因公约开放签署地为加拿大首都渥太华),这是限制地雷武器的第三个国际公约。

《渥太华禁雷公约》与《修正的地雷议定书》的根本区别在于:前者

是全面禁止杀伤人员地雷；后者是禁止或限制使用地雷。

《渥太华禁雷公约》要求每一缔约国承诺在任何情况下，决不：

◆ 使用杀伤人员地雷；

◆ 发展、生产、以其他方式获取、储存保有或者直接或间接向任何人转让杀伤人员地雷；

◆ 以任何方式协助、鼓励或诱使任何人从事本公约禁止缔约国从事的任何活动。

《渥太华禁雷公约》还要求每一缔约国承诺按照本公约的规定，销毁所有杀伤人员地雷或确保它们被销毁。

"在任何情况下决不"，意味着该公约适用于所有情况和任何形势，包括和平时期或战争时期或其他武装冲突，缔约国都不能诉诸使用杀伤人员地雷。

该公约不存在任何可能的保留条款。这意味着缔约国对公约的任何条款不允许存在例外或简化要求。例如，要成为缔约国，四年内必须销毁其库存——所有的22条规定全部适用于每一个缔约国。该公约还禁止协助、鼓励或诱使从事公约禁止的任何活动。因此，不管是个人还是私人公司、武装团体或非政府组织，缔约国都不能协助其使用、发展、生产、储存或转让杀伤人员地雷。

尽管《渥太华禁雷公约》是在联合国的主导之外达成的，但联合国依然积极支持全面禁止杀伤人员地雷，应该说，联合国大会本身在全面禁止武器方面起着重要作用。

1993年秋天，第48届联大会议已就全球范围杀伤人员地雷出口的延期交付问题达成决议。1994年，联合国秘书长向联合国大会提交了第一个有关清除地雷的报告。报告指出，完全禁止所有地雷是解决全球地雷问题"最佳和最有效的方法"。此外，联合国难民事务高级专员（UNHCR）、联合国儿童基金会（UNICEF）等其他机构也公开倡导禁止杀伤人员地雷，甚至联合国有关"地雷行动"的定义中，倡导禁止杀伤人员地雷也成为其五项核心内容之一。

在1994年联大会议前，美国总统克林顿首次呼吁"最终消除"杀伤人员地雷。这一呼吁在联大49/75D号决议的第六段被重新强调，并在

1994年12月15日以协商一致的方式获得通过。

1996年12月，联合国大会以51/45S号决议通过了由主张禁雷国家提出的"继续开展卓有成效的努力，尽快完成禁止使用、储存、生产和转让杀伤人员地雷这一合法约束性国际协议谈判"的建议性文件。

自1999年3月1日起，《禁止杀伤人员地雷公约》保存在联合国，各国可以把其加入该公约的批准书送交联合国保存。联合国支持《禁止杀伤人员地雷公约》的遵约和履约行动，并负责召集"禁雷公约"缔约国年度会议和审查会议。由此可见，联合国与《禁止杀伤人员地雷公约》的出台、遵约和履约都有着密切的关系。

尽管围绕地雷问题产生的矛盾纷繁复杂，国际社会多方力量此消彼长，但业已建立的限雷、禁雷国际法律文书即联合国《特定常规武器公约》所附的二号议定书《修正的地雷议定书》和《渥太华禁雷公约》及相关谈判机制，标志着国际社会在走向最终解决人类共同面临的地雷问题的道路上取得了重要进展。

（十二）地雷行动，联合国致力于减少地雷对
社会、经济和环境的影响

"地雷行动"，是一个新术语，起源于20世纪90年代早期的柬埔寨。1990年，柬埔寨问题最终实现政治解决后，由于多年的战争和武装冲突，使柬埔寨成为世界上地雷隐患最大的国家之一，给战后重建带来极大的困难。1992年1月，联合国安理会扩大了其驻柬埔寨高级代表团（UNAMIC）的授权，增加了扫雷与培训任务。多个国际扫雷组织前往柬埔寨实施人道主义扫雷援助。为使柬埔寨的扫雷援助有序开展，当时，援助扫雷的加拿大工程兵建议建立一个专门管理和协调与地雷有关活动的实体——"柬埔寨地雷行动中心"，并强调了该组织的动态特征。于是，1992年6月，柬埔寨地雷行动中心建立，负责管理该国的地雷行动计划。尽管许多国家如美国更愿意使用"人道主义扫雷"的说法，但后来"地雷行动"术语逐渐被普遍使用。

根据目前联合国发布的《国际地雷行动标准》（IMAS）中的定义，"地雷行动"是指旨在减少地雷和战争遗留爆炸物（ERW）对社会、经济和环境影响的活动。该标准指出：地雷行动不仅仅涉及扫雷，还涉及人员和社会，以及地雷污染如何对人员和社会造成影响。地雷行动的目的是把地雷风险减小到人们可以安全生活的程度，经济、社会和人们的健康可以不受地雷污染制约而自由发展，以及地雷受害者的需求能够得到自由表达。

根据上述定义，地雷行动包含着相辅相成的五项活动：

◆ 地雷风险教育；

◆ 扫雷，即地雷和战争遗留爆炸物的调查、制图、标示及清除；

◆ 受害者援助，包括身体康复和重新融入社会；

◆ 库存地雷的销毁；

◆ 倡导反对使用杀伤人员地雷。

该定义进一步指出，上述五个方面的地雷行动还需要许多其他活动配合支持。包括评估和规划；资源动员和优先使用；信息管理；人力资源开发和管理培训；质量管理以及高效、适当和安全地使用装备。

1997年10月，联合国为了加强对地雷行动的管理，在秘书处内成立了联合国管理地雷行动的中心机构——地雷行动处（UNMAS）。专门负责协调联合国系统内与地雷相关的一切活动，包括在发生人道主义危机与执行维持和平任务期间提供与地雷相关的援助。

联合国地雷行动处的工作内容包括：

一、制订政策与协调政策的落实，与非政府组织及地雷行动涉及其重大利益的其他各方协商，制订地雷相关问题的行动指南与策略。

二、评估并监测有关国家的地雷和未爆弹药（UXO）问题，确定所需的国际援助。为了履行这一责任，开展多种多样的监测和调研工作。

三、建立被称作"电子地雷"（E-MINE）的电子信息网，支持日内瓦国际人道主义扫雷中心（GICHD）的地雷行动信息管理系统（IMSMA），从而加强信息管理。越来越多的国家和项目采用了该系统，为地方、国家和区域有关地雷问题的信息协调提供了有效的手段。

四、与日内瓦国际人道主义排雷中心合作，通过制订、管理和促进地雷行动的技术和安全标准进行质量管理和有关技术开发。

五、倡导并落实有关公约。联合国地雷行动处积极倡导《禁止杀伤人员地雷公约》和《特定常规武器公约》修正的二号议定书（即《修正的地雷议定书》）。

六、调动资源。绝大部分联合国地雷行动的活动都由自愿捐赠者提供资金。作为联合国地雷行动的中心机构，联合国地雷行动处负责协调联合国的资源调动工作并管理支持地雷行动自愿信托基金（VTF）。联合国地雷行动处每年发布一份地雷相关项目清单，介绍联合国系统各机构支持的地雷行动项目，以辅助说明推动项目实施所需的自愿捐款。

联合国地雷行动处成立之初，就着手制定国际地雷行动标准（IMAS）。这些标准规定了为增进地雷行动项目的安全和效率所应遵循的原则。这些标准在获得国家级项目的采用后方有权威。受地雷影响国家的政府在采用这些标准时可进行改动，使之符合本国的要求、规章和行动规范。捐赠者在为地雷行动项目和计划提供资源时可将这些标准定为签订契约的最低要求。联合国和非政府组织可以把这些标准当作实施地雷行动的指导原则，以保证地雷行动的安全和效率。

最早的人道主义排雷国际标准是1997年3月以联合国名义公布的。1999年，日内瓦国际人道主义排雷中心受联合国委托，在吸取以往经验教训和遵循新程序的基础上，对这些标准进行了审议。审议修正后的国际地雷行动标准于2001年10月公布。这些标准符合一系列国际章程、公约和条约，特别是《禁止杀伤人员地雷公约》和《修正的地雷议定书》。这些标准将逐步包括原先未曾涉及的领域，如地雷危险教育、机械排雷和嗅雷犬排雷等。

为及时掌握全球雷患情况和各国开展地雷行动的情况，加强对国际地雷行动的管理和协调，联合国地雷行动处建立健全了地雷行动信息管理系统与电子地雷信息网。

信息管理是地雷行动的关键所在。信息管理之所以极其重要是因为地雷问题涉及范围很广，与其相关的问题和组织众多。联合国地雷行动处负责协调地雷相关信息的收集、分析和传播，并负责开发地雷行动信息管理系统。联合国地雷行动处与日内瓦国际人道主义排雷中心达成合作通信协议，支持它所承担的这一责任，开发用于实地项目的地雷行动信息管理系统。根据双方的通信协议，日内瓦国际人道主义排雷中心负责地雷行动信息管理系统软件开发、系统实施和实地培训、技术支持及项目管理。联合国地雷行动中心则负责在界定信息管理系统的全面政策、活动范围、项目内容、功能和部署要求等方面为日内瓦国际人道主义排雷中心提供指导。

信息管理的另一重要手段是电子地雷信息网（E-MINE）。电子地雷信息网是一个向公众开放、供人们自由浏览的网站：www.mineaction.org。设立这一网站的目的是传播技术信息和档案，促进全球协调和资源动员，为现场行动提供支持。

为了加强全球地雷行动的及时性和有效性，联合国地雷行动处还研究制订了快速反应计划，这个计划的主要作用是，在实施人道主义救援和维和行动时，联合国地雷行动处负责确保联合国的地雷行动能协调一致地进行。因为，世界上一旦出现地雷行动需求，往往必须立即部署人力，紧接着安排器材设备，以保证做出有效的、协调一致的反应。联合国地雷行动处就与联合国内部机构、非政府组织及其它合作伙伴共同制订了一项快速反应计划，以应对紧急状况及需要迅速部署人员、设备和地雷行动能力之其它事件。

联合国地雷行动处与所有同紧急人道主义救援及维和行动相关的联合国部门和机构合作，特别是联合国开发计划署（UNDP）、联合国儿童基金组织（UNICEF）和联合国项目服务部（UNOPS）合作。此外，该处还与一些专门从事地雷行动的国际性和全国性非政府组织配合。联合国地雷行动处与联合国项目服务部合作，共同成功地主持了科索沃排雷项目实施的全过程，从1999年启动直至2001年12月完成。

截至目前，受到联合国地雷行动处支持的国家和地区有：阿富汗、安哥拉、刚果民主共和国、埃塞俄比亚和厄立特里亚之间的临时安全带、科索沃、黎巴嫩南部、苏丹、柬埔寨、阿尔巴尼亚、波斯尼亚、克罗地亚、科索沃、前南斯拉夫的马其顿共和国和北伊拉克等几十个国家和地区。

（十三）地雷有个国际日——国际提高
地雷意识和协助地雷行动日

联合国对地雷行动的重视还体现在把提高地雷意识和协助地雷行动纳入到国际纪念活动中去。

开展国际纪念活动有助于实现《联合国宪章》的宗旨，促进重要的政治、社会、文化、人道或人权问题的意识和行动。它为促进国际和国家行动，激发对联合国活动和方案的兴趣，提供了一个有用的载体。国际纪念活动大多由联合国大会宣布确定，少数纪念活动由联合国专门机构指定。

比如，1950年，联合国大会宣布将12月10日作为联合国第一个国际日——人权日。大会第423（V）号决议邀请所有成员国和有关组织在这一天举行纪念活动，庆祝联合国大会于1948年12月10日通过的《世界人权宣言》，以及在这一领域不断增加的努力和进步。

又如，联合国大会于1981年通过决议，将每年9月的第三个星期二联大开幕的日子定为世界和平日。2001年9月7日，联大通过第55/282号决议，决定从2002年开始，将每年的9月21日定为世界和平日。大会宣布，世界和平日为全球停火和非暴力日，并呼吁所有国家和人民在这一天停止敌对行动。大会还号召所有会员国、联合国系统各组织、区域组织和非政府组织以及个人，通过教育和公众宣传等适当方式庆祝世界和平日并同联合国合作实现全球停火。

再如，为引起国际社会对贫困问题的重视，动员各国采取具体扶贫行动，宣传和促进全世界的消除贫困工作，1992年12月22日，第47届联合国大会根据联合国第二委员会（经济和财政委员会）的建议，确定每年10月17日为"国际消除贫困日"（International Day for the Eradication of Poverty），要求各成员国宣传和促进全世界消除贫困的工作，采取具体的扶贫行动。

还如，1987年7月11日，南斯拉夫的一个婴儿降生，被联合国象征性地认定为是地球上第50亿个人，并宣布地球人口突破50亿大关。联合国人口活动基金会（UNEPA）倡议这一天为"世界50亿人口日"。联合国人口基金决定从1988年起把每年的7月11日定为"世界人口日"，以提高人们对世界人口问题的重视。

......

为引起世界各国对地雷问题的重视，动员国际社会都来支持地雷行动，宣传和促进全世界消除地雷危害的工作，联合国大会2005年12月8日宣布：每年的4月4日为"国际提高地雷意识和协助地雷行动日"。

国际提高地雷意识和协助地雷行动日呼吁尚未批准与地雷、战争遗留爆炸物和这些装置的破坏性影响的幸存者有关的所有裁军、人道主义和人权法文书的国家批准这些文书。只有尽可能广泛地批准和全面遵守这些文书，国际社会才能成功地防止出现新的伤亡，同时确保受害者及其家庭充分实现他们的权利。

国际提高地雷意识和协助地雷行动日提醒人们，如果地雷和战争遗留爆炸物的幸存者不能获得适当的扶助，则可能面临终生的贫困和歧视，不能获得适当的保健或康复服务。会员国、民间社会和联合国必须努力创造法律、社会和经济条件，让幸存者了解自身的权利，成为有贡献的社会成员。将协助地雷行动纳入确保残疾人权利受到尊重的大目标之中，也将有助于实现千年发展目标，而这些目标是人们在21世纪建立更美好世界的共同愿景。

在2006年4月4日联合国正式确定设立"国际提高地雷意识和协助地雷行动日"的当天，联合国秘书长安南发表了重要讲话。

他认为，地雷是残酷的战争工具。在冲突平息数十年之后，这些看不见的杀手仍然静静地埋藏在地下，时刻准备杀人和致人伤残。由于这些地雷，20世纪的战争殃及21世纪的人，新的伤亡每时每刻都在增加。只要有一枚地雷，甚至即使是对其存在的恐惧，都会使整个社区提心吊胆。它会使农民无法种植庄稼，难民无法返回家园，甚至使儿童无法嬉戏玩耍。它阻止了人道主义救济的送达，并阻碍了维和人员的部署。在冲突后社会，地雷仍然是重建和恢复的最大障碍之一。

他强调，不过20世纪的这一祸患有可能成为21世纪最早的成功范例。1997年《禁止杀伤人员地雷公约》的迅速生效，突出体现了对这些武器的广泛的道义谴责。该公约已有150个缔约国，并且已经带来了切实的成果。为解决这一问题，各国政府、捐助者、非政府组织和联合国正在30多个国家开展空前规模的合作。地雷的生产和埋设都在减少，全球地雷交易实际上已经停止，一些储存的地雷已经销毁，扫雷行动正在加速进行，并且已经广泛开展了关于地雷危险的教育。

他指出，信息很明确，并且应广为传播：文明社会不要地雷。一个没有地雷和没有战争遗留爆炸物的世界这一目标看来在数年内就可以实现，而不是我们过去所认为的数十年。但是为了实现这一理想，我们每一个人，包括捐助者、公众和受地雷影响的国家，都必须将我们的精力和我们的想象力都集中到扫雷事业上来。我们曾经在地雷埋设方面如此富有成效，我们现在必须在扫雷方面做得更好。每扫除一枚地雷可能就意味着拯救了一条生命；每扫除一枚地雷，我们就在为持久、丰饶的和平创造条件方面更接近了一步。

他最后说，今天是国际提高地雷意识和协助地雷行动日，在此我呼吁各国政府批准《禁止杀伤人员地雷公约》以及《特定常规武器公约》新的关于战争遗留爆炸物的五号议定书。我请捐助方继续提供资金承诺，并敦促国际社会考虑集束弹药在人道主义和发展方面的影响。我期待受影响国家确保地雷幸存者的康复和重返社会，并增加扫雷行动的资源。我们必须一道响应崇高的道德召唤，与地雷这种罪恶做斗争。

2006年10月9日，联合国安全理事会投票通过韩国外交官、政治家潘基文接替科菲·安南，成为第八位联合国秘书长，2007年1月1日正式上任，任期直至2011年12月31日。2011年6月6日潘基文在纽约联合国总部正式宣布谋求连任联合国秘书长一职。联合国大会6月21日通过决议，任命潘基文连任联合国秘书长，第二个任期自2012年1月1日起，至2016年12月31日止。（图4-2）

潘基文上任后，延续了安南对地雷问题的态度和立场，不断推进地雷行动的进程，取得了显著成效。特别是每年的"国际提高地雷意识和协助地雷行动日"，他都要发表纪念讲话，这对呼吁世界各国对地雷问题的重视、动员国际社会都来支持地雷行动、宣传和促进全世界消除地雷危害的工作起到了很好的推动作用。

他在2007年4月4日的讲话中指出，今天这个日子提醒我们，在几乎80个国家，仍有千百万人生活在地雷和战争遗留爆炸物造成的恐惧之中。这些装置继续每年造成15000个受害者。它们不能容忍地使丧生或终身致残、使人们生活窘困，并切断了他们与土地、公路和基本服务之间的联系。

但是，这个日子也提供了一个机会，来总结我们在共同努力、与为害人类的地雷和战争遗留爆炸物进行斗争方面取得的进展。由于各会员国、联合国、非政府组织和受地雷影响的国家本身一道进行的努力，我们的地雷行动已经取得切实成就。

图4-2　联合国秘书长　潘基文

禁止杀伤人员地雷的条约自从10年前开放供签署以来，已得到153个国家的批准或遵守。已有大约4000万枚库存的杀伤人员地雷被销毁。这种地雷的生产、销售和转让活动已经几乎全部停止。大面积的雷区已经被扫清。受害者们正在得到更多更好的援助、康复服务和重返社会服务。我们已开始实施一个帮助缔约方履行条约义务的制度。

向前迈进的另一个重要步骤是，《特定常规武器公约》的新的五号议定书的32个缔约国将于11月首次举行会议，审议应该采取何种最有效的方式，消除战争遗留爆炸物造成的人道主义灾难。

《残疾人权利公约》是有史以来通过谈判最迅速缔结的国际人权文书，已于2007年3月30日开放供签署。其目标是保证所有人的人权，无论他们有残疾与否。

今天，我鼓励尚未加入上述全部条约的所有国家尽快加入这些条约。

我呼吁所有缔约国履行自己在这些条约下的义务，那些有能力的缔约国还应承诺向需要援助的受影响国家和受害者提供援助。

我再次呼吁国际社会立即处理集束弹药造成的可怕的人道主义后

果。这些弹药和地雷一样，经常滥杀滥伤平民。很多国家出于国际义愤，正寻求缔结一项新的国际条约来消除这些武器，从而补充和加强其他正在进行的工作。我赞扬并鼓励所有为减少并最终消除集束弹药对平民所造成的影响而进行的努力。

使世界更安全的努力在今后还面临着巨大挑战，其中既包括更为有效地在国际范围内协调和筹集资源，也包括在国家和地方范围内进行能力建设。我们大家都能够帮助人们提高认识，使其了解克服这些挑战的必要性。在今天这个日子，让我们为此加倍努力。

2008年4月4日，潘基文在讲话中强调，至少在68个受影响国家存在的地雷造成数百万男女老幼生活在可能失去生命、肢体或生计的恐惧之中，同时限制了他们自由而安全地上班、上学、放牧或赶集。

虽然2007年有近6000人遭到地雷和遗留爆炸物的伤害，但这一数字与几年前相比大大减少。每年全世界通过地雷行动方案清理100多平方公里的雷区，教导700多万人如何避免雷区的危险。这些努力有助于减少伤亡率。虽然如此，唯有零伤亡是可以接受的伤亡率。

在已经批准1997年《禁止杀伤人员地雷公约》的受到地雷影响的国家中，有24个国家正在接近须在10年内清除在本国领土或本国控制地区内埋设的杀伤人员地雷的截止期限。随着各国努力实现这一重要目标，新的伤亡威胁将有所减少。但是，在今后几十年中，必须解决如何保障近50万地雷幸存者的权利和福祉问题。

"国际提高地雷意识和协助地雷行动日"提醒我们，如果地雷和战争遗留爆炸物的幸存者不能获得适当的扶助，则可能面临终生的贫困和歧视，不能获得适当的保健或康复服务。会员国、民间社会和联合国必须努力创造法律、社会和经济条件，让幸存者了解自身的权利，成为有贡献的社会成员。将协助地雷行动纳入确保残疾人权利受到尊重的大目标之中，也将有助于实现千年发展目标，而这些目标是我们在21世纪建立更美好世界的共同愿景。

集束弹药对平民造成的无法忍受的伤害，随着消除这些弹药的举措不断推进，不久可能会出现新的国际文书。对于为消除这些武器的人道主义影响而做出的各种努力我都表示欢迎。任何新的文书都应该包含有扶助幸存者及其家庭的强有力条款。

值此国际日之时，我呼吁，尚未批准与地雷、战争遗留爆炸物和这些装置的破坏性影响的幸存者有关的所有裁军、人道主义和人权法文书的国家批准这些文书。只有尽可能广泛地批准和全面遵守这些文书，国际社会才能成功地防止出现新的伤亡，同时确保受害者及其家庭充分实现他们的权利。

2009年4月4日，潘基文在讲话中满怀深情地说，我访问过许多面临地雷祸患的国家，目睹这些滥杀滥伤武器所造成的破坏，这些武器在冲突结束数十年后仍在阻碍重建、破坏环境并造成人员严重伤亡。从伊拉克到苏丹，从黎巴嫩到津巴布韦，从阿富汗到刚果民主共和国，情况也许各有不同，但一致不变的是对生命和肢体构成威胁。

排雷行动工作人员面对这些危险情况，冒着生命危险清除土地和道路上的地雷。在过去20年里，联合国协助的排雷行动已遍及50多个国家和领土。最近，联合国排雷行动专家参与到首批在加沙恢复国际人道主义活动的国际工作者的行列之中，因为那里的战争遗留爆炸物构成重大威胁。

排雷行动除了消除武器以外，也确保为平民提供一个安全的环境，发展当地能力，通过就业机会和其他重返社会方案，恢复幸存者的尊严。

排雷行动还意味着遵守有关法律文书，包括《禁止杀伤人员地雷公约》、《战争遗留爆炸物议定书》和最近通过的《集束弹药公约》。今年晚些时候在哥伦比亚卡塔赫纳举行的禁雷公约审查会议将提供一次机会，可以对该条约和对全球排雷行动努力再次做出承诺。

我热切希望，世界总有一天能消除地雷和战争遗留爆炸物造成的威胁。但是，要想实现这一目标，就必须在各条战线协调一致，做出集体努力。值此国际日，让我们再次承诺大力开展这一挽救生命的工作。

2010年4月4日，潘基文在讲话中进一步讲述了地雷的危害。他说，地雷和战争遗留爆炸物正继续造成可怕的伤害。这些滥杀滥伤武器导致严重的伤害和死亡，阻碍冲突后地区的重建，破坏环境，并且在冲突结束后很长时间仍妨碍社会经济和发展活动。在阿富汗、苏丹、柬埔寨和刚果民主共和国，它们阻碍着道路。在老挝、加沙和尼泊尔，它们拦住了通往学校和医院的道路。

但是，我们在这个领域的工作每时每刻都在进行——在这方面，我们是成功的。在过去20年里，联合国对地雷行动的协助遍及60多个国家和地区。除了清除武器之外，地雷行动还努力发展当地能力，恢复幸存者的尊严，并为平民、受影响社群和联合国维和人员创造安全的环境。这些行动为我们努力实现千年发展目标作出了宝贵贡献。

我们的地雷行动工作也包括促进普遍遵守所有相关法律文书，包括《禁止杀伤人员地雷公约》《战争遗留爆炸物议定书》和《集束弹药公约》，后者将于2010年8月1日生效。去年12月在卡塔赫纳举行的禁雷公约第二次审查会议上，各方对该条约和世界各地地雷行动工作作出了新的承诺。

这项工作要求在许多方面始终保持警惕、勤奋努力并采取集体行动。在这个国际日，我要向那些勇敢面对险境并甘冒生命危险投身这项追求的地雷行动工作者致敬。我们大家都应该重新致力于这一挽救生命的事业，使我们的孩子能够生活在一个没有地雷和战争遗留爆炸物威胁的星球上。

2011年4月4日，潘基文在讲话中进一步强调，"国际提高地雷意识和协助地雷行动日"及时提醒我们，清除土地上的战争遗留爆炸物可以拯救生命、保护民生。

排雷可以防止这种滥杀滥伤的武器在冲突结束后长时间造成伤害和破坏，还可以创造就业，把危险地区转化为富饶的土地，让社会走上持久安全的道路。

去年，成千上万人接受了旨在防止个人、家庭和社区发生悲剧的联合国地雷风险教育。仅在阿富汗就有14400人从业于排雷行动，帮助销毁了100多万件战争遗留爆炸物。

联合国发展机构正在努力把地雷行动与更广泛的发展计划相结合，以促进农业生产，加强基础设施建设，改善供水，并提供更好的教育和保健服务。这些对于实现千年发展目标都至关重要。

尽管排雷行动有许多实实在在的成功实例，但是经费仍然不足。2011年排雷项目只获得所需资源的大约四分之一，还有3.67亿美元的缺口。

虽然缺口数目很大，但消除爆炸危险，增强意识，提供地雷风险教育，帮助幸存者和援助社区的种种好处，远远超出了费用本身。

我感谢所有为国际排雷行动做出贡献的人们。我还要赞扬加入《渥太华禁雷公约》的156个国家、批准《集束弹药公约》的55个国家以及批准《残疾人权利公约》的99个国家。

值此国际日，我呼吁普遍遵守这些重要条约，增加对提高地雷意识和排雷行动的支持，加强全球团结，支持我们努力建设人人更安全和更繁荣的世界的这个关键要素。

2012年4月4日，潘基文参加了"助他一腿之力"的国际提高地雷意识和协助地雷行动日纪念活动，并在讲话中指出，联合国地雷行动方案为冲突后恢复、人道主义救济努力、和平行动和发展举措作出宝贵贡献。这些方案使得地雷和其他爆炸物不至于在冲突结束后造成进一步滥杀滥伤损害，有助于将危险区化为可用土地，地雷行动使各个社区踏上持久和平的道路。

在利比亚，排雷行动的工作人员对地雷、集束弹药以及缺乏安全弹药储存地问题所构成的威胁作出了回应。学校、公路和居民区的数以千计战争遗留爆炸物得到安全处置或被排除。几万人接受了风险教育。

过去一年中，地雷行动执行方还协助阿尔巴尼亚、科特迪瓦和刚果民主共和国开展库存管理。最近，刚果的一个军火库发生了爆炸，这个灾难惨痛地提醒人们注意库存管理的必要性。

在今年的国际提高地雷意识日，我们将开展"助他一腿之力"的活动，以向幸存者表示支持和同情。联合国将与各国当局和非政府组织密切合作，在40多个国家开展地雷风险教育和受害者援助工作，教育社区如何在雷患区安全生活，并协助残疾幸存者获得全方位服务和享有《残疾人权利公约》规定的各项权利。

我感谢各方为国际地雷行动做出贡献。我还向同意接受《禁止杀伤人员地雷公约》约束的159个国家、那些加入《集束弹药公约》和关于战争遗留爆炸物的《五号议定书》的国家以及批准《残疾人权利公约》的110个国家表示赞扬。

值此国际日，我呼吁普遍遵守这些重要条约，增加对提高地雷意识和地雷行动的支持。地雷和战争遗留爆炸物阻碍发展并危及生命。为建立一个安全可持续的世界，让我们一起来消除地雷和战争遗留爆炸物。

2013年4月4日，潘基文秘书长又为国际提高地雷意识和协助地雷行动日致辞，呼吁各国普遍尊重相关国际条约，与联合国一起致力于消除地雷和战争遗留爆炸物的威胁。

潘基文在致辞中指出，消除地雷和战争遗留爆炸物的威胁，是推动和平、促进发展、支持国家转型和拯救生命的过程中一项极为重要的努力。联合国正在就此向阿富汗、柬埔寨、哥伦比亚等国的数百万民众提供广泛协助，但仍需要取得更多进展，与此同时，新的排雷行动地区已经出现，特别是在叙利亚和马里，在人口稠密区使用爆炸性武器带来的破坏性影响正与日剧增。

潘基文表示，联合国将继续坚定不移地致力于在世界各地提高地雷意识和协助地雷行动，为建立一个没有地雷和其他战争遗留物威胁的世界而奋斗。联合国地雷行动方案将继续为人道主义救助工作、和平行动和发展举措创造空间，使联合国工作人员得以部署，难民和境内流离失所者得以自愿返回家园。联合国的地雷行动战略阐述了实现更安全世界的一系列步骤，让个人和社区能够追求社会经济发展，让幸存者能够作为社会成员得到平等待遇。

与此同时，潘基文希望会员国能够普遍遵守一些相关重要条约，为消除地雷等爆炸物和援助受害者而努力。据统计，目前已经有161个会员国加入《禁止杀伤人员地雷公约》，有111个国家已签署《集束弹药公约》，81个国家已同意接受《战争遗留爆炸物议定书》约束，127个国家已批准《残疾人权利公约》。

2014年4月4日，潘基文按照惯例又在国际提高地雷意识和协助地雷行动日致辞。他开宗明义阐述了今年地雷行动日的主题。他说，人们常说，妇女能顶半边天。在今年的国际提高地雷意识和协助地雷行动日，我们的重点是妇女在保护地球方面的重要作用。

他强调，全世界妇女在这项努力中具有至关重要的作用，其内容包括清除地雷和防止其滥杀滥伤作用；教育人民如何在受污染地区安全生活，援助受害者，清除地雷，以及处理爆炸物。

他指出，妇女和女孩遭受地雷影响的程度异常之大。在风险教育方面，她们有着不同的需求。当家庭成员被地雷炸死炸伤时，她们面临的挑战可能更大。这就是为什么联合国在地雷行动相关工作中要努力听取妇女的意见，采纳她们的想法，并增强她们为这项全球运动作出贡献的能力。

他希望，妇女能推动地雷行动各核心目标的进展。这些目标包括：加强安全，重建社区，恢复土地的使用，以及消除战争遗留爆炸物所造成的恐惧。妇女的努力还能增大地雷行动相关工作的效益，包括使儿童返回学校，使经济活动复苏，以及挽救生命和生计。

他呼吁，采取更多措施使更多妇女在更高级别参与排雷行动。各国政府在实施排雷行动方案和执行《禁止杀伤人员地雷公约》过程中，应加大解决性别平等的力度。

他指出，令人感到鼓舞的是，在《禁止杀伤人员地雷公约》生效15年后，目前已有161个国家成为缔约国。他呼吁其他所有国家也成为缔约国。一些国家快速加入《集束弹药公约》《特定常规武器公约》和旨在消除战争遗留爆炸物所造成威胁的其他国际文书，为上述努力作出了榜样。

最后他强调，联合国为受地雷影响国家数以百万计的人提供帮助，创造了令人自豪的纪录。值此国际日，让我们坚决调动必要的资源，动员必要的合作伙伴，下定必要的决心，进一步朝着在全世界消除地雷这个愿景前进！

联合国秘书长每年的讲话，有力地推动了联合国地雷行动的深入开展，地雷行动的目标有望如期实现！

每年的"国际提高地雷意识和协助地雷行动日"当天，除联合国秘书长发表讲话外，联合国地雷行动处还要在全世界开展一些与地雷履约相关的活动，以引起人们对地雷问题的关注。

比如，2010年的"国际提高地雷意识和协助地雷行动日"当天，联合国地雷行动处在美国纽约、阿富汗、柬埔寨、乍得、克罗地亚、刚果民主共和国、埃塞俄比亚、意大利、伊拉克、约旦、莫桑比克、尼泊尔、苏丹、塔吉克斯坦和西撒哈拉等国家和地区举行了全球性活动。

比如，2011年4月4日，在"国际提高地雷意识和协助地雷行动日"当天，联合国地雷行动处在哥伦比亚波哥大的西蒙·玻利瓦尔广场举行纪念活动，一朵红花插在鞋子上，格外显眼。这一天，人们共在广场上摆放了9000多只鞋子，每只代表一名被地雷夺去生命的哥伦比亚人。哥伦比亚是世界上严重的地雷受害国之一，通过这种形象直观的宣传教育，让人们更加重视地雷问题。（图4-3）

图4-3　每只鞋子代表一位地雷致残人

　　比如，2012年4月4日，联合国发起了"助他一腿之力"运动，号召世界各地的民众象征性地卷起裤腿，以此表达对于地雷受害者的支持以及禁止和消除地雷的呼声。包括潘基文秘书长在内的联合国官员纷纷加入了这一运动。地雷行动小组宣传部门负责人布雷迪（Justin Brady）表示，"这个运动的含义很简单，我们要求人们做的只是卷起一条裤腿，表达对于那些受到地雷影响的人们的支持。这种做法简单而又直接，具有视觉冲击力，因为我们平时很少看到有人卷起一条裤腿走路"。

　　"助他一腿之力"运动由哥伦比亚大天使基金会在2011年首次发起，经过社交媒体的传播引起了广泛关注，取得了良好的宣传效果。因此，联合国决定将这一运动向全球推广，潘基文秘书长鼓励世界各国民众加入到这一运动中来，并率先卷起了裤腿。

　　比如，2013年4月4日，黎巴嫩举行了提高地雷和集束炸弹意识教育活动，以纪念"国际提高地雷意识和协助地雷行动日"。黎巴嫩的议长代表朗达发表致辞。朗达说，鉴于地雷和集束炸弹给人类带来的巨大危害，国际社会应当努力促使所有国家加入集束炸弹协议，生产地雷和集束炸弹的国家应率先销毁其库存，并承诺不再生产、出售或在任何国家或冲突地区使用这些炸弹，地雷和集束炸弹生产国应当对清排这些炸弹提供资助。她还呼吁加大宣传和教育力度，提高人们对使用地雷和集束炸弹对人类危害的意识。联合国开发计划署驻黎巴嫩代表罗伯特·沃特金斯在致辞中说，经过联合国开发计划署等国际机构以及一些非政府组织同黎巴嫩政府的通力合作，黎巴嫩的扫雷排爆工作取得重要进展。今年初，黎巴嫩政府同联合国开始新的合作，签订了为期三年的第三阶段扫雷计划。据悉，以色列在历次入侵和占领黎巴嫩时期埋设了大量地雷。自2006年黎巴嫩与以色列结束冲突以来，包括中国维和工兵营在内的联合国驻黎巴嫩南部临时部队下属的扫雷部队共清排雷场480多万平方米，销毁地雷和各类未爆炸弹3.4万多枚。但目前仍有18平方千米的雷场有待清排，仍有42.5万枚地雷威胁着当地居民的生命安全。

2014年4月4日，黎巴嫩又在边镇纳古拉举行提高地雷和集束炸弹意识教育活动，以纪念"国际提高地雷意识和协助地雷行动日"。当天，黎巴嫩、中国等六个国家的扫雷部队齐聚一堂，向70余名黎巴嫩师生上了一堂地雷常识课。其中，中国维和官兵和黎巴嫩学生开展地雷警示标示知识有奖竞答活动备受青睐。（图4-4）

图4-4 中国维和官兵向黎巴嫩学生介绍地雷常识

第五章　中国限雷不禁雷

(十四)解决地雷问题应平衡考虑
人道主义关切和正当防卫需要

地雷的危害应该是指对无辜平民的伤害。由于老式地雷没有自毁装置，加上滥布滥用以及战后扫雷不力，在一些地区形成雷患，致使对平民造成伤害。要解决这一问题，应该从提高地雷的自毁性能、进行适当合理的限制、严格依法使用、加强战后扫雷这几个方面入手。

在地雷问题上，因其与各国的安全利益密切相关，其军事价值因国、因时、因地而不同，各国对此问题态度迥异，相差甚远。有些国家认为地雷问题是纯粹的人道主义问题；另一些国家认为是国家安全问题；还有一些国家则认为它既关系到人道主义又牵涉到国家安全。为此，部分国家主张全面禁雷，部分国家反对全面禁雷而主张对地雷的使用加以适当限制，而另一些国家则主张分阶段限雷而最终实现全面禁雷的目标。"全面禁雷"与"限制使用地雷"之争一度达到白热化程度。由于《渥太华禁雷公约》过分强调或夸大了地雷引发的人道主义问题，没有充分考虑有关国家的正当防卫权利对地雷的合法需求，美国、俄罗斯、印度、巴基斯坦、古巴、希腊、土耳其、芬兰、朝鲜、韩国和多数中东国家皆持保留态度，没有签约。

中国政府对地雷问题的总体立场是什么？下面我们来看1997年11月

中国外交部发言人发表的谈话。

新华社北京11月30日电　外交部发言人唐国强今天就杀伤人员地雷问题发表谈话如下：

中国政府历来十分重视关于杀伤人员地雷问题的人道主义关切，支持对地雷、特别是杀伤人员地雷实行适当、合理的限制。中国作为《禁止或限制使用某些可被认为具有过分伤害力或滥杀滥伤作用的常规武器公约》(《特定常规武器公约》)最早缔约国之一，一贯严格遵守《特定常规武器公约》第二号议定书(《地雷议定书》)和有关法律的规定，并为修正"地雷议定书"、进一步加强对地雷的限制措施做出了积极贡献。1996年4月，中国政府郑重宣布，在新议定书生效前，不出口不符合议定书规定技术标准的杀伤人员地雷。目前，中国正在积极考虑尽早批准《修正的地雷议定书》。

中国政府赞同国际社会旨在防止地雷滥伤无辜平民的人道主义努力，多年以来，在境内扫雷和扫雷国际援助方面进行了卓有成效的工作。今后，中国将继续积极参加国际扫雷努力，包括向国际扫雷基金提供捐助，并愿意为遭受雷害之苦的国家在扫雷培训、技术和设备方面提供帮助。

我们认为，解决地雷问题总的原则应平衡考虑人道主义关切和主权国家进行正当自卫的军事需要。安全问题本身也是人道主义的重要组成部分。由于各国国情和国防需要不同，对许多国家，特别是缺乏先进的防御性武器的国家来说，地雷仍是一种有效的自卫手段。中国政府一贯奉行独立自主的和平外交政策。中国在本国国土上使用杀伤人员地雷的唯一目的在于维护国家统一和领土完整、保障人民安居乐业。在找到杀伤人员地雷的替代办法之前，中国需要保留在本国国土上使用杀伤人员地雷以形成安全防御能力的权利。

我们注意到，有关国家在奥斯陆达成了《关于禁止使用、储存、生产和转让杀伤人员地雷及销毁此种武器的公约》(即《渥太华禁雷公约》)。基于上述立场，中国不准备签署这一公约。中国尊重这些国家的主权选择，理解它们的人道主义愿望和关切。中国政府将派观察员出席12月3日在加拿大渥太华举行的公约签约大会，并参加同时召开的关于国际扫雷和援助问题的圆桌会议。

又如，在联大四委讨论关于"地雷行动"的议题时，中国代表团要阐述我国的立场。2005年10月26日，中国代表团李松参赞在第60届联大四委关于"协助地雷行动"问题的发言中强调，中国政府重视地雷引发的人道主义问题，支持国际社会为解决雷患国家的关切做出的不懈努力，积极致力于国际扫雷援助与合作。我们认为，《特定常规武器公约》经修正的《修正的地雷议定书》平衡地处理了人道主义关切和正当军事需要之间的关系，如得到各国普遍参与和严格遵守，就能有效解决地雷引发的人道主义关切。《渥太华禁雷公约》缔约国选择通过全面禁雷来解决有关人道主义关切，我们对此表示尊重和赞赏。虽然出于客观原因，中国和其他国情相似的一些国家一样，目前难以加入这个公约，但我们认同公约的宗旨和目标，并通过各种切实、可行的途径，不遗余力地解决地雷造成的人道主义问题。

再如，在地雷问题的国际会议上，参加会议的中国代表阐述我国的立场。2007年3月14日，在金边召开的"柬埔寨地雷问题国际会议"上，中国驻柬埔寨大使张金凤就阐述了我国的立场。她指出，中国政府秉持"以人为本"的理念，始终把人民的安全和福祉放在第一位。我们高度重视滥用地雷引发的人道主义问题。中国是《特定常规武器公约》经修正的《地雷议定书》的缔约国，一直忠实履行其各项义务。中国与《渥太华禁雷公约》缔约国及"国际禁雷运动""日内瓦人道主义扫雷国际中心""红十字国际委员会"等组织保持着广泛的接触与交流。作为"地雷行动支助小组"成员，中国积极参与小组有关活动，为加强国际地雷行动的协调与合作建言献策。她强调，中国一贯高度重视并积极参与地雷行动领域的国际合作。我们开展合作与援助的主要对象是雷患严重、自身能力匮乏的发展中国家，注重强化雷患国家自身能力建设，努力帮助它们实现地雷行动的可持续性发展。她重申，中国政府奉行"以邻为善、与邻为伴"的睦邻周边政策，对包括柬埔寨在内的周边国家遭受雷患感同身受。我们愿尽己所能，与有关国家加强交流与合作，积极探寻有效的途径和方法，帮助周边国家早日摆脱雷患，建设安宁、繁荣的和谐社会。

在国际场合最早和最多代表中国政府对地雷问题阐述立场的，是中国外交部军控司原司长沙祖康。

沙祖康是一位杰出的谈判者。裁军谈判关系到国家安全，所通过的每一个条约，每一个规则都会对国家的安全和国防建设产生生死攸关的影响。沙祖康曾亲手组建外交部军控司，并担任首任司长，人送外号"沙将军"。从事军控外交17年，作为中国政府代表，沙祖康参与了《不扩散核武器条约》《全面禁止核试验条约》《禁止化学武器公约》《禁止生物武器公约》和《特定常规武器公约》等军控和裁军领域重大国际条约的谈判和审议，参与了起草联大和安理会通过的一些关于军控和国际安全的重要决议，以全球视野和战略眼光，积极倡导国际安全合作，维护国际和平、地区稳定和安全。

　　中国作为发展中国家，深知落后就要挨打的历史教训。为了国防安全，人民安居乐业，就必须做到对方有矛，自己要有盾。否则就等于被别人绑住手脚，任凭国门大开。

　　沙祖康说从事裁军谈判的17年正是奋力为维护中国国家的主权和利益而工作的17年，他用自己的智慧和毅力硬是顶住了无数次压力，捍卫了国家的安全利益。

　　2006年8月17日，沙祖康接受英国广播公司采访，在回答美国一再指责中国发展军备威胁别国安全的时候，他回答说："十年前，美国的军费相当于我们国民生产的总值，我说我们13亿人口不吃不喝不用，我们所有生产出来的东西，我们的国民生产总值，就相当于美国的军费总值，咱不要说别的了，就凭这一条。而且我们有15个周边邻国，不说邻国要怎么地，但是自卫是我们正当的权利，这是《联合国宪章》所规定的，确保国家领土完整，不受侵犯，这是任何国家，任何政府的权利。"（图5-1）

　　多年来，沙祖康利用国际舆论，并且与爱好和平的国家联合提案，积极推动禁止大规模杀伤性武器、禁止

图5-1　沙祖康在发言

非人道武器和防止外太空军备竞赛等问题的谈判,并且在朝鲜核危机、伊朗核问题上为国家献计献策,取得了有价值的成果。

沙祖康,1992—1993年任联合国常规武器转让登记册政府专家组中方专家。2001年任《特定常规武器公约》第2次审议大会副主席,及《特定常规武器公约》所附经修正的二号议定书第3次缔约国年会副主席。2001–2002年任《禁止生物武器公约》第5次审议大会副主席。2002年任《特定常规武器公约》经修正的二号议定书第4次缔约国年会副主席。2006年任《禁止生物武器公约》第4次审议大会副主席。2007–2012年任联合国副秘书长。

(十五)中国的安全环境复杂,禁雷 不能满足正当防卫需求

中国为什么要坚持限雷而不禁雷的立场?道理很简单:安全环境使然。

冷战虽然结束了,但世界并不太平,大小规模的武装冲突时有发生。地雷作为一种纯防御性武器装备,在抵御外来入侵方面有其特殊的作用和军事价值,特别是对经济、武器装备相对落后、陆地边界长、周边安全环境复杂的国家来说,对它的依赖尤为突出。

中国有漫长的陆地边境线,同15个国家接壤,又缺乏先进的防御性武器,地雷作为一种廉价有效的自卫性武器,对维护我国安全具有其他武器不可替代的作用。因此,我们主张在处理杀伤人员地雷问题时,应平衡兼顾人道主义关切和主权国家正当防卫需要两个方面,支持对杀伤性地雷实行适当、合理的限制,赞成在现有的《修定的地雷议定书》框架内分阶段逐步实现全面禁雷的最终目标,而没有签署旨在立即全面禁止杀伤人员地雷的《渥太华禁雷公约》。

国家安全环境,主要是指一个国家的周边环境。边防,是一个国家为了周边安全在边境地区采取的防卫措施,是国防的重要组成部分。

进行边防的目的是:捍卫国家主权和领土完整,维护边境地区的稳

定与安宁,保卫国家的和平建设,保障国家之间的正常往来。

边防的基本任务:一是组织实施边境防卫,主要是合理部署边防武装力量,修建边防设施,加强战备训练,搞好武装警戒,抵御外来侵犯。二是组织实施边防观察、侦察和巡逻等勤务,及时掌握和处置边境情况,同对方在边境上的非法越境、挑衅和蚕食等行为作斗争。三是研究边防历史,熟悉边界走向,保护国界标志、界河河道和航道,采取有效措施,防止国土流失。四是负责对进出国境的人员和交通工具实施边防检查、监督和管理,打击走私、贩毒等犯罪活动。五是加强边境管理,维护边境社会秩序,保护人民群众的生命财产安全,防止人员、牲畜和交通工具等非法越界,防范和打击特务和其他不法分子的各种破坏活动。六是负责同邻国边防机关举行会谈、会晤,配合政治外交活动,妥善处理边境涉外事务。

边防的基本原则:一是依法治边。认真贯彻执行国家的法律、法令和方针、政策,依照政府颁布的边防法规、条例和规定,治理边防,保卫边疆。二是国家主权和领土不容侵犯。维护国家的神圣领土和主权,绝不容许别国侵犯本国的一寸领土,也决不要别国的一寸土地。与邻国之间相互尊重领土主权,做到不越界、不惹事、不示弱、不吃亏。对于侵犯领土主权的行为,进行"有理、有利、有节"的斗争。三是睦邻友好。在涉外事务交往中,实事求是、平等互利、合情合理地协商处理边境事务,积极发展睦邻友好关系,增进同邻国人民的友谊。四是稳定边境。主要是大力加强边疆各项建设,实现强边富民,繁荣经济文化,改善人民生活,长期保持边境的稳定和安宁。五是集中统一。边防的方针、政策和重大行动,由国家作出决策,统一领导,统一部署,统一组织,统一指挥。边境的防卫,以边防部队为主,实行军民联防,共同遂行保卫边疆的任务。

边防是随着国家的建立而产生的,每个主权国家都有自己的边防,通常都有专门的武装力量担负边防任务,并制定有相应的边防法规、条例和规定,修建必要的边防设施。在边防防卫体制上,各国有所不同。有的以边防军为主,有的以国防军为主,有的以边防部队和武装警察部队共同保卫边疆。

边防部队,是专门担负边疆警戒、守备任务的部队。有的国家称边防军,有的称边防警卫部队,还有的称边防海岸警卫队、边防警察等。由于各国的历史传统、军事制度不同。边防部队的隶属关系和体制编制也不尽相同。有的隶属于军队系统,有的隶属于国家安全机关,还有的分属于军队和国家安全机关。编制序列,有的为师、团、营、连、排、班,也有的为总队、大队、小队。边防部队具有组织精干、装备轻便、机动性强、反应快速的特点。

边防部队是随着国家形成而产生的。中国的边防建立较早,已有2000多年的历史,在做法上,有时实行重兵镇边,有时实行屯垦戍边,有时实行和亲安边,使边防得到了巩固和加强。《史记·伍子胥列传》记载,春秋后期,楚平王曾"使建守城父,备边兵"。秦统一中国后,设置有全国统一的边防戍守部队,并设有较为严密的烽火报警系统。汉承秦制,编有边防戍守部队。此后各代军队都有名称不一、编制不尽相同的边防部队,如唐前期专门设置驻防边境的军事机构镇、戍。镇与戍均有上、中、下之分,上镇500人、中镇300人、下镇300人以下,每镇设镇将、镇副各1人;上戍50人、中戍30人、下戍30人以下,每戍设戍主、戍副各1人。此外,在部分地方,大者设军、小者设守捉。各设使和副使统领。天宝初年,边防兵力曾达48万余人。明朝,边防严密,东起鸭绿江,西抵嘉峪关,绵亘万里设置有九大军事重镇,这就是"九边重镇"(有辽东镇、蓟镇、宣府镇、大同镇、山西镇、延绥镇、宁夏镇、固原镇、甘肃镇),镇下设卫,卫下有防御千户所、烽火台等,沿长城内侧有计划的建造了许多设防城堡,这些城堡是按照一定的防御体系及兵制的要求分布的。为了加强海防,沿海也设置了不少卫及防御千户所,后来倭寇大肆在苏、浙、闽等省沿海骚扰,又大量修筑及加强设防城堡,这些城堡的位置选择,完全从防御要求出发,并不是地区经济中心,这些海防城堡重要的有山东的登州(蓬莱)、威海卫、荣成;江苏的宝山、南汇、奉贤、金山卫;浙江的镇河、台州等(今天仍为海防要塞),驻守数十万边防部队。同时,东南沿海也驻有海防部队,并在抵御倭寇入侵中起到了重要的作用。

中华人民共和国成立后,于20世纪50年代初期开始编设边防部队。以后,随着形势发展的需要,边防部队的体制编制、领导关系曾进行过多次调整。20世纪80年代以后,边防部队分别隶属于中国人民解放军和中国人民武装警察部队，编有边防师、团、营、连和边防检查站、派出所、巡逻队等。主要任务是：平时，熟悉边界走向和争议地区的历史与现状，加强戒备，严守国界；同一切颠覆、挑衅行为作斗争；加强边境管理，维护边疆秩序，防范和打击特务、不法分子的各种破坏活动；加强同邻国的睦邻友好合作关系，增进友谊；积极参加边疆社会主义建设，帮助群众发展生产，繁荣经济、文化，改善生活，做好民兵工作，搞好军民联防；密切配合政治、外交活动，搞好边防会谈、会晤，妥善处理边境涉外事务。战时，及时准确上报敌情，坚守阵地，迟滞、消耗和消灭入侵之敌，争取时间，掩护后续部队展开。

几十年来，中国边防部队发扬人民军队的光荣传统，依靠边疆各族人民群众，加强边境地区的治安管理，维护边疆秩序，搞好出入境人员的检查和边防会谈、会晤工作，处理繁杂涉外事务，打击潜入潜出的敌人和各种刑事犯罪活动，协同有关部门进行海上巡逻，维护港口和领海线内的海上治安，打击走私、贩毒等不法分子的破坏活动，同边疆各族人民一起为建设和保卫祖国做出了卓越贡献。

以上我们可以看到，中国是一个非常重视防御的国家，历史上发生过无数次反侵略战争和国内战争，长期的攻防实践，形成了自己独特的防御理念和安全观念。

为什么老百姓盖房子都喜欢盖一个四合院，自成体系、自我封闭、与外界隔绝？一个重要的原因就是为了安全。

为什么中国的城市里到处都是围墙，不论大小单位都要用砖石或栅栏把自己圈起来？外国人对此很不理解，觉得挺不方便的，要绕很远的路才能找到进院的门。但我们中国人觉得只有这样才有安全感。

为什么中国会修建长城那样的防御工程，实行物理隔断，绵延万里？就是为了关好家门，防止外敌轻易进入。

在边境防卫措施上，中国也有着自己独特的防御手段和边境管理办法。

比如，对陆地国界的管理。通常采取单方面或与邻国合作管理国界的办法。其管理的主要内容有：一是维护国界走向的稳定和清晰。国家法律规定，未经批准，任何人不得进行改变或者可能引起改变国界走向的作业。为了防止界河改道，要加强河岸的维护，不准砍伐界河河岸和河中岛礁上的树木，不准在界河挖沙取石，不准修建可能诱发界河变化的工程和其他设施。为了保持国界走向清晰，不准在国界线上修建骑线建筑物，也不准在紧靠国界线的一定距离内修建高大建筑物。在林区，还要开辟林间通视道并定期清理。二是维护国界标志。国界标志有界桩（碑）、界路、界井、方位物等。国家法律规定公民都有保护国界标志的义务。任何组织和个人不得损坏和私自移动、拆除、设立国界标志。故意破坏国界标志是犯罪行为，要受到国家法律的惩罚。相邻两国之间通常按照边界议定书的规定，定期对国界进行联合检查，协商处理国界线上发生的问题，共同修理、修复和重建国界标志。三是与邻国合作管理穿越国界的交通、通信、水利等设施，相互协商边界地形测量工作。处理国界问题的权力集中在国家政权机关，任何组织和个人未经国家授权，不得私自处理国界问题。边防主管部门经常派出人员巡查国界，制止破坏国界和违反国界管理制度的行为。

又如，对入出陆地国界管理。国际上主权国家的国界都不允许随意出入。我国通过制定专门的法规，规定外国人和本国公民入出国界的程序和制度。一是设立国家和地方口岸、边境通道，并在这些地点设立边防检查机关，担负对入出国界的人员和交通运输工具的边防检查和监护任务。二是检查每一个入出国界的人员是否持有有效通行证件，并且验证是否在规定的时间内，从指定的口岸、通道入出国界；查明并阻止国家法律规定不允许入出境的人员和违反国家入出境制度的人员入出国界。三是为了防止人员偷渡，对准备出入境的汽车、火车、船只等交通运输工具只允许停放在规定的地区，并由边防检查机关进行监护。四是对违反入出国界法规而强行入出国界的非法越界行为，按照法律进行处罚。五是对于因水灾、火灾灾害等不可抗拒的原因而进入邻国境内避险的人员，主权国家的边防主管部门通常都采取收缴武器、限制活动范围等管理措施，一旦避险原因消除，避险人员应迅速返回本国境内。在国际上也有一些特殊情况，如有些邻国之间为了方便边境居民过境探亲访友、互市、治病等正常往来，方便边防工作人员入出国界，两国政府或主管部门之间通常签订专门协议，简化入出境的程序和手续。

再如，对边境管理区的管理。通常把靠近国界并实行边防工作制度的地理范围称作边境管理区。边境管理区区域的大小根据保卫边境安全需要和地形来确定，可达几公里至几十公里。边境管理区管理的主要做法：一是在适当的范围公布边境管理区的范围和管理办法，必要时还可建设专门设施，把边境管理区与其他地区隔离开来。二是在通行制度上，规定非边境管理区的人员进入边境管理区必须持有边境通行证。边防部门在通往边境管理区的交通要道上设立检查站，对来往人员和交通工具实施验证盘查，防止无证人员和不允许进入边境管理区的人员通过。三是在居住制度上，规定边境管理区内达到一定年龄的常住居民要领取边境居民身份证件。对申请迁入边境管理区常住的人，须经审查批准；对在边境管理区暂住的人要在规定的时限内申报暂住登记，并在离开时申报注销暂住登记。四是对车站、码头、客栈等公共场所，实行验证、登记、查核等管理措施，以防可能危害边境安全的人员潜入边境管理区内。

还如，对边境地带的管理。通常把陆地领土最前沿与邻国相连的几百米或几公里宽的狭长地带称为边境地带，或称边防地带。这是边境管理任务最繁重的地区。边防部门采取多种手段，实施严密的监视、控制和管理。主要做法：一是防止人员随意越界。必要时在边界附近设置标志或铁丝网等设施，防止发生随意越界情况。一旦发现企图非法越出国界和已经非法越入国界的人员，边防部门即采取果断措施予以制止，必要时可扣留人员。二是监督管理本国人员在国界线附近的活动。非边境地带的人员进入边境地带从事砍伐、捕捞、采集、建筑等生产活动，或在边境地带进行勘探、科研、摄影等，必须得到主管部门允许和边防部门的同意。上述活动以及边民互市等，必须在规定的地区内进行，并严格遵守有关边防管理规定，不得妨碍边防部门执行勤务。对于违反者，边防部门要制止其活动，并可视情节轻重，扣留人员、作业工具和非法所得。四是为了使两国边民和睦相处、生活安宁，一般不准在边境地带内随意鸣枪和爆破。必须进行此类活动而有可能影响邻国时，应向邻国通报。一方境内发生水灾、火灾等自然灾害及流行性疾病，有可能危及邻国时，须及时通报对方。

对边境地带的防御，国际上通常的做法是：勘界立碑，划定边境线。

双方沿界碑后退50米架设一道铁丝网，形成安全地带（也有的叫缓冲带）。沿铁丝网后退几十米或几百米修巡逻道，巡逻道与铁丝网之间形成检迹地带，就是通过巡逻，检查有无人员、牲畜和车辆侵入的痕迹。沿边境线每隔一段距离设立一个观察哨所。在主要防御方向的交通要道和平缓地带，要埋设障碍物，如桩砦、三角锥、防坦克壕等，大量的是埋设防步兵地雷和防坦克地雷，因为地雷经济实用，效费比高，埋设地雷可以替代人员的守卫。

中国对边境地带的防御也是采用国际通用的做法，战时在主要防御方向和地点视情埋设一定数量的防步兵地雷和防坦克地雷，以满足边防安全的需要。如果全面禁止使用地雷，那么，我国漫长的陆地边界线就难以设防，这是我国安全利益所不允许的。

（十六）中国反侵略战争的经验：地雷是以弱胜强的有效盾牌

叶剑英元帅在20世纪六七十年代准备抵御前苏联的侵略时说："一亿个地雷加上全民皆兵，任何侵略者踏上中国的土地，都叫它有来无回。"

1962年，苏联在我国新疆策动了暴动事件，胁迫伊宁、塔城地区6万余边民外逃。1964年以后，苏联边防军便开始在边境地区寻衅滋事，制造流血事件。从1964年10月到1969年2月，苏联边防军在中苏边境地区，挑起各种边境事件达4000余起。1969年3月2日，苏联边防军在珍宝岛挑起了大规模武装冲突。中国边防部队被迫进行了自卫还击，用地雷炸毁了侵入我国领土的苏军坦克，给入侵苏军以沉重打击，保卫了祖国的领土主权。

珍宝岛事件后，苏联变本加厉地在中苏边境、中蒙边境增加兵力，集结了大量的坦克、飞机和导弹等先进武器，目标明显针对中国，到1969年夏，苏军在与我接壤的边境一侧调集了55个师的百万大军。我国也以沈阳、北京战区为重点，在东北、华北、西北"三北地区"调动重兵防守，在中苏4000多公里的漫长边界线上，正规军加建设兵团的总兵力达500万之众。

面对百万机械化部队，武器装备落后的中国应如何来抗击苏军可能发动的侵略战争？只有依靠经济实用的地雷来阻击敌人的摩托化、机械化部队的进攻。当时，大规模生产地雷，部队开展地雷炸坦克训练，创造了不少地雷战的战法，加上"深挖洞"，加强国防人防工程建设，客观上起到了很好的威慑作用，有效地遏制了战争的爆发。

用地雷来抵御侵略，在中国不乏先例。在中国共产党领导的历次革命战争中，广大军民在毛泽东人民战争思想的指引下，不畏强敌，英勇顽强，自力更生，因地制宜，制作了各种各样的地雷，并在战争实践中巧妙地加以运用，广泛地开展地雷战，狠狠地打击了外来侵略者和国内反动派，充分展示了地雷战的巨大威力。下面介绍几个战例：

龙门川考试

1943年春天，太行军区为粉碎日军对我太行根据地的"扫荡"，3月间，太行六分区邢东（河北省邢台市东部）前线指挥部，从独立营、区干队、游击队和各村委会中抽调了60多名干部，在邢台以西开办了一个地雷训练班。经过两周的训练，学员们学会了地雷的制作和使用方法。4月中旬，学员快毕业了，为检验学习效果，要对学员组织一次毕业考试。考场设置在什么地方呢？有人提出，考场应选在龙门川，理由是龙门川是根据地的边缘区，鬼子和伪军常在这里活动，训练是为了实战，考场即战场，在战场上设考场，既能锻炼学员，又能打击敌人，一举两得，学以致用。"这个办法好"，上级批准了这个考核方案。

从邢西东井庄到龙门川有10多公里路。一天晚上，地雷训练班学员利用夜暗作掩护悄悄开进了马场沟村。（图5-2）

到达预定地点后，训练班立即派出观察哨进行实地侦察。由于我主力部队于前夜在敌后刚刚拔掉了鬼子的吕家沟据点，附近的敌人胆战心惊，都龟缩在碉堡里不敢出来活动。情况发生了变化，怎么办？是打道回府，还是守株待兔？大家议论纷纷。训练班党支部当即在现场召开了紧急会议，根据上级赋予的考核任务，研究分析了当前的敌情，最后确定了佯攻尖山碉堡，以地雷战围城打援的考核方案。

经和龙门区游击队联系，佯攻尖山碉堡的任务由游击队负责，训练

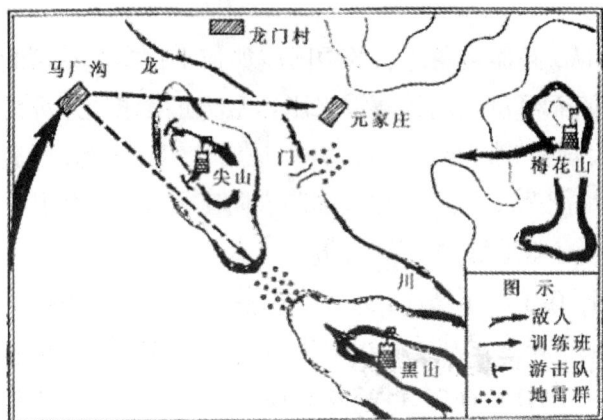

图5-2　龙门川地雷战要图

班则主要负责设置地雷打援。4月15日，20几个学员在教员带领下连夜过河，在桥东头和接近路上，埋设了"三联地雷群"；另一部分学员在队长带领下，神速地插到了黑山与尖山之间的预定地区，并在盘踞黑山碉堡之敌出援必经的山沟里设置了大量滚雷；游击队紧紧包围了尖山碉堡。

16日拂晓，一阵激烈的枪声划破长空，游击队按预定计划发起了对尖山碉堡的佯攻。刹那间，枪炮声和喊杀声响成一片，龟缩在尖山碉堡里的敌人一时分不清虚实，连忙向附近据点求救。早饭时分，梅花碉堡的敌人果然出来增援了。增援的敌人一路上提心吊胆，边侦察边前进，行动十分迟缓。正在这时，尖山方向又传来一阵密集的枪声。鬼子中队长这时着急了，督促援兵加快步伐，不顾一切地向小桥奔来。领头的鬼子兵刚踏上木桥，忽然"轰"的一声巨响，挑"膏药旗"的鬼子随着火光即刻滚落到河里去了。这时，后面的地雷也紧接着一个个爆炸了，埋伏在道路两侧山头上的学员乘势射击，投掷手榴弹。鬼子慌作一团，四处乱窜的鬼子又触发了埋设在路两边和山脚下的地雷，一时炸得鬼子人仰马翻，鬼哭狼嚎。

几乎在同时，黑山那边也传来了地雷的爆炸声。从黑山碉堡出援尖山的敌人，同样品尝了学员们奉送的"铁西瓜"。

这次战斗持续不到1个小时，消灭日军中队长在内的日伪军共38名，缴获战马6匹。学员们迎着初升的太阳，凯旋在返回营地的路上。地雷训练班学员用实际战果，出色地完成了毕业考试。

没有伏兵的伏击战

辛安庄是山西省朔县的一个行政村。抗战时期，这个村的民兵在中国共产党的领导下，与日军进行了长期的斗争。他们巧妙地运用地雷杀伤敌人，并限制了敌人的行动，迫使敌人长期不敢到辛安庄抢劫烧杀。

1944年2月20日傍晚，上级派人送信给辛安庄民兵队说："利民堡的敌人，明天要到西山一带'扫荡'，请设法伏击敌人，以打乱敌人的计划。"民兵队得到情报，立即集合队伍赶到辛安庄南约5公里的梁村，这是敌人从利民堡到辛安庄必经的地方。此处是一道山沟，路上都是黄土。民兵们研究了地形，决定在梁村村外的公路上埋雷。他们判定道路上的地雷一爆炸，鬼子就会向道路两侧躲避，然后会在较平坦的地方集合整顿队伍。于是，除在道路上埋了地雷以外，又在道路两侧埋了许多踏发雷，在附近一块平地上埋了子母雷。（图5-3）

2月21日早晨，由100多个鬼子和200多伪军组成的"扫荡"大队从南面开来，队伍有1公里路长。指挥这次"扫荡"行动的鬼子大队长，依仗人多势众，一路上骑在马上，趾高气扬。敌人渐渐进入了雷区，轰隆一声巨响，三个鬼子应声倒下。敌军队伍大乱，急忙向道路两侧逃跑，这一下又踩响了路旁的地雷，随着响声，

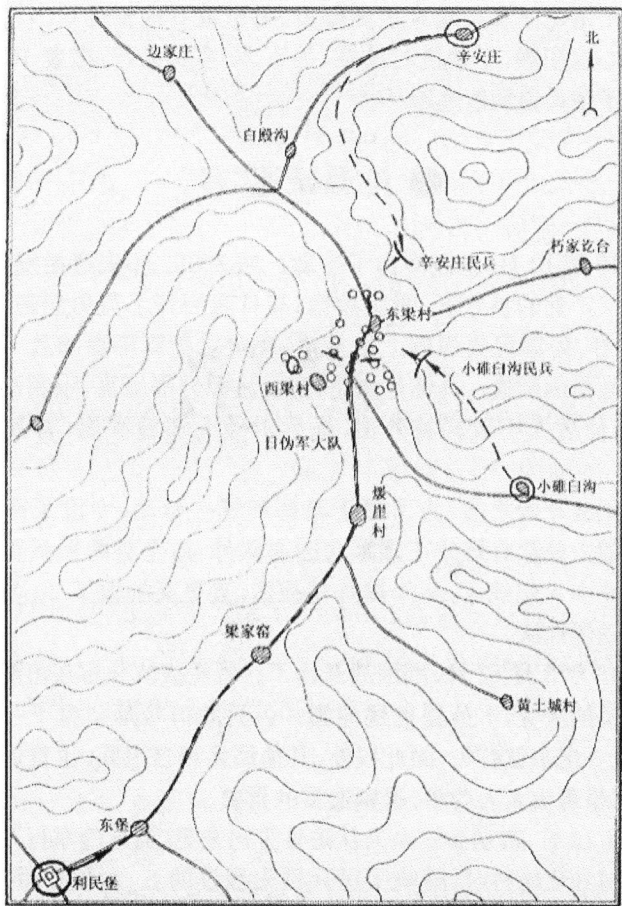

图5-3 梁村地雷伏击战要图

八个鬼子丢了性命。鬼子大队长被突如其来的爆炸惊得目瞪口呆，吓得赶忙钻到马肚子底下。他观察了一会儿，见不到一个伏兵，抖了抖身上的土，驱赶着鬼子和伪军到平坦的地方集合。鬼子大队长刚刚走过去，子母雷又开了花，鬼子又倒下了一大片。

还没到辛安庄，就给鬼子来了一个下马威。但是敌人并不甘心，仍然企图报复，像狼群一样分二路向辛安庄扑来。沿大路来的敌人刚刚到村口，就吃了一顿"铁西瓜"。绕山坡过来的一股敌人，也被地雷炸了个落花流水。敌人走到哪里，哪里就有地雷爆炸。鬼子被地雷炸得心惊胆战，不敢进村抢掠，丢下30多具死尸，拖着10多个受伤的鬼子伤兵狼狈地逃跑了。

沁源城逐"客"

1942年10月，日军侵占了山西省沁源县城。城关和二沁大道沿线的人民，在中国共产党的领导下，同仇敌忾，与日寇展开了英勇顽强的斗争。1945年春，沁源民兵根据上级指示，决定对盘踞沁源的敌人展开大规模的地雷围困战。具体计划是：先在沁源外围埋雷，限制敌人的活动范围，使敌人不敢轻易外出，最后对敌人实施围困，将其消灭或逐走。

围困战开始之前，为了便于指挥和统一行动，专设了两个指挥部。作战力量除有部分正规军和游击队外，由全县的民兵英雄和村干部200多人组织了12个爆炸轮战队，县里又抽调了30名民兵组成了机动爆炸队。

1945年3月12日，围困战开始了。各轮战队分布在沁源外围和二沁大道的两旁，不分昼夜地埋雷。民兵的口号是："鬼子一出来就炸，敌人一出来就打。"除此以外，其他民兵和自卫队，也普遍组织了石雷组，呈现出人人动手、家家造雷的景象。

3月13日，敌伪200余人从沁县方向来犯，当日伪军行军大队走到官军村和化峪村时，踏响了民兵预先埋设的五六枚石雷，致使鬼子死伤40多人，民兵又乘机向鬼子射击，迫使敌人慌忙回窜。

在多次战斗中，民兵们发挥了地雷战的巨大威力，日伪军中闻雷则惊，普遍产生了恐怖情绪，大批伪军都开了小差。敌人被围困得没有办法，气得狗急跳墙。3月28日，敌人溜出县城妄图突袭李庄实施报复。游击队得知情报后即在李庄及附近用地雷设伏，炸死炸伤敌人18个。鬼子原想进村杀人放火，出一口气，岂不知"偷鸡不成却倒折一把米"。（图5-4）

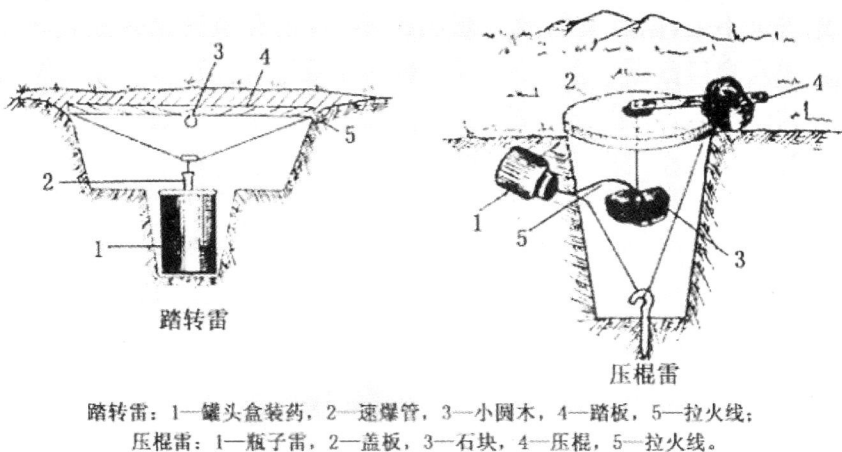

踏转雷: 1—罐头盒装药, 2—速爆管, 3—小圆木, 4—踏板, 5—拉火线;
压棍雷: 1—瓶子雷, 2—盖板, 3—石块, 4—压棍, 5—拉火线。

图5-4　设伏地雷示意图

经我民兵的围困, 交口据点的敌人也被封锁得不敢外出活动。

在这次围困战中, 城关和交口周围3000米以内敌人可能活动的地方全部布满了地雷, 仅石雷就有5000多枚。为进一步震慑敌人, 又在城关和交口周围5000米的范围内开展了一次铺地运动, 在路面上铺了一层灰土和杂草, 使路面改变了原来的面貌, 变成了一片恐怖地区。开展铺地运动以后, 自4月1日起, 整整八天没有一个日伪军敢出城门。到了第九天, 为了接应由沁县来的援兵, 一股敌人斗胆从城里窜了出来, 刚走到北禅坛就触炸地雷17枚, 一时烟雾冲天, 敌人乱作一团。为了保命, 敌人不顾一切地往前走, 当走到北园村东边又踏响了4枚地雷, 走到河西村边上又踏响12枚地雷。在河西村, 6个鬼子在清除民兵设置的草人时, 一下子引发了8枚地雷, 12个鬼子全被炸死, 直到天黑还不断听到地雷的爆炸声。仅4月9日一天, 敌人就踏响地雷90多枚。在封锁的一个月内, 敌人踏炸民兵设置的地雷300多枚, 被地雷炸死炸伤的有940多人。

在围困中, 各民兵战斗队宿营在敌人据点附近, 昼夜监视敌人的动静, 伺机爆炸和打击敌人。除了大量使用地雷以外, 民兵和周围的群众虚张声势, 并连续不断地偷袭和用冷枪杀伤敌人, 外面救援的敌人想进进不去, 据点里的敌人想出出不来, 据点被完全孤立起来了。在沁源及交口盘踞了多年的所谓"剿共模范区"的敌人,在经我民兵一个月的围困后,弹尽粮绝,缺医少药,死伤病员不计其数,被迫于1945年4月11日,在付出了惨痛的代价后,夹着尾巴逃跑了。

上三串里不发通行证

1951年6月2日,参加抗美援朝的我志愿军某师第581团1营,为阻止美军沿涟(川)朔(宁)公路突破我军防御阵地,奉命在163和176.2等高地组织防御。为有效地抗击敌人,增强防御阵地的稳定性,我1营以1个防坦克班,在下串里东侧公路交叉点与敌坦克抗击。敌依仗武器装备的优势,杀气腾腾,气焰十分嚣张。美军骑1师企图以坦克为先导,在飞机、大炮的掩护下,协同步兵一举突破我防御阵地。担负该地区防御的我1营,正面临着一场严峻的考验!

上下三串里,位于我防御阵地前沿。下三串里东侧公路交叉点及以北地区,地形起伏,便于我组织对敌坦克防御。上三串里和店村附近公路两侧地区,多为水网稻田地,不便于敌人坦克机动。(图5–5)

1营受领任务后,在全营挑选了12名机智勇敢和战斗经验丰富的老战士组成了反坦克班。反坦克班除原有武器装备外,还配有木壳防坦克地雷、反坦克手雷和爆破筒等反坦克武器。部署分为两个小组:防坦克小组配置在公路交叉点东侧无名高地突出部,利用自然崖壁,准备从上面和翼侧打击敌坦克;机枪掩护组在反坦克组之后占领阵地,准备消灭敌坦克搭载的步兵。该班充分利用地形地物,在公路交叉点以东路基两侧及路

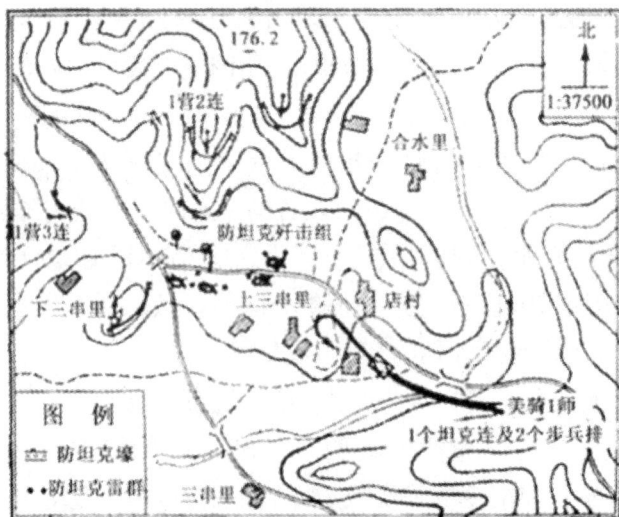

图5–5　上三串里反坦克战斗经过要图

基北侧凹部地区，巧妙地埋设了防坦克地雷，并进行了严密的伪装。

6月6日上午9时，进攻之敌以强大炮火和航空兵火力向我163和176.2高地实施进攻前的火力准备。与此同时，以坦克3辆，沿公路驶至店村以南约300米处，敌人盲目地打了几发炮弹，约1小时后又返回去了。敌人非常狡猾，原来是侦察我阵地的动静来了。果然不出所料，10时许，敌人又出动坦克24辆，成行军纵队沿公路向我1营的阵地扑来。敌进至店村东南约400米时，展开11辆，并以炮火向我阵地轰击。其余13辆搭载约两个排的步兵，在火力掩护下，成行军纵队沿公路逐段搜索前进。敌坦克每辆前后相距30~50米，敌人过去曾吃过我地雷的苦头，所以这次战战兢兢，一面搜索，一面前进，只500米的距离却用了约1个小时，但始终未发现我埋雷的位置。约11时20分，敌人先头第一辆坦克驶抵我防坦克壕前10余米处被迫停止，我反坦克小组乘机以反坦克手雷向敌坦克攻击。敌坦克遭我突然打击，企图寻找有利地形向我反击，正转身后退时，不料履带压中我埋设的一枚地雷，只见随着火光一闪，当即被炸起火。与此同时，火力支援组的轻、重机枪和迫击炮，趁机向敌坦克搭载的步兵猛烈射击，坦克上的敌人不死即伤，纷纷滚落下来。防坦克小组又乘机从左翼出击，以手雷击毁了第二辆坦克，敌坦克乘员跃出坦克企图逃命，当场被我火力击毙。

第三辆坦克见势不妙，慌忙调头回窜，不料刚到路边，也触雷被炸毁。第四辆坦克企图占领公路北侧以火力向我阵地射击，刚驶入凹部，车轮即轧中了地雷，瞬间也变成了一堆废铁。

敌后续坦克见先头坦克纷纷触雷被炸，再也不敢前进一步。为逃避同样的命运，遗弃被我击毁的4辆坦克，丢下步兵，不顾一切地调头回窜了。

"坦克楔入战"图谋的破产

1951年10月，侵朝美军的"秋季攻势"在连遭中国人民志愿军沉重打击后，不甘心失败，依仗武器装备的优势，以"坦克楔入战"的招数，又发起了第二阶段的进攻。

10月8日，奉命占领635.8和709.6高地以及大酒店地域的中国人民志愿军某师第601团，为增强我阵地防御的稳定性，粉碎敌"坦克楔入战"的图谋，决定以1个工兵连，在炮兵的协同配合下，编成防坦克大队，在文登里地区构筑防坦克地域抗击敌人。

文登里东依加士峰，西靠鱼隐山，谷地宽600余米，中间有末（辉里）杨（口）公路直贯敌我纵深，便于进攻之敌机械化部队纵方向机动突入。因公路两侧多为高山峻岭，从而限制了敌横向机动。由于谷地及公路纵贯我防御阵地中央，是通向我纵深的咽喉，便于我军机动兵力兵器和隐蔽地配置防坦克火器，设置防坦克地雷场，地形对我十分有利。

工兵连受领任务后，分析了敌坦克的活动规律，决定以地雷战狠狠教训美国侵略军。在连长指挥下，各排分头行动。在敌坦克必经的路上、河边、稻田、乱石堆和上下坡处，埋设了网状的梅花形和三角形雷区，只等敌人来犯了。

10月11日，敌集中了侵朝美2师、法国营、美坦克72营及李承晚伪军战车31大队等兵力北犯。敌以坦克为先导，企图以钢铁洪流沿公路一举突破我601团文登里防御阵地，直插我纵深，攻占我东线要点鱼隐山。开始，敌坦克战战兢兢，走走停停，不敢贸然急进。我先以小股兵力前出引诱敌人，边打边撤，佯装溃退。敌见我兵力不多，火力较弱，胆子也大了起来，一会儿便蹿到了我阵地前。这时，冲在前头的第一辆坦克突然触中地雷，随之便不能动弹了。其余敌坦克见状大惊，纷纷离开公路，又沿稻田呈扇形向我阵地冲来。瞬间，敌人的11辆坦克离我堑壕只有100米了。忽听两声呼啸，两辆坦克被我火箭筒发射的火箭弹击毁。其余坦克见状，再不敢冒进了。犹豫了一会儿，在督战坦克的威逼下，又继续向我阵地扑来。转眼间冲到离我阵地只有50米的地方。敌指挥官正庆幸进攻马上就要得手，忽听几声"轰""轰"的巨响，有6辆敌坦克触雷冒起了黑烟。敌见势不妙，余下的坦克纷纷调头逃跑。

敌遭我地雷和反坦克火器的沉重打击后，一改往日不可一世的威风，行动亦变得小心谨慎起来。敌人采取了由工兵乘坐战车引导探雷，坦克改换行进路线的招数。敌变我变，我设雷组随之在沟渠啰坎上、被击毁的敌坦克附近和乱石堆上设置了地雷。工兵排长牛瑞山还将手榴弹系在地雷上，巧设诡计雷，专门对付排雷的敌工兵。（图5-6）

10月19日，敌出动坦克20辆在工兵的引导下向我阵地压过来。敌工兵在前面搜索探路，不料有四名工兵被我设置的诡计雷送上了西天。其他工兵见状，纷纷趴在地上，不敢继续探雷了。有两辆敌坦克不再等待，沿着沟渠垅坎和乱石堆朝前冲来，刚走不远，便被地雷炸翻了。

从10月11日到11月4日，经24天的激烈战斗，601团防坦克大队共击毁敌坦克38辆，重创9辆，还缴获

图5-6　我军使用的防坦克地雷

了电台、机枪等大宗美式装备，彻底粉碎了敌北进和"坦克楔入战"的图谋，坚守了阵地，荣获了"三等功臣团"的光荣称号。

"T-62"坦克落难珍宝岛

1969年3月2日，前苏联坚持大国沙文主义立场，悍然对位于中国黑龙江省虎林的珍宝岛发动武装入侵，在遭到中国边防部队沉重打击后不甘心失败，继续调集兵力，不断出动坦克和装甲车向我边防守军挑衅。

珍宝岛位于乌苏里江中心线我方一侧，是中国的故有领土，决不容他人侵犯。

为严惩侵略军，保卫祖国的神圣领土，3月14日夜，我边防某部工兵干部孙征民奉命带领一个排，依据预定方案在珍宝岛西侧江叉上布设防坦克地雷，准备痛击苏军的"乌龟壳"。

布雷时间紧迫，敌情威胁大，且参加布雷的同志一没有经验，二缺少工具和作业器材，怎么办？"不打无把握之仗，不打无准备之仗。"孙征民受领任务后，对布雷分队进行了动员，带领人员对布雷地区进行了侦察，并进行了战前训练和器材准备。为使布雷迅速隐蔽，在我方纵深内的小河沟上进行了冰上模拟布雷训练，并摸索出用小冰铲、匕首在冰面上挖坑和用白布包雷伪装的方法。

孙征民同志根据上级意图，集中大家的智慧，掌握了敌坦克、装甲车侵入我内河冰道的活动规律，拟定了布雷方案：决心在江宽150米的冰面上布设72枚防坦克地雷。72枚地雷分成6个雷群，每群12枚雷，成梯次配置在距离岛西侧10米处的24米正面上，布雷密度为每10米3个。

3月14日晚10时，孙征民带领作业分队身着白色伪装衣，神不知鬼不觉地来到江边的树林中隐蔽下来。江边上寒冷刺骨，但边防战士们全然

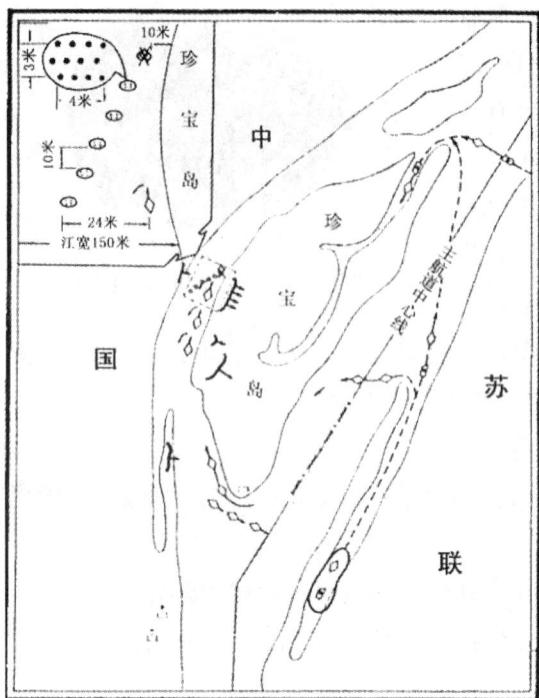

图5-7 珍宝岛布雷炸坦克

不顾。由于距离较近，还不时听到对岸敌人构筑工事的声音。孙征民首先派出一个班对布雷地域进行搜索侦察，并登岛担任警戒，掩护布雷人员作业；然后亲自带领隐蔽的分队迅速来到江面进行布雷。战士们蹲伏在冰面上挖坑设雷，由于隔岸有耳，不敢弄出半点声响。作业中，孙征民不时地提醒大家沉着冷静。在敌人施放照明弹时，大家就卧倒隐蔽。经过40分钟的紧张作业，地雷布好了。（图5-7）

15日上午8时02分，苏军再次出动大量步兵，在坦克、装甲车的掩护下，越过主航道中心线冰面侵入我珍宝岛。我守卫阵地的边防战士英勇顽强，以猛烈的火力迎击入侵者，敌人的第一次进攻被我英勇的边防战士打退了。

9时46分，不甘心失败的敌人在其猛烈炮火的掩护下，一面以多辆坦克、装甲车掩护步兵从正面向我阵地冲击，另以四辆坦克经岛南端西侧江叉迂回到我守岛部队的侧后，狡猾的敌人妄图断我后援，对我实施前后夹攻。

敌先头一辆T-62坦克加足马力疯狂地闯入我领土，向我军阵地侧后发起攻击。攻击的苏军坦克离我军阵地后侧越来越近，就在入侵的苏军坦克驾驶员洋洋得意之时，忽听"轰"的一声巨响，T-62坦克履带被地雷炸断，趴在冰面上不动了。见先头"乌龟壳"被炸，其余三辆坦克惊慌失措，为免遭触雷被毁的下场，纷纷调头回窜。

T-62坦克被苏军吹嘘为当时世界上最先进的地面进攻武器，但面对中国智勇双全的边防战士，在遭到我廉价的反坦克地雷炸毁后沉入江底。

后来，这辆坦克被我军从江底起获后，陈放在中国军事博物馆，成为前苏联军队侵略我国领土的铁证。

孙征民同志被中央军委授予战斗英雄称号。

（十七）履约在行动，中国在限雷问题上说到做到，成效显著

中国人大常委会批准加入《修正的地雷议定书》，就意味着我们有义务履行《修正的地雷议定书》中的所有约定，以充分体现我们对人道主义、国家安全和军事利益的关切。而要履行《修正的地雷议定书》中的所有约定，是中国面临的一项艰巨而长期的任务。

首先，我们要在全军进行广泛的宣传教育，使广大官兵了解国际禁雷、限雷形势；了解《修正的地雷议定书》的主要内容；弄清地雷在效能方面将要发生的变化；更新地雷的作战运用观念，从而增强地雷履约意识，为今后的履约工作打下基础。

然后，需要分阶段、有步骤地，深入、广泛地开展一系列履约工作。

比如，要着手解决现有地雷的长效性和难探测性问题。我们现有的杀伤人员地雷，一部分不能满足30天内自毁和120天内自失能的技术要求；另外还有一些不能满足可探测标准。需要在充分论证的基础上，对它们加以改进，使它符合《修正的地雷议定书》的要求；同时淘汰、销毁一些改造价值不大的地雷；另外再补充一些符合《修正的地雷议定书》要求的地雷。

又如，需要对履约带来的一系列军事课题进行较深入的研究。《修正的地雷议定书》要求地雷具有短期军事效应，那么对我们地雷的战略储备会带来多大的变化？《修正的地雷议定书》的一些条款，对我们在整体防御作战中会不会带来影响？究竟有哪些影响？边境防御问题怎

解决等等。

再如，在上述工作成果的基础上，增改相关的教材规范，更新一些训练保障器材，在全军（相关的部队、院校和机关）范围内（包括民兵预备役）普及、贯彻。

还如，为了适应未来战争的需要和未来国际军控形势发展，还需加强杀伤人员地雷替代武器的研究。我们始终要坚持一条最根本的原则，就是不能降低我军的整体防御能力，最大限度地维护国家的安全利益。

为认真履行《修正的地雷议定书》规定的义务，经中央军委批准，我军地雷履约机构于1998年4月成立。为提高全军对地雷履约工作的认识，正确理解《修正的地雷议定书》的内容及其规定，2000年4月，总参负责地雷履约的主管部门在云南昆明组织举办了全军地雷履约培训班，外交部、总参、总装、各军区、海军、空军、二炮、武警部队等单位有关业务部门专门派人参加了培训。

2001年，总参负责地雷履约的主管部门组织各大军区开展地雷履约宣传教育活动。2002年5月，总参负责地雷履约的主管部门在工程兵指挥学院组织举办了全军院校兵种教员地雷履约培训班。为了培养我军官兵的地雷履约意识，推动我军地雷履约工作深入开展，总参负责地雷履约的主管部门还通过《解放军报》等新闻媒体在全军举办了地雷履约知识竞赛活动，强化了广大官兵的地雷履约意识。

全军近年来边进行宣传教育，边以行动实践地雷履约。我军把扫除已部署的杀伤性地雷作为履约的重要内容。20世纪90年代，在云南省和广西壮族自治区的边境地区，组织实施了两次大规模扫雷行动。（图5-8）

共扫除地雷和其他爆炸物220多万枚，销毁废旧弹药和爆炸物近700吨，完成扫雷面积300多平方公里，打通边贸通道、口岸290多个，恢复弃耕地、弃荒牧场和山林6万多公顷，基本清除了边境地区的雷障，这一地区至今没有发生一起遗留地雷引发的人员伤亡事故，有力地促进了原雷患地区经济和社会发展。联合国观察人员到扫雷地区视察后给予了充分肯定。

图5-8　中越边境大扫雷

　　自加入《修正的地雷议定书》公约以来，中国严格履行议定书的各项规定，根据议定书要求制定了一系列新的军用标准，对不符合议定书规定的老、旧地雷进行了全面普查，并分批分期改造或销毁，截至目前，我国共建立八个地雷爆破器材检测、销毁站，销毁老旧库存地雷近百万枚。（图5-9）

　　在解决本国雷患问题的同时，中国积极致力于国际扫雷援助与合作，尽最大努力帮助有关国家摆脱雷患困扰。1998年以来，中国军方根据国家统一部署和安排，圆满完成了外国扫雷技术人员培训、捐赠扫雷器材订购、维和工兵部队和扫雷专家组派遣等人道主义扫雷行动任务，得到了联合国有关部门、组织和受援国的一致好评。

　　下面，我们来看我国地雷履约部门2012年在一次国际人道主义扫雷交流活动中介绍的一份履约清单。

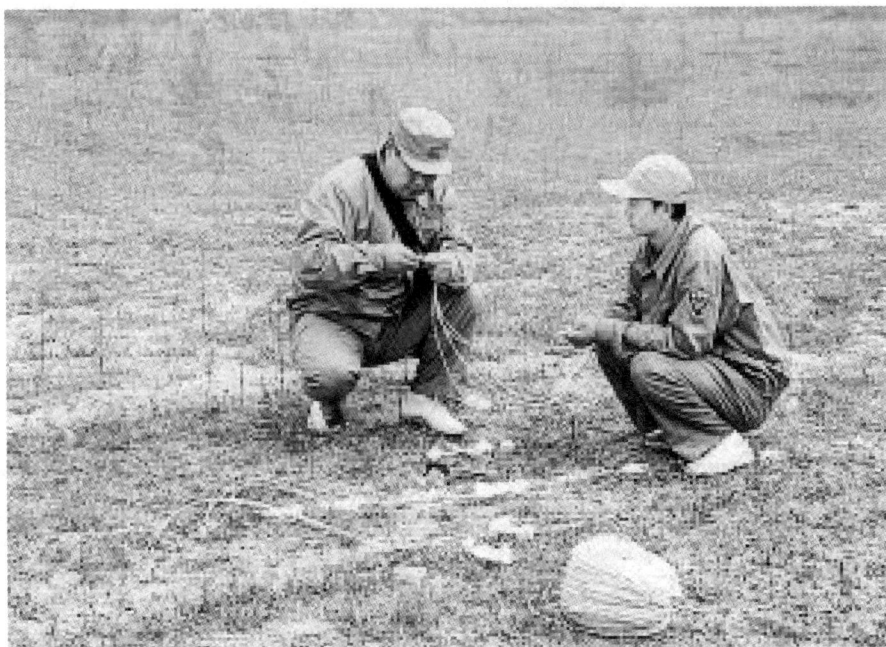

图5-9　销毁废旧弹药

一、积极开展国际人道主义扫雷援助（图5-10）

（一）器材援助

2001年至2010年，中国军方组织完成了向柬埔寨、莫桑比克、安哥拉等17个国家捐赠的多批扫雷器材的订购、发运和交装培训任务，这些器材包括探雷器、扫雷爆破筒、排雷防护装具等。

图5-10　中国扫雷援助标志

（二）人员培训与实地指导扫雷

1. 在国内举办扫雷培训班

1999年到2010年，中国军方在南京和徐州举办了8期国际人道主义扫雷技术培训班，对来自厄立特里亚、柬埔寨、纳米比亚、安哥拉、莫桑比克、埃塞俄比亚、卢旺达、约旦、黎巴嫩、布隆迪、乍得、几内亚比绍、苏丹、阿富汗、伊拉克等15个国家的230名学员, 进行了地雷与地雷场、探扫雷技术与方法、国际人道主义扫雷标准、扫雷组织指挥、未爆弹药及其处置等多种知识模块组成的、系统的人道主义扫雷技术培训。

2. 派遣专家组出国开展扫雷技术培训和实地指导扫雷作业

（1）援助厄立特里亚

2002年和2003年, 中国军方先后派出两批共计32人次的扫雷专家和技术骨干赴厄立特里亚, 为厄方培训扫雷人员120名, 指导厄方扫雷人员扫除雷区18.6万平方米, 清除各种地雷和未爆弹药1030枚。

（2）援助泰国

2005年, 中国军方派遣10名扫雷专家和技术骨干赴泰国, 为泰方培训扫雷人员30名, 指导泰方扫雷人员扫除雷区1.8万平方米, 清除各种地雷和未爆弹药212枚。

此外, 2005年以来, 中国军方8次派遣维和工兵分队赴黎巴嫩执行联合国维和任务, 完成了大量的扫雷排爆任务, 清除地雷和各种爆炸物近万枚。中国军方还多次选派扫雷专家和参谋军官担任联合国军事观察员或维和部队专门负责扫雷事务的参谋军官, 出色完成了联合国部分扫雷任务区的组织计划和协调联络工作。

二、稳步推进人道主义扫雷能力建设

中国军方通过完成上述人道主义扫雷行动任务, 总结出了一套实用的扫雷技术和方法, 研发了一些可靠高效的探扫雷器材, 培养了一支具有丰富教学经验和实战技能的扫雷专家队伍, 配套完善了培训设施手段, 人道主义扫雷能力建设取得了长足进步。

（一）扫雷技术

1. 探雷器材

（1）GTL115型探雷器

（2）GTL117型探雷器

（3）GTL140型成像探雷器

（4）GTL511型探雷器

（5）GTL312型航弹探测器

（6）探雷机器人

2. 扫雷器材

（1）成套扫雷工具

（2）弹射扫雷锚

（3）地雷遥控诱爆装置

（4）GBP114型扫雷爆破筒

（5）扫雷清障车

3. 防护器材

（1）GGF110型扫雷防护装具

（2）单兵扫雷防护装具

（二）扫雷标准

中国军方组织翻译了《国际地雷行动标准》，并提供给日内瓦国际人道主义扫雷中心，作为该标准的正式中文文本，中国举办的人道主义扫雷培训班均采用了该标准。赴黎巴嫩维和工兵分队在认真研究黎巴嫩《国家扫雷技术指南》的基础上，编写完成了中国第一部符合国际标准的《扫雷标准作业程序》。目前，我们正在参照国际标准，立足本国实际，构建中国的人道主义扫雷标准体系。

（三）扫雷方法

1. 人工搜排法

人工搜排法：扫雷人员使用探雷器和排雷工具将地雷或爆炸物搜出并排除，形成安全地带。作业方法简单，扫雷比较彻底，是人道主义扫雷的基本方法。中国人工搜排法的基本步骤是：拉、探、搜、排、耙。拉：将扫雷锚投进雷场拉动或拉断绊线，拉爆绊发雷、松发雷或拉出爆炸物；探：用探雷器探定地雷的大概位置；搜：用探雷针确定地雷的具体位置；排：拆除或引爆已经确定的地雷或爆炸物；耙：用扫雷耙清场扫残。

2. 机械扫雷法

机械扫雷法：使用各种扫雷机械扫除雷场中的各种地雷和爆炸物。这种扫雷方法扫雷速度比较快，但不彻底，需通过人工搜排进行第二次清理。中国的机械法扫雷主要有锤击式扫雷法和犁刀式扫雷法。前者主要用于在平坦或缓坡地形的可疑雷场中确定雷场边界或排除分布于土壤浅表层的地雷，后者主要用于排除分布于土壤深层的地雷。

3. 爆破扫雷法

爆破扫雷法：利用爆破器材诱爆地雷，形成安全地域。这种扫雷方法扫雷速度比较快，但易残留地雷，对耐爆地雷的扫除效果不好。根据扫雷作业方式中国的爆破法扫雷可分为波次延伸爆破法、开线扩展爆破法、开道划片爆破法、平推爆破法。前三种主要用于在雷场中开辟通路，以便于后续人工搜排作业的展开；后一种主要用于扫除地雷密度较大、人工搜排风险大的雷场和因地形条件限制人员无法到达或人工搜排作业难以展开的雷场。

4. 综合扫雷法

综合扫雷法：科学合理地综合使用机械扫雷、爆破扫雷、人工搜排等扫雷方法，形成安全地域。这是人道主义扫雷行动中最常用的扫雷方法。中国综合扫雷的主要组合模式是：机械扫雷+人工搜排；爆破扫雷+人工搜排；机械扫雷+爆破扫雷+人工搜排。其主要特点是扫雷效率高，人员风险小，雷场清除干净彻底。

（四）专业人才

中国军方通过组织中越边境地区两次大规模扫雷行动，承担人道主义扫雷援助和培训任务，参与联合国维和扫雷行动，锻炼培养了4支作风顽强、专业素质过硬的扫雷专业人才队伍，即扫雷实践经验丰富、熟悉国际地雷行动标准作业程序、能指挥会管理的指挥员队伍；专业基础扎实、教学经验丰富、熟悉国际地雷行动标准、外语交流能力强的教员队伍；具有实地扫雷经验、探扫雷技术熟练、心理素质好的扫雷作业手队伍；长期从事扫雷装备器材研发工作、了解国际扫雷行动实际需求和技术发展的科研人员队伍。这4支队伍建设和发展为中国军队完成人道主义扫雷任务提供了坚强的人才保障。（图5-11）

图5-11 培养专业人才

（五）培训设施

中国军方目前承担国际人道主义扫雷技术培训的机构有两个，一个是江苏南京的解放军理工大学，另一个是江苏徐州的解放军工程兵学院。两所院校均具备对外国扫雷人员进行培训的能力，教学、生活设施完备。通过顺利圆满地举办8期国际人道主义扫雷培训班，这两所院校逐步形成了培训内容系统完整、培训方法灵活多样、培训过程突出实战的具有中国特色的培训体系，编写了《人道主义扫雷技术》《人道主义扫雷教程》《未爆航空炸弹的排除》等专用教材，积累了丰富的外训教学和外训学员管理经验。

三、积极参与国际扫雷技术交流与合作

2003年7月，中国政府和军队的有关专家、代表组成的扫雷勘察组赴阿富汗，对帕尔旺水利修复工程施工区域实施了实际雷情勘察，为援阿水利修复工程的安全施工提供了决策咨询。

2004年，中国军方参与组织了中国与"国际禁雷运动"澳大利亚分会在云南昆明联合举办的"人道主义扫雷技术与合作研讨会"。

2007年12月，中国外交部、国防部官员在北京会见日内瓦人道主义扫雷行动中心主任内伦大使，就人道主义扫雷技术及行动标准进行了座谈交流，并邀请其赴江苏南京参观了人道主义扫雷培训设施设备，观摩了扫雷作业演示。

2009年2月，中国外交部和国防部联合组团，派专家小组赴埃及开展了援助扫雷器材交装培训。

2009年6月，中国国防部派员赴匈牙利，参加了该国国防部在布达佩斯举办的战争遗留爆炸物专题研讨会。

2010年5月，联合国地雷行动处主任麦克斯韦尔·科雷到徐州视察了援助苏丹人道主义扫雷培训班情况，参观了我方扫雷培训设施和装备器材，并与军方就人道主义扫雷技术合作进行了交流。他在此次培训班开训典礼上说："中方为苏丹学员安排的课程十分符合苏丹雷患实际，中国的人道主义扫雷援助独具特色，深受发展中国家欢迎，是国际扫雷行动的重要组成部分。"

2010年7月，中国外交部组织军方专家赴斯里兰卡，考察了该国雷患和人道主义扫雷行动开展情况，并与斯政府和军队有关部门就适合斯方雷场特点的扫雷技术与方法、斯方扫雷援助需求等问题进行了深入的交流，为中斯双方在该领域的进一步合作奠定了基础。

2005年以来，国防部组织军队有关单位相继编译出版了日内瓦国际人道主义扫雷中心编著的《地雷行动指南》《地雷行动与战争遗留爆炸物指南》，"国际地雷行动"组织编著的《地雷监测报告2006》和2007—2010年《地雷监测报告概要》。

第六章　中国边境大扫雷

（十八）雷患之痛，中国西南边境的田蓬镇沙仁寨，

87位村民仅剩下78条腿

中国，西南边境。20个世纪70年代末至90年代初，与邻国发生过长达12年的武装冲突。难以消除的战争痕迹——地雷，给边疆人民带来了灾难性后果。

图6-1　杨万保，75岁，苗族，右小腿被炸伤

西南边陲有个沙仁寨，距离边境线只有3公里，是云南省文山州富宁县田蓬镇的一个小山村。

沙仁寨民兵杨万保，1979年中国西南边境与邻国发生冲突后，为保卫村民的安全，地方政府组织起民兵巡逻队，由于杨万保对周围地形了如指掌，他不仅参加了民兵，还被任命

为民兵排长。当了领导就要处处起模范带头作用,一天,杨万保带着12个人出去执行巡逻任务,他走在队伍的最前面。"嘭!"他当时什么疼痛的感觉都没有,只知道可能是踩到地雷了,等到战友们把他送到医院锯掉了小腿才觉得疼痛难忍。(图6-1)

沙仁寨有个村民叫罗老三,他没有一个正式的名字,因为在家中排行老三就叫了这么个名字。20世纪80年代初的一天上午,他背起背篓出门去割草,才割到第二把草就踩中了地雷。他回忆说:"当时的响声很大,我躺在草地上心想这次肯定没命了。家里人听到响声赶到现场见我被地雷炸伤,赶紧招呼寨子里的人把我送到医院,锯掉了一条腿,肚子里还有碎弹片没取出来。"

20世纪80年代初的一个下午,沙仁寨村民王咪义像往常一样上山去翻地,他急匆匆走在山间的小路上,想下午早点把那块地翻完。突然间他的脚绊到了一根线,随后一声巨响,他就什么也不知道了。家人满山找了一夜,才发现他躺在路旁的草丛里。王咪义在医院苏醒时,已是触雷后的第三个星期,醒来后他发现自己少了一条腿。(图6-2)

……

这就是文山州富宁县田蓬镇的沙仁寨,在20世纪70年代末至90年代初的12年边境武装冲突中,因"87名村民被地雷炸得只剩下78条腿"为世人知晓。

西南边陲有座不大的山头名叫山脚山,山脚山下有个山脚寨,距边境线仅有600米,这里当年曾是防御作战的前沿阵地。这里的村民有着和沙仁寨村民相似

图6-2　王咪义,70岁,1984年触雷失去右腿后,假肢一直陪伴着他

的经历。

山脚寨村民杨爪骚，老家在越南，1978年他和山脚寨的一名当地女子相爱结婚。婚后一年，他在从越南赶回中国的路上不慎触雷，右脚脚踝以下被炸伤，幸运的是他被当时中国的民兵救回并在中国安了家。这是他第一次触雷，虽然双腿是保住了，但右脚内残余的弹片导致的长期发炎使他痛苦不堪。让杨爪骚怎么也没想到的是，为了修葺房屋上山割草会第二次遇到地雷。这一次触雷，使他永远地失去了整条左腿。"我的命真大，两次踩中地雷还能活着！"杨爪骚摇摇头自己都无法相信。

山脚寨村民王咪龙，1984年2月，是他加入民兵的第3年。一天，他和部队的战士一起去巡逻，却怎么也没想到回程路上踩上了地雷，被炸掉了一条腿。"那时我才19岁，娶了媳妇，大儿子才5个月大"，王咪龙回忆说，"幸亏媳妇娶得早，不然就没人要了！"

20世纪90年代初，有位边防战士从边境回内地探亲，在云南省麻栗坡县汽车站上车时，并没有发现什么异常现象，可汽车上路不久，天气闷热得十分厉害，车上就出现了惨不忍睹的奇观：人们纷纷卷起裤腿乘凉时，他发现好些人安装了一条假肢，有的人还把假肢取下放在座位旁边休息。他仔细一数，全车40多个人，竟然有39个人只有一条腿，一问，全是被地雷炸残的边民。（图6-3）

图6-3　地雷受害者群像（左至右：王咪义、罗老三、杨爪骚、王咪龙）

在长达12年之久的中越边境武装冲突中，东起广西壮族自治区东兴县的北仑河口，西至云南省江城县的边境地区中方一侧，在纵深500米到4000米、面积300多平方公里的范围内布有雷场560多个，遗留了大量地雷和其他爆炸物。

雷场沿边境线分布在山间盆地、山林地、沙土地、河滩和公路附近，它们断续相连，形成宽正面、浅纵深、大面积的地雷带。其主要布设形式有：

一、按教范要求布设成棱形或梅花形雷组、雷群组成的雷场。

二、明暗结合，触发雷和压发雷混合埋设雷场。

三、防坦克地雷和防步兵地雷混合埋设雷场。

四、隐蔽埋设，在土石山上将地雷埋设在小石块下，在工事内将地雷埋设在编织袋下。

五、将地雷埋设在哨所、营房四周。我军阵地曾被越军侵占过，越军曾布设大量地雷，我军收复后，又布设地雷；我军每年换防一次，新接防的部队为加强防御，都要重新布雷，甚至有的战士站岗，晚上怕越军特工偷袭，在岗哨周围也摆上地雷；敌我双方多年来反复炮击、挖工事将地雷移位；雨水冲和山体滑坡将地雷埋入地下。一名战士在挖工事时，铁锹触响了地雷；有个战士出猫耳洞时脚踩在路边上触雷被炸；一名机关干部下基层去阵地时脚滑出路面踩雷负伤；一名战士布雷时踩响原有地雷，造成两战士重伤；一名战士换岗时踩响地雷。

由于战争进攻、防守和对某一高地的反复争夺、激烈的炮战，加之山洪冲刷塌方，造成地雷移位、雷场变形、地雷深埋。确切的雷场位置难以判定，给扫雷工作带来了极大的艰辛和危险。

一是情况复杂。在560多个雷区中，埋设有中、越、美、前苏联四个国家制造的压发雷、绊发雷、跳雷、定向雷、触发雷、抛撒雷、防坦克地雷等21种上百万枚地雷和12年边境武装冲突遗留下来的数十万发（枚）炮弹、手榴弹等爆炸物。由于当年炮战、轮战的原因，地雷深埋、重叠埋设的现象比较突出，难以判定地雷场的准确位置，有的雷场密度高达每平方公里5000余枚，最密的个别地区每平方米达3枚以上。加之山岳丛林地植被茂密，雨多雾大，洪水冲刷，滑石塌方等造成地雷移位，雷场变形,有的地雷被埋在2米多的泥土中。在中越边境形成了一个地雷与炮弹、手榴弹、子弹、引信等各种爆炸物交织在一起的宽正面、浅纵深、高密度的混乱雷区。

二是危险性大。雷区除埋设各种地雷外,战时作战双方遗弃的手榴弹、炮弹、火箭炮弹、引信等爆炸物交织混杂随处可见,并且锈蚀严重,造成拉火环及起爆装置裸露在外,一触即发,给搜排和销毁带来很大危险。这些金属壳爆炸物增加了扫雷的作业量、扫雷难度和扫雷的危险性。另外,大量的废弃弹药也需要在扫雷行动中予以销毁。

三是地形险要。雷区主要分布在国境线我方一侧的山林地和阵地、哨所周围及当年防御作战间隙大的地域。云南地处云贵高原,属亚热带气候,山高坡陡,草深林密,地形险峻,不便于扫雷作业。

四是保障困难。由于雷场阻隔,交通十分不便,有些扫雷作业点远离驻地20多公里的山路,有的地方骡马都上不去,各种弹药物资全靠人背肩扛,给弹药、物资和生活保障带来了极大的困难。

1991年,中越两国关系宣布实现正常化,两国边境恢复正常守备,封闭了12年的边境逐步通行,边民开始走亲往来;老山主战场也逐渐恢复了往日的平静,边民沿流经两军阵地的盘龙江河滩小道(旱季无地雷)入境,也开始走亲访友,还做起了小生意。人们已看到商机伴随和平的曙光降临边疆了,开始在昔日的战场行走、垦荒生产。人民欢呼战争即将结束,盼望已久的和平安宁环境就要到来!

边疆人们做梦都没想到,祖祖辈辈砍伐、耕种、游玩、生活的山川大地,竟然会有"雷魔"从山岳丛林之中、片片沃野之内、荒芜土地之上、草丛之中、泥土之下"冒"了出来,头一天还是健康人,第二天就成了残疾人。(图6-4)

只要一进入战争遗留的雷区,惊险的场面一幕接一幕,既有压上原地爆炸的防坦克地雷,踏上就炸的防步兵压发雷,绊着就响的绊发雷,一拉就响的手榴弹,又有飞起来爆炸的跳雷,火烧就腾空爆炸的火箭弹、炮弹,还有一触即发的触发地雷、抛撒雷。只要地雷一爆炸,轻者受伤致残,重者付出生命。仅中越边境云南段边境一线3个地(州)、7个县、28个乡镇6万多亩土地和山林中遗留下来的雷障,使我方边民因不慎触雷致伤致残人数近6000人，年龄从8岁到84岁，动物牲畜死伤更是无法统计，直接威胁着人民生命财产安全和正常的生产生活秩序。（图6-5）

边疆人民眼望着"雷魔"霸占的家乡，修建房屋不得居住，只得蹲进草屋；沃野田园不能耕种，等靠国家救助；满山水果无法收获，只有望而叹息；边境通商口岸荒芜，物产财源断流；育人学校杂草丛生，孩童难以求学；流淌江河已无船舶，默默流泪等待。人民强烈期盼：尽快扫除雷障，恢复往日的繁荣，恢复和平安宁的环境，恢复人民的正常生产生活。（图6-6）

战时双方用来封关堵卡的地雷，已成为发展边疆经济、扩大对外开放的一大障碍。

图6-4　致残群众

图6-5　村里的孩子打量着一位触雷者

图6-6　村民的柴火还必须从山上捡拾

（十九）扫雷壮举，在世界上难度最大的雷场上，创造了骄人的奇迹

1992年3月，一年一次的全国人大、全国政协"两会"在北京召开，云南省文山州人大常委会主任邓连洲等22名全国人大代表联名向全国人大递交了一份提案：请求国务院、中央军委派出扫雷部队、拨出扫雷专款，迅速扫除云南边境的雷患，医治战争创伤、发展经济、强边富民。这份提案在"两会"上引起了强烈的反响，全国人大责成国家有关部门研究处理这份提案。

中国政府迅速作出决定，并向世界郑重宣布：为了维护边境地区的和平与安宁，保护边民的生命和财产安全，促进边境地区的经济发展，中国政府将主动排除中越边境我方一侧的地雷。从1992年开始，开展中越边境大扫雷行动，用7年左右的时间，清扫除有争议地段以外的所有地雷场。

中越边境大扫雷，这是20世纪末世界上规模最大的一次人道主义

扫雷行动。(图6-7)

图6-7　誓师大会

　　在中国政府的统一部署下,中越边境战后扫雷行动在云南和广西两个方向同时展开。云南省、广西壮族自治区分别成立了扫雷领导小组,云南省军区和广西军区分别成立了扫雷指挥部,每个指挥部下辖若干个扫雷队,扫雷队由从野战部队和边防部队的工兵分队抽调的官兵组成,扫雷队在扫雷指挥部的集中统一领导下实施扫雷作业。

　　扫雷任务分两次完成,1992年初至1994年底为第一次扫雷行动,扫除主要边贸口岸和通道上的地雷场;1997年底至1999年底为第二次扫雷行动,扫除边境地区除有争议地段以外的所有地雷场。

　　整个扫雷行动经历了三个阶段。

　　一是准备阶段。这一阶段的工作包括:建立扫雷指挥机构,部署扫雷任务,培训扫雷骨干,组织扫雷试点,组建扫雷队并进行有针对性的强化训练,筹措扫雷物资和装备,勘察雷场情况等等。

　　二是实施阶段。这一阶段要根据扫雷计划完成大部分雷场的扫除任务,永久封围雷场和暂缓扫雷区域的封围和标示任务。根据雷场地形复杂、植被茂密的特点,采用人工搜排结合焚烧、爆破和机械作业的综合扫雷手段扫雷。在实施扫雷作业前,首先组织扫雷队负责人进行现地侦察,查清雷场方位、面积、地雷品种等,而后制订扫雷方案,确定具体作业程序和扫雷方法,最后进入雷场扫雷。

三是验收阶段。这一阶段的任务是验收已扫雷场和向地方政府移交可安全使用土地。每片雷场的扫雷任务完成后,都要严格履行验收移交手续,由负责扫雷的班、排检验雷场,扫雷作业手在《扫雷责任书》上签字。地方政府确认已扫雷场没有雷患后,才在《扫雷移交书》上签字,接收已扫雷场。

整个扫雷行动确定了扫雷的基本原则和分类扫除原则。

这次扫雷的基本原则是彻底、快速、安全和低耗。所谓"彻底"就是扫雷要彻底,不留后患;所谓"快速"就是要在有限的时间内完成扫雷任务;所谓"安全"就是在扫雷过程中,灵活运用各种扫雷方法、扫雷器材和防护装备,尽量减少扫雷人员与地雷直接接触的机会,尽量避免扫雷人员的伤亡;所谓"低耗"就是扫雷成本不能太高,尽量减轻国家财政负担。

为了贯彻战后扫雷的基本原则,扫雷指挥机构针对雷区现状和地雷埋设特点,确定了雷场分类扫除原则,即将雷场确定为浅层扫雷、中层扫雷、深层扫雷和永久封围四种类型。这样,既可以确保已扫雷场的安全使用,又可以提高扫雷速度,减少器材、人力的消耗。

一是浅层扫雷。清除地表至地表下0.5米深的地雷和其他爆炸物,用于扫除分布在生产、生活用地和部队战备值勤区域的雷场。

二是中层扫雷。扫除地表至地表下1米深的地雷和其他爆炸物,用于扫除分布在边境口岸居民区,边境通路,边民互市点,部队阵地、通信设施、营房、巡逻路、训练场等地域的雷场。

三是深层扫雷。扫除地表至地表下2米深的地雷和其他爆炸物,用于扫除通商口岸和边境公路的雷障。

四是永久封围。中越边境地区的少数雷场位于水源区和原始森林区。为保护自然资源,同时防止边民遭受地雷伤害,中国政府决定对这些雷区采取标示、封围等措施。扫雷部队会同当地政府,针对雷区不同的自然地理条件,采取多种方式,进行了有效的封围或标示。在人畜活动相对频繁的水源地段,构筑封围墙和标示牌,阻断人畜进入雷区;在人畜偶尔进入的地段开挖封围坎或封围沟,并构筑标示牌;在有天然陡坎和悬崖的地段，构筑标示牌，从而形成了墙牌封围、沟牌封围、坎牌封围和筑牌标示四种封围、标示形式。同时建立健全了雷场封围标示设施管理制度，并通过媒体发布通告，使当地边民人人皆知，自觉遵守雷场封围标示规定，确保安全。这些措施大大降低或消除了封围雷场对当地边民的影响。

整个扫雷行动采取了灵活多样的扫雷方法。

焚烧、爆破、机械作业、人工搜排等多种扫雷方法的综合运用，是中越边境战后扫雷行动的显著特点。因地制宜地选取扫雷方法，并按照合理的顺序实施，是中越边境战后扫雷行动取得成功的关键。同时，焚烧、爆破和机械作业等手段在扫雷行动中的广泛使用，使扫雷人员减少了手工排雷的作业量，减少了扫雷人员触雷的危险。下面分类介绍几种扫雷方法。

一是焚烧毁雷法。中越边境地区地处亚热带，气候温暖湿润，适合植物生长。雷场多数存在10年以上，地表大都覆盖着很厚的植被，草高超过2米，给扫雷行动增加了困难。焚烧地表植被，既可以清除这些扫雷障碍，还可以将一些裸露于地面或浅埋的地雷和其他爆炸物烧毁或诱爆。在实施焚烧作业前，首先要对雷场前沿障碍物进行彻底清理，开出作业面，并使用爆破器材开出防火隔离带和焚烧作业通路，或者利用河流、道路、农田等作为防火隔离带，然后施放植物枯萎剂使草木在2-3天内干枯，或直接抛撒燃料创造充分燃烧条件，最后使用火焰喷射器点火。除分布在岩石山、居民区、建筑废墟、弹药库周围的雷场外，其他雷场均可实施焚烧作业。因为纵火作业可能引起地雷和其他爆炸物爆炸，所以操作人员也必须穿戴好防护装具。

二是爆破扫雷法。爆破扫雷是最常用的扫雷方法之一，通常在战争条件下用来在雷场中开辟通路。因为爆破扫雷的成本比较高，所以在战后扫雷中较少使用。但是，由于中越边境扫雷部队与科研单位合作研制出了成本低、效率高、安全可靠的GBP114型扫雷爆破筒，使得爆破扫雷在中越边境扫雷行动中得到了广泛运用。爆破扫雷的一般程序是，首先使用火箭爆破器在雷场中每隔50米左右开辟多条平行通路，并采用人工搜排法拓宽通路，以此作为人员运输扫雷器材进入雷场纵深的通路，然后使用GBP114型扫雷爆破筒或简单捆绑的直列装药，在两条大通路之间开辟多条与大通路垂直的小通路,将雷场网状分割,最后对埋设有防坦克地雷的区域和塌方地段以及超过25度的山坡,进行开线扩展爆破或扇形爆破,诱爆防坦克地雷,摧毁非爆炸性障碍物。爆破法扫雷可用于除居民区和弹药库周围的所有雷场,它是提高扫雷速度、减少扫雷人员伤亡的重要手段。(图6-8)

图6-8　爆破扫雷作业

　　三是机械作业法。使用链锤式扫雷机、扫雷犁和推土机等扫雷机械,打碾、翻排、推压雷场土地,可以有效地清除防步兵地雷和其他爆炸物。机械作业扫雷可以降低扫雷成本,提高扫雷速度,减少人员触雷伤亡的危险。它的缺点是受地形影响比较大,只能用于平地和小于25度的山坡。另外,多数扫雷机械只能用于清除防步兵地雷。

　　四是人工搜排法。无论在何种地理环境或雷场条件下,其他扫雷方法必须和人工搜排法结合起来才能干净、彻底地扫清雷场,因此,人工搜排法是历史最悠久、应用最广泛的扫雷方法。人工搜排是扫除各种雷场必经的最后一步,对于某些特殊的雷场,比如弹药库、居民区附近的雷场,则只能采用人工搜排的方法进行清除。

　　中越边境战后扫雷行动总结出了人工搜排五步法,即"一拉、二探、三搜、四排、五耙"。

"一拉"就是将扫雷锚抛入雷场,通过拉动绊线来引爆绊发防步兵地雷。

"二探"就是使用探雷器在雷场中探测地雷的存在并确定其方位。

"三搜"就是使用探雷针探插土壤,搜查地雷,确定地雷的具体位置。

"四排"就是将地雷挖出,拆除引信,然后运送到安全地点集中销毁,对于防排地雷和防坦克地雷,则使用制式药块就地引爆。

"五耙"就是使用特制的扫雷耙翻耙土地,寻找遗漏的地雷,以达到彻底清除雷场的目的。(图6-9)

图6-9 使用特制的扫雷耙翻耙土地,寻找遗漏的地雷

只有经过彻底人工搜排的雷场,才能进行验收,并在验收后作为可安全使用土地移交给地方政府。

在不同的地形和环境下可以采用不同的扫雷方法。

山间盆地(平地)扫雷法:第一步开出防火道和作业通路。在雷场边沿用波次延伸爆破法开出2米至4米防火道和行动通路。第二步纵火毁雷。烧毁雷场中植被和地表面的地雷、爆炸物。在纵火方式上可采用人工或火焰喷射器喷火，注意防止火灾给群众造成不必要的损失。第三步爆破法扫雷。爆破法分三个波次实施：第一波次在雷场中开辟大通路，通路间隔30-50米一条，每爆破一次，对通路进行人工搜排一次，确保通路安全。第二波次进行开线划片。将雷场分成不同的作业片，同时开出小通路，为下一步扫雷提供较好的条件。第三波次主要是重点爆破，对有障碍物、爆炸物较多地点、有防坦克地雷的地区进行重点爆破。第四步人工重点搜排。先按搜排五步法进行作业：拉、探、搜、排、耙的作业顺序重点排除防坦克地雷和堑壕、交通壕附近的地雷及爆炸物，为机械作业打下良好的基础。然后清除战时遗失的弹药。第五步机械扫雷。利用扫雷机械压推、打碾、翻排等手段对平地地雷场进行一遍防步兵地雷和一般爆炸物的机械清除。第六步清场扫残。人工用扫雷耙将雷场全部翻一片，及时排除翻出的地雷和爆炸物，以彻底清除雷障，确保无残存的地雷和爆炸物，做到干净彻底。

石山林地扫雷：第一步爆破法开出大通路。第二步采用爆破法开线划片。第三步根据石山地形零星设置装药，设药时穿好防护装具，防止装药触响地雷。第四步人工搜排。

砂土地扫雷法：第一步开出防火道。第二步纵火毁雷。第三步开出大通路。第四步用开线爆破法或扇形爆破法进行爆破扫雷。第五步人工搜排防坦克地雷和爆炸威力强大的爆炸物。第六步机械扫雷。第七步全场人工搜排。

公路扫雷：第一步开出防火道。第二步纵火毁雷。第三步沿公路中心线波次爆破法开出通道，便于运送器材。第四步沿通道扩展爆破。第五步人工搜排防坦克地雷和其他爆炸物。第六步机械扫雷。第七步人工清场扫残。

居民区扫雷：第一步开线划片，组织技术好的扫雷作业手进行雷场侦察，然后进行爆破作业。第二步清理废旧弹药。第三步采用开线扩展法扫除片区的地雷。第四步清扫废墟，采取一爆、二搜、三排、四推、五运的作业方法进行。第五步人工销毁爆炸物。第六步人工配合机械扫残清场。居民区扫雷要注意用药少、减少爆破以防止群众遭受不必要的损失。

整个扫雷行动所使用的扫雷器材和扫雷机械。

科技是清除雷患的助推器。为提高扫雷速度，扫雷部队集思广益、群策群力，想出的第一个排雷方法是，把竹竿打通，在里面装上炸药，人工捆绑列装，伸进雷场搞纵向爆破。可是，这种方法没用多久，大家就发现用人工往竹筒里灌炸药，制作成本高，既费时间，又搬运不方便，大面积扫雷的速度仍然不是很快。扫雷部队官兵又从自来水管的连接，想到了扫雷爆破筒的改革。他们想，能不能发明一种既可随意携带又能随意连接的爆破筒呢？用这样的爆破筒扫雷开道，只要解决了传爆问题，要炸多长接多长，要炸多宽放多宽，扫雷的速度不是一下子就能提高许多倍吗？扫雷指挥部觉得官兵们的想法很好，立刻将这个意见通报给有关科研所。不久，科研所很快生产出了适合大面积扫雷的新一代爆破筒。

扫雷的爆破速度解决后，缺乏适用的搜排工具，也是一个麻烦的事。炸出一大片地，没有适用的工具去仔细地搜排地雷，用锄头、铁锹、十字镐等工具去挖去刨，扫雷的速度仍然不快。就在大家十分焦急的时候，有一天，扫雷部队官兵在看电视剧《西游记》时，突然从猪八戒使用的九齿钉耙上产生了灵感。心想，地雷侧面受力，是不会引爆的，何不将老猪的钉耙借来用用呢？于是，赶紧上街买来20元钱的材料进行研制。没用几天时间，便成功地研制出了一把多功能扫雷耙。扫雷队用这种扫雷耙清理爆破后的雷场通道，既可挖雷、钩雷，又可清除雷场植被和杂物，既安全又适用，速度一下子加快了好几倍。

中越边境扫雷使用了多种制式和非制式的扫雷器材和机械，除部分扫雷器材和机械是利用制式装备外，其余大都是扫雷部队官兵和有关科研所根据扫雷需要及时研制出来的。扫雷器材包括GBP123型火箭爆破器、GBP114型扫雷爆破筒、应用扫雷直列装药、火箭扫雷车、GTL115型探雷器、GGT120型成套扫雷工具等。扫雷机械包括：扫雷犁、链锤式扫雷机、翻土式扫雷机、高压喷水扫雷装置等。下面介绍几种在中越边境扫雷行动中得到广泛使用的扫雷器材。

GBP123型火箭爆破器。

GBP123型火箭爆破器单具全重17千克，主要用于在防步兵地雷场中开辟通路，可单具或两具串联使用。单具在防步兵地雷场中开辟通路宽度不小于0.8米，开辟通路纵深28米，射程100米。在中越边境扫雷行动中,它主要担负为焚烧作业或器材运输开辟通路的任务。

GBP114型扫雷爆破筒。

GBP114型扫雷爆破筒,每节长0.62米,可以单节使用,也可多节串联使用。内部装填硝铵、梯恩梯混合炸药,采用电点火起爆,在防步兵地雷场中,扫雷宽度为3米,扫雷纵深等同于爆破筒连接长度。串联使用时,头部安装一节阻燃隔爆筒,这样即使在设置过程中首节触爆地雷,后节爆破筒也不会发生殉爆现象。扫雷爆破筒具有效率高,成本低,扫雷彻底,安全可靠,使用方便的特点。一名扫雷人员使用扫雷爆破筒,可以在一个工作日中扫除浅层雷障(地表至地表下0.5米深)600平方米。

GTL115型探雷器。

GTL115型探雷器配有大、中、小三种探头,分别用于平地、丛林和高草丛地域探测含有金属件的地雷。

GGT120型成套扫雷工具。

用于工兵班实施探雷和排雷作业,包括GTL110型探雷器、铝合金探针、通路标示旗、标雷旗、扫雷勾、扫雷绳等。

扫雷防护装具。

在中越边境扫雷行动中使用了两种排雷防护装具,即单兵排雷防护装具和FLF系列防护装具,它们的区别主要在于防护鞋不同。单兵排雷防护装具配用的气囊鞋,能减小人体对地面的压强,人员穿着它即使踏上防步兵地雷,一般不会爆炸,即使地雷爆炸,鞋底的钢板也能减轻爆炸对人体的伤害;FLF系列防护装具配用的防雷靴的鞋底经过特别设计,采用多层复合的特种材料制造,人员穿着它踏响防步兵地雷后,鞋底能衰减爆轰波,阻挡爆炸产物,减轻对人员下肢和脚部的伤害。

整个扫雷行动实行了科学编组。

针对山岳丛林地雷区的特点和扫雷的实际需要,在省(自治区)扫雷领导小组的统一领导下,扫雷部队成立了扫雷指挥部机关,下辖若干个扫雷队、一个保障队。

扫雷指挥部各分队的编成:指挥部机关一般编50人左右,每个扫雷队编75人,9名干部66名战士;编成3个排(6个战斗班),每班9人,驾驶班3人、炊事班5人、队部班4人。保证每一个干部带一个作业班,独立作业时，每2人为一个战斗小组，一个干部和一个班长各带2个战斗小组；扫雷作业时，每个战斗小组间隔200米，保证扫雷作业安全，同时也能发挥扫雷小组的作业效能。

保障队的编成：根据任务可编为勤务分队、机械分队。机械分队又是机动预备队。保障队编制75人，其中干部8人，战士67人。各分队的人员组成可根据装备情况定。

整个扫雷行动实施了科学指挥。

在两次中越边境大扫雷作业中，针对云南、广西边境山岳丛林地的地理环境、雷区状况、地雷布设特点，以老山主战场为重点，采取"两翼展开、中间推进、重点突出，集中力量打歼灭战"的战术思想；在行动上采取先训后扫、先易后难、先扫后封、先扫一般地区后扫主要雷区，最后扫重点雷区的步骤实施。

狠抓临战训练，提高扫雷技能。扫雷部队组建之初，指挥部便组织编写了26种扫雷方法，30多种扫雷手段的《山岳丛林地大面积扫雷法》教材，组织部队展开了临战训练。首先是抓干部和骨干集训，重点学习了地雷理论知识，常见雷种性能特点、扫雷机具、器材的使用，不同地形雷区的扫雷手段和方法等。两次扫雷中部队共进行了185天的临战训练，并组织了7次考核。在此基础上，又采取边训边扫的方法，结合扫雷作业强化了适应性、针对性训练。并对补充的新兵训练进行了为期2个月的扫雷专业训练。通过一系列的战前训练，有效提高了干部、骨干的组织能力和部队的扫雷技能。为安全扫雷、减少伤亡打下了坚实的基础。

组织现地勘察，掌握雷区情况。摸清各个雷场的个体情况，是科学制订扫雷实施方案的基础性工作。如云南方向扫雷指挥部在第二次扫雷中，从1997年11月起，指挥部先后用了近两个月的时间，会同文山、红河州和6个边境县扫雷办、外事办及有关的军分区、边防团、边防武警等单位，分别对117片雷区进行实地勘察。重点查实了雷场位置、地雷密度、地形植被等情况，明确了扫雷和封围的具体位置和面积；拟制了详细的扫雷方案，并对永久性封围雷区设计了施工图纸，概算了工程量，明确了封围方式。老山、者阴山、扣林山、南洞、偏马、八里河东山雷区，每片雷区都相当复杂。为了弄清这些雷场的情况，指挥部领导和机关人员、分队干部，与地方扫雷办和边防部队的同志一起跋山涉水，深入一线，亲自勘察每片雷场，现地确定扫雷方案和扫雷方法。这些，都为完成大面积扫雷和永久性封围任务奠定了厚实的基础。（图6-10）

图6-10　雷场勘察

合理部署，正确指挥。根据整个中越边境云南段雷区分布情况，在具体实施扫雷作业中，云南方向扫雷指挥部决定先扫小、远、散雷区，后集中扫主要雷区。依据这一方案，在扫雷兵力部署上，采取"两翼展开、中间推进、突出重点、集中优势兵力打歼灭战"的方针，对过去作战时间长、布雷多，雷场相对集中的主要方向老山和者阴山地区，部署了两个具有攻坚能力强的扫雷队；对雷场分散的两翼富宁、马关、河口、金平、绿春等地区部署以排为单位实施扫雷。在扫雷过程中，适时掌握部队作业进度，针对不同地形和扫雷类型，下达符合实际的扫雷实施计划，及时调配适用的装备、器材，保障扫雷。指挥部领导和机关人员及队干部都深入雷场，跟班作业，共同制订扫雷方案，明确扫雷方法，现场指挥扫雷，从而保障了大面积扫雷有计划、按步骤地顺利进行。

整个扫雷行动狠抓了扫雷安全。

中越边境大面积扫雷，任务十分艰巨、条件十分艰苦、危险性很大，尤其要强调安全。在两次大面积扫雷行动中，扫雷指挥部都对安全工作进行了规范、明确了要求：

1. 部队开进扫雷作业点，必须按规定的区域和线路行进。

2. 扫雷作业前，要对扫雷器材进行认真的安全检查，不安全的扫雷器材不准带到扫雷作业区。

3. 排雷前，仔细观察地雷有无诡计装置，对不了解性能的地雷或爆炸物要交现场指挥员处理。

4. 扫雷作业前，严格执行扫雷"八不准"，即：扫雷方案不经批准不准组织扫雷作业；不穿带防护装具不准进入雷场作业；情况不明不准扫雷；未派警戒哨不准起爆；无起爆口令不准起爆；人员未撤离到150米外的安全距离不准起爆；下雨天未经批准不准作业；扫雷作业时不准碰、撞、敲、砸、撬、摔、抛地雷和其他爆炸物。

5. 点火机摇把必须控制在指挥员手中。

6. 爆破作业时，爆破筒不准用人工扛着进入雷场，每起爆一次间隔3—5分钟方能进行第二次起爆。

7. 在地雷较多的地区用扫雷耙作业时，要先排除绊发雷、跳雷、触发雷和手榴弹、引信，再用探雷器和扫雷耙配合作业清除其他地雷。

8. 火箭扫雷车发射扫雷弹时，四周、特别是发射管尾部30米之内不得有人员和装备器材。

9. 链锤式扫雷机、扫雷犁、高压喷水枪扫雷时，作业手必须穿戴防护装具，作业点前、左、右50米内不得有无关人员和装备，严防破片伤人和引起连锁爆炸。

10. 纵火毁雷时一定要顺风向由前至后纵火，每个作业点可派2名作业手，作业人员要穿带防护装具，纵火完毕后人员必须撤离到安全区内隐蔽。

11. 排除的地雷就地销毁，未经安全检查不准回收和带回营区。

12. 扫雷作业后必须清扫作业现场，检查装备和器材，对不符合规定的器材就地销毁，不准带回营区。

13. 作业区作业完毕后，要进行标记防止造成混乱。

14. 完成一个片区的扫雷任务后，扫雷点的负责人和扫雷作业手要填写《扫雷责任表》，搞好封围标示，向当地人民负责。

15. 完成一个片区的扫雷任务后，部队转场时，各队干部要组织部队对扫雷器材进行检查，对个人物资进行点验，不准扫雷作业手个人携带爆炸物品。

中越边境大面积扫雷行动中，广大扫雷官兵严格执行扫雷安全规定，以较小的代价换取了较大的胜利。特别是云南方向，在东起富宁县24号界碑、西至江城县十层大山的1353公里的战线上，两次扫雷仅亡1人，伤残16人。特别是在第一次扫雷中创造了不亡一人的奇迹。

整个扫雷行动得到了地方党委、政府和群众的支持配合。

扫雷工作一展开，云南省文山、红河、思茅以及沿边七县，在州、县党委、政府的领导下，迅速建立了扫雷领导机构，由支前办公室全面协调扫雷支前工作，文山、红河州以及沿边七县领导、边界员深入雷区配合部队勘察，文山州还在边境各乡（镇）医院增配了外科医生，州支前办还给扫雷队官兵每天补助蔬菜价差损耗费0.6元。扫雷一队在者阴山扫雷时，村里群众凌晨3点多钟就不约而同等候在扫雷队驻地，要为扫雷队送器材。在中越边境扫雷的4年多时间里，地方政府和群众慰问看望扫雷官兵捐赠大米、蔬菜、猪、牛、羊等2万多公斤，柴火3.4万多公斤，出动2.7万多人次，骡马1.4万多匹，拖拉机1600多台次，为扫雷队运送炸药、器材，为大面积扫雷任务的圆满完成作出了重大贡献。（图6-11）

图6-11　群众帮助运送扫雷器材

（二十）雷场风采，扫雷人大智大勇降伏"雷魔"写春秋

人们常说"时势造英雄"，但时势也考验英雄。

我们说，中越边境大扫雷的艰难程度是世界之最，有人不信，那就先看一下扫雷实况片中的几个镜头：

船头（地名）。气温43℃。一队官兵精疲力竭挪出雷区。脱下防爆头盔，御去6.5公斤重的防护装具，迷彩服一拧，汗水成线条下流。5个士兵的衣服拧出的汗水，竟然盛满了一头盔。

偏马（地名）。高温口渴难耐。官兵一口气喝下一壶水，可一天撒不出一泡尿。一名军官说："我队74人就有69人烂裆，个个走路像唐老鸭，一步三晃。"

六村（地名）。天边隐约可见的小丫口。资料证明那条出入境的羊肠小道上，14年前埋过几枚地雷。骡马驮器材，官兵步行。官兵手攀岩缝，倒退着牵引骡马过险关。几百米长的路，竟走了4小时。整整走了6天，才赶到排雷作业点。

这仅仅流的是汗水，要扫清全部地雷，官兵就得天天要和"死神"打交道。官兵难免不为此流出鲜血。

老山主峰。一名战士手持探雷器，弯腰一寸一寸向前移步。耳机发出一阵刺耳的警报声，插上一根有雷标记，又插上一根。他转身想退出雷区喘口气，刚刚挪了几步，"轰"的一声巨响，战士倒在血泊中。

1076高地。扫雷二队的官兵开进雷场。一声爆炸，数名官兵抬出已经炸断右脚的战士赵子营。不久，队长秦辉又在排雷时被炸断左腿。

……

在这种无比艰险的条件下，扫雷官兵们以高昂的士气和"一不怕苦、二不怕死"的革命精神，谱写了一曲曲惊天地、泣鬼神的英雄壮歌。

被称为"雷场智多星""老山杜边"的李智伦，给笔者讲述了他在中越边境大扫雷行动中的所作所为和所见所闻。

1991年，我奉命调往云南省军区前进指挥所（简称前指）工作，担任前指临时党委副书记、司令部负责人（代理参谋长工作）。到任不久，两

国关系实现了正常化,我原以为边境冲突一结束,前指机关便会撤回昆明,我们就可以过和平日子了。谁知道冲突刚结束,扫雷工作就开始了。第一次扫雷行动我担任副指挥长,第二次扫雷行动我担任指挥长,在近四年艰苦卓绝的边境扫雷行动中,在面临生与死、残与全、得与失、血与火的扫雷岁月里,给我留下了许多刻骨铭心的烙印、不可忘怀的经历。

天保口岸扫雷。

应文山州人民政府的请求,按照上级的批示,前指决定:由我带扫雷指挥组,组织指挥三个工兵连另一个排,扫除天保口岸区的雷障。(图6-12)

图6-12 天保口岸

1992年4月18日,各工兵分队集结天保口岸,迅速展开了扫雷前的准备工作。云南省军区刘昌友副司令员来到天保口岸,在集中工兵分队进行教育动员时指出:我军史无前例的大面积扫雷行动,就要在天保口岸区展开了!我们要敢于走前人没有走过的路,开创前人没有开创过的事业,军人果敢、奋进、拼搏的精神,是事业成功的动力。我们是人民的子弟兵,要时刻牢记我军"全心全意为人民服务"的宗旨,发扬"艰苦奋战、无私奉献"的老山精神。认真准备、精心组织、正确指挥、科学扫雷,为边疆人民生命财产的安全、边疆经济的发展、开辟边疆战后和平安宁的环境，做出积极的贡献。

4月20日这一天，是我军旅生涯不能忘记的一天，也是给我留下残疾作为永久纪念的一天。上午，我带领指挥组，边防二团的团、营、连干部，工兵分队的营、连干部；会同麻栗坡县副县长、天保农场副场长、武警边防检查站副站长、船头村村长一起到天保口岸区勘察雷区、明确任务、组织协同。我们一行20多人沿交通壕来到C64号阵地，粗略地勘察完天保口岸的雷区后，我站在高处的一个机枪工事上，向各工兵分队明确各自的扫雷任务。突然，一脚踩空，从10多米高的工事上摔到了工事前沿的雷场中，滚了好几转，幸好没有绊着或压着地雷，保住了命；不然的话，就有可能成为"滚雷狗熊"被后人"祭奠"了。当时，只感觉左腿膝关节一阵阵剧烈的疼痛，站起来还能走几步；在同志们的搀扶下布置完任务，又到武警边防检查站开完协调会后，逐渐感觉左腿膝关节肿胀疼痛，卷起裤腿一看：瘀血布满了膝关节，站不起来了，军医背我上车才回到了部队驻地。我当时作为一线指挥员，确实不能离开岗位，只能是晚上让军医进行治疗，白天卫生员、通信员轮换背我到设在173高地上的指挥所，指挥各工兵分队实施扫雷作业。期间，成都军区战旗报社社长邓高如、《战旗报》驻云南省军区记者站站长杨通时都搀扶过我到指挥所。我们采用"纵火毁雷""爆破扫雷""人工搜排""机械扫雷"等扫雷手段和"开线扩展""开道划片"等扫雷方法，经过全体扫雷官兵在40多度的高温下，齐心协力、艰苦奋战，8天扫除了天保口岸通往国境线的公路沿线的雷障，15天扫除了天保口岸区的雷障。《解放军报》头版头条刊登"中越边境大扫雷"的通讯报道，向全军和全国人民宣告：中越边境开始扫雷清障了，和平已降临边疆，中越关系恢复正常化了。

直到天保口岸雷障扫除，土地移交地方政府后，我才返回前指。经陆军43医院检查：左腿膝关节严重摔坏了一块骨头，经过医院和驻地骨科医生的医治，腿伤医好了，却留下了终身残疾。驱走天保口岸"雷魔"，人民欢呼，我虽受伤却深感欣慰。（图6-13）

可爱的战士。

1993年3月，国务院、中央军委联合下达国办（函）43号文件：《关于排除中越边境雷障的通知》。云南省军区、云南省人民政府联合成立云

图6-13 扫雷领导小组在扫雷一线。拄拐杖者为李智伦

南省扫雷领导小组，辖设云南省军区扫雷指挥部，展开第一次边境大面积扫雷行动，完成中越边境我方一侧边防阵地、部队驻地、训练场、巡逻执勤区域、边境口岸区、商贸区、边境公路、边疆小道、群众生活区域的扫雷任务。

1993年4月1日，扫雷指挥部成立，云南省军区副司令员刘昌友任指挥长、副政治委员章靖才任政治委员，我任副指挥长（1997年10月展开第二次边境大面积扫雷行动时，我任指挥长），从省军区工兵部队中抽组五个扫雷队、某集团军工兵团一个扫雷队，共编六个扫雷队、一个保障队，626名官兵（不含加强的通信连）集结于西畴县新街镇。（图6-14）

图6-14 扫雷队喝壮行酒

紧张的扫雷前训练展开了。扫雷指挥部党委明确提出了"不怕千难万险、不怕流血牺牲、不计个人得失、扫除雷障为人民"的扫雷精神。章靖才政委号召扫雷官兵"为人民扫雷、为军旗争辉"，激励广大官兵为边疆的和平安宁、经济发展、人民幸福，立志奋进、英勇拼搏、扫除雷障。边境大面积扫雷行动涌现出了许多扫雷勇士、排雷英雄、可爱的战士。

　　排雷英雄。中央军委授予"排雷英雄"称号的罗兴同志就是他们中的一位。罗兴所在的扫雷四队开进马关县茅坪口岸展开扫雷，班长罗兴带领全班在扫除4号阵地大部分雷障后，在接近阵地工事前沿时，探出一枚58式防步兵地雷，他左手拿着雷体，右手旋开螺塞，这时空气进入起爆管室，发现压盖胶皮鼓起（因地雷埋设时间太长，内部机构失去控制的反应），在倒出起爆管时，倒不出来，用力一抖动，因内部击发机构失去控制，地雷在手中爆炸了，罗兴的左手被炸飞，左眼被炸瞎，左大腿被炸掉一大块肉；由于防护装具的作用，身体的其他部位还未受伤，保住了生命。旁边准备将排除的废旧地雷拿出雷场的卫生员谢先进同志，也被爆炸飞出的碎片炸伤了右眼，视力严重下降。罗兴被及时送进了陆军67医院，经抢救和半年多的治疗，基本痊愈出院，左大腿可正常走路；可是，左手没了和左眼瞎了，安了一只假手和一只假眼归队了，担负扫雷四队的技术指导工作。罗兴同志在整个负伤和治疗期间，没有掉一滴眼泪，没有叫一声疼痛，是一位无比坚强的英雄战士。他说：为人民扫雷，受点伤也是值得的！伤好后，我还要回四队继续扫雷。这就是我们扫雷勇士纯洁的心灵、崇高的境界，这就是当代的楷模、人民的战士，这就是身残志坚、人生强者的品格。（图6-15）

　　雷场坚兵。中央军委授予扫雷一队"英雄扫雷队"的荣誉称号。这个队是由扫雷勇士和优秀士兵组成的英雄队伍，他们奋战在老山、者阴山等主战场的主

图6-15　排雷英雄罗兴

要雷区。焦飞就是这支英雄队伍中的一位班长。他带领全班排除了上万枚地雷，在扫除1119高地雷场的雷障过程中，意外的险象发生了，他采用爆破法开辟扫雷通路时，爆破的冲击波震动了大树上的马蜂窝，几百只马蜂"嗡"的一声飞出来，见到焦飞就猛扑过去，焦飞的头上、脸上、身上、脚上全是爬动的马蜂。在场的副队长杨育富见状，大叫"焦飞不要动！"焦飞一动不动地站在原地，40分钟过去了，马蜂依然不散。焦飞腰酸腿痛、汗流满面、心情极度紧张，实在站不住了，只好换个姿势，慢慢地蹲下来，咬紧牙关继续坚持。又熬过了20多分钟，马蜂才逐渐飞离他的身体。一看焦飞的头、脸、脖、手等凡是暴露在外的肌肤都被叮肿了，一下子变成了"大胖子"，卫生员赶紧给焦飞擦上消肿的药。休息几天后，焦飞又带领全班奋战在雷场上。第二次云南边境大扫雷庆功大会上，焦飞荣立一等功。后来，这位扫雷勇士又作为中国的扫雷专家，被派往厄立特里亚，担任援厄扫雷专家组的专家，还荣立了二等功。（图6-16）

图6-16　雷场尖兵焦飞

勇为战士。扫雷一队五班战士王良峰，1998年的5月2日在扫除9号界雷场的雷障时，五班在雷场中用爆破法开辟通路，扫雷爆破筒设置稳固后，人员撤离雷场准备起爆，王良峰被指派担任警戒任务。就在扫雷爆破筒起爆前两分钟，他突然发现一个苗族妇女从山下向9号界雷场走去，赶紧吹响了警戒哨音，苗族妇女不知道这哨音是干什么的，还是一步一步走进了爆破危险区，王良峰想通知点火站的同志们停止点火，可相距太远，显然来不及了。王良峰情急之下，毅然跃出隐蔽位置，直奔这个苗族妇女，边跑边喊"老乡！过来！要起爆了！"可是对方听不懂汉语，不知道向她跑来的这个穿迷彩服的人在喊什么，以为是来抓她的，反而引起这个妇女的惊慌，向雷场方向走得更快了,甚至跑起来了。苗族妇女在前面小跑,王良峰在后面猛追,王良峰心中明白:不将这个妇女救出爆破危险区,后果是不堪设想的。他使尽全身力气追赶,就在扫雷爆破筒起爆前那一瞬间,奋力将她扑倒在山洪沟里……扫雷爆破筒在距他们7米的地方爆炸了,这条山洪沟救了他们的命,这个叫古德美的苗族妇女因为有王良峰的保护而安然无恙,而王良峰却被巨大的爆破声震荡得双耳失聪。就是这个勇救苗族妇女古德美的王良峰,在经过医院的治疗,听力稍有恢复后,又急着出院,赶回了扫雷一线。这就是无私奉献扫雷的战士、勇为的战士、人民的战士、可爱的战士。

基层军官在雷场。

1993年10月,身为副指导员的陈代荣正在中越边境执行扫雷任务,临产的妻子接连发电报催他回去。可看看连队的状况:连长手臂炸伤住进了医院,指导员又不在位,自己能走吗?于是,他悄悄地把四封电报全都压在床头。副连长知道这一情况后,把陈代荣"告"到了扫雷指挥部,我当即特批他10天假,硬是把他"撵"出了雷场。

等他赶回家,早过了预产期的妻子却丝毫没有分娩的征兆。眼看假期一天一天过去,他心急火燎,三番五次带着妻子跑医院。医生被他缠得发了火:"水到渠成,瓜熟蒂落,要想提前生,只有剖腹产,但这样对小孩和大人都不好,想当爸爸也不该这么急啊!"

其实,只有妻子王雅红最能理解陈代荣的心情。自从嫁给陈代荣以来,她每天都在不安与牵挂中度过。因为她清楚,雷场叵测,陈代荣每时每刻都在与死神较量。有时就连听到电话铃响她都会紧张,担心陈代荣有什么不测。

陈代荣担心妻子分娩自己不能在身边照顾,王雅红担心丈夫上雷场万一回不来就再也见不到自己的亲生骨肉。于是,在他俩的一致要求下,医院为王雅红进行剖腹产。妻子手术第三天,陈代荣就把孩子和不能下床的妻子托付给岳母,自己背起行囊,匆匆赶回了雷场。

陈代荣为什么要急着赶回来?因为连队只有四名干部,而且是各负责一片雷场,是一线排雷的组织者。当地有一个叫八布的地方有一片雷场,布雷时间长,雷种多,地形复杂,布雷时的资料已丢失,是块难啃的

"硬骨头"。我经过反复思考,决定将这片扫雷任务交给陈代荣。

要在这里安全排雷,必须严格按照排雷程序进行地面搜索,决不能放过半点蛛丝马迹。时逢炎热的夏季,陈代荣每天带着战士们在丛林中、烂泥里钻来爬去,一身汗水一身泥,不几天就劳累过度、身体虚弱,病倒了。从营地到雷场,其他人只要20多分钟就可以走到,他却要拄一条棍子走一个多小时。

战士们见他行动如此艰难,劝他说:"副指导员,你病成这个样子就别上去了,你坐在家里电话指挥我们就行。"他摇头说:"这不是一般的活儿,这是拿生命和死神打交道的事,半点都马虎不得,马虎的代价就是流血牺牲。我不上去带着你们干,我怎么放心得下?"

就这样,他拖着一副虚弱的身子,带领战士苦战一个月,人一天天地瘦下去,地雷一个个地取出来,硬是提前一个月完成了这一片雷场的扫雷任务。

扫雷结束时,他的体重由63公斤减到56公斤,胸前却多了一枚金灿灿的一等功军功章。

一次,陈代荣带领扫雷队在一个高地上进行排雷作业。队员们小心翼翼地搜索前进时,突然,二班长刘勇发出一声惊叫:"糟了!我踩着地雷了!"陈代荣抬头一看,刘勇僵硬地站在泥地里,双脚不敢动,手里托着一颗刚刨出的地雷,随时都有可能爆炸,情况万分危急。陈代荣见了,赶紧扑过去,从刘勇手上接过地雷,进行紧急处理,又冒险帮助刘勇安全脱离脚下的地雷。(图6-17)

图6-17 陈代荣带队赴雷场

一次,陈代荣带领尖刀班为扫雷队开道。第一次爆破后,他亲自上去检查刚刚炸开的通道,看看是否需要爆破第二次。不料,他刚走出三四米远,就发现自己被夹在了两颗危险的地雷之间。前面悬挂着一颗威力很大的定向雷，身边泥土里露出一颗随时都可能爆炸的压发雷，稍有不慎，他就有可能被两颗地雷炸中。雷场外的战友们见了，全都为他捏着一把冷汗，急得惊呼："副指导员，赶快退出来！"

陈代荣没有退出雷场。他心里十分清楚，自己退出去后，还得派其他同志进场处理，把危险留给别人，把安全留给自己的事他做不出来，也不愿意做。

他毫不犹豫地蹲下身子，谨慎地把身边埋在泥土里的压发雷抠了出来，拆下起爆管，解除了爆炸的威胁。然后，又大胆地向那颗最危险的定向雷靠过去。

这是一颗在爆破时被高压冲击后仍未爆炸的定向雷，人工排除具有很大的危险性。这种地雷体内装藏有200多颗钢珠，有效杀伤力很强，稍有疏忽，排雷者就会被钢珠击中。

陈代荣走近定向雷，挥手让场外所有的人退到安全的地方，自己便操起扫雷工具，镇定自若地排雷。场外的战士们趴在地上，全都噤若寒蝉，心如釜中游鱼，提心吊胆静静地等候着他全神贯注地排除雷。半小时后，他全身的衣服都被汗水湿透了，才征服了这一颗十分危险的定向雷。他拿着那颗被拆开的地雷安全地走出雷场时，场外欢声雷动。十几个战士热泪盈眶地围上去，把他抬了起来。

省委书记与士兵。

1999年元旦前夕，云南省委书记令狐安代表省委、省政府和全省各族人民慰问扫雷官兵，来到了在老山扫雷的扫雷二队。（图6-18）

当令狐安书记得知官兵们还在雷场上扫雷时，赞赏道："这次我们一行

图6-18　令狐安书记看望扫雷官兵

来到边疆，来到边防部队，主要是慰问扫雷部队和我们的边防部队。时间虽然不长，我们一行人第一个感受就是非常受教育……这次看到我们扫雷部队的官兵一不怕苦，二不怕死，临近过年还在扫雷……工作部署很有章法，安排很周密，考虑很细致……"

他执意要上雷场亲眼看看官兵们扫雷。

省委书记进到雷场时，战士杨永红正从地下抠出一枚美制地雷。当着省委书记的面，小杨熟练地将这枚地雷排除了。

省委书记连声赞道："好好好！你技术真不错，好好干。"

在场的扫雷二队队长陈登泉向令狐安书记汇报了杨永红"机缘巧合"的家庭趣事——

杨永红的父亲叫杨忠元，当年曾在原昆明军区某工兵团当兵。15年前，为了确保边境防御作战的安全稳定，为了边境土地不再任人践踏，他们这个团奉命在边境一线埋设地雷。虽说已经过去了十多年，杨忠元对这片雷区的情况还有些记忆。

当老杨接到小杨的电话说："爸爸，我要去扫雷"时，老杨吃了一惊，教训说："你说啥子，你要去扫地雷？你娃晓得个屁，我在那里埋过地雷，雷场的情况不是一般的复杂哟，而是非常复杂的。你小小年纪，去闯雷场，叫人咋个放心得下呀？"

别看小杨小，心中的主张不会轻易动摇。他主动要求到扫雷部队，他所在的连队指导员原先也不同意，也说："你太小，吃不了扫雷部队那份苦，更担不了那份险。"

他真的很小，当时只有16岁，也不知怎么蒙过了征兵的人当上了兵。到正规连队后，当然再蒙不了人了，所以，在老连队，他被当作一名小弟弟，连队干部照顾他，把他留在身边当通信员。

他跟指导员说了心里话："我父亲参加过作战，我来当兵就是想来体验体验战争气氛的。来晚了，体验不上了，这下好不容易遇到大扫雷，也就跟打仗一样，你再不叫我去，我这个兵不白当了呀！"小小年纪说出这样一番话，不由得打动了指导员，只好同意了他的要求。

他"故技重演"，对父亲说："爸爸，你说这些情况我都晓得，我会注意安全的。你当过兵，我现在正在当兵，你晓得当兵的该怎么做。你常对我说'我们当兵的是人民子弟兵,要为人民谋利益',现在,边疆人民要脱贫致富,要发展经济,可是受地雷的威胁很大,你说,我们当兵的不去扫除这些地雷,谁去?"

他还说了一句刺激父亲的话:"何况有些地雷还是你当年埋的,当儿子的现在再去把它抠出来,难道不应该吗?"这样的话,做儿子的是可以对父亲讲的。

老杨捏着话筒半天开不了腔。虽说还是放心不下,不过心里多少还是感到欣慰:儿子这一年兵没有白当,显然已经比他想象中还要成熟得多。

他终于点头说:"好吧,你去吧。到了雷场尽快给我来电话或写信,把你们的准确位置告诉我。你要晓得,那一带的地雷情况我很熟悉。我会给你们提供一些有益的情况,帮助你们扫好雷。"说到这里,当父亲的没有忘记自己的责任,又叮咛道:"既然去了,就要好好干,干出个名堂。"

杨永红没有辜负父辈的期望,到了扫雷部队,他没有因为自己年纪小而放松要求,他像一个成熟的男子汉,面对雷场的万般艰险而无所畏惧,过着艰苦劳累的扫雷生活而毫无怨言。

当令狐安书记听完陈登泉对杨永红的情况介绍后,亲切地搂住这个年轻的扫雷战士,热情地赞扬说:"父亲埋雷,儿子排雷,都是为了和平,两代风流,后生可畏。"

令狐安书记一行为体验扫雷官兵的生活,毅然决定:在扫雷二队驻地——老山主峰,同扫雷官兵一起吃午饭。帐篷餐厅开饭时,令狐安书记特意叫杨永红坐在身边,长辈无限地关爱着后代,又问长来又问短,又拉家常又夹菜,在欢笑中倾心畅谈,在寄语中饱含着深爱,帐篷餐厅内其乐融融。

令狐安书记问杨永红:"你年纪这么小,主动要求上雷场,害怕不害怕呀?"

杨永红直率地回答:"第一次进雷场时还是有点心虚,特别是抠出第一枚地雷时,手都是抖的……现在不会了。只要胆大心细,按规程操作,地雷再多也用不着怕。"

"你今后有什么打算呀?"

"没有什么打算。我们在老山的扫雷任务只剩下一点尾巴了,争取最

168

地雷有约 ▼▼▼

后阶段不出事,完成好任务。"

"你们安全、顺利、彻底扫除边境的地雷,为边疆人民开创安宁的环境,就是我的心愿!也是我对你们的希望呀!"

"我们决不辜负首长的希望,坚决完成扫雷任务!"

午饭过后,令狐安书记要离开扫雷队了,两代人手拉着手走到小车旁。令狐安书记看到这个还不满18岁的扫雷兵,深情地说:"你要注意安全哪!盼望早日听到你们完成扫雷任务的好消息!"杨永红充满信心地回答:"一定早日完成扫雷任务,首长就等待我们的好消息吧!"

令狐安书记和慰问团的车队缓缓离开了老山,但省委书记和云南各族人民与扫雷官兵们的心连接得更紧密了。留下的暖暖深情在扫雷官兵们的心中久久回荡,将迸发出无穷的力量,完成扫雷任务指日可待了……

边疆人民。

李公安。在扫雷四队有一个被官兵们称为"编外扫雷兵"的老人李兴孝,1998年已年过73岁了。(图6-19)

李兴孝原来

图6-19 李公安总是走在扫雷队的前面

在麻栗坡县公安局工作，群众都叫他"李公安"，1985年5月退休回到老家猛硐乡扣林山山麓的长地村。

自从扫雷四队来到1426高地扫雷，李公安每天不论刮风下雨，都要走1个多小时的山路，早上7点钟准时来到扫雷四队。吃完早饭后，跟部队一起上山扫雷。别看老汉73岁了，眼不花、耳不聋、牙不缺、背不驼，扛起扫雷器材来，劲头一点不比小伙子们差。

当记者李凯军来到雷场边，发现了扫雷队伍中有位老人，好奇地走过去问李公安："为什么要来帮助部队扫雷？"正在协助战士们连接扫雷爆破筒的李公安，扭过头来笑眯眯地眨了眨眼睛："不是我帮部队扫雷，是部队帮我们老百姓扫雷。"嘴里跟记者说着话，手中不停地旋紧一节节的扫雷爆破筒，一点不耽误活儿。

李公安不但身体好，反应也很机敏。

"这里的地雷多吗？"

"多。"李公安用手在1426高地的山脚下画了个圈："这一带地雷最多了。好多人到这里砍竹子，采药材，放牛，都踩到了地雷。"说起雷患，老人脸上的笑意消失了，代之以一种痛苦和惆怅。

李公安是个极富同情心和正义感的老人。他每次出门，除了山民必带的砍刀之外，还要特意准备一根3尺长的竹签当探雷针，专门用于探雷排雷。他探雷的方法很简单，先用砍刀砍去茅草，再用竹签一点一点地探。发现地雷后，就利用当年支前时学会的排雷技术，将地雷排除。扫雷四队到来之前，他已经排除各种地雷520余枚。

几天后，在老人的家里，李公安为记者现场表演了探雷、排雷，还拖出一只纸箱子，里面装着他排除的18颗"72式"压发雷。经同去的一排长张勇检查，这18颗雷当中，有16颗雷的火帽还在，很危险。

扫雷四队队长杜传平再三请求，让老人把地雷拿到扫雷队去统一销毁，今后也不要再到山上去排雷了。

老人的住房坐西向东，周围是山，山前有个小院。全家8口人，子女们有的在外地工作，有的出嫁。如今只剩下老两口守着这座祖传的宅院。

李公安除每月一份微薄的退休金外，还和老伴承包了2亩田、2亩地，养牛养羊，喂鸡喂猪，一刻也不闲着。尽管这样，老人的生活还是很拮据。可是,他每天去扫雷,完全是尽义务,不要一分钱。

这里是瑶乡,山民们纯朴豪爽,极重感情。

采访结束,记者站站长许建华伸手欲和老人握别。老人却一定要留记者吃顿饭。原来,一直没露面的老人的妻子,已经为客人们准备了一桌丰盛的午餐。如果执意要走,肯定会伤老人的心。盛情难却,却之不恭,这顿饭看来不吃是不行了。

喝着家酿的米酒,吃着山里的野味,真有一种恍若世外、返璞归真的感觉。

许建华代表记者站摄制组向李兴孝和他的妻子敬酒,祝两位老人健康长寿。

李老倌乐了,眼睛眯成了一条缝。

不过,老人也有伤心的时候。那天,扫雷四队的老兵要退伍返乡了。老人特意脱去了平日里须臾不离的绿军帽,缠上瑶家的黑头帕,和身着节日盛装、带着银项圈的老伴抬着米酒,到营区为老兵们送行。

老人用瑶语唱着古老的祝酒歌"春雨要下透,朋友请喝够……祝愿朋友吉祥如意。"依次为每位老兵敬酒。

唱着,唱着,老人的眼圈红了,流出了泪水……

那份发自内心的真情,唱出了边疆瑶家人民情真意浓的祝福,深深地烙在了老兵们的心灵之中,留下了对瑶家老人终生的怀念!

1426高地雷场移交那天,附近几个村子都派出了各自的代表。当扫雷部队的官兵手牵着手,从已扫雷场中走过时,乡亲们激情难抑,纷纷加入到徒步验收的队伍中。包括那些缺胳膊少腿的触雷伤残人员,也拉着扫雷官兵的手,喜笑颜开地走过这片昔日的死亡之地。

他们以后来这里放牧、砍柴、耕作,再也用不着担惊受怕了。

祝大妈。马关县支前办主任兼扫雷办主任祝金平。(图6-20)

扫雷队来到马关县展开扫雷后,祝主任负责雷区情况的介绍、当地政府工作的协调、雷患区的群众工作,是扫雷队协同地方政府的桥梁,联系边疆各族群众的纽带。与扫雷官兵朝夕相处的时间长了,50多岁的祝金平,就被20多岁的扫雷官兵亲切称呼为"祝大妈"。

扫雷队是打"运动战"的,扫完一片耕地、一个阵地、一条公路的

雷障后，又转移到另
一个山头、另一个哨
所、另一个口岸去扫
除雷障。一年中搬迁
几次驻地，每到一处
都深受当地人民群众
欢迎，体现着祝大妈
对扫雷官兵的关爱。

记得扫雷队进驻
马关县小坝子和茅坪
口岸的时候，祝大妈
就带着扫雷办的同志
们和几个姑娘、小伙
先期早早来到了营房
所在地，掸灰尘，粉
刷墙壁，冲洗地面，
垒灶起火，打扫周围
环境卫生。等待战士
们一到驻地，就吃上
了可口的饭菜，洗上

图6-20　马关县支前办主任兼扫雷办主任祝金平，官兵都叫她"祝大妈"

了热水澡。扫雷工作开始后，祝金平大妈每周都要来扫雷队三四次，帮着
劈柴、洗衣服，找战士们谈心，还热心地为大龄的干部介绍对象……每
隔一天见不到祝大妈，听不见她那爽朗的笑声和亲切的话语，战士们就
会觉着心头少了点什么。

扫雷队就要进入拉曲、热地河地区扫雷了，我一看地图，该地区等高
线又细又密，顿时感到"扫雷队要在陡峭的山崖上穿行了，行走危险！我
得到现地去看一看"。我带着扫雷指挥部机关工作组来到该地区的制高
点——炮台山，举目一看：这是一个两山夹一沟的地形，对面的大山是越
南的土地，沟中一条小溪由东向西淙淙流淌，作为国界河将两国的领土
划分开。

随同查看雷场的盘副县长向大家介绍:"这种地形在我们边疆随处可见,'喊得答应、走上一天'。边民要走亲访友,早上站在这边山头上放声高喊'我今天要到你家来!'然后,带上干粮和水,走到山谷底,吃午饭啃干粮;快到吃晚饭的时候,才能走到亲友家,这就是我们边疆的一大特色呀!"

陪同的扫雷队指导员蒙建华告诉我:"指挥长,雷场就在山下国界河我方一侧的河滩中,是战时为防备越方特工偷袭,我边防连埋设的雷场,战后炸死了几头牲畜,就没有人敢去了。"(图6-21)

图6-21 扫雷队受到群众热烈欢迎

蒙建华指着炮台山左侧一条约30厘米宽的盘山小路对我说:"拉曲、热地河雷场只有旁边这条小路可通行到达,盘山小路从200来米高的悬崖通过,一不小心摔下去,就没命了!""曾经有一位边防检查的警官,就从这条盘山小路到拉曲去检查界务,走到悬崖上摔了下去,待到群众发现他时,已经献出了年轻的生命。"

"我们为防止人员摔下悬崖,在这条小路的悬崖上固定了一根绳索,人员拉着绳索,屁股朝前、慢慢倒退着下去,只要小心谨慎,就不会摔下悬崖去了。""今天一早，'祝大妈'和队长就带着边防连副连长、边防检查站的警官、村长、界务员、各扫雷班班长，已从这条小路到拉曲、热地河地区勘察雷场去了，中午才能返回来。"

12点过后，悬崖上的绳索开始抖动，"他们回来了！"几个战士跑了下去，帮着背勘察器材，一位战士搀扶着"祝大妈"从小路的草丛走了出来，一见面，就展现出她彝家妇女的豪爽性格："当官的！我就知道你们要来，雷场已经勘察定位，准备好就可以开始扫雷了！"

我赶忙上前与她握手，"'祝大妈'辛苦了！""什么'祝大妈'？这是战士们喊的。不要看你当指挥长，还比我小好几岁呢？小兄弟！你就叫'祝大嫂'。大半天了，大家都饿了，回到驻地再谈情况吧。"

来到扫雷队临时驻地，也就是边防连为扫雷队临时让出的一栋旧楼房。吃过中午饭，扫雷队长详细汇报勘察雷场的情况，盘副县长和"祝大妈"对地方政府配合扫雷和群众工作提出了具体意见，我布置了扫雷队下一步的任务和边防连的配合行动方案。就准备返回马关县城了。

"指挥长：我坐你的车，有些事我还要给你说一说……"

"好吧！请'祝大嫂'上车。"（图6-22）

在车上谈完工作后，我恳切地对祝主任说："'祝大嫂'：您都50多岁了，炮台山这样的悬崖山路，十分危险！您就不要去了，勘察雷场的事情就让扫雷队、边防连和界务员这些年轻人去干。"

"指挥长：不瞒你说，我和这些年轻人在一起，感到年轻，工作起来感到轻松呀！我在主任岗位上的时日不多了，还想多做点事情，也算没有白吃边疆人民的大米饭！"

说着话，时间过得快，到了县支前办，祝主任下车与我们告别。看着'祝大嫂'远去的身影，这是多么纯朴的彝家妇女，在她的身上体现着边疆各族人民勤劳勇敢、真挚诚实的风尚，对子弟兵体贴入微、倾注民心的关爱，对扫雷行动全力支援、共同奋进的精神。

图6-22　指挥长李智伦

1999年6月底，完成了国务院、中央军委下达的扫雷任务，扫雷部队归建，指挥部机关撤回昆明。

回顾往事，虽然雷场的硝烟已远去，当年军民共同扫雷的情景，还时时浮现在眼前，虽是逝去的岁月，却是战斗的历程，只能让历史记下这些热血沸腾、活灵活现的边境扫雷篇章。

（二十一）扫除雷患，昔日千里雷场建成生态绿洲、边贸通道

云南和广西扫雷部队，在1992年初至1994年底和1997年底至1999年底的两次扫雷行动中，先后出动官兵2000多人，克服了山岳丛林地带地形复杂、植被茂密、气候多变、地雷埋设时间长等重重困难，采用焚烧毁雷、爆破扫雷、机械作业、人工搜排等方法，经过40个月的奋战，扫除地雷188万枚，其他爆炸物32万枚，销毁废弃弹药700余吨，完成扫雷面积400多平方公里，打通边贸通道和口岸290多个，恢复弃耕地、弃荒牧场和山林6万多公顷，中越边境我方一侧的雷患基本清除。（图6-23）

图6-23　我国驻外使节视察边境扫雷情况

另外，根据中越两国2000年12月签署的《中越陆地边界条约》，中越双方要在2002年之后的3年内完成勘界立碑工作。中国军方负责中方勘界立碑的保障工作，特别是负责清除勘界通道和立碑工作区内的地雷场。2002年10月，勘界扫雷工作在广西和云南两个方向同时展开，确保了勘界立碑工作的安全需要。

中越边境战后扫雷行动不仅为边境地区人民群众生产、生活创造了安全和平的环境，同时也为恢复和发展边境贸易，增进中越两国人民的友好交往创造了有利条件，保障了边境地区人民的安居乐业。

扫雷行动解决了边境地区的雷害问题，保障了边境居民的生产、生活安全和边防部队的巡逻安全。扫过雷障的地区，未再发生人、畜触雷伤亡事故。（图6-24）

图6-24　我国边民恢复橡胶生产

扫雷行动为边境贸易的发展和边境地区对外开放做出了重大贡献。恢复和新建的6个国家级、13个省级边贸口岸和30多个边民互市点极大地促进了边境贸易的发展。290多条边境通道的开通，彻底改变了扫雷前中越边境没有一条畅通的陆地通道的局面，为边境地区的经济发展和对外开放创造了有利条件。广西壮族自治区1993年和1994年的边境贸易额分别为26亿元和26.4亿元，1998年达到34亿元；云南省1993年和1994年对越边境贸易额分别为6.38亿元和5.2亿元，1998年达到12.79亿元。另据不完全统计，1995年以来中越双方通过广西和云南口岸的出入境人员平均每年分别达到500万人次和130万人次以上。

两次大规模扫雷行动恢复的耕地、牧场、山林，大部分已被开发利用，有的种上了庄稼，有的种上了杉树、八角、肉桂等经济林木，有力地促进了边境地区的发展和人民生活水平的提高，保持和改善了当地的生态环境。（图6-25）

图6-25　人民的感谢

中越边境扫雷行动改善了边境地区的公路交通和边防巡逻条件。扫雷结束后，广西边境新修公路172公里，云南边境开通公路54公里，这些公路使边境地区的交通条件得到极大改善，为边境贫困地区脱贫致富创造了条件。

据统计，广西壮族自治区7个边境市（县）财政收入由1993年的2850万元增加到1998年的7159万元，边民人均纯收入由673元增加到1869.9元，贫困人口由80万人减少到12万人。云南省中越边境地区6个县的财政收入由1993年的6312万元增加到1998年的1.359万亿元,贫困人口减少了31万多人。

昔日曾被称为"生态荒漠"的中越边境千里雷场,如今已变成一块块"生态绿洲",绿色植被覆盖率达98%,呈现出一幅人与自然、人与动物和睦相处的美丽画卷,珍稀动物纷纷迁徙回乡。

在组织中越边境大面积扫雷中,扫雷部队就充分注重扫雷与保护生态并举,每扫除一片雷场,便与边民一起把香蕉、荔枝、茶叶、八角、草果、杉木等果苗、树苗栽种到雷场上,做到每扫净一片雷场便播上一片新绿。官兵们还帮助边民在一片片已无雷患的土地上搞承包,发展种植业和养殖业,昔日雷场逐渐恢复了亚热带丛林的繁茂景观。

如今,昔日的雷场通道已是林荫蔽日,仅云南边境段的20多万亩生态林为恢复雷场生态撑起了绿色屏障,这里的边民已成为拥有千亩茶园、千亩胶园、千亩杉林、千亩荔枝、千亩蕉园、千亩草果园的经济林木业主。昔日在雷场疯长、与经济林木争夺养分的有害植物"飞机草",也因为经济植物在雷场唱"主角",逐渐从雷场消失。

与此同时,云南边防一线官兵还自己动手,在营区附近和离村寨较远的已扫雷区荒地上统一规划,结合建设绿色生态营区,种植各种经济林木。仅边防某部就种植了千亩柚木林,成活率达99%,专家称该部的生态资源和经济资源前景不可限量。

专家在考察中还发现,曾一度在滇南某雷区消失的亚洲象又从境外"回国"了,且达数百只,昔日雷场如今成了亚洲象的理想栖息地之一。过去只在澜沧江流域才有的孔雀等珍禽,如今也时常在红河岸边的昔日雷场嬉戏。(图6-26)

2009年《解放军报》在"纪念中华人民共和国成立60周年"专栏里刊登了一组照片,其中一幅是反映中越边境大扫雷的镜头。可见,这次扫雷行动已作为一件大事载入了中华人民共和国的史册。照片的旁边还配了一首诗,现予转录,以作为本章的结尾。

图6-26　扫雷队合影

中越边境排雷

刘业勇

本应播下良种的土地
却埋下了一颗颗地雷
本应生长森林的山梁
却潜伏着密密麻麻的武器
这里的阳光很充足
雨水也很充沛
但埋下的是仇恨
长出的便是敌对
那一颗颗地雷
如一枚枚布满血丝暴突的眼球
注视着那疾速而过的步履
以一种守株待兔的期待
用自己的粉身碎骨
卸下一条条血淋淋的腿
战争——和平
就如同一出大戏的幕合幕启

当刺眼的战火熄灭
当刺鼻的硝烟散去
这里　又获得了一个昂贵的静谧
和平的曙光从天而降
国境线两端
一束束目光穿过雷区
闪烁着渴望交流的焦急
中国军人来了
同当年布雷一样
今天的排雷也是为了和平和正义
把一枚枚地雷从地球的躯体中挖出
再种下和平的种子
长成鲜花和森林
让南来北往的和平鸽在这里栖息
啊！别了——地雷

第七章　扫雷学子聚江淮

（二十二）南京，汤山，国际人道主义扫雷培训
综合演练技惊四座

2000年6月2日15时许，地处中华人民共和国江苏省南京市东郊的汤山某训练基地，国际人道主义扫雷培训班毕业考核综合演练正在这里隆重进行。时任培训班教员、全程参与这次演练策划组织的方向、徐全军两位教员给笔者讲述了当时的演练情况，提供了当时的一些演练资料，让我们穿过时空的隧道，来再现当时的演练盛况。

......

这次演练的内容有七个扫雷器材作业课目和一个展示课目。演练解说员首先介绍了演练场地的划分和方位。

观礼台右前方约150米的1号标牌处显示的位置是GBP114型扫雷爆破筒的作业点（炸点显示）；正前方约70米的2号标牌处由4个标杆所围区域为预设假雷场，此处是人工搜排法扫雷作业点（炸点显示）；右前方约50米的3号标牌处是喷水法扫雷的作业点（炸点显示）；右前方约120米的4号标牌处是GBP125型扫雷火箭爆破器的发射位置（炸点显示）；前方约120米的5号标牌处是GBP123、GBP124型扫雷火箭爆破器的发射位置（炸点显示）；左前方约180米的6号标牌处是应用型直列装药扫雷作业点；正前方100米的7号标牌处是地雷及残留爆炸物的销毁作

业点（炸点显示），它的左右两侧各有1个扫雷作业人员掩蔽部（炸点显示）；左前方最远处的大红旗和炸点显示的是各扫雷火箭爆破器的瞄准点（炸点显示）；部分中国扫雷器材的展示位置设在观礼台前的8号标牌处。演练指挥部、销毁地雷及残留爆炸物的点火站及救护站设在观礼台左侧，停车场和卫生间在观礼台右侧。

这次综合演练的目的，主要是通过演示和展示几种实用、有效、合理的战后扫雷器材和扫雷方法，汇报中国援助国际人道主义扫雷培训班的训练成果。为了使埃塞俄比亚、安哥拉、卢旺达、莫桑比克四国学员能够在课内学习的基础上，进一步掌握排雷及扫雷原理、制式器材和应用器材的使用方法、地雷等爆炸物的销毁方法以及扫雷作业的组织，实地演练课目全部由四国学员实施作业，中国教官和士兵只是给予一定的保障与配合。

演练的第一个课目是：GBP114型扫雷爆破筒实炸。

这个课目主要演练该爆破筒实炸作业的操作过程和扫雷性能。GBP114型扫雷爆破筒是我国专门为战后扫雷而研制的一种扫雷器材，它单节全重2公斤，长60厘米，可多节串联使用，具有较高的扫雷率和安全性。它的适用性广，能够在沙漠、江河（海）边、山岳丛林等地域使用，操作比较简单。一名扫雷人员使用扫雷爆破筒，可以在一个工作日中扫除浅层地雷（地表至地表下0.5米深）600平方米，GBP114型扫雷爆破筒一次爆破可开辟地面通道的宽度约为3米，通道纵深与扫雷爆破筒连接长度相同。

GBP114型扫雷爆破筒采用塑料外壳、螺纹连接结构，根据情况可以选择使用长度（一般不超过100米），它的头部装有阻燃拒爆节，单向传爆，在向雷场中输送爆破筒时，不会因为触爆地雷而引起爆破筒殉爆而危及扫雷作业手的人身安全，有较好的安全性。这个课目由四国学员进行作业，采用导火索点火法在假设雷场中扫雷。学员们按照操作程序进行了爆破筒的联结并结合点火管。通常，在制作点火管时，应根据现场作业的地形、点火手的奔跑速度及作业点与隐蔽位置的距离等留出足够长度的导火索进行延期，以确保点火手的安全。这次演练中共用了18节爆破筒，分6组设置依次点火起爆。各项准备工作完成后，指挥员下达了

"点火"命令,作业人员点火后迅速向安全地域撤离。只见作业人员撤退到指定位置并隐蔽好后,顿时,爆破筒全部起爆,第一个课目演练结束。

接下来,在2号场地上进行了第二个课目的演练:人工搜排法扫雷。

只见学员们迅速进入预设模拟雷场,进行人工搜排法扫雷作业。人工搜排法就是作业人员利用探雷工具和排雷工具,将地雷或爆炸物搜出并将其排除或诱爆,形成安全地带的扫雷方法。该方法扫雷作业简单,使用器材少,排雷较彻底,是战后扫雷必须采用的方法之一。对于许多不易采用爆炸法或机械法扫雷区域的雷场,如居民区、重要目标周围的雷场,人工搜排往往是主要的,甚至是唯一可采用的扫雷方法。这种方法尤其适用于山岳丛林地区和布设有耐爆地雷的地雷场,它也可配合其他扫雷器材或方法,如扫雷机械、扫雷爆破器材或火烧、水喷、气吹等扫雷作业方法进行扫雷作业。这种方法的主要缺点是作业速度慢,扫雷人员劳动强度大、易疲劳,有一定的危险性,作业人员精神负担重。只见学员们正在使用GTL115型和复合式探雷器在进行人工搜排。

演习场地上用四根标杆围成的区域即为预设模拟雷场,雷场长20米、宽15米,埋有防坦克、防步兵教练地雷各15枚。本课目由四国共九名学员进行操作。学员们采用三角形队列,三名作业手为一组,分为三个作业组进行探扫雷作业,作业的一般程序为:第一组前两名作业手各拖带一条15~20米长的标带(或标示绳),按规定的方向和搜索正面搜索前进。搜出地雷后,用标旗标出,后一名作业手将地雷排出放置在搜索正面的外侧(或放置引爆装置)。在排除地雷时,应严格按照各种操作规程根据实际情况进行作业,特别应仔细察看是否设有反排装置,对于不了解构造的地雷或反排装置,不要急于排除。当第一组前进5~10米后,后两组在第一组侧后方展开作业,前两名作业手搜索前进,发现地雷后用标旗标出,并将第一组排除的地雷搬至通路界外。在通路界线上每隔10~20米插一单面标牌。各组之间及各作业手之间的结合部要重叠搜索一定宽度,以免漏掉地雷。在穿戴了防护装具后,扫雷人员可进行立姿或跪姿作业,如没有防护装具,则只能进行卧姿作业。由于穿戴防护装具需时较长,为节省时间,这次的九名作业手都没有穿防护装具。需要说明的是,作业编组和作业队形并不是固定不变的,可以根据地形、天候、能见度范围、布设雷种、使用器材等适当改变编组和队形,尽量减少作业人数。

现代探雷器材不仅仅是这次演练使用的这几种探雷器,还有许多正在发展中的探雷器材和探雷技术。探雷是国际战后扫雷工作中的一个重要研究热点,世界各国都在研究探雷技术。比较常用的主要有以下几种:

电磁感应探雷。即利用电磁感应原理探测含有金属零件的地雷,这种探雷器可以单兵手持也可以车载。这次演练所用的GTL115型探雷器就是这类器材。

热成像探雷技术。它是利用地雷埋设时,对土壤表面温度的影响来探测地雷的存在,这种探雷设备可车载也可机载。

探地雷达。也称地面穿透雷达,现已发展有不同结构的便携式、车载或机载式探地雷达,用于探测埋设的地雷,这次演练所用的复合型探雷器即属于这类器材。

热中子激活法探雷技术。又称为"地雷克星",主要用于探测地雷中炸药的化学成分,是当代最具应用前景的探雷技术。

生物传感器探雷技术。利用生物传感器探雷被认为是最灵敏、迅速、安全的方法,该项技术正在研究和开发中。

依靠这些新技术,探雷人员今后将有可能不必进入潜在危险区即可完成探雷作业,探雷人员的防护条件也将大为改善。但在精确确定地雷位置时,在很大程度上还要依赖包括金属探测器在内的手持式探雷器或头盔式微型探雷器,不过现在的技术水平已远非昔比,探雷手的安全性已大为提高。

言归正传。九名作业手安置操作规程已探明并排除了埋设的地雷。

第三个课目是:水冲法扫雷的演练。

水冲法扫雷是利用高压喷水装置对某些埋有地雷的区域或混有地雷的泥沙进行喷射和冲刷,使地雷暴露或毁坏的一种扫雷方法。它一般适用于河岸、堤坝、江河海滩、桥梁附近或其他水源较充足的砂土地带,也适用于机械无法展开作业或不能被爆炸破坏的某些地段的扫雷作业。这种扫雷方法简便、快速、安全、彻底且耗费低,是一种非常实用的战后扫雷方法,这种方法既可以单独使用,也可以与机械扫雷装备等配合使用。

在3号场地演示的是机械与高压水枪配合使用在海滩或河滩进行扫雷的情况。这种扫雷方法的一般步骤是：首先，由扫雷机械，如犁刀式、滚挖式或铣削式扫雷机械在雷场中开辟一个扫雷通路或扫雷作业面，再由扫雷作业人员沿通路进入雷场，用高压水枪对通路旁及雷场中含有地雷的砂土进行冲刷，使埋设的地雷暴露出来，最后由排雷手用非金属的扫雷耙或扫雷铲将地雷清理搬运出来进行集中销毁；也可以由扫雷机械在雷场中将埋有地雷的砂土推成若干个土堆，再用高压水枪对土堆逐个进行冲刷，暴露出地雷，最后由排雷手用同样的方法进行清理和销毁。用水冲法扫雷时，进入雷场的作业人员可不穿防雷靴，但必须穿戴防雷服。用高压水枪进行冲刷时，应保持15~20米的安全距离，以防水枪冲刷时诱爆砂土中的防步兵地雷对作业人员造成伤害。通过作业手对场地中混有地雷的砂堆进行有序的冲刷。砂堆中的地雷已全部被清理出来，等待销毁，第三个课目演练结束。

演练的第四个课目：发射GBP125型扫雷火箭爆破器。

发射位置位于观礼台右前方120米的4号标牌处。通常，对布设在植被较丰富的丘陵、山地等地域的雷场，人员不易进入或展开，在扫雷作业开始时，作业人员可以先在雷场外发射扫雷火箭爆破器或扫雷火箭弹，诱爆或破坏埋设的地雷及爆炸物，扫除雷场中的绊发、拉发地雷或爆炸装置，经过人工搜残后形成进入雷场的安全通路和扫雷作业面，从而使扫雷人员能够进入雷区，做进一步的排、扫雷作业。这是中国军队在中越边境的战后扫雷工作中总结出的一种行之有效的作业方法。

扫雷火箭爆破器是以火箭发动机为动力将爆炸带拖带到地雷场中爆炸，利用炸药爆炸产生的压力和冲量，在雷场中开辟通路的一种扫雷器材。GBP125型火箭爆破器由火箭发动机、击发器、爆炸带发火件、控制标示装置、发射架等部分组成，一套器材全重112公斤，由6人操作，作业时间约4~8分钟，可单具使用也可多具串联使用，射程为220米至440米，开辟通路纵深最短约80米，最长约400米。该器材在雷场中开辟通路的宽度大于1米，扫雷率大于90%。这次演练先后发射了2套GBP125型扫雷火箭爆破器。只见学员们正在按照操作程序进行紧张的发射准备，主要操作步骤包括发射架的设置与瞄准，火箭发动机的安装、爆炸带的摆放与连接，控制标示装置与发火件的连接等，当发射准备完成后，指挥员一声令下，第一套发射完毕。这种器材从拉火到爆炸大约需要18秒左右。火箭爆破器发射后展开形成一条长龙在雷场中爆炸，形成了70～80米纵深，宽1米的通路，当第二套发射准备完成后，指挥员命令点火发射……第二套火箭爆破器也发射成功！第四个课目演练完毕。

演练的第五个课目是：发射GBP123、GBP124型扫雷火箭爆破器。

发射位置在演练场地的5号标牌处。这两种器材都可由一人携带和使用，具有体积小、重量轻、结构简单、操作方便、发火可靠、使用安全、作业时间短等优点。

首先演示发射GBP123型火箭爆破器。该爆破器由火箭弹、击发器、爆炸带、引信、控制系统和发射箱等组成，爆炸带长度为28米，单具射程为100米，扫雷通路宽度大于0.8米，有效扫雷率不低于90%，通路长度不小于20米，单具器材全重17公斤，它可以单具使用，也可以两具或三具串联使用。

这次演练要同时发射3具GBP123型扫雷火箭爆破器。只见学员们正在按照操作程序进行操作，准备三具齐射。操作步骤主要为发射箱的设置与瞄准、击发器引信的连接、各部分的检查、拉火发射等。准备工作完成后，指挥员下达了"点火发射"的命令……火箭爆破器已点火发射……这种器材从拉火到爆炸大约需要10秒左右。10秒钟后，只见三具爆破器几乎同时着地、起爆。

接下来是发射GBP124型扫雷火箭爆破器。这种扫雷火箭爆破器的组成结构、操作步骤与使用方法与GBP123型火箭爆破器基本相同，该器材单具爆炸带长40米，单具射程66米，在雷场中开辟通路宽度不小于0.5米，有效扫雷率不低于90%。开辟通路纵深不小于36米，单具器材全重15.5公斤。它不仅可以单具使用，也可以两具串联使用。这次演练，也是3具GBP124型扫雷火箭爆破器同时发射。只见学员正在按照操作程序进行紧张操作，准备三具齐射……准备完毕后，随着指挥员一声令下，三具GBP124型扫雷火箭爆破器同时发射点火发射，只见三条40米长的爆炸带像3条巨龙腾空而起，在飞越五六十米后展直而卧，在落地的瞬间，齐声爆炸,三条通路出现在眼前······第五个课目演练结束。

第六个演练课目是:应用型直列装药扫雷。

应用型直列装药又称为简易短直列装药。通常是将TNT、硝铵炸药或乳化炸药,捆扎在木条或竹片上制成长度2~4米的直列装药,制作方法简单易行,便于人工携带,与GBP114型爆破筒一样,这类器材也是利用装药爆炸的威力扫除雷场中的地雷。作业时,采用逐次递进的方式扫除雷场中的地雷。装药的扫雷范围,主要取决于每纵长米的装药量、装药距地面高度、地雷类型、地形情况、地雷覆盖物厚度等条件。简易直列装药扫雷范围,在防步兵雷场中,当每纵长米药量为4公斤/米时,扫雷范围约为4~6米;当每纵长米药量为8公斤/米时,扫雷范围为6~8米。简易直列装药扫雷作业,通常编成送药组、点火组、预备组。送药组同时将装药送入已探明的雷场中,按规定的位置和间隔配置,再将装药的雷管逐个联接,采用电起爆或非电起爆方法引爆装药。这次演练所使用的器材已由学员们预先制作完成,直列装药也已经预先在现场上设置完成,每个装药量为4公斤/米,长度为2米,共16套,分为10组,同时点火依次起爆。本课目仍然采用导火索点火法起爆装药。

当点火命令下达,作业人员迅即完成点火程序并迅速向各隐蔽所撤离,只见作业人员刚刚进入隐蔽所,10组装药便齐声爆炸······第六个课目演练结束。

这次演练的最后一个课目是:地雷和残留爆炸物的销毁及各种点火法的应用。

在战后扫雷作业时,当地雷和残留爆炸物被探明或排除后,通常可采用爆破法、焚烧法、溶解法、焚化法等进行集中或就地处理,特殊情况下也可采用安全拆除法。

该课目演练的是用爆破法对地雷和残留爆炸物进行销毁及各种点火法的运用。演练内容依次为:导火索点火法、电点火法、非电起爆系统销毁地雷的作业方法和步骤,分三组进行。用爆破法进行销毁作业时应严格遵守有关的安全程序,特别要注意明确和保持被销毁对象与作业手的最小安全距离。该课目使用的地雷和残留爆炸物用模拟装药代替,所用模拟装药均为工程兵工程学院研制的火炮声光药剂。演练工作人员对几种点火法在观礼台前向观摩人员进行了简单的介绍和示范……

介绍和示范完后,用爆破法对地雷和残留爆炸物进行销毁作业正式开始。

第一组,导火索点火法销毁作业已做好准备……指挥员下达命令……作业学员完成点火……人员撤离作业现场……起爆成功。

第二组,电点火法销毁地雷作业,电点火线路及模拟装药已预先敷设完成,点火站点火前的线路检查与连接已完成……指挥员下达命令……作业学员完成点火……人员撤离作业现场……起爆成功。

第三组,非电起爆系统及模拟装药已预先敷设完成,点火站已做好起爆准备……指挥员下达命令……作业学员完成点火……人员撤离作业现场……起爆成功。

……

这次综合演练,充分地展示了中国部分扫雷器材及其性能;成功地演示了实用、合理的扫雷方法及技术;直观地汇报了国际战后扫雷培训班学员的训练成果。参加观摩的联合国地雷行动处的官员,埃塞俄比亚、安哥拉、卢旺达、莫桑比克四国驻华使馆人员无不为中国先进的扫雷器材和扫雷方法而惊叹,无不为学员们在这么短的时间里就能熟练掌握扫雷技术而赞赏,演练取得了圆满成功!

(二十三)南工、徐工,忠实履约竭诚施教
扫雷学子桃李天下

实施人道主义扫雷,是解决战后地雷伤害无辜平民的最有效的办法。中国政府在人道主义扫雷问题上一贯持认真负责的态度,并做了大量富有成效的工作。不仅在国内开展了两次大规模的扫雷行动,清除了雷患,而且一直对地雷在有关国家和地区伤害平民问题予以关注,并支持国际社会为防止地雷误伤无辜平民所进行的人道主义努力。1997年11月,中国政府表示,中国将继续积极参加国际扫雷行动,继续支持国际扫雷合作,包括向国际扫雷基金提供捐助,在扫雷培训、技术和设备方面

提供援助。从1999年开始，中国根据联合国人道主义扫雷机构的安排，负责为雷患国培训扫雷人员。1999年到2013年，中国军方共举办了16期国际人道主义扫雷技术培训班，对来自柬埔寨、纳米比亚、安哥拉、莫桑比克、埃塞俄比亚、卢旺达、约旦、黎巴嫩、布隆迪、乍得、几内亚比绍、苏丹、阿富汗、伊拉克、波黑、斯里兰卡、南苏丹、老挝18个国家的380名学员，进行了地雷与地雷场、探扫雷技术与方法、国际人道主义扫雷标准、扫雷组织指挥、未爆弹药及其处置等多种知识模块组成的、系统的人道主义扫雷技术培训。(图7-1)

图7-1　南工举办国际人道主义扫雷培训

中国军方目前承担国际人道主义扫雷技术培训的机构有两个，一个是位于长江之滨、江苏南京的解放军理工大学野战工程学院（简称南工），另一个是位于淮河之滨、江苏徐州的解放军工程兵学院（简称徐工）。南工、徐工两所院校均具备对外国扫雷人员进行培训的能力，教学、生活设施完备。通过顺利圆满地举办16期国际人道主义扫雷培训班，这两所院校逐步形成了培训内容系统完整、培训方法灵活多样、培训过程突出实战的具有中国特色的培训体系，编写了《人道主义扫雷技术》《人道主义扫雷教程》《未爆航空炸弹的排除》等专用教材，积累了丰富的外训教学和外训学员管理经验。

每期培训都以国际地雷行动标准（IMAS）为依据，以人道主义扫雷方法为主训内容，使外军学员了解人道主义扫雷的发展历史，熟悉常见地雷的性能与结构，学会使用主要探（扫）雷器材排除常见地雷等爆炸物的方法，熟练掌握人道主义扫雷的步骤和组织指挥程序，具备组织分队在战后遗留地雷场中扫除地雷等爆炸物的能力。

教学的指导思想是：

坚持"以人为本、厚植资源、服务大局、有所作为"的外训指导原则，增进了解、加深友谊，把做友好工作贯穿于外训教学工作的全过程；以培养具备特定的专业技能、良好的领导能力的军官为目标，按照职业教育的特点，构建体现时代特征、具有鲜明军事专业特色的教学内容体系；遵循理论与实践、当前与未来、指挥与技术、课内与课外相结合的教育规律，为培养具有完备指挥技术能力的人道主义扫雷军官奠定基础。

课程设置通常有爆破基础知识、地雷基础知识、人道主义扫雷技术、人道主义扫雷行动、未爆弹药的排除与销毁、综合演练等，学时200个左右，其中，理论课学时占60%，实践课学时占40%。

重点是抓好教学的组织和实施：

（一）注重抓好主要教学环节。一是理论教学环节，包括理论讲授、课堂演示、实物教学、课堂作业等；二是实践教学环节，包括实装操作、模拟训练、现地作业等。

（二）科学安排教学进程。按照先基础后应用、先理论后实践、先技术后战术的顺序进行，加强单一课程内部、课程与课程之间内容的衔接与联系，合理搭配和穿插，以提高教学效果。

（三）复习考试安排在课程结束后进行，考试侧重考应用，考试采用笔试、实际操作等方法，通过复习考试，帮助学员巩固和加深所学知识与技能。

（四）课程成绩采用百分制，采取平时成绩和考试成绩相结合的方法进行综合评定，其中平时成绩占20%，考试成绩占80%（包括理论和实际操作两部分）。平时成绩主要是指对学员平时学习过程中学习态度的综合评价,包括课堂听课、课堂提问、课堂作业、室外或野外训练等;考试成绩主要是指课程结束后的考试成绩,包括笔试和实际操作成绩等。

万事开头难。第一期国际扫雷培训班经历了一个异常艰难的过程。

1999年春节刚过,南工受领了举办第一期国际扫雷培训班的任务,培训班是以中国政府和联合国的名义联合举办,是落实我国政府向国际社会所作的关于国际扫雷援助表态的实际行动,意义重大。

培训班要求在10月11日至30日举办,筹备时间只有6个多月。南工虽然承担过外训任务,有一定的教学经验,但要在20天之内教会外国学员探扫雷技术并能回国组织扫雷行动难度太大了。

军人以执行命令为天职,何况这还是国家行为,干得好坏代表着国家形象。

南工针对这次国际扫雷培训班教学时间短,课程内容多,针对性要求强,时效性要求高的特点,周密计划,统筹安排。紧密结合我国政府拟提供援助的扫雷器材和受援国现遗留地雷的实际情况,对课程设置、课时安排、实验项目、器材保障等问题进行了认真研究,制订了详细周密和切实可行的教学、保障计划。为使培训学员了解我国拟援助器材在云南边境扫雷过程中的实际运用情况,如实地宣传我军战后扫雷成绩和成功经验,还专门安排了曾担任过云南边境扫雷指挥部指挥长的李智伦承担部分教学工作。

教材是教学之本。为了确保扫雷培训班教学需要,南工从1999年3月开始,组织有关教员先后到云南、广西边境、有关科研机构、生产工厂等进行现场考察调研,收集了大量文字和图片资料,编写了40多万字的培训教材,并于7月中旬通过了总部机关和有关专家的审定,8月底前完成了中文教材的翻译工作,10月上旬全部完成了英文教材的印刷工作。并利用暑假期间,组织教员、研究生制作了多媒体课件,保证了培训班课堂教学的需要。

教学器材保障是教学的物质基础。南工针对这次扫雷培训班消耗器材较多,培训经费有限,器材保障难度大的实际情况,坚持通过多种渠道筹措器材。采用学院自制、市场采购、生产工厂订购和申请有关部门

第七章 扫雷学子聚江淮

189

解决的办法，经过积极筹措，多方协调，确保了器材及时到位，有效地保障了教学、野外作业和综合演练的需要。

为了增强培训效果，南工充分发挥本院电化教学的优势，在教学中全部采用了多媒体教学与实物模型相结合的教学方法，收到了明显的培训效果。学员们普遍感到，多媒体教学图像新颖，系统全面，手段先进；利用实物、模型教学方法直观，易学易懂，效果明显。

为了提高学员的实际动手能力，南工注重抓好野外教学环节，紧密围绕拟向受援国提供的GTL115型探雷器、GBP114型扫雷爆破筒、GBP123型火箭爆破器和单兵排雷防护装具四种探扫雷器材，实施针对性野外教学，使学员掌握工作原理、学会操作使用、熟悉维护保养，提高了学员的实际动手能力。在野外作业综合演练中，参训学员个个会操作，学习效果得到了全面检验。

通过为期20天的培训，参训学员基本了解了有关国家遗留地雷的性能特点，掌握了探扫雷器材操作使用，学会了战后大面积扫雷组织指挥方法，熟悉了国际人道主义扫雷的技术要求、行动标准和作业程序。

参训学员一致认为，这次扫雷培训班教学准备充分，教学手段先进，收获很大，对他们今后的人道主义扫雷行动有很大的帮助。联合国官员认为，这次扫雷培训班组织计划严密，课程安排合理，内容系统全面，基本符合联合国人道主义扫雷标准，对这次扫雷培训工作予以高度评价；对中国军队在战后扫雷方面所取得的成绩给予了充分肯定，并认为联合国人道主义扫雷方法与中国军队的方法是"殊途同归"，即方法不同，目标一致。

在我国举办国际战后扫雷培训班尚属首次。广大教员通过这次扫雷培训班的教学计划研究、教材编写和教学组织工作，合理有效地将地雷和扫雷专业教学运用于战后扫雷培训，摸索出了战后扫雷培训教学方法，基本明确了战后扫雷培训的基本思路，锻炼了战后扫雷教员队伍，为圆满完成以后可能承担的战后扫雷培训任务奠定了基础。

这次培训班有来自柬埔寨、纳米比亚和波黑的16名学员参加了培训，联合国裁军部官员海秘·莫尔特先生参加了培训的全过程。我国外交部军控司沙祖康司长、财政部涉外司徐南山处长、国防部外事办公室张邦栋副主任,以及纳米比亚驻华使馆公使衔参赞艾鲁韦路先生观看了扫雷培训班野外作业综合演练,并参加了扫雷培训班结业典礼。

对于扫雷培训的艰辛,是鲜为人知和常人很难体会到的,我们还是从一篇新闻报道来了解一下2007年南工承担的一期扫雷培训的教学实施情况,体会一下个中艰辛——

由中国政府组织的国际人道主义扫雷技术培训班不久前在南京解放军理工大学工程兵工程学院(现为解放军理工大学野战工程学院)开学,来自非洲安哥拉、乍得、布隆迪、几内亚比绍、莫桑比克5个国家的47名学员,将进行为期45天的扫雷技术培训。近日,记者走进这个充满神秘色彩的集体,捕捉到一组鲜为人知的扫雷新闻。

面向全国选聘外语翻译

有资料显示,目前世界上仍有50多个国家生产各种地雷,仅具有杀伤力的地雷就有300多种,每年约有2.6万人因触雷而伤亡。彻底扫除雷患,不仅需要大量的人力、财力和物力,更需要有先进的排雷技术。为帮助更多的国家告别雷患之苦,中国政府更加重视国际人道主义扫雷技术培训。此次前来培训的五国学员,均是来自雷患相对严重的非洲大陆,意义非同凡响。中国外交部、总参谋部的官员及受训国驻华使节均到现场指导。

中方选配8名具有援外扫雷经历、外训教学经验丰富的专业教官,分别担任法语班和葡萄牙语班的教学。与以往不同的是,五国学员的母语分别是法语和葡萄牙语,这给教学带来难题。教学需要翻译,而这两个语种的翻译实在很难找。据介绍,目前全国仅有上海外国语学院有一个葡萄牙语翻译班。为解决教学中的语言障碍,学院决定无论花多大代价也要请来最好的翻译,全力保障外训教学。他们通过网上搜寻、多方打听和综合分析,在全国范围内进行了法语和葡萄牙语翻译人员的搜索和比较,最终选择从南京大学和上海外国语学院聘请法语和葡萄牙语的教学翻译。(图7-2)

图7-2　现场示范

模拟扫雷惊心动魄

模拟扫雷,是教学中的一场重头戏。为使外军学员掌握实战条件下的扫雷本领,学院在南京郊外设置一个现代化的专用扫雷模拟训练场,让学员接受埋排雷、人工探雷、未爆弹排除等系统训练。

一场惊心动魄的扫雷演练即将展开,记者走进杂草丛生的野外模拟雷场,仿佛置身于一个逼真的战场,空气中散发出浓浓的火药味。在给定的雷场区域内,扫雷专家和外军学员全副武装,如临大敌。雷场深处,中方扫雷专家高教员卧到茅草地里,面对周围外军学员瞪大的眼睛从容不迫、认真地讲解TM46地雷的排除方法。这是一种前苏联军队使用的杀伤人员地雷,最大的排除危险是该雷带有诡计装置,稍有不慎便会引发爆炸。

扫雷需要技术更需要胆识。探明情况后,只见高教员用小工兵锹对伪装层进行了清理,在发现地雷全貌后,他仔细检查地雷底部,10分钟后一个长10厘米的棒形诡计装置被找出来了,手指着保险位置并插入保险销后,他才小心翼翼地卸下诡计装置,并对其进行了分解,直至排除隐患。一连串动作干净利索，外军学员一阵心惊肉跳之后，不由得为中国教官的胆识与技艺鼓掌欢呼。

我军先进扫雷技术令人惊叹

电影《地雷战》中工兵探地雷的场景，正随着现代扫雷技术的发展而定格成历史。长期以来，我军探索积累了以焚烧、爆破、机械和人工搜排为主要技术手段的扫雷经验，世界为之瞩目。培训中，中方还向外军学员展示了我国研制的火箭扫雷车、综合扫雷车、单兵扫雷爆破筒等一系列先进扫雷装备，令外军学员大为惊叹。

在爆炸法扫雷演示现场，记者目击到我国火箭扫雷爆破器展示的壮观场面：几个工作人员将长62厘米、直径6厘米的爆破筒往里伸进，螺旋状的爆破筒一个接着一个往里推，直至推到雷场彼岸，整个雷区很快被爆破筒一分为二。随着现场指挥员一声令下，奇迹出现了——茫茫雷区迅速被炸出了一条近3米宽的安全通道。

据现场专家介绍，这一由我国自行研制的具有国际先进水平的扫雷器材，显示出巨大的威力和广阔的应用前景。它以火箭发动机为动力将爆炸带拖进防步兵雷场中爆炸，将雷场中的绊发、拉发、压发等地雷进行引爆，从而开辟一条安全通道，便于扫雷人员进入雷场作业。该扫雷器曾在我国广西、云南两省区的大规模扫雷行动中立下汗马功劳，被扫雷官兵誉为"雷场先锋"。

还有一篇报道，记述了南工培训黎巴嫩、约旦两国的40名扫雷学员的情况，个中艰辛又另有一番滋味——

挖地雷先过语言关，谁先听懂谁当翻译

谁也没想到，扫雷培训班开课后，碰到的第一个难题竟然是语言不通。

培训学习，理论教学是必要的第一课。在以往的培训教学过程中，各国选派的学员数量少、英语能力较好，中方教官用汉语教学，旁边只用一名英语翻译配合，便可轻松完成教学任务。而这次教学中，所有学员母语都是阿拉伯语，而且40名学员中有17人是中学文化程度，听起英语来也十分吃力。要搞好教学，需要先将汉语翻译成英语，再将英语翻译成阿拉伯语。

解放军理工大学的中方教官们充分理解学员们的实际情况。他们利用暑假加班加点，整理编写了人道主义扫雷技术教材，并全部翻译成英文教材，厚厚一大本50余万字；他们还将100多个中文课件全部译成英文课件，让学员们开课时少绕一道弯。他们还挑选了7名英语水平、专业能力很强的教员，进行英语教学，减少了翻译环节，大大节省了教学时间。

教学开始后，教员们将学员分层次编班，由英语水平较好、专业技术能力强的学员轮流担当课堂翻译。中方教官用英语讲课，听懂的学员再将英语翻译成阿拉伯语，讲给没听懂的学员听。在一次地雷引信动作原理的理论教学课上，教员对各类引信的相似和区别点反复讲解，还是有20多名学员直摇头。这时，一名最先听懂的学员走上讲台，配合中方教官，一边用手势比划，一边用阿拉伯语反复说明。终于，所有人都点了头。

学员亲手拼装地雷，两手发抖，钢珠撒落一地

"2002年，我在厄立特里亚指导扫雷。在一次现地仿真训练中，厄方随意指定一块菜地作为教学保障场所。厄方学员认为，上级指定的教学场地一定已经扫过雷，不会存在问题，抬腿就想往菜地里走。但我将大家制止住。我第一个走进菜地，按照实战要求，一步一步地探雷。几十分钟过去了。就在厄方学员以为没事的时候，我真的就在菜地里挖出一枚地雷！"

曾赴厄立特里亚进行援助指导扫雷的教员刘强讲到了教学中的一次经历，教室里静得让人害怕，他甚至能看到外军学员脸上那种震惊的表情。"所以我要告诫大家，面对地雷，一定要认真再认真，将每一个环节都按照实战要求来操作！"刘强说完，只见学员们个个都在使劲点头——看样子，这堂课所有人都记住了。

接下来，仿真地雷摆到了每个学员的面前。中方教官要求所有参训学员学会拆装面前的地雷模型。上这样的课，学员的神经是高度紧张的。在一次引信模型的拆装教学中，教员要求学员一定要将钢珠控制好，并认真做了拆装示范。可在分组训练中，学员们在装配引信时，怎么弄也不能将模型恢复原状，心越急手越抖，只听"哗啦"一声，嵌在模型里的钢珠撒落一地。直到下课，还有两名学员趴在地上寻找钢珠。这种认真与执著深深地打动了授课教员。

所有学员对实践教学都表现出浓厚的兴趣。在一次聚能装药实爆试验中，由学员自己设计、加工、制作各类战斗部，进行实爆，观察作业效果。有的装药量不足，影响了试验效果；有的装药量大，目睹了爆炸威力，感觉很过瘾，都主动要求增加实践课时和操作次数。这种好奇心和钻研劲催生了教学效果。在野外实践教学中，教员要选五名作业手，所有学员都举手积极要求参加，结果没被选上的学员还有意见。教员在以后的教学中，只得轮流让每人做一遍，避免了类似现象的发生。担任这次扫雷培训的七名专家中有三名曾参加过援外扫雷教学和参加过联合国维和行动，增强了教学的实战性和针对性。学员们反映：学起来真带劲！（图7-3）

图7-3　培养学员的动手能力

室内爆炸作业，学员大吃一惊，齐夸："中国教官真行！"

野外实爆作业在室内进行，深深吸引了外军学员的眼球。在解放军理工大学建造的可承载1.5kgTNT当量的室内爆炸试验场，随着"……3、2、1，起爆！"的口令，爆炸碉堡内的高速数码摄影系统迅速将每秒摄下的十几万幅图片传送到电脑显示屏上。瞬间爆炸的场景和各种爆炸测量的参数一应俱全，让参训学员大开眼界。他们直夸："中国教官真行！"

南工地爆教研室的徐全军教员介绍说，实爆作业，大多学员都有恐惧心理。为了帮助学员战胜恐惧，教学上又增加了心理训练，即进行循序渐进的点火法训练。首先，让学员用火柴点导火索，看着导火索燃烧；其次，让学员用火柴点一根有雷管的导火索，听一听爆炸声；接下来再让学员用火柴点有200克炸药的爆炸装置。每一步，教员都站在学员身边讲解，手把手教，带头示范，一起点火一起跑。通过这种心理训练，使学员有效地克服了恐怖心理，掌握了实爆作业的技术。

徐工地爆教研室的夏长富副主任还讲了一个感人的故事。在一次野外爆破作业中,有一个预埋炸点没有起爆。埋设这个炸点的学员急着要跑过去处理,教员一把将他按倒在地。然后,教员按照操作规程一步一步地亲自去处理,并进行现场讲解,让全体学员真正弄懂未能起爆的原因,应该怎样正确去处理。没想到,这种情况在最后的毕业综合演练中也出现了。在演练组合爆破筒开辟雷场通路时,有一组爆破筒没有起爆,演练现场一下子气氛就紧张了起来。参加观摩的领导问教员怎么办? 教员说,先看学员怎么处理,不行我再上。话音未落,只听由学员担任的指挥员发出指令,让第二个学员上去处理。受命学员迅速前出到达未爆地点,按照教员讲授过的方法改用点火管成功引爆。

此次教学,参训学员比较系统地学习了我军的扫雷基础理论、器材操作使用和人道主义扫雷行动的组织指挥与实施。中国外交部、总参谋部有关领导以及约旦驻华使节观看学员的扫雷表演后,给予了高度的评价。三个月的学习也让外军学员们信心十足。他们自豪地表示:将来如果有机会,会把自己挖出来的地雷,作为礼物送给自己的中国老师!(图7-4)

图7-4　现场作业

下面，我们来听一听徐工训练部长郭杰大校介绍承办扫雷培训班在教学上的主要做法和体会——

受领任务之初，学院党委就提出了"举全院之力，采取超常措施，高标准地完成好这项政治性教学任务"的要求。自始至终，我们坚持按照这个要求，向高标准要质量。以最积极的态度，投入最优秀的教员、译员、管理干部、示范分队，最先进齐全的装备器材，最完善配套的场地设施，最优质可靠的服务保障，精心组织、精细工作，确保了培训目标的全面实现。期间，全院官兵付出了辛勤汗水，得到了应有的回报，拓展了办学领域，锻炼了教学和管理队伍，完善了教学和保障条件，积累了外训工作经验，扩大了对外交往，提高了承接外训任务的综合实力。

我们既严格遵循国际标准，又注重突出我军特色。

我们始终把国际人道主义扫雷标准作为培训内容的基本遵循。认真组织标准的学习，紧扣培养目标所需的知识能力素质，将标准作业程序的各项指标进行科学分解整合，系统设计了从地雷爆破基础知识、人道主义扫雷技术方法，到扫雷行动组织实施的完整课程体系。在教材教范编写、场地设施设置、装备器材使用、动作程序示范等方面，也都严格执行国际标准，保证了培训的规范性。

我们也注重突出我军特色。特色办学是院校赖以生存发展的基础。在遵循国际标准的同时，充分吸收我国在长期人道主义扫雷实践中形成的有效经验，如将人工搜排扫雷一扫、二探、三搜、四排、五耙的"五步扫雷法"纳入培训内容，形成了"快、准、灵、省"的教学体系。在训练内容、方法手段、质量控制等诸多方面，从讲解到示范，从口令到动作，从指标要求到考核验收，始终把我军规范化的训练思想和成果融入其中，把我军工程兵的专业训练组织的特色贯穿其中。做到了既坚持标准又高于标准，既汲取成功经验又有所创新发展，确保了培训的先进性和有效性。学员领队、苏丹国家扫雷中心法吉尔主任，参加过多次其他国家组织的类似培训，他认为我们讲得好，学员学得快、记得牢，真是不虚此行，值得来，值得再来。

我们科学把握教学特点，活用方式方法，努力提高教学效果。注重在五个方面下功夫。

注重在训准上下功夫。就是严格按照既定的课程和教材，准确完成教学任务，再发挥、再创造也不能脱离国际标准另搞一套。为了确保不出现知识性、方法性和过程性错误，一方面，我们狠抓了教学文件编写环节。教译员依据国际标准的内容体系，熬亮了很多个夜晚，牺牲了期间所有节假日时间，一遍又一遍地校对，最终保证了30余万字教材、教案及课件的编写翻译准确无误，为教学训练提供了科学依据；另一方面，狠抓了教学准备环节。要求教译员必须集中研究课堂教学设计方案，精准设计教学内容和方法，开展集体备课、练讲试教，加强教、译配合。学院共集中组织五轮试讲验收，从源头上保证了教学质量。

注重在训好下功夫。就是在国际标准、教材教案和实施计划的基础上，根据学员实际需要，对其中的部分内容和活动作临机修改。加一点、改一点，使之更好一点。根据学员的教学反馈，我们针对苏丹国内雷患种类，充分考虑苏丹条件欠缺、技术落后的实际情况，做好标准执行与条件可能的有机结合，增加了短直列装药爆破扫雷法、自制爆破筒、自制扫雷锚等内容，增强了培训的针对性。另外，根据培训学员军民不一、官兵不一、军衔不一、扫雷经验不一、文化基础不一的复杂情况，及时采取分组教学的方式，每个组增加一名辅导教员、一名译员，最多时一节课有八名教译员在上课，确保了教学进度和效果。

注重在训全上下功夫。就是教员在课堂上兼顾"三位一体"，不仅关注知识与技能的培养，而且关注过程与方法、情感态度与价值观的培养。针对理论课、操作课、综合作业不同种类的课程特点，分别采用理论讲授、结构拆装、示范教学、分组训练和综合作业的方法组织教学。由于本次培训时间短、内容多，课程安排相对密集，每天都要上满六节课，有时全天都在野外作业。但不论是烈日炎炎，酷暑难耐，还是大雨倾盆，泥泞难行，所有教员始终都是精神抖擞，认真细致地对待每一堂课、每一个环节，他们把工程兵"逢山开路、遇水架桥""默默无闻、甘于奉献"的精神贯穿于整个教学过程，赢得了学员的尊重。

注重在训活上下功夫。就是教员不拘泥于教案，做到根据课堂教学的实际情况活用教案。培训前，我们预想了教学中可能出现的很多情况，但在实施过程中，预想与实际出现了太多不一样。除了学员基础不一、语言交流障碍等问题外，课堂上他们总是争先恐后地举手发言，刨根问底、穷追不舍，或大胆发表自己的见解，或提出自己的疑问，有的问题提得非常专业、也很实际。面对这些意想不到的情况，我们的教员总是热心解答，释疑解惑，常常是下不了课。一些当堂解决不了的问题，也都能利用课余时间通过查阅资料、集体研究等方式，及时给出答案。

注重在训实上下功夫。就是必须训出实际效果。每名教员和保障人员都能"经营"好每一节课，努力使每一堂课都能在学员心中留下值得回味的东西，练就"好使、管用"的招数，学会运用、举一反三。受训国领队告诉我们，一旦培训结束回到国内，这些学员都将负责本地域扫雷行动的训练或指挥，他们非常珍惜这次学习机会。这句话促使我们必须保证训练实效。教学实施过程中，我们着眼提高学员的实际动手能力，将实践教学的比例由计划中的50%提高到70%以上，做到能练的不讲，能室外的不室内，能实爆的不模拟。在一个多月的教学时间中，共消耗GBP114型扫雷爆破筒2箱，单兵火箭爆破器2具，68式扫雷爆破筒4具，刚柔组合爆破筒2具，自制仿GBP114型扫雷爆破筒20根，发烟教练地雷50枚，69式跳雷16枚，硝铵炸药300公斤，TNT炸药70公斤，火雷管400发，拉火管400发，电雷管50发，导爆索600米，导火索100米。

我们紧贴培训需求，充分挖掘潜力，全力做好保障工作

学院确立了"一切为学员、一切为教学"的保障原则，所有保障工作"定项目、定人员、定责任、定时限"，不讲价钱、不提条件，在财力紧张的情况下，自筹160余万元搞建设，最大程度地保障了培训需求，营造了舒心的学习、生活环境。

在教学场所保障上，短时间内高标准改建了"三室二场"，即：一个室内专修教室、一个装备器材储藏室、一个教学休息室，一个院内扫雷非实爆训练场，一个野外扫雷实爆训练场。联合国地雷行动处科雷主任在参观了学院的训练场后，称赞这是他见过的世界上最好的训练场。

在装备器材保障上，全方位调集各种装备器材。学院有的，直接调用；有新的，不用旧的；学院没有但能加工制作的，立即加工（如：扫雷锚、扫雷耙等）；学院没有但友邻单位有的，协商借用（如：航弹教学模型等）；学院没有但能买到的，尽力购买；本级能力不具备的，积极向上

请领。通过努力,除个别特种装备器材(如:雷达成像探雷器等)外,其他扫雷专用装备器材基本满足了培训班的教学需要。

在教学示范保障上,精心挑选了10名业务精湛、作风过硬的士官,组成示范班,组织了30天的强化训练,满足了全部培训科目的示范保障要求。(图7-5)

图7-5 为学员颁发毕业证书

(二十四)生活、友谊,尊重体贴人文关怀
文明古国名不虚传

每期扫雷培训班在校时间大致在45天左右。在这一个半月时间里,学校怎样实施对外国学员的管理,怎样为他们创造一个良好的学习、生活环境?下面,我们来看徐工外训队在训练总结中谈到的部分内容。

培训开始前,外训队要认真做好入学准备,主要完成了规章制度制定、生活后勤保障准备、教学准备、人员培训等工作。

在制度准备上,制定了外训学员管理规章制度和学员生活指南,拟制了外训队日常管理规定,明确了管理人员职责。

在保障准备上,一是制定了各类预案,包括医疗保障、饮食保障、住宿保障、交通保障以及安全预想预防预案等。二是完善了办公环境,落实了队干部房间,配置齐全办公用品,制作了生活区各类门牌、标牌、横幅等。三是对学员生活环境进行了准备,建立了健身活动室、会议室、网络室、洗衣房和储藏室等配套生活设施,为学员房间加装了电话和卫星电视。四是在先期准备和与学员沟通的基础上,对学员房间住宿进行了分配。五是明确了就餐时间和就餐要求。六是编写、发放了学员须知。七是配备、发放了学员训练用服装、洗漱用品等。

在教学准备上,请领、发放了教材和文具。

在人员准备上,对中方服务保障人员进行了两次外事教育,明确了涉外服务的任务和要求。

在其他准备上,由于学员来院途中出现了多种情况,外训队积极协调、抽调人员,克服各种困难去北京、上海接学员,最终确保开学典礼顺利、按时举行。在外军学员到达后,及时向其发放了《学员须知》,并集中对其进行教育,明确了管理要求和制度规定。

开学伊始,外训队主要完成了入境体检、宗教活动安排、采集学员信息等工作。

入境体检工作,主要是组织学员分两批进行了入境体检。为了防止患有传染性疾病的人员在集体生活中交叉传染,相对固定了人员就餐秩序和就餐用具;对三名患病人员的床上用品,每周换下来后集中销毁。

宗教活动的安排,主要是分别联系了学员做礼拜的教堂,并组织学员外出做礼拜。南部苏丹10名学员全为天主教徒,礼拜时间为周日上午,礼拜地点为青年路徐州高级中学隔壁教堂;北部苏丹11名学员全为穆斯林教徒,礼拜时间为周五下午,礼拜地点为建国路与迎宾大道交叉路口北侧清真寺。平时学员做礼拜的地点一般安排在各自宿舍进行。每天上午10点、下午3点,无论是在室内或室外进行教学,都要休息半小时,并提供清水让他们净身(洗脸洗脚)做祷告,有一次野外教学连贯性强,教员忘记留出做祷告的时间,课后教员郑重地给学员们道了歉。

采集学员信息工作，主要是组织学员填写、校对了个人信息。同时为每名学员办理学员证，制作临时身份证和姓名牌，并附有外训队人员联系电话，以防人员外出时出现迷路等意外情况。

学期过程中，外训队主要完成了教学管理、教学保障以及组织各种活动的工作。（图7-6）

图7-6　下课路上

在教学管理方面，一是队干部坚持每天跟课，了解学员学习情况。每天上课至少有一名学员队干部跟课，积极与教员沟通、协调学员教学情况；定期不定期了解每名学员学习情况。二是坚持落实值班制度。随时掌握学员情况，满足各种合理要求，联系解决各类问题。三是规范了各项秩序。在强调学习的基础上，提出了队列行进要求，规范了在上下课时报告词内容，明确了训练场纪律。坚持每周日晚点名制度，总结一周工作，表扬好的典型，布置下一周工作。整个培训期间，外军学员遵守规定，尊重教译员，上下课队列整齐，课堂气氛活跃，精神面貌好，成为学院一道亮丽的风景线。

在教学保障方面，一是落实了教学场所的各项后勤保障要求。做到了室内课教学休息室有开水、咖啡、红茶、白糖等，野外训练时每人有饮用水。在下雨天训练时，为学员准备了姜汤，以防感冒；炎热时增加饮用水量，高温时购买冰糕为训练场人员解暑，就餐时准备了绿豆汤解暑。二是积极提高生活保障质量。通过观察和了解学员反馈意见，立足现有条件，不断改进提高学员餐饮质量，做到了人性化保障。三是每10天组织学员进行一次集中理发；每周四为学员更换床上用品。

在组织活动方面，一是组织学员进行了参观（图7-7）。按照计划，安排学员参观了以"汉代三绝"——汉墓、汉画像石、汉兵马俑等为代表的徐州汉文化景点，游览了儒家文化的发源地曲阜。培训期间，适逢中华民族的传统节日端午节，还专门组织学员观看了龙舟赛，品尝传统食品粽子。教员也充分利用教学间隙，有意识地和学员交流，讲他们感兴趣的中国特色文化，比如地方小吃、风土人情等。这样做不仅传递了友谊，增进了相互了解，也促进了文化交流。二是组织学员多次集体外

图7-7　组织学员参观

出购物。为了满足学员需求，外训队多次分别组织学员进行了集体外出购物，购物地点分别为学院门口新合作超市、徐州市中心商业区和朝阳市场。针对学员人多、需求多样、环境不熟的特点，安排多名教员充当翻译导购，既满足学员的购物需求，又增进了学员对中国的了解。三是为学员生日和晋升举办聚会。（图7-8）于6月5日、6月15日为学员Muki和Bul举办了生日聚会；6月26日为学员Awad、Dafalla和Mortada晋升少校举办了庆祝晚会。

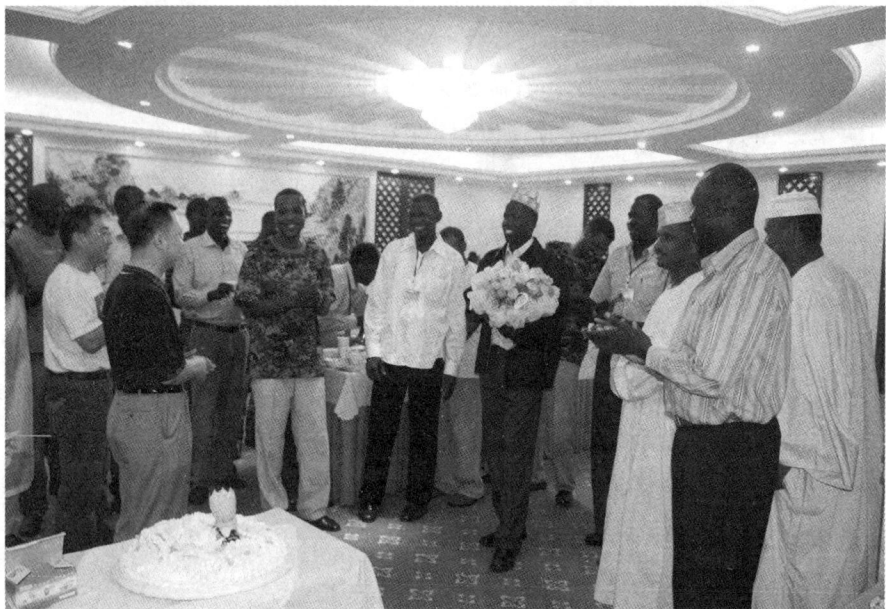

图7-8　为学员祝贺生日

外训队的工作总结中还介绍了他们好的做法和经验。

比如，充分发挥骨干作用，倡导学员加强自我管理。在管理过程中，他们能够充分发挥学员的主动性、能动性和积极性，设立了学员骨干和值班军官，有事通过学员骨干和值班军官进行传达，尽量避免学员队干部直接对学员个人实施管理，取得了良好的管理效果。学员平时有什么意见和建议，也通过骨干和值班军官向队干部反映。每周日点名时，集中征求大家的意见，并及时给予答复。

又如，以外训管理规定为准绳，严格要求严格管理。外训的根本目的是在于培训合格的人才,因而必须对于学员的学习和训练严格要求,确保学习效果。他们提出了队列行进要求,规范了在上下课时报告词内容,明确了训练场纪律,使得外军学员上下课队列整齐,课堂气氛活跃,教学效果良好。为防止人员失管失控,他们严格请销假制度,坚决杜绝不假外出现象;要求周一至周五,学员不能出学院大门,确实有事需要外出时,必须逐级请假,并安排专人陪同;每日早晨6点前、晚上9点后,学员不能出宿舍楼。

再如,树立以人为本的思想,提供优质服务保障。在抓好学员学习的同时,他们努力提高生活服务保障水平,做到了生活服务专人负责,饮食调剂积极有效。同时针对学员来自苏丹不同的地区,宗教信仰、风俗习惯都不相同,在服务保障过程中,他们坚持人格至上的原则,尊重每个人的政治信仰、宗教自由和生活习惯,在生活和饮食上特别注重宗教禁忌和要求,另外专门派人派车保障穆斯林每周五、天主教徒每周日的礼拜活动。各项保障工作得到了学员的充分认可和赞赏。

徐工训练部部长郭杰在接受采访时也谈到了在生活保障上学院所做的工作。

他说,学院为了给学员提供一个良好的学习生活条件,专门改造了招待所三楼用于学员住宿和娱乐,设置了健身房、网络机房、会议室、洗衣房等场所,添置了电话、卫星电视等设备。改造学院餐厅一楼作为学员专用餐厅,配备了专用的清真厨师、服务人员和就餐设备,根据学员口味和风俗习惯,灵活调整菜品,力求色香味美。对体检中发现有传染性疾病的患者学员,尊重个人隐私,在不对其本人造成影响的情况下,相对固定了就餐秩序和就餐用具,定期更换床上用品集中销毁,防止交叉传染。学员有时开玩笑说,这才是真正的人道主义。

徐工外语教研室李兆平主任谈起了与扫雷培训班学员打交道印象最深的一次经历。一次,在课间休息时,一名学员突然向他伸出手来,他很自然地也伸出手来与学员紧紧地握了握手,没想到,学员竟然和他拥抱到了一起。并激动地说,中国人太好了,教官愿意和我们握手,不像有的国家的军官不愿与我们握手,戴着手套与我们握了手,还要在裤子上擦手,中国人真友好。

徐工外语教研室王敏华副主任也谈起了与扫雷培训班学员打交道印象最深的一次经历。在一次野外作业过程中，一位学员用手扒雷时，手被土中的玻璃划掉了一块肉，鲜血直流，跟在现场做译员的她赶紧用酒精给受伤学员清洗伤口，并及时送到学院门诊部进行包扎治疗。第二天，这位学员又要带伤去扒雷，她坚决予以制止，并语重心长地告诉他，要听医生的，要保护好自己的身体。学员感动地对她说："您真像我妈妈一样。"

真心换真情，学员们在课间休息与教员交谈或在座谈会讨论发言时总是说：援助我们苏丹的国家和组织也不少，像你们中国这样对我们真诚、友好的不多。有的国家对我们指手画脚、趾高气扬，甚至瞧不起我们；还有的国家虚情假意，只是做样子，你们对我们最友好，讲课最优秀，我们非常感谢！一位学员在给他国内单位领导打电话汇报时讲：中国人真好，吃、住安排都很好，教学认真，亲自做示范，教官们既是老师，更像父亲、母亲。记者采访他时，他更是对中国人的友好赞不绝口。他说，教员和我们一起训练，不怕风吹日晒，危险时刻冲在前，教我们真本事，让我们终生难忘！

中华民族的传统美德还体现在学院领导对外国学员的尊重和关怀上。每期学员到校后院长都要亲自接见；要设宴接风洗尘，欢迎宴会上院长要祝酒；开学典礼上院长要演讲；毕业典礼上院长要讲话；学员离校要设宴饯行，院长要致辞。短短四十几天的培训，院长就要和学员见上五次面。下面，我们来看一看徐工2010年培训苏丹学员时，时任院长石忠武的两次讲话。2010年5月30日，石院长在接见学员时的讲话。

各位学员，下午好！

能在这里见到苏丹朋友，非常高兴。我代表工程兵指挥学院全体官兵对你们的到来表示热烈的欢迎！

我们学院于1946年3月在吉林省通化市成立。随着解放战争的发展，由北到南，先后7次迁址，1974年10月定址徐州。

目前，学院是中国人民解放军工程兵的最高学府，各个级别的工程兵指挥人才都在我院培养。学院办学力量雄厚、条件配套，工程兵学科专业门类齐全，尤其是地雷爆破专业是我院的优势专业。为了迎接你们的到来，我们已经做好了各项培训准备。

学员朋友们,中国和苏丹是友好国家,我们永远不会忘记你们对我们的友谊,特别是在国际舞台上对我们的坚定支持。

你们的到来,是我国和我军持续履行2006年"中非合作论坛"北京峰会通过的《北京行动计划》的具体体现。现在,你们肩负着苏丹人民的美好期盼来到学院,学习扫雷技术,铲除国内雷患,我由衷地为你们欣慰。

相信你们会努力学习,刻苦训练,成为扫雷排爆的专门人才。我们会尽最大的努力,安排最好的教员,提供优质的条件,保障大家圆满顺利完成学业。

徐州地处中国的中部,既有南方的风情,又有北方的特点,一年四季分明,风调雨顺,是个美丽富足的地方。

这里又是汉文化的发源地,有很多历史遗迹。这里的山峦不高,但水系很多,大大小小十几个湖泊,尤其是云龙湖,比我国著名的西湖还要大0.2平方公里,把这座城市装点得更加美丽。

我们会安排学员朋友们去走一走、看一看,相信你们会喜欢这里。

最后,祝朋友们学有所成,生活愉快,愿我们的友谊长存!谢谢!

2010年7月8日,石院长在苏丹扫雷培训班毕业宴会上也致了祝酒词,表达了离别之情。

第八章　扬威厄立特里亚

（二十五）慎重首战，不打无把握之仗

《解放军报》2002年9月2日第1版发表了一篇重要新闻：

我军专家首次援外指导扫雷

十四位专家启程赴厄立特里亚

本报北京9月1日讯　特约记者涂学能报道：经国务院、中央军委批准，由14名扫雷专家组成的扫雷援助专家组今天从北京启程，赴厄立特里亚进行为期4个月的人道主义扫雷援助。这是我军首次在国外进行指导扫雷行动。

从1998年我国加入新修正的《地雷议定书》起，我国政府和军队在大力开展边境扫雷的同时，通过向联合国扫雷自愿信托基金捐款、向雷患国家赠送扫雷器材、举办国际扫雷培训班等形式，积极开展人道主义扫雷援助，对缓解受援国雷患发挥了积极的作用。为支持国际人道主义扫雷，拓宽新的援助形式和渠道，我国政府组织了这次援外指导扫雷行动。

据悉，这次赴厄的14名专家有来自科研院校长期从事地雷爆破技术研究和教学的科研人员，有来自参加过云南边境大扫雷的技术骨干，都是思想作风过硬、技术水平一流的专家。他们此次为厄立特里亚带去了我国研制生产的性能先进的扫雷器材，将为厄培训一批扫雷作业手，并指导厄进行实地扫雷作业。（图8-1）

图8-1 人工探排示范教学

这篇只有410个字的报道由于篇幅小并不起眼，但文中强调的"首次"却意义重大。

一位地雷界的资深专家陈洪强对笔者说，当时看到这篇报道，我是热泪盈眶，感慨万分啊！我们盼了多少年啦，终于能够走出国门，到国际扫雷舞台上去展示我们的扫雷装备和技术了，要知道，这一天来得多么不容易啊。

早在1991年的海湾战争时期，由伊拉克军队撤出科威特时点燃的，或是由战争行动引起的500多口油井燃起了大火，联合国秘书长呼吁采取紧急的协调一致的行动来解决油田大火给科威特以及世界造成的严重的环境问题。我国积极响应，准备派出灭火专家援助科威特灭火。科威特也明确表示：欢迎中国政府为帮助科威特扑灭油井大火所作出的积极行动，并相信，中国在过去40年中有扑灭400口油井大火的经验，一定能够为扑灭科威特油井大火做出贡献。

但开始灭火之前，首先要排除周围的地雷和其他爆炸物，不能让灭火人员冒着被炸死炸伤的危险去进行灭火作业。我国提出了把灭火与排雷捆在一起的方案，并派出灭火专家和扫雷专家到科威特现场进行了考察，制订了排雷灭火方案，组建了扫雷分队，开展了扫雷训练，做好了一切准备。

我国积极争取到科威特去排雷灭火，主要是出于帮助科威特人民医治战争创伤，尽到国际主义义务。同时，也是为了锻炼部队，检验我们的训练成果。

但西方国家却极力阻挠我国到科威特去排雷灭火。从政治上，他们不想让中国插手海湾事务；从经济上讲，他们不想让中国参与科威特战后重建；从军事上，他们不愿让中国在排雷的过程中了解掌握外国地雷的性能和地雷场的设置情况。经过反复磋商未能达成一致，我军赴科威特排雷行动终于夭折了。

后来，我国在一些大型的援外项目中，工程现场也有排除地雷爆炸物的工序，但由于西方国家实行垄断，所有排除地雷爆炸物的业务都由西方国家的商业扫雷公司来承包。我国还没有具备国际扫雷资质的商业扫雷公司，军队又不便承担国际民间扫雷任务，所以，我们始终没有走出国门的机会。

听了陈洪强专家的一番话，让我们加深了对"首次援外指导扫雷"意义的认识。

既然是首次，那就要慎重首战，不打无把握之仗，确保首战必胜。

中国政府援助厄立特里亚扫雷培训项目包括：一是为厄方提供价值10万美元的扫雷器材；二是为厄方培训60名扫雷作业手；三是指导厄方扫除10万平方米的雷区，包括2500平方米的示范区。这三个项目里面，扫雷器材有现成的，送过去就行了；培训扫雷作业手需要教学双方共同努力；而实地扫除雷区则要检验我国的实际扫雷能力，这关乎我国的形象和我军的尊严，需要引起足够的重视。（图8-2）

为了确保首战必胜，我们组织了认真考察。2001年11月，中国军方组成赴厄考察团，对厄雷场、培训环境进行了综合考察。厄在经历了30年战争之后，在不同地区遗留下大量地雷和未爆弹药。据厄方统计，在埃（埃塞俄比亚）厄边境的临时安全区和其他地区，共分布有危险地区

图8-2　援厄扫雷考察团

506个、雷区403处，面积200多平方公里，布设有各种地雷100多万枚，另有未爆弹药200多万枚，形成宽正面、大纵深、大面积、小密度、分布广的混合雷区。厄从东向西分为三个区域：西区布雷较多，密度较大，不利于扫雷作业；东区也有一片布雷多、密度大的地区；在埃厄边境上有大量雷区，驻厄的多数扫雷机构的扫雷行动都集中在这个区域。考察团认真考察了厄立特里亚赛南非地区、曼德弗拉省和阿斯马拉至马萨瓦港口沿线的雷区状况、厄立特里亚人员触雷伤亡情况、并了解了厄方对援助扫雷的要求。通过考察，了解到雷区已成为厄的心腹大患。据统计，2001年有80人受伤，43人死亡，临时安全区内有5.5万人流离失所，13.5万难民滞留苏丹，经济难以发展。中国作为一个负责任的大国，有责任伸出人道主义援助之手，帮助厄政府扫除雷患，恢复生产，重建家园。

　　为了确保首战必胜，我们进行了精心准备。根据中国多次组织国内扫雷培训的经验，中方有关机构密切协调，从人员选派、器材筹措、培训时间、培训方式、赴厄时间、厄特雷情、地理条件、中厄语言交流、经费预算等多方面对方案反复推敲研究，先后拟制了十几套方案，最终确定

图8-3 现场考察

了由14名有丰富经验的专家组成专家组赴厄进行为期四个月的扫雷培训。其中两个月理论教学、两个月指导实地扫雷，扫除小面积雷区作为示范区。同时有针对性编写教材，根据厄受训者的文化程度不同、语言不通的情况，提出了"教材要实用、文字要言简意达"的要求。为编好教材，中方利用多种渠道，通过与维和军事观察员座谈、请使馆提供情况、上互联网查寻等多种渠道收集了大量资料，编写了内容包括地雷、地雷场、探雷器材、扫雷器材、常用扫雷方法、扫雷行动、未爆弹药处理以及中方边境扫雷经验等针对性很强的教材，密切配合了整个援助行动。在14名专家组成员赴厄前，中方还用七天时间进行集训教育，讲清援厄指导扫雷的目的和意义，为赴厄援助扫雷行动奠定了扎实的思想基础。（图8-4）

　　为了确保首战必胜，我们对装备器材和专家人选进行了优中选优。在中越边境扫雷中，中国军方运用了探雷器、扫雷爆破筒和扫雷机械等几十种探扫雷器材，以适应不同条件下的扫雷作业。在这次援厄扫雷培训行动中，中国军方根据厄方的情况，从中精选出六种效率高、安全可靠的器材进行援助，同时自带了大量手工工具，并结合厄特殊情况还专门改进了扫雷工具，使扫雷器材实用、好用、效率高。对专家组的组

图8-4　挑选出的排雷能手

成，中国军方在认真分析任务的基础上，从四个方面进行了选配。一是选派有多年从事外训教学经验的地爆专业教授；二是选派曾担任过中越边境扫雷指挥长的李智伦任专家组组长；三是选派曾参加联合国维和行动担任军事观察员的专业英语翻译担任译员；四是选派曾参加过中越边境扫雷行动的人员做示范教员。选调的五名专家是从100多人中选出的，都有多年的工作经验，有组织参加大规模扫雷的经历。对所选专家进行了集中磨合、仿真训练，并先后经过三次严格考核，确保了在厄培训教学的高质量。

为了确保首战必胜，我们还加强了组织领导。此次援外扫雷，是中国军方首次出国扫雷，首次带领外国人扫雷，中厄双方及世界各扫雷机构和组织对我专家组的扫雷质量、扫雷速度、安全情况等给予了极大的关注。中方结合实际，为这次援厄扫雷行动确立了"安全、优质、高效、低耗、环保"的原则，提出了"精心计划，严密组织，科学指挥，缜密扫雷"的要求，并采取了一系列措施。一是与厄方共同成立了扫雷联合指挥所，并根据中方专家组人员的职能和特长，分别赋予了指挥、示范和保障任务，使整个示范指导扫雷均在严密的组织和科学的指挥之下进行。二是切实把安全工作作为此次行动的"保底工程"来抓。针对实地扫雷危险性大的问题，认真分析和研究不安全的因素，制定切实有效的防范措

施、详细的示范指导扫雷行动方案、示范指导扫雷行动计划、扫雷安全规则、扫雷操作规程和扫雷作业要求,使安全工作做到了有章可循。三是实施靠前指挥,全过程进行指导。在组织指导扫雷过程中,中方专家组成员要始终坚持组织指挥到一线,与厄学员共同作业,减轻厄扫雷队员的心理压力,为扫雷队员增强了信心,确保整个扫雷行动安全。

(二十六)肢体语言,心有灵犀一点通

厄立特里亚位于红海西岸东非高原,是世界上最年轻的国家之一。

公元1000多年以前,这里是非洲文明史上最辉煌的阿克苏姆王国的中心地带。此后很长一段时间,它没有形成真正意义上的行政管辖。16世纪,奥斯曼帝国从埃塞帝国手中夺得红海沿海地区的统治权;19世纪,意大利殖民者抢夺阿斯马拉及红海沿海地区的统治权;二战中,意大利在北非战败,英国占领厄立特里亚,后由联合国授权托管到1950年与埃塞俄比亚结成联邦;1962年,埃塞俄比亚强行将厄立特里亚划为其第14省。厄立特里亚人民经过长期浴血奋战,1993年建立厄立特里亚国。

30年的独立战争把厄立特里亚打得千疮百孔。战后,国内雷场多达403个,雷区面积宽达235平方公里,残存的各种地雷,给厄立特里亚人民带来极大的灾难。厄立特里亚本国的扫雷力量很薄弱,扫雷技术人员寥若晨星,很难尽快扫除地雷对人民生命财产造成的威胁。许多国家向厄立特里亚伸出了援助之手。

2002年9月2日,经过16个小时的飞行,中国援厄扫雷专家组的14名成员终于来到了厄立特里亚。专家组到达厄立特里亚首都阿斯马拉机场时,受到驻厄大使馆王佑士参赞、苟浩东一秘(负责援厄扫雷工作)和厄军工程兵司令兼厄方扫雷中心主任泰斯法将军、厄方维和专员克富莱将军、拉嘎中校(翻译、训练中心官员)等厄方官员的热情友好的欢迎!在苟浩东一秘和拉嘎中校的引领下,专家组住进了距离阿斯马拉10多公里的厄军工程兵的一个培训基地。

进入培训基地后,中国援外扫雷专家教学组按规定向厄方提出,要对驻地周围环境进行一次安全搜排。厄方官员摇头说:"这个地方啊,

我们经常在这里活动，万无一失，你们尽管放心，不会有事的。"专家组则认为，这个必要的操作规程是万万省略不得的，雷场上任何一个意外、任何一点粗心大意都可能给扫雷队员带来生命危险，造成难以挽回的损失。（图8-5）

图8-5　认真搜排

厄方官员出于礼貌，没有再反驳，但脸上明显写着不服气的表情。

专家组安排排雷专家陈代荣带着几个人用探雷器围着住房周围，一寸一寸地探测，没查多一会儿，一名扫雷队员的探雷器就发出了尖叫声。发现情况后，陈代荣立刻叫队员退后，自己亲自趴在地上，把地下的地雷取了出来。随后，在陈代荣的严密监视和指导下，扫雷队员们很快又从房屋周围取出了三颗防步兵地雷、一枚迫击炮弹引信和100多发子弹。

厄方官员见了排除的地雷和子弹，顿时惊出一身冷汗，口中啧啧赞叹不已，伸出拇指对陈代荣说："中国专家真是了不起！陈，你真是了不起！"陈代荣虚怀若谷，淡淡地一笑说："没有什么了不起，我们只不过是按科学办事罢了。"

专家组安顿下来后，在苟浩东一秘、拉嘎中校、阁拉玛翻译和该国曼德弗拉省的扫雷官员的引导下，实地勘察了阿瑞扎村、塞坝村、瓦拉西村和拉克山发村雷场的现状和村中住房、民俗风情等情况。回到培训基地进行了认真的分析，精心制定了扫雷技术培训和指导实地扫雷方案。

勘察完毕后，厄方官员感慨不已，围着陈代荣说："陈，难道你就不怕踩着地雷？不怕死？"陈代荣平静地说："谁不怕踩着地雷？谁不怕死？正常情况下，傻瓜都怕，我们又不傻，怎么不怕？但是，我们是中国军人，我们是中国排雷教师,我们得对你们的安全负责,我们当然得把危险留给自己,把安全让给你们。这不是什么了不起的事,这是一种职业道德。"

厄方官员听了陈代荣这番话,热泪盈眶,紧紧地握住了陈代荣的手。

为了认真完成好扫雷培训和指导扫雷任务,扫雷专家组带去了一批先进、实用的扫雷装备:包括GTL-115型金属探雷器、GBP-114型扫雷爆破筒、GGF-110型扫雷防护装具、扫雷工具箱等具有高科技含量的扫雷装备器材。在简单举行"交装仪式"后,将这些援助厄方的扫雷装备器材全部无偿地移交给了厄方扫雷中心。

一个星期之后,从厄军工程兵部队和厄方扫雷中心所属扫雷队中抽调来参加扫雷培训的60名学员到达培训基地,由厄军军官福德担任学员队队长。在扫雷培训班的开学典礼上,中国住厄立特里亚陈占福大使和厄军泰斯法将军发表了热情洋溢的讲话,预祝学员们学到又多又好的扫雷知识和实践经验,为扫除厄立特里亚的雷障做出贡献。

随即开始了理论培训。在课程的安排上,依据厄立特里亚学员缺乏地雷专业知识和实地扫雷经验的状况,专家组里来自解放军理工大学工程兵工程学院的教员主要讲授地雷常识、扫雷器材的基本原理及使用;成都军区派出的专家主要讲授常见地形上的扫雷手段和方法、扫雷的组织指挥和安全规则等战后扫雷作业手册(SOP)中必须掌握的技能。通过课堂教学,要让学员们从理论上学到扫雷知识,迅速掌握中国援助的扫雷器材的基本原理和操作方法,快速提高学员单兵探雷排雷技能和掌握扫雷的组织方法。(图8-6)

首先碰到的难题是语言不通授课艰难。由于连年的战乱,厄受训学员的文化素质普遍较低,语言交流也存在着障碍,还有一些学员对扫雷知识几乎是一无所知。解放军理工大学工程兵工程学院的教员可以用英语教学,但由于学员的英语基础参差不齐,效果也不理想。特别是成都军区派出的专家讲课时,只能用汉语讲解,学员们就更加不知所云。

陈代荣是成都军区派出的专家,他具有丰富的扫雷经验,荣立过一等功。他曾随考察团先期对厄雷场、培训环境进行过综合考察。考察回国后,他通过各种途径铢积寸累,收集当代全球地雷资料,向国内扫雷专家们请教,经过六次大的修改,历时八个多月,他的办公桌上堆积了几

图8-6 室内理论教学

十公斤修改稿,才完成了《人道主义扫雷手册》的讲稿。

按理说,有了教学讲稿,陈代荣给老外讲课有翻译,就不应该有什么大问题了,可陈代荣一开讲,就遇到了一个难以克服的语言障碍问题。他在上面费尽心思,旁征博引,讲得眉飞色舞,唇干舌燥,下面许多学员仍然无动于衷,毫无表情。

陈代荣有些为难了,心想:"自己的讲解水平不差嘛,怎么他们没什么反应呢? 哪怕是和我争论、和我吵架也行啊,一个个学员怎么都坐在下面没有什么表情呢? 是翻译的水平低,还是这些人的接受能力有问题? 不是说这些小伙子都很聪明吗? 怎么一个个坐在那里发呆呢?"

下课后,陈代荣仔细一打听,才知道不少学员的英语水平有问题。由于厄立特里亚历经多年战乱,这里的经济和教育都较落后,来接受扫雷训练的人绝大多数只会当地的格尼里亚语,只有10%的学员略懂英语。这种语言交流条件不对称的情况致使教学双方很难进行扫雷知识交流。

发现问题后,大家感到事情难办了,说:"我们不怕吃苦,我们不怕麻烦，但是，他们连最起码的语言接受能力都没有，让我们怎么教啊？"有人说，向厄方反映，让他们多派一些得力翻译吧，按两个学员配一个翻译的比例配翻译，再笨的学员也听得懂了。这个意见向上一反映，上级说，你们自己想办法慢慢地教吧，功夫不负有心人，只要功夫到了家，干木头也能开花，不开花也会长木耳！

话都说到这种分儿上，扫雷专家组也拿不出什么好办法，只好发动群众想办法。专家组的领导看着陈代荣笑嘻嘻地说："老陈，教学方案是你搞的，主要理论课也由你上，解铃还须系铃人，你做主，不管你拿什么主意，我们决不挑刺。"陈代荣想了想说："我看这么办行不行？咱们暂时不直接给学员讲课了，咱们先给翻译上课，然后，把学员中懂英语的学员挑出来，让翻译把我们的汉语教学内容先讲给他们听，然后，再让这些懂英语的厄立特里亚学习骨干，用当地格尼里亚语讲给所有的学员听，大家觉得这样如何？"大家眼睛一亮，异口同声说，好啊！这个主意好得很嘛，就这么干。

主意拿定后，中国扫雷专家教学组立即把厄立特里亚扫雷学习队学员分成几个小组，然后再把既懂英语又懂格尼里亚语的学员，分到每个小组去复述教学内容。如果汉译英和英译格尼里亚语两个环节都译得很完美，这种教学方法当然是一个再好不过的方法了。可惜，中间经过两次翻译，词义常常发生变化，这样，不懂英语的厄立特里亚学员听到的内容就和中国专家讲授的内容大不一样了，于是，教学效果仍然很不理想。

为这事儿，中国扫雷专家组人人都急得上火。

就在大家十分焦急的时候，陈代荣又拿出一个好主意，在教学中增加了一系列肢体性的哑语动作，每一节课都连说带比划给学员讲。这种汉语、英语、格尼里亚语、"肢体语"混合使用的教学方法很快就被厄立特里亚学员接受了。

两个多月时间里，他们克服语言交流的障碍，想方设法组织教学，充分运用国内电化教学、模拟教学、示范教学等生动形象的方法，针对厄学员语言交流困难的情况，按照"精心准备，耐心施教，注重实效"的指导思想，采取了灵活编组、分层施教、以点带面、重点指导的方法。一是充分搞好教学准备。在每进行新内容教学之前，中方专家都精心组织试讲、试教和示范，并对授课人员准备的教学课件进行集体审查和验收。二是科学编组，重点指导，将厄60名学员编为五个组，由懂英语、有一定专业知识和管理能力的学员任组长、副组长，先由教员统一示范，然后对组长、副组长进行专训，再由教员指导，组长、副组长组训每组学员；对接受能力低的学员进行重点复训，收到了明显效果。三是刻苦学习英语和当地语言。厄学员约70％的人员使用格尼里亚语，专家组成员积极学习英语和格尼里亚语，克服了语言交流障碍，增强了教学训练效果。四是零距离接触，靠前指导，争取厄方人员的尊重和信任。在野外训练中，专家组成员在强紫外线和摄氏40度以上的高温下，坚持一人教学、多人协助、野外操作、全体到场；在课余时间，组织放映影碟，为厄方人员巡诊治病，并积极参与他们的排球比赛，融洽了关系，增进了友谊，为教学训练创造了条件。

为加速理论知识向实践技能转化，专家组还对厄立特里亚学员进行了仿真扫雷训练，主要实施模拟雷场排雷、扫雷行动演练、安全意识教育、雷场纪律培养等多项内容，确保了高质量、安全顺利地完成扫雷技术理论培训工作。（图8-7）

图8-7 仿真雷场教学

学习理论在于指导实践、掌握技能在于扫除雷障。为更好带领厄方学员队开赴实地雷场扫除雷障,取得实际扫雷经验。专家组详细查阅有关资料,再次对即将扫除的阿瑞扎村、塞坝村雷场进行了实地复勘。然后,针对厄立特里亚雷场分散、地雷多、雷情复杂等实际情况,专家组制定了平地扫雷、山地扫雷和分标示段人工搜排三种扫雷方法。决定实行示范、指导扫雷方案:先由专家组进行实地扫雷作业示范,然后由厄立特里亚学员队在专家组的现场指导下,独立进行实地扫雷作业。按此方案既教会了学员的扫雷技术,又使专家组回国后,厄方学员能独立完成扫雷任务。

专家小组面临的最大问题,是来自于厄方学员对中国扫雷技术的疑虑心理。

毕竟李智伦一行是中国政府首次派出的扫雷专家组,尽管厄立特里亚人民迫切希望扫除雷障,恢复和平安宁的环境,但由于他们对地雷的恐惧及对中国扫雷技术缺乏了解,使他们产生了疑虑:中国的扫雷技术到底行不行,能不能清除本国的雷场?我们能否掌握中国的扫雷技术,掌握到什么程度?继而对中国扫雷专家组持观望态度。作为第一次出国培训学员的专家组来说,厄方人员能否接受我们的技术、能否用中国的技术直接扫除厄方国家的雷场,心里也没底。

为了尽快解决这个最大问题,保证排雷教学安全顺利地展开,专家组决定先开设仿真雷场。可是,在厄方提供的安全场地上布设仿真雷场时,却遭遇了意外。

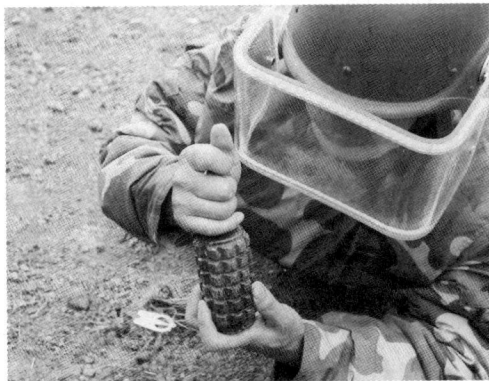

图8-8 挖出真地雷

扫雷组开辟仿真雷场时,按扫雷的教学规程,不论开辟的仿真雷场里是否有地雷,都要进行清场。没想到扫雷专家组成员张振军和鞠其忠,在厄方提供的一片仿真雷场的荒芜土地上,清场时清出了四颗真地雷。(图8-8)

首次目睹中国专家排雷,厄方学员深感震惊和佩服:中国专家真行啊，我们认为这片荒地里没有地雷，他们却找出了地雷。

虽然中国专家让厄方学员第一次见识了中国的扫雷技术，但并没有完全取得厄方学员的信任。因为他们长年饱受雷患之苦，对地雷有着强烈的畏惧心理，学习排雷时，他们非常谨慎小心。不仅厄方学员如此，就是李智伦第一次进雷场时，心里也在打鼓。他觉得无论中外，人同此心：因为随时随地都可能遭遇危险，发生意外。

在雷场里，人们可以真真切切地感到"前进一步面临着死，后退一步意味着生"的境界。扫雷就是和死神打交道，每前进一步都危险异常。整个雷场得一步一步地搜排，如同用梳子梳理一般，逐步向前推进。搜排干净一步前进一步，非常精细，就像绣花姑娘绣花一样。雷场里不光是有地雷，还有炮弹、手榴弹、子弹、引线等混杂在一起，所以进雷场开始接触地雷时，厄方学员都怀有畏惧心理。通过专家组的仿真训练后，厄方学员胆量慢慢大了起来，逐渐敢接触真地雷了。

仿真训练使厄方学员基本消除了畏惧，但没有打消他们的疑虑。为巩固仿真训练取得的教学成果，专家小组决定进入塞坝村雷场进行实地教学：排除真雷。

（二十七）率先垂范，危难时刻显身手

这次援厄指导扫雷要完成阿瑞扎村、塞坝村的扫雷任务，其中，塞坝村作为教学扫雷场。这个村子先后已有16人被炸死，有10多人被炸残，有320多头牲畜被炸死，排雷条件十分艰苦。

从厄立特里亚首都到塞坝村，沿途200多公里长的路段，大部分是沙石结构的半沙漠区。这里很难看到葱茏的植物和成片的树林，偶尔看见几丛剑麻，也是呈营养不良的病态状。路边到处是昔日的旧战场，横七竖八地扔着残缺不全的坦克、火炮、装甲车，荒原里几乎看不见什么野兽出没，空气中散发着一股腐朽的臭味。（图8-9）

11月1日，专家组按计划来到厄西南部的塞坝村，指导厄受训学员对这片山地雷场进行实地扫雷。

厄立特里亚是一个地形落差很大的国家，沿海一带高原雷场的气

图8-9　扫雷现场

温很高，夏季多在35℃以上，一些低洼地甚至高达50℃。气候变幻无常，刚刚还是烈日当空，忽而便狂风大作，风沙经常遮天蔽日。并且严重缺水，生活条件极其艰苦。

尽管来厄之前，专家组已对那里的艰苦环境作了充分的思想准备。但真正到了目的地，当地气候的恶劣、条件的艰苦还是让大家吃了一惊。由于雨季推迟，白天仍然非常炎热，平均气温都在40℃以上，水电供应也是时通时断。主副食经常供应不上，饮用水要到首都阿斯马拉购买。往返道路坑坑洼洼，来回要六七个小时，一个月跑下来，专家组新购的丰田越野车就损坏了4副轮胎。

进驻塞坝村当天下午，非洲的狂风就和专家组开了个"大玩笑"：8级以上大风将专家组刚刚搬入作为伙房的临时帐篷里的米、面、菜大部分吹跑了，塞坝村内又买不到这么多人的食物，吃什么呢？只好报告大使馆，当天晚上大使馆派专车将足够食物送来了。阁拉玛翻译请热情友好的村长帮助租借了一间群众堆柴草的石墙铁皮瓦的杂物间作为伙房，这才解决了吃饭的问题。夜幕降临，狂风大作，将他们白天辛辛苦苦搭建起来的8个帐篷连根拔起，大家只好等风沙稍小时重新搭建。不一会儿，肆虐的大风又将帐篷全部吹倒。就这样，搭建、吹倒，再搭建、再吹倒，反复了五次，搞得大家筋疲力尽，一晚没睡，只

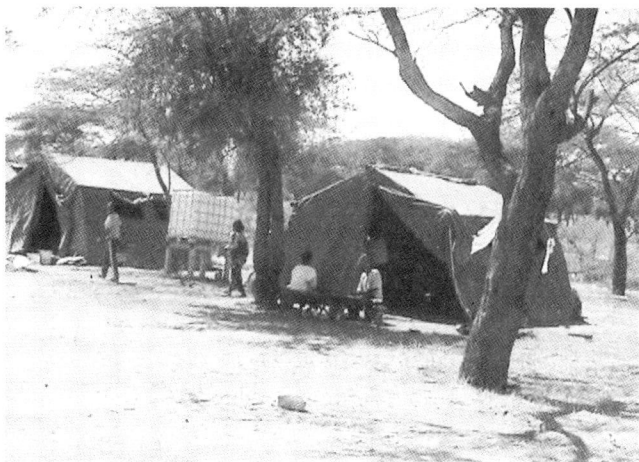

图8-10　野外住帐篷

好守着帐篷在风沙中坐了一夜。第二天，在厄方官员的协调下，专家组才分散住进了附近老百姓家里。(图8-10)

第二天中午大家感到热浪袭人，用温度计一量，令人大吃一惊：室内温度38℃、室外温度51℃、地表温度67℃；往野外一站，阳光能把穿在身上的衣服都晒得烫手。看来专家组要接受非洲特有气候的考验，要在高温与狂风相伴的环境中展开扫雷。庆幸的是晚上10时至凌晨室内气温能降到22~25℃，晚上可以睡个好觉。

塞坝村缺水。当地老百姓全部食用雨季积蓄下来的水窖存水。专家组到达后的第一天，厄立特里亚军方特地从200多公里外的首都阿斯马拉送来了12桶饮用水。当天下午，大家高兴得忘了这是在什么地方了，又喝又洗，一下子就用了一半，后来，听说这是一周的用水量，所有的人全傻眼了。随后的几天，大家只好千方百计地节约用水，每天洗脸，都只用水把毛巾的一角浸湿，擦一擦眼圈和脸颊就算了事。在节约用水的日子里，专家组发明了一个喝水的好方法，叫作"少量多餐"。就是用水壶盖子喝水，像喝酒一样喝水，每次喝水都先把水倒在水壶盖子里慢慢地呷，实在干渴得不行了，才往下吞一口。

在火辣辣的阳光下，缺水喝，没水洗，没过多久，扫雷专家组绝大多数人身上都长起了脓泡疮，下身烂裆，一个个脸色都晒得像当地的黑人

似的。

有一天,中国驻厄大使到雷场来看望中国扫雷专家组,寻找李智伦和其他几个带队领导时,在驻地转了几圈,也认不出谁是谁了。有人觉得奇怪,问:"大使,你转来转去地想找谁呀?"大使说:"你们的几个头儿上哪儿去了呢?"人家哈哈大笑用手一指,说:"这不全都在这儿嘛!"

大使看见大家黑人似的脸,闻到大家身上臭烘烘的,感慨万端,含着热泪说:"全部跟我到大使馆去洗一次澡吧!"于是,大家才坐七八个小时的长途汽车,跑了200多公里,跟随大使回厄立特里亚首都阿斯马拉,去痛痛快快地洗了一次热水澡。

扫雷专家组就是在这种条件下,顶着烈日、趴在泥地里指导厄立特里亚60名扫雷学员进行排雷的。

塞坝村雷场是该国在国内革命战争时期留下的,雷场布设在一个山地防御阵地前沿前的坡地连接平原的开阔地之中,土夹石地面的雷场内长满了杂乱蒿草和几棵小树,狂风一吹,还隐约可见被炸死的人畜遗留的骨头。塞巴村雷场共分四部分,其中2号雷场占地5万多平方米,已有18年无人进入其中了。不久前刚炸死一个10多岁的小孩。死者父亲指着雷场通过翻译向李智伦诉说:我儿子就被炸死在那棵树下……痛苦的泪水模糊了他的双眼。父母含辛茹苦把一个孩子养到10多岁,能够放牧、砍柴、割草、帮家里干活了,突然,"轰"的一声巨响,一条鲜活的生命就这样粉身碎骨、灰飞烟灭了。面对此情此景,李智伦心潮起伏,暗下决心:我们是中国政府派出的扫雷专家组,作为中国人民的代表,我们有义务为友好国家的人民服务。专家组的成员们也一致表示:决不辜负厄立特里亚人民对我们的希望,我们一定教好厄方学员,以最快的速度帮助他们扫除雷场,为厄方创造一个和平安宁的开展生产、发展经济的良好条件。(图8-11)

也许是受雷害太深,厄方学员不同程度地对雷场存有恐慌心理,而且塞坝村雷场地形复杂,不明因素多,是厄立特里亚外国非政府扫雷组织公认的难扫地段。专家组全体成员心里非常清楚:自己代表的是中国,面对雷场,稍不留意,付出的不仅是生命的代价,而且是一个大国的国际声誉。为此,专家小组决定把扫清塞坝村2号雷场作为突破口,

彻底打消厄方学员
的疑虑心理。

针对塞坝村雷
场布雷现状和地形
地貌，专家组拟定：
爆破法结合人工搜
排的"六步法"实施
扫雷。扫雷方案报国
内有关部门和驻厄
大使馆批准后，经过
充分的准备，开始扫
雷作业了。

图8-11　到处是雷区

首先，由专家组的排雷专家陈代荣带领示范班（专家组的士官组
成）按"六步法"实施实地扫雷作业示范，边示范、边由专家组的徐全
军、刘强教员和耿博翻译向雷场外的厄方学员讲解，让学员们掌握每一
步操作程序和操作技能。

示范雷场扫除后，按批准方案，调整了部署：将未扫雷场分成四片，
同时将专家组和学员队混编为四个扫雷作业分队，由专家组组长李智伦
和厄军分队长福德统一指挥，分别由中国专家陈代荣、吴强、阙启忠、焦
飞各带一个扫雷作业分队，各扫除一片雷场；徐全军、耿波负责管理学
员队，刘强负责安全工作，陈志峰负责后勤保障，杨建军负责医疗保障。
各分队按"六步法"边扫雷、边教学员，使学员们很快掌握了实地扫雷作
业的技能。

一群厄方学员站在场外，瞪大眼睛，看着中国扫雷专家一步步踏
进雷场。不少人把目光聚集在21岁的一级士官宋鹏身上。别看他是中
国扫雷专家组里最年轻的一员，却是一个有着"地雷通"美称的优秀
工兵。此时，只见他小心翼翼地用探雷针探寻着。突然，他探触到一
个像烂胶鞋底似的东西。"这可能是一颗58式防步兵压发雷。"他凭
经验迅速作出判断，随即慢慢趴下，轻轻铲掉表层土，沉着冷静地将
地雷取出。

图8-12 挖出的地雷

一颗又一颗，在厄方学员的注目中，中国专家组成员不一会儿就"抠"出30多枚地雷和爆炸物。参观者响起了一片掌声……（图8-12）

紧接着是"爆破式"扫雷示范，用爆破筒对埋藏稍深的地雷进行引爆。只见扫雷爆破筒一节一节地向雷区深处延伸。扫雷爆破筒伸到10余米处时，突然触到了不明障碍物。专家组的成员手持探雷针，一步一步探查过去。走到不明障碍处，他们不由得吃了一惊，扫雷爆破筒触到的竟然是一颗防步兵地雷。障碍排除了，爆破筒终于伸到了30米外的草丛中。"起爆！"专家组组长李智伦一声令下。"轰、轰……"一声声巨响中，黑色弹片四处飞溅，火光遮天蔽日，如飞蝗，如火龙。几分钟后，爬卧在隐蔽处的厄方学员探出头来。山坡上，一条长近50米、宽200毫米、深300毫米的爆炸沟呈现在他们眼前，沟两侧没被气流压爆的地雷也被翻出了地面。厄方学员高兴地与专家们拥成一团……（图8-13）

专家组成员分别带着学员同时在4个点上展开作业。此刻，专家们不仅要在雷场上保证自己的安全，更要保证学员万无一失。在2号雷场，专家张正军穿着厚厚的扫雷服、戴着头盔与一名学员趴在地上，轻轻地用手扒开面前的小草，一点点抠去土层。突然，厄方学员一声惊叫——发现了地雷。张正军连忙告诉学员千万不能紧张，轻一点、慢一点。那名学员在他的示意下冷静下来，很快将地雷排出。

然而，在距张正军200米远的地点情景就大相径庭了。一名学员发现地雷后，惊叫着撒腿就往一侧跑。这是雷场作业的大忌。作业区两侧都未经过搜排，人员一旦进入极易触雷，不仅可能造成自身伤亡，还有可

图8-13　爆破扫雷

能引爆其他爆炸物，造成更大的伤亡。万幸的是，这名学员被身旁的专家组成员"截住"了，这才躲过一劫。

雷场上险情不断。不一会儿，一名学员在搜排中不小心触发了5米外的一颗绊发雷引信，只见一股白烟"哧哧"往外冒。学员惊呆了。说时迟，那时快，离这名学员不远的专家组成员黄伟跃上前去，将这名学员按倒在地……几乎在同时，旁边的阚启忠、周健方、焦飞等专家也在向学员发出"卧倒"口令的同时，将自己指导的学员压在身下或推倒在地。数分钟后，黄伟见这枚地雷未爆炸，走上前去排出来一看，原来是炸药失效。虽然是虚惊一场，但专家组成员忘我牺牲的精神使厄方学员热泪直流，感动不已。

在指导厄方学员扫雷中，中国专家先后遭遇险情百余次，每一次都被他们化险为夷。一位在现场观看的厄方官员竖起了大拇指："我在意大利学习过，与美国人一起工作过，和日本人也共过事。这次和你们中国人打交道，是最让我佩服的。你们甘愿放弃美好的生活，来实实在在地给我们传授扫雷经验和技术，与我们同甘共苦。中国政府、中国军人，太好了!"

一次在分割雷带时,一名曾参加过厄埃战争的学员对分给自己的一条边缘雷带自信地说:"我当年曾亲自参加了这片雷场的布设,这条边肯定没有布雷。"说完,便准备越过这片雷场到下一个目标区。我专家组组长李智伦凭着自己曾两次参加中越边境大扫雷的经验判定:这种地形是苏式布雷法中的典型雷场,这条边不可能没有地雷。他一边及时制止了这名学员的行动,一边亲自操起探雷器,沿路查过去。不到半小时,一枚防步兵压发雷便握在了李智伦的手上。看着这枚地雷,厄方学员们吓出了一身冷汗,对中国专家的扫雷经验和技术深感佩服。

一天,中国专家组正在指挥厄方学员排雷,前边都很顺利,所排地雷都予以了引爆,最后一下引爆时,地雷却没响。就在李智伦感到奇怪时,厄方学员都在观看着中国排雷专家教员怎么办。这若让没有经验的厄方人员处理,肯定有危险。为了安全,也为了树立中国排雷专家组的形象,把工作做得更加圆满,专家小组决定自己处理。根据专家们的排雷经验,处理此事绝无问题。李智伦想:既要不出危险,又要利用此事作为一次教学实例来培养厄方学员。他让两个教员带着4个厄方学员,去处理此事。后来发现是雷管失效,换上新雷管接上线后,重新起爆,排除了这个地雷,也清除了这个麻烦。

扫除塞坝村雷场的过程中,军医杨建军将雷场中被炸死的人畜遗留的骨头进行了清理,清出了一具较完整的人的遗骨。胸怀爱民之心的阁拉玛翻译请来了村长,村长带着几个淳朴的村民来到雷场边,一位50多岁的村民含着眼泪、迈步晃抖、缓缓地走到遗骨旁蹲下,用颤抖的手抚摸着遗骨,满含深情地说:"孩子!你在雷场里躺了这么多年,今天接你回家了,感谢中国来的好人哪!"村长握着杨建军的手,感慨悲切地讲述:"几年前,他的孩子到这里来放牛,不知道这一片长满青草的坡地是雷场,赶着几头牛到坡上吃草。其中一头牛踩着地雷,当场被炸倒了,孩子一看慌了,赶紧去把其他的牛赶出这片草地,就在这时误入雷场的孩子也踩响了地雷,腿炸断了,倒在了血泊中。等待村民发现他的时候,因流血过多已死亡。尸体躺在雷场中,谁都不敢进去抬,时间一长就只剩下尸骨了。这孩子不死已有20岁了,该结婚成家喽!感谢中国扫雷专家为塞坝村扫除了地雷，我们再不会受到地雷的伤害了。"那位可怜的父亲向杨建军医生深深地鞠了一躬，抱着装有儿子遗骨的纸箱，在其他村民的搀扶下和村长缓慢地离去。专家组的同志们目送黑人兄弟远去的身影，心中感叹：地雷夺去了多少人的生命，损害了多少家庭的幸福，这都是战争给人类带来的灾难啊！（图8-14）

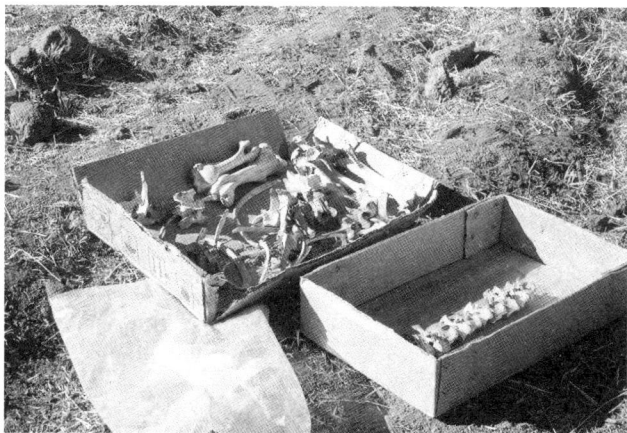

图8-14　从雷场挖出的遗骸

现实的动人情景激励着同根生的全体学员，大家焕发起同胞的热忱，鼓足了扫雷的干劲，在专家组的带领下，仅用了短短的八天半时间，就将5万多平方米的2号雷场全部扫清。在按照联合国扫雷标准，将扫清后的雷场进行了检测后，为展示中国专家过硬的扫雷技术，中国专家组的所有教员，包括组长李智伦，都手拉手地排成横队，在刚扫清完地雷的雷场里反复地来回走动。此举彻底消除了厄方学员的疑虑心理，他们由衷地感到佩服：了不起，中国人扫过的雷场，可以在里面任意行走，不会发生任何问题！

中国排雷专家们从雷区里反复走了几遍出来后，问厄方学员：你们敢不敢走？他们说敢走！李智伦鼓励他们说：去吧，走给我们看看！于是，厄方人员也手牵手地在雷场里走来走去，毫发未损，都高兴得欢呼起来："我们能扫除地雷了！""我们学到了中国专家的扫雷技术了！"（图8-15）

雷场验收的当天，当地老百姓就进入了这片他们已有18年没有踏进的土地，在里面种庄稼、放牧——这片土地终于又回到了他们的手中。

图8-15　扫雷专家手拉手走过雷场

　　经过20多天艰苦奋斗、精细作业，塞坝村全部四片雷场中的地雷和爆炸物彻底扫除。验收移交那天，陈大使、王参赞和泰斯法将军、拉嘎中校及厄方扫雷中心官员、曼德弗拉省的扫雷官员，村长带着法老、村民20多人前来验收，并接收已扫雷场的土地。大使馆还特邀联合国驻埃厄代表团地雷行动中心（UNDB）官员菲尔·列维兹、温克福、巴克士和一位法国女记者前来观看中国专家组和厄方学员队的扫雷质量。验收移交仪式上，按当地的风俗，法老祈祷后，开始徒步验收：专家组和厄方学员队的全体人员手拉手、排成横队，徒步踏过已扫雷场，往复两遍确保无雷，以展示扫雷的高质量后，大使馆、专家组和厄方扫雷中心、曼德弗拉省的扫雷官员、村长才共同签字认可，将土地移交给塞坝村村民。这种特殊的验收移交方式是中国扫雷队伍的独创，也只有中国专家组才具有这种向人民负责的精神。（图8-16）

　　验收移交仪式结束后，在塞坝村的一间民房里，陈大使召开了座谈会。陈大使指出："你们首战告捷，要认真总结经验、努力奋进，完成好援厄扫雷任务，为祖国争光，为中国人民争气呀！……"泰斯法将军高兴地说："中国专家扫雷的质量之高、速度之快，是我第一次亲眼看到，你们一个星期扫雷的面积，其他来厄立特里亚的扫雷队要干半年。"

塞坝村雷场移交两天后，扫雷培训班集体转场来到阿瑞扎村雷场，在中国专家

图8-16　雷场验收签字

组的指导下，由厄方学员队独立扫除阿瑞扎村雷场的雷障。

阿瑞扎村雷场布设在一个山地防御阵地前沿前的陡峭山地下部，坡度在20—70度之间，土夹石的地表中杂草稀少、无树木。群众讲：地雷密度较大，块石下面还埋着地雷。针对实际情况，专家组将学员队编为三个扫雷作业分队，由李智伦指导拉嘎、福德统一指挥；分别由陈代荣、阙启忠、焦飞各指导一个扫雷作业分队，各扫除一片雷场；采取了山地扫雷"四步法"实施作业。特别注意搜排石缝中、石块下埋设的地雷，一定要用扫雷耙把石块翻过来，彻底把地雷和爆炸物清排干净。（图8-17）

陈代荣带领学员到达扫雷地点，刚要按程序实施扫雷爆破，厄方翻译格罗麦便急匆匆地赶来说："中校陈，我有一个请求……"陈代荣觉得奇怪：我们马上就

图8-17　要清除的雷场

开炸了，他还有什么请求？便问："怎么？难道你也想来玩一玩爆破筒？"格罗麦红着脸说："不是，我哪敢玩那东西啊！"陈代荣不解地问："那你想请求什么？"格罗麦用手指着远处几棵营养不良的干瘦的小树说："看见那些树了吗？在别的地方，它们根本算不上什么像样的树，只能当柴火烧，可在这严重缺水茅草都难存活的干旱之地，它们却大都是已经生长了几十年的难得的宝贝。你们扫雷时，能否不在那些有树的地方爆破？免得伤害那些树。"这可能是格罗麦翻译的肺腑之言，也可能是西方商业扫雷公司让他表达的意思，因为西方商业扫雷公司不赞同爆破扫雷法。如果采取爆破扫雷法，成本低、速度快，他们那一套扫雷方法就赚不了钱了。

陈代荣一见雷场里那些分布不规则的歪歪扭扭的树，感到难办了，要想不伤害那些小树，只有放弃爆破作业，采取人工搜排法。可是，要在这两万多平方米的雷场上用人工扫雷，既费时费力又危险，怎么办？为了树立中国扫雷专家组的形象，陈代荣当场答应了格罗麦的要求，决定采用人工扫雷。

随后，陈代荣制订了一个"人工分标段搜排"的科学方案，根据各种地雷最大杀伤半径的参数，把扫雷队员分成若干小组，拉开距离，一字排开，向前搜排，完成一个方向，再统一转向另一个方向，依次变更，直至全部扫完这一片雷区。（图8-18）

图8-18　人工分标段搜排

扫雷方案变更后，厄方扫雷学员心里很恐慌，根本不敢进场。为了打消学员的顾虑，鼓舞学员的士气，陈代荣冒着生命危险，第一个走进雷场，排出了第一颗地雷。随后，他每天都跟随学员队现场教学，亲自为学员做示范，处理疑难险雷，手把手地教他们排雷，消除他们的心理障碍，鼓励他们大胆实践。在他的精神和行动鼓舞下，厄方扫雷学员很快克服畏难情绪，掌握多种排雷技术。

　　经过18天的山地扫雷作业，阿瑞扎村雷场全部扫除干净。通过塞坝村、阿瑞扎村雷场的实地扫雷行动，厄方学员队已可单独完成扫雷任务了。第一批专家组"援厄扫雷行动"初见成效。

　　2002年11月27日，厄立特里亚总统伊萨亚斯·阿费沃尔基接见了中国专家组部分成员，高度评价了援厄扫雷行动。

　　2002年12月27日，中国专家组圆满完成了在厄立特里亚指导扫雷培训任务。回国时，当地百姓自发组织狂欢活动，盛情欢送中国专家。教区牧师专程赶来为中国专家祈祷祝福。一些群众流着热泪紧紧拥抱中国专家，请求中国专家组将五星红旗留给他们作为永远的纪念。他们不仅要让五星红旗高高飘扬在已扫雷场，更要让她永远飘扬在厄立特里亚人民的心中！（图8-19）

　　2002年12月31日，中国扫雷专家圆满完成培训任务，安全回到祖国。此次人道主义的扫雷援助培训，中国扫雷专家为厄立特里亚政府培训出学员60名，扫除雷区9万多平方米，起出未爆炸地雷600多枚，未发生任何人员伤亡事故。

　　在首都机场，专家组受到了外交部军控司，总参、

图8-19　群众欢庆扫雷成功

总装等有关单位领导和厄立特里亚驻华代办的热烈欢迎。"同志们辛苦了，有什么要求尽管提！"领导询问。"想吃回锅肉。"吴强和来自四川的战友们异口同声。午餐时，在领导的安排下，一就座，餐厅就为每一位四川兵端上了一份回锅肉，谁知没等服务员转身，官兵们就风卷残云般地把自己那份回锅肉吃了个精光。此情此景，让在座的部队首长眼睛湿润了，"每人再来一份！"餐厅里响起首长变调的声音。

（二十八）事实说话，扫得净是硬道理

中国援外扫雷专家组2002年在厄扫雷教学取得成功后，2003年3月，又应厄立特里亚政府的邀请，中国第二批扫雷专家再次赴厄担负教学扫雷任务。历时3个月，培训学员60名，扫清雷场2个，面积10.33万平方米，扫除爆炸物379个，同样未发生任何人员伤亡。

有了第一次援厄教学扫雷经验，第二次就顺利得多。2003年3月18日，作了部分人员增配的第二批援厄扫雷专家组一行18人，仍然由李智伦带队，又一次来到厄立特里亚，仍住进了距离阿斯马拉10多公里的厄军工程兵培训基地。

这次培训的对象仍然是厄军挑选的60名学员，由厄军军官卡苏担任学员队队长。（图8-20）

培训内容仍然分三大部分：第一部分是理论培训，包括讲授地雷常识、扫雷器材的基本原理及使用、常见地形上的扫雷手段和方法、扫雷的组织指挥和安全规则等战后扫雷作业手册（SOP）中必须掌握的技能。使学员们从理论上学到扫雷知识，迅速掌握中国援助的扫雷器材的基本原理和操作方法，快速提高学员单兵探、排雷技能和掌握扫雷的组织方法。第二部分为仿真扫雷训练，主要实施模拟雷场排雷、扫雷行动演练、安全意识教育、雷场纪律培养等多项内容，加速理论知识向实践技能转化。第三部分为实地扫雷作业，先由专家组进行实地扫雷作业示范，然后由厄立特里亚学员队在专家组的现场指导下，独立进行实地扫雷作业。

由于有第一次培训的经验教训，担任授课的专家一开始就采用符合

图8-20　组织理论教学

学员特点和需要的教学方法和手段,教学进度明显比第一批快,原定两个月完成的理论教学和仿真扫雷训练内容,一个半月就顺利完成了。5月初,经中国驻厄大使馆批准和厄方扫雷中心同意,第二批专家组带领厄方学员队开进实地扫雷作业现场——瓦拉西村。(图8-21)

　　安顿宿营后,展开扫雷前准备的同时,专家组带学员队长卡苏和四个分队长,对要进行实地扫雷作业的瓦拉西村、拉克山发村雷场进行现地复勘。这两片雷场仍是该国在国内革命战争时期留下的,雷场布设在一个山麓防御阵地前沿前的山坡上,坡上长着一片接一片的树林和杂草,厄立特里亚缺水,树木很难生长成林,这是难得的林区,也是当地几个村的水源地,村民靠它生产生活。艰巨的任务就摆在专家组面前:树林不能损坏,雷障必须扫除。

　　专家组决定采用"分标示段人工搜排法"扫雷。即对瓦拉西村、拉克山发村雷场的整个扫雷行动,不用爆破法扫雷,全部采用分段标示、分段人工搜排的方法扫除雷障。专家组将瓦拉西村雷场划分为五个作业片展开扫雷,专家组示范"分标示段人工搜排法"扫除了一片雷障,厄

图8-21　联合国官员到现场考察

方四个学员分队在专家组的统一指挥下各扫除一片雷场,达到了既掌握"分标示段人工搜排法"的技能,又扫除了瓦拉西村雷场雷障的目的;接着在专家组指导下,学员队独立扫除了拉克山发村雷场的雷障。经过50多天的边教边扫、精心操作、艰苦奋进,扫除了瓦拉西村、拉克山发村的全部雷障,没有损坏一棵树木,保持了当地生态环境,优质、高效、安全、环保地完成了援厄扫雷任务。(图8-22)

图8-22　不放过任何死角

在已扫雷场土地交接仪式上，雷场附近的村民说："自从有军队在这里打仗以来，这两个雷场先后有9人被炸死，6人被炸残，120头牲畜被炸死或炸伤。村民深受其害，雷场下面是耕地和水源，但无法耕种和取水，地雷扫除的这一天，算得上是我们的第二个解放日，我们所有的村民都感到非常高兴，非常感谢中国扫雷专家！"

中方专家组丰富的扫雷经验、精湛的扫雷技术、科学的扫雷方法和显著的工作成绩，赢得了厄政府和人民的交口称赞。厄一位学员拉着中国教官的手说："我是战争的亲历者、受害者。我为世界和平与友谊而祈祷，也为认识了你们这样的教员而感到自豪！你们是来自东方的和平使者，是你们无私无畏的援助，让我们了解和认识了中国。"

在扫雷场地移交仪式上，饱受地雷灾害的厄立特里亚人自发地组织了"第二个解放日"的狂欢活动，男女老少纷纷拥进会场，拥抱中国援厄扫雷的专家们，"中国，OK"之声如歌如潮，此起彼伏，连绵不断。看到这种震撼人心的场面，中国援外扫雷专家组所有的人都忍不住流下了热泪！厄立特里亚地雷行动中心主任泰斯法少将被热闹场面感染了，也忍不住带领群众高呼："中厄友谊万岁！"（图8-23）

在中国援助厄立特里亚扫雷行动中，专家组共培训和带领厄立特里亚120名学员，扫除了该国曼德弗拉省阿瑞扎、塞坝、瓦拉西、拉克山发村的6个雷场19.33万平方米的雷障，开通公路1300米，排除地雷822枚，未爆弹157枚。中国扫雷专家组和厄立特里亚学员在整个扫雷援助行动中无一人伤亡，无一起事故，扫雷援助行动取得了圆满成功，帮助厄方建立起了第一支120人的具备基本扫雷专业知识、掌握实际扫雷技能的人道主义扫雷队伍。

两次参加援厄扫雷培训的理工大学工程兵工程学

图8-23　当地群众欣喜若狂

院徐全军教员,讲述了一个感人的故事。那是2004年末,徐教员第二次去厄立特里亚期间发生的事。他开着车单独外出执行任务返回途中,一个小女孩突然从旁边冲到路上,一脸焦急的样子,直挥手,喊"救命"。徐教员把车停了下来,经过很费劲的英语对话,才知道是有一个小男孩被地雷炸伤了,需要马上送医院抢救。说话间,一个老大娘抱着炸伤的男孩跑过来了。这时,徐教员快到达目的地了,车跑了一天,油箱里汽油也不多了,送不到医院怎么办?送到医院后救不活怎么办?……根据联合国维和部队的有关规定,遇到此类事情应向老百姓说明情况,让他们找当地有关部门解决,维和人员任务特殊,可以不管。但看到孩子伤得很重,不及时抢救会有生命危险。人命关天,徐教员果断地调转车头直往医院跑。汽油不够,徐教员很快与联合国驻厄机构联系上了,让他们在前面来接应,不一会儿,联合国工作人员就在前面出现了,由他们把受伤的孩子送去抢救。过了几天,徐教员再次路过这里时,一个老大娘在路边拦住了他的车,原来老大娘天天在这里等儿子的救命恩人。老大娘拉着徐教员到她家里去喝茶,并向乡亲们介绍是这位中国军官救了他儿子的命。老百姓个个伸出大拇指:"中国人最善良!"(图8-24)

图8-24　徐全军教员与学员亲密无间

厄立特里亚政府、军队和厄立特里亚人民，在两次扫雷培训中给予了中国扫雷专家充分的合作与支持，他们在生活上和工作上给中国专家极大的关心和帮助。比如，在住房安排上，村民给予了大力支持；在生活上，厄方提供了冰箱等设备；在教学上，保障运输和器材管理、修路、救护准备等。当地群众对专家组非常热情。扫雷专家组到达驻地后，无论是大人、小孩，都热情、主动地帮着架帐篷、搬东西，李智伦和专家组的成员们被他们的朴实友好所感动。(图8-25)

图8-25　友好的厄立特里亚小朋友

　　厄立特里亚政府和国际社会对于中国扫雷援助行动给予了充分肯定，厄军工程兵司令泰斯法将军说："中国扫雷专家们不远万里来到厄立特里亚，帮助那些流离失所的人们返回了自己的家园，他们的工作成绩是有目共睹的。中国扫雷专家们严明的纪律，扎实的理论功底，精湛的扫雷技术在他心目中留下了不可磨灭的印象。"厄军总参谋长说："我非常感谢中国专家们所做的一切工作。中国和厄立特里亚政府之间的合作有许多，扫雷培训是其中最为出色的。中国专家的牺牲和奉献精神鼓舞了厄立特里亚人民和政府去扫除雷患，中国专家与厄立特里亚人民同甘共苦的奋斗经历和英雄行为将永载史册。"厄立特里亚总统伊塞亚斯还亲切接见了专家组代表,对中国扫雷专家为扫除厄立特里亚的雷障做出的贡献表示感谢。

联合国驻埃厄代表团地雷行动中心官员,还多次对中国扫雷援助行动的培训教学和实地扫雷进行了现场参观和交流。该中心主任菲尔·列维兹在参观我专家组指导厄方学员进行实地扫雷后,很有感慨地说:"中国专家的扫雷速度和质量都是非常高的,工作是非常有成效的,你们很受人尊敬。"

经过近一年援厄扫雷行动,进一步密切了中厄两国政府的关系,增进了两国人民的友谊,援厄扫雷专家组非常圆满、高质量地完成了中国政府赋予的援外扫雷任务,离开厄立特里亚回国。我驻厄大使馆陈占福大使、王佑土参赞、苟浩东、孙丽华同志和厄军工程兵司令兼厄方扫雷中心主任泰斯法将军、拉嘎中校等十几位厄方外交部、扫雷中心官员,在机场贵宾室举行了欢送仪式,厄方外交部代表发表了充满热情友好的讲话:感谢中国政府和人民真诚无私的援助,中国专家们就要起程回国了,厄立特里亚人民将时时怀念帮助我们扫除雷患、带来和平安宁家园的中国专家。也请中国专家记住在厄立特里亚扫雷奋斗的岁月,记住厄立特里亚山山水水、浩瀚大海,人民的友谊,愿两国政府的友谊结出更多的硕果。(图8-26)

专家组乘翰莎公司的飞机升上碧蓝的天空,回首俯瞰大地,再见了美丽的厄立特里亚!再见了狂风高温相伴的村庄!再见了勤劳勇敢的黑人兄弟!

扫雷归来,专家们赢得的不仅仅是厄方学员的尊敬,更是一个大国良好的国际声誉。

可敬的中国扫雷军人,你们为五星红旗增辉,祖国为你们自豪!

中国援厄扫雷成功,有人高兴也有人不高兴。不高兴的主要是因为触动了他们的垄断地位和经济利益。

一些西方扫雷公司不高兴。我们采取"爆破扫雷"的方法,速度又快、扫得又干净。他们却认为:爆破扫雷是战时开辟通路所采取的常用手段,用于战后扫雷容易造成环境的污染和对树木的损坏,不符合人道

图8-26　交接签字

主义扫雷国际标准。而我们认为，爆破法扫雷是可以使用的，爆破法开辟通路后，对爆痕进行分析，可以进一步查明雷场情况；可以清除地表植被，便于开展人工搜排作业；可以直接引爆大量地雷，减轻人工搜排作业的工作量和危险性。据统计，在实地指导扫雷过程中通过"爆破扫雷"方法诱爆的地雷占到了扫除地雷总数的49%。爆破法扫雷速度快、作业安全，体现了"以人为本"的思想。就其爆破产生的烟尘量远不如小工厂的一根烟囱，烟囱日夜冒烟污染多严重，爆破产生烟尘很快就消失了，不存在污染问题。就其爆破扫雷对树木的损坏是可以避免的，一定分清地理环境、气候条件，不能一概而论。如沙漠、荒山、杂草覆盖、易生长植被的雷场，是可以用爆破法扫雷的，比如塞坝村雷场扫雷的效果就很好！又如在中国南方边境，雨量充沛、灌木纵生，这样的雷场不采取爆破，人根本进不去还怎么扫雷，里面的地雷长期得不到扫除，这片土地仍然得不到利用。然而人一旦误入雷场，就进入了死亡地带，"人死不能复生"，树木炸倒后还可以重新栽种，雨季一到植被最多三个月就可以恢复,植被是不能与人的生命相提并论的。所以爆破法扫雷在易生长植被的地区是一种可用的方法,其危害小,收效大。当然,人能进入的树林、非洲的森林区雷场扫雷,我们是不会用爆破法扫雷的,比如,在扫除瓦拉西村雷场时,我们就没有采用爆破扫雷法。

一些西方扫雷公司还对我们用人手牵着手走过雷场来验收扫雷效果的方法表示反对,认为这样做不人道。的确,如果雷场里万一还剩有一个漏排的地雷,那是很危险的。但中国专家组非常有把握地强调:这种情况不会出现!因为雷场里的每一寸土地,都被排雷小组指挥着厄方的排雷学员们全部翻了两遍。头一遍搜排时,翻一次;整个雷场全部搜排完后,再进行一次清场扫查,全面地再翻第二次。如此认真仔细地翻地两次,连颗钉子都能找出来,哪还能漏下地雷?因为专家组对自己的排雷水平和经验有充分的自信,所以才敢在上面走。事实也证明:在中国扫雷专家组领导下,厄方学员参与学习、实践,清扫过地雷的雷场,没出现任何情况。提出反对意见的人对他们扫过的雷场没有百分之百的把握,才不准把这种验收办法作为人道主义扫雷的标准。

让事实说话,扫得净是硬道理。厄立特里亚有了中国扫雷专家教会的取得排雷资格的120名扫雷队员,厄立特里亚总统伊萨亚斯·阿费沃尔腰杆硬了,他毫不客气地发出了"逐客令",把西方各国派往厄立特里亚的商业扫雷队,一一送了出去。

第九章 泰柬边境显身手

（二十九）援泰扫雷专家有幸做客央视《新闻会客厅》

《新闻会客厅》，是中央电视台新闻频道开设的一个收视率很高的访谈节目。通常是对重大的新闻事件当事人进行面对面访谈，深度报道新闻事件的历史背景、现实状况和所带来的深远影响。其访谈的对象大多是领导、专家和新闻事件的主要见证人。

2005年9月7日至11月27日，中国政府向泰国政府援助了一批扫雷设备，并派出了一个由10位扫雷专家组成的专家组为泰国军方培训30名扫雷技术人员，并指导泰方受训人员扫除了泰柬边境南部地区一处面积约2万平方米的地雷场。这是泰中双方在人道主义扫雷领域的首次合作，也是中国第一次在亚洲国家开展专项扫雷援助行动，并以这次扫雷行动取得的成果向中泰建交30周年献礼。（图9-1）

由于这次扫雷行动具有不同寻常的意义，中国外交部门和地雷履约机构决定通过媒体进行必要的宣传，一方面宣传这次援泰扫雷的成果和意义，另一方面也宣传一下地雷知识和中国在地雷问题上的立场态度，为中国开展地雷履约工作营造良好的舆论环境。经与中央电视台协商，决定采用《新闻会客厅》的访谈形式进行。访谈对象既不请外交部门或地雷履约机构的领导，也不请有关研究机构的专家学者，就请这次带队参加援泰扫雷的专家组长吴强出面接受访谈，题目就叫"我去泰国扫地雷"。

图9-1　援泰扫雷专家合影。右五为组长吴强、右四为副组长陈代荣。

吴强，1969年3月出生于四川省什邡市元石镇花桥村。1986年入解放军长沙工程兵学院学习地爆专业，四年本科毕业后，历任成都军区某工兵团排长、连长、股长，成都军区司令部工兵参谋、成都军区兵种训练基地训练部长、副司令员等职。曾三次参加国际援外扫雷活动。2002年9月赴厄立特里亚执行援助扫雷任务；2002年底赴阿富汗参加国防部组织的赴阿富汗帕尔旺水利工程雷患评估专家组；2005年担任中国援助泰国指导扫雷专家组组长。有着相当丰富的实地扫雷经验和深厚的理论功底。

2006年1月18日，中央电视台新闻频道《新闻会客厅》现场，成都军区司令部副团职参谋吴强中校与主持人王小节面对面，代表10名战友，向全国乃至全世界的电视观众，介绍了援泰扫雷的有关情况和地雷知识。下面，我们就来看当年访谈节目的回放。

主持人：观众朋友晚上好，欢迎走进《新闻会客厅》。我们今天要跟大家聊一个稀罕玩意儿，估计您还真是想不到，这是一个地雷，估计您在生活中也很少见过，反正我这辈子是第一次碰到它。今天要说起地雷,我得先介绍这个地雷的主人,我们今天的嘉宾是成都军区司令部的军训和兵种部的参谋吴强,今天请来吴强带着他的地雷来做客,是因为一条新闻,大家一起看一下。

"2005年12月1号,中国军队扫雷专家组圆满完成人道主义扫雷培训任务,从泰国回到北京。

去年9月6号,应泰国军方的邀请,中国专家组前往泰国,对泰国军方技术人员进行了扫雷培训。中国专家组由10名成员组成,分别来自成都军区、广州军区和解放军理工大学。在将近3个月时间里,中国专家对泰方受训人员进行了理论教学、模拟训练和实地扫雷训练。

10月25号,这次扫雷培训任务进入到了最关键的实地扫雷训练阶段。训练场位于泰国和柬埔寨边境,是一块面积近两万平方米的雷场。在一个月期间,两国队员扫清了整个雷场,排除、诱爆地雷和各种未爆炸药200多枚,没有发生一起人员伤亡事故。中国第一次赴亚太地区进行人道主义扫雷援助取得了圆满成功。"

主持人:这次中国援助泰国的指导扫雷专家组组长,吴参谋,今天您给我们带来的这一大堆地雷中,没有这次扫雷的一些战利品吧?

吴 强:战利品倒是没有,但是我给大家带了一些模型。

主持人:我们应该知道,不可能把真的地雷带到演播室来,这是咱们平时教学中的一些模型吗?

吴 强:对,就是我们平时针对扫雷中间容易出现的一些地雷,我今天都把它带过来了。

主持人:这些地雷中间有没有咱们在泰国碰到的一些品种呢?

吴 强:有。

主持人:它们分别都是什么样品种的地雷呀?

吴 强:在泰国比较多的

图9-2 吴强做客《新闻会客厅》

是发现了这种地雷, 这是美军的M44, 它主要是用于杀伤人员, 防步兵地雷。这种是跳雷, 也是杀伤人员的一种防步兵地雷。(图9-2)

主持人: 跳雷的意思是会跳起来吗?

吴 强: 跳雷的意思就是人一旦接触, 发火以后, 它首先把里面的战斗部抛起来, 抛到一定高度的时候才爆炸, 这样, 它的杀伤力就很大。另外一种比较多的就是我手里拿着的叫PMN地雷。

主持人: 这是防什么的雷?

吴 强: 前苏联生产的一种地雷, 防步兵地雷, 目前这种防步兵地雷装药量最大的应该算它, 对人体造成的损伤, 受伤最大的也是它。

主持人: 像我刚才拿的这么大个的是什么雷呢?

吴 强: 这也是前苏联的一种定向防步兵地雷, 苏联的。

主持人: 您从事排雷的工作多少年了?

吴 强: 如果算我的专业, 应该有20年。

主持人: 20年, 您在这些年的排雷工作中最怵的是哪种雷?

吴 强: 我最害怕的还是这种比较小的地雷。

主持人: 小的您不是说威力没有像这种雷大吗?

吴 强: 我们从事这个专业发现地雷不害怕, 关键怕是没有发现它。发现不了, 你就排不了, 排不了就对你造成伤害。如果我发现它了, 就一定能够把它排掉。

图9-3 吴强在介绍小型地雷

主持人: 这种小雷是比较难探测出来的吗?

吴 强: 对, 因为它的金属含量很少, 就是我们用探测器, 它就没有信号, 就容易漏掉, 人一旦踩上它, 就会把你的脚掌炸伤炸断。(图9-3)

主持人: 如果不是我做今天的节目, 我很难想象地雷是这个样子的, 在我记忆中好像是《地雷战》影片当中的一个土黑蛋，上头有很多杠杠的那种黑圆球。

吴　强：你刚才讲的土黑蛋，那叫土地雷，到目前来讲，应该有四种地雷，第一是防步兵地雷，就是类似于这种地雷，就是专门炸伤敌方的步兵的。第二就是防坦克地雷，主要是炸装甲车、坦克。第三现在发展到炸直升机的地雷。

主持人：炸直升机的地雷？

吴　强：地雷已经从地面发展到高空了。

主持人：只要它进入地雷的范围之内，就会挨炸？

吴　强：地雷就可以通过它的音频或者其他的特征，从地上跳起来，然后炸伤直升机。

主持人：高度能到多少米？

吴　强：这个高度就是在直升机巡航的高度之内。

主持人：今天这里面没有吧？

吴　强：今天没有。第四种地雷就是一些特殊的地雷，比如说警戒的地雷、化学的地雷。警戒地雷就是在离阵地很远的地方，就像烟火弹一样，敌人一旦触发了它，它就会报警，打出一个烟火，然后通知防御的人员做好迎接敌人的准备。现在地雷发展得大概有这么四种。

主持人：刚才说了这么多地雷，我们再去看一看，这次你们在泰国实际工作的地方雷区状况是什么样的，来看一下视频。

中国扫雷专家组抵达泰国后，第一项工作就是了解泰国雷区的基本情况，以便有针对性地安排培训内容。据泰国国家地雷行动中心的官员介绍，泰国的雷区形成于20世纪60年代到80年代中期，由于当时与邻国之间发生领土争端，泰国军队在边境线附近埋设了大量的地雷，保护本国领土的安全。

据泰方介绍，目前泰国境内共有933个雷场，主要分布在泰国和柬埔寨、缅甸、老挝、马来西亚的边境线上，整个雷区面积达到2556平方公里。战争结束后，这些雷区对老百姓的生命也构成了严重的威胁，仅2004年，泰国就发生了29起人员触雷死亡事故。

2000年泰国开始组建扫雷队进行扫雷工作，但是到2004年，泰国一共只完成扫雷面积230万平方米，2004年一年，泰国扫雷人员清除的雷场面积也只有115万平方米，进度非常缓慢。按这种进度计算，要把泰国境内雷区爆炸物全部清除将遥遥无期，而生活在雷区周围的老百姓们面临的危险将永远存在。

主持人：清理115万平方米的雷区是一个很慢的速度吗？

吴 强：这个扫雷有很多条件制约，第一是政府投入的经费够不够；第二，人员、人力够不够；第三，你的技术怎么样，如果说排除经费和它的人员力量来说，技术也是很重要的一方面。

主持人：您觉得在这方面能力还是相对比较弱吗？

吴 强：我觉得他们采取的方式方法不适合他们的地形。

主持人：它的地理环境跟中国的哪一个地方我们比较知道的，是不是会相像一些？

吴 强：我觉得它那个地理环境和我们中国云南的地理环境差不多，第一，它是属于热带雨林气候，植被比较茂密，地形也是属于山地，他们采取的排雷的方法，在我们去培训之前是接受的美国的培训，美国的培训理念就是用机械，用探雷犬，气候太热，探雷犬的工作效率很低下，狗是靠闻，因为太热了，它就不能工作，这是探雷犬的情况。机械，机械的情况，它适合于平原地带，那个速度很快，如果说是山地，坡度很大，机械进不去，如果树木很大，很茂密，机械也进不去，所以就这样造成了效率很低下。

主持人：如果我们要是去排雷是什么样的速度呢？

吴 强：如果我们去排雷，按照中国云南、广西边境扫雷的那种速度，我估算了一下，30到50年就可以把2500多平方公里的雷区排完。

主持人：您实地去看了，雷区的这种隐患对于当地居民的生活，目前是什么样的一个影响呢？

吴 强：从他们介绍来说，每年在扫的雷区叫做尖竹汶府，尖竹汶府的南龙县我们做了一个雷区，每年都会有两到三个人左右因为误入雷场被炸死炸伤。我们去扫雷的前两个月，就在我们扫除的这个雷区上面，炸死了当地的一个老百姓。

主持人：那片雷区没有说划出来，因为它探测不出来具体的范围位置是吗？所以不好给老百姓去标示，哪个地方你不能入内？

吴 强：他就立了个小石头，上面画了一个骷髅头，就表示里面不能进去,但是不高,因为灌木丛很多,有些老百姓就不容易看见,这是对人生命财产的一个威胁。对他们的经济发展也造成了一定的限制,我去看雷场的时候,他先给我们选了一块雷场是泰柬边境通关口岸的,那块雷场离柬埔寨的边境只有50米,那个地方是他们通关的一个地方。

主持人:边贸生意往来还是很频繁。

吴 强:每天很多人来来往往的,在离雷场200米的地方就是一个很大的集散地,就是从柬埔寨过来的商品和泰国过来的商品,大家都在那儿搞批发之类的,他本来想把这个扩大,但是有这个雷场,就限制了他的发展。

主持人:泰国方面怎么就找到了你们去给他们指导扫雷了呢?

吴 强:我们国家在2002年和2003年曾经对非洲的厄立特里亚进行过类似的培训,在2004年4月份,我们国家就在云南昆明召开了一个国际战后人道主义扫雷的技术交流与合作的国际研讨会,当初就有泰国的代表,有很多国家的代表都来参加了这个研讨会,在这个研讨会上,我们就展示了我们国家在培训、组织战后人道主义扫雷中间的一些先进方法和因地制宜的科学方法,展示出来。可能这个时候他们就发现了,了解到中国的扫雷技术比较适合他们国家,这样通过外交的渠道和我们接触。

主持人:就跟你们接洽上了,有了这次泰国之行,我们现在就一起来看看,这次你们泰国之行的工作状况。

2005年9月6号,中国扫雷专家组抵达泰国,接受培训的是泰国军队挑选的30名扫雷队员。在此之前,他们一直在接受美国扫雷专家的培训,但是成绩似乎并不理想。

在最初的一个半月的时间里,中国专家对泰国扫雷人员进行了系统的理论培训,向他们介绍了地雷的基本知识和中国军队扫雷的组织指挥经验。

为了配合这次援助泰国扫雷培训任务,中国还向泰国援助了50部探雷器、50套排雷防护装具和20吨扫雷爆破筒等扫雷器材。在理论培训期间,中国专家还要向泰方受训人员介绍这些器材的使用方法,而这项训练是在野外模拟雷场里进行的。

一个半月的理论培训结束后,开始对培训效果进行实地检验。在泰束边境的一处面积约两万平方米的地雷场,中国专家带领泰国受训人员进行了实地扫雷训练。中国专家组带来的新的扫雷方法和扫雷设备发挥了重要作用,泰国扫雷队员的扫雷速度有了明显的进展。

主持人:我看了这个片子,最想问的就是咱们中国的这种扫雷技术难道比美国还先进吗?

吴 强:这个不是说技术先进不先进,而是一个因地制宜的问题,我承认,我也看到他们美国的,包括国外的很多扫雷机械的科技含量比目前我们国家的高,但是我们用的我们的方法,是通过中国云南和广西边境多年来实践中总结出的一套非常适合于泰国地形的一种扫雷方法,所以我们的速度就比它快。

主持人:过去他们要扫两万平方米的雷要多长时间,这回在这种指导下又用了多长时间呢?

吴 强:我们这次2万平方米用了实际工作时间14天,每天只工作6小时。

主持人:相当于工作量也就是七八十个小时,如果他们过去呢?

吴 强:如果他们过去,不用我们的方法,就用扫雷犬或者是人工,我估计可能是两三倍以上的时间。

主持人:他们有没有想到调整了技术之后能进展这么快?

吴 强:他们当时没有想到,他们第二扫雷指挥部的主任,在我们扫雷前的一个星期,就是刚开始扫雷的时候他来了,完了以后他过了一个星期又再来,再来一看扫了一大片出来,他当时非常吃惊,他说一个星期我没来见,怎么一下一大片就出来了,他感觉到用我们的速度,采取我们的方法,这个效率提高得很快。

主持人:我看到片子里是采取实地的练习,当时是谁提出来这种想法,用实地操作来扫雷,他们当时肯定会有所顾虑吧?

吴 强:这个实地扫雷是我们国家和他们国家在换文的时候就跟他们提出来,他们以前也是接受美国的教学,美国的培训只是理论,培训完了以后就在训练场进行训练,没有实地的扫雷。我们这次就是要带着他们,把我们的理论转换为实践,实地也要扫雷,实地扫雷一个是检验我们训练的效果怎么样,第二更重要的是培养人员的心理素质。

主持人：但是你要面临着会有人员伤亡的压力，为什么有这么大的把握呢？

吴 强：他们国家地雷行动中心的主任丹依赛将军，当初在选实地雷场的时候也反复给我们提出来，他说组长，你能不能不要到实地雷场去训练，他说我组建这个扫雷队以后，已经有6年没有伤着一个兄弟，如果你这次来给我伤了一个，炸死一个，到时候我怎么办？怎么向我们国家、向他们的家属交代？我们说只要你按照我们的方法，听我们的指挥，我可以保证，我们有安全措施，有安全手段，来保证你不会受伤的。

主持人：这么大把握啊？

吴 强：对，因为我们这个事儿已经做过好几次了。

主持人：刚才咱们在片子里看到，是用爆破筒那样的东西去先炸掉了它，再去排除是吗？这是一种什么技术啊？

吴 强：我们中国在全世界战后人道主义扫雷中独有的一家，叫爆破法扫雷的一种方法。爆破法好，就用在这个热带丛林，这个地形上是非常实用的，为什么呢？第一，雷场20年没有经过人破坏，它的植被非常茂密，非常丰富，这种情况下人是进不去的，如果不清除植被，人进不去，探雷犬进不去，扫雷机械也进不去，怎么办呢？就用爆破的方法，首先在雷场中间开一条通路，把通路上的地雷进行诱爆、稀化，就方便人员进去作业，增加安全系数。

主持人：以前美国指导他们做的那些方法里没有这一招。

吴 强：没有这一招。

主持人：我们这次给泰国援助了什么样的设备和技术呢？

吴 强：这次我们带去的，给他们援助了50套防护装具，50部探测器，20吨扫雷爆破筒，还有配合我们教学用的5000发电火管、100公斤的TNT炸药。

主持人：我们今天正好也请来了广西军区的叶福仙参谋（援泰扫雷专家组成员之一），来给咱们现场武装，全副武装，您给我们演示一下，怎么样？

吴 强：行。

主持人：好，请叶参谋。我先看到了这双鞋，这个鞋我看比任何时

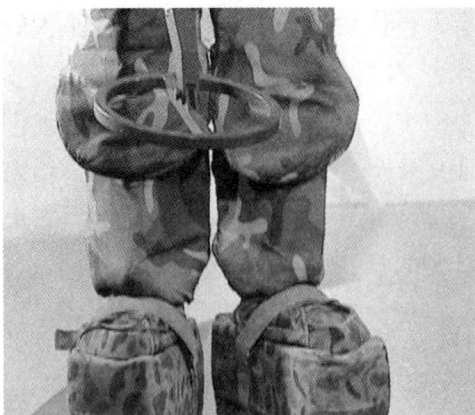

图9-4　扫雷防护装具

髦的松高鞋都厚好几倍，它是什么作用？要这么厚的底？（图9-4）

吴　强：这个鞋主要是保护人踏上防步兵地雷、压发地雷以后，保护脚掌不会被炸断，不会被炸伤。

主持人：像您刚才说这种威力比较小，只能炸到脚的雷对它等于不起作用？

吴　强：不起作用。

主持人：这身衣服大概得有多沉？

吴　强：20多公斤。这些衣服、挡板都可以，应该说可以防护210克TNT当量的爆炸损伤，对它的冲击波也好，还是它的钢珠打到他身上，都可以对人体全身进行防护。

主持人：这样，一般的地雷爆炸对我们的损伤就会很小。这个是咱们国产的服装吗？

吴　强：是我们自己研制的。

主持人：它的安全性应该怎么来评价呢？

吴　强：应该说这一套服装已经经历过了中国云南、广西边境两次大扫雷的检验，经历过了厄立特里亚两次扫雷的检验，这次到泰国去也经历了检验。

主持人：可以说在国际上的水平，怎么评价？咱们国产的这套服装？

吴　强：国际上也有，我看了一下，但是他们的很简单，就是前面放一块挡板，后面都没有，有的手上也没有防护。

主持人：那不是安全性会小很多？

吴　强：对。

主持人：可是我有一个问题，像广西云南那边的亚热带气候，包括泰国那么热，这样一身衣服穿在身上，影响他的工作时间吧？

吴　强：影响，所以我们在培训的时候，培训我们探雷手的时候，把体能训练作为一个特别重要的项目，要进行训练，增加他的耐力，在泰国是一个小时换一次操作手。

主持人：有没有想过咱们还要在服装的研制上，怎么能尽量有所改进，来适合这个工作？

吴 强：现在我们正在做这个工作。

主持人：他拿的这根大管子是什么东西呀？

吴 强：这是探雷器，主要是对金属，有金属的信号源会产生报警。

主持人：如果地上掉了什么钥匙或者别的什么金属的东西它也会乱响？

吴 强：它也会发生报警。

主持人：那怎么区别什么是地雷呢？

吴 强：那就要配合我们的这个探雷针，要配合探雷针进行使用。如果说发现了信号源，因为战场上信号源很多，有铁钉，有子弹壳，还有其他的金属碎片，我们经过培训，经过训练过的探雷手可以从一定的程度上判别，从声音频率的高低上，可以判别下面是地雷还是其他的，如果说是不能判别，就利用这根探雷针，探雷针就是利用作业手的手感来进行刺探，刺探如果下面有地雷，或者是金属物，或者是什么，经过训练过的作业手应该判别得出来。

主持人：那请您给我们演示一下，具体是怎么样的行动？

吴 强：你听到声音了吗？

主持人：我听到了。可是离它多近的时候才能听到，你看这么多铁的东西在周围它并没有很响？

吴 强：它必须要运动，产生运动，运动金属切割磁力线产生一个物理原理。

主持人：比如说您要是滑过这个大铁块。您给我们试试。这么小的声音吗？实际操作当中，他听的声音很大是吧？

吴 强：他戴的耳机，这是一块耳机，他戴在头上的。

主持人：这个探雷能定点到具体这个雷的位置，就是通过这个声音吗？

吴 强：一个是通过声音，一个是通过这个探雷针。

主持人：可是探雷针只是手感，就是手感，连个电子的信号什么都没有。

吴　强：没有，就是通过平时训练，平时训练手感，然后探测地表以下的地雷，因为一戳到它就有反应，手上有反应，就看它这个是长形的、条形的还是圆形的，这个圆形的有多大，那么大的可能就是防坦克地雷，那么小的那个圆形的就是防步兵地雷。

主持人：不会一触可能会引爆这样的？

吴　强：不会。探雷针的使用我们有特别的要求，它不要超过45度。

主持人：这个上面，探雷针总共有这么几十公分长，地雷就埋在地下不会超过这个高度？

吴　强：地雷的有效的作用就是在13公分以上，离地表13公分以上，最深的就是13厘米，一般像这种地雷离地表就是两三公分，因为它埋深了以后，人踩到它不会爆，土地就会分散你作用的压力，它就不会爆。

主持人：我想问问咱们这一套家伙全副武装下来大概要多少钱？

吴　强：这个可能要两万多。

主持人：两万多呢？那真是挺不便宜的，我们是不是请叶参谋先下去休息一下。咱们来说一说咱们这次援助工作结束之后，泰国方面是怎么评价咱们的工作的？

吴　强：我们结束以后开了一个毕业典礼，泰国最高司令部的总参谋长勒拉上将专门出席了这个毕业典礼，他听了我们的介绍以后，听到他们泰国地雷行动中心的主任介绍以后，对我们中国这次培训评价还是挺高的。中国这一次能够派出专家组，他们也是第一次接受这种类似的援助和培训教学，这种行为将会对他们今后的扫雷产生非常大的积极影响。

中国援助泰国扫雷行动，是中国第一次对亚洲国家开展大规模专项扫雷援助。其实，中国政府一直在尽力援助深受地雷危害的国家。

1998年，中国向联合国扫雷基金捐款10万美元，用于波黑扫雷；1999年和2000年，中国与联合国共同举办扫雷培训班，为柬埔寨、厄立特里亚等7个雷患国家培训扫雷人员；2001年，向莫桑比克、埃塞俄比亚、卢旺达、安哥拉、厄立特里亚等7个国家捐助扫雷器材；2002年，向黎巴嫩、厄立特里亚捐助扫雷器材。2002年和2003年，中国政府两次向厄立特里亚派出专家组，对当地扫雷人员进行培训，吴强也参加了第一批援助厄立特里亚的专家组。

主持人：您还参加过厄立特里亚的扫雷，是不是每个国家雷区的状况都有很大的不同？

吴　强：对，一个是它形成的时间是不同的；第二它用的地雷的雷种，有的国家是受某个国家的支持，有可能用某个国家的地雷，他受另外一个国家的支持，就用另外一个国家的地雷，所以雷场的雷种是不一样的；第三气候环境不一样，比如非洲厄立特里亚气候炎热，但是它不潮湿，植被不丰富，对战后扫雷来说就比较容易扫，泰国就不一样了，泰国是热带雨林，植被特别茂密，所以对我们扫雷带来的困难就比较多一些。

主持人：除了这两个国家，您还了解到，现在世界上受这种雷患灾害比较严重的国家还有哪些？

吴　强：主要是非洲的一些国家和亚洲的柬埔寨，这个雷患国也比较厉害，非洲的安哥拉、厄立特里亚等等，凡是发生过战争的国家有边境冲突的国家，都一定有地雷的。

主持人：除了中国在这方面的援助，您还知道哪些国家也在对这些灾难的国家进行援助吗？

吴　强：主要是由联合国专门负责战后扫雷的组织来进行对这些雷患国提供技术和资金上支持。

主持人：中国政府对于这个国际援助的这种人道主义扫雷是什么样的态度？

吴　强：1997年，中国政府就向国际社会做出了一个庄严的承诺，就是我们中国是一个负责任的大国，我们有义务，有责任，也愿意向雷患国家提供我们力所能及的一些帮助，比如说为他们培训人员，提供物资援助和一些经费上的支持。从1997年以后，中国政府就致力于解决战后地雷伤害平民的问题，一直在做这个工作，并且已经很有成效。

主持人：国际上还有什么比较专业的扫雷组织，这种专家队？

吴　强：我了解的有一家英国的公司，它在全球应该是最大的扫雷公司，这个扫雷公司是非政府组织的一个扫雷公司，它的目的是以商业扫雷为主，营利性的，不是援助性的，国外很多扫雷组织，都是属于这种非政府组织的商业扫雷性质。

主持人：您了解他们的收费情况吗？

吴 强：他的扫雷的价位至少是我们国家的四倍以上。

主持人：咱们国家怎么算？比如咱们是按一个区域范围多少还是什么？

吴 强：我们按一平方公里，在1992年的时候，那是在云南边境的时候，那个时候平均下来一平方公里人民币是39万元，但是在国际上那个时候是200多万元。

主持人：实际上它的成本肯定也没有那么高，不过它是商业运作的这种性质，所以说要收到四五倍的价钱。

……

一切早已归于平静。

但是，吴强脑海里总是出现那一幕……

天地寂静，有呼吸声、心跳声，甚至能听见双手扒开黄土的声音，黄土掩盖之下，那一个绿色的物体，发现了！轻轻卸下引信后，如释重负，于是，世界又变得如此生动……

很久了，吴强时常做这样的梦，梦中，没有载誉归来的热烈场面，没有做客《新闻会客厅》镇定自若的讲解，只有在生与死之间穿行的这一幕幕。对于很多人来说，成功和失败总是如影随形，成功是竭尽全力的回报，是达到理想生活境界的阶梯，而失败是人生历程中不可缺少的经历，是跨向成功的必由之路……

然而对于吴强来说，成功是生存的必须，他的特殊职业决定他的人生字典中不能有失败！

2011年4月21日，初春的阳光温和而慵懒。成都军区兵种训练基地整洁清凉，让人精神一振。

我们采访组一行三人刚进入基地，吴强已在办公楼前等候。这位兵种训练基地副司令员、42岁的上校军官英俊威武、彬彬有礼，举手投足间透露出的文雅气质，让人难以将他和整天与地雷打交道的"钢铁"人物联系起来。

"这份职业使我有了不同于普通人的经历，更让我走出国门为军旗争辉，我感到十分幸运！"吴强说。

但幸运的背后也是吴强一次次与死亡擦肩而过的惊险经历。

1992年，在一次新兵训练中，一名新兵因过度紧张将原本应该抛下悬崖的手榴弹抛到了吴强的脚下，以一名工兵的专业素质，吴强迅速捡起来将它抛出，手榴弹在空中爆炸，吴强和士兵们身后的崖壁上布满了弹片，吴强在瞬间的反应和处置能力避免了一起重大伤亡事故。

2000年，中国北方某弹药生产基地，吴强和战友们正在组织火箭弹的安装，突然一枚火箭弹的保险被拉掉，14秒后，火箭弹将会爆炸，后果不堪设想，吴强抱起火箭弹冲到窗边，用尽全身力量将火箭弹推向远方，避免了一次重大事故。

2002年，非洲厄立特里亚。在一片新雷区，刚刚进行了爆破开道后，吴强在没有任何防护的情况下进入爆破后理论上已安全的通道检查，没想到一颗并未爆炸的地雷就在通道边缘，而吴强竟然踩到它的三分之一，一瞬间吴强感到脚下不对劲，才发现自己已踩上了地雷。至今谈到那一次经历，吴强依然感到后怕，脚哪怕过去一点点，那这条腿就没有了。

2005年，泰国东部庄他武里府热水林县布雅刚佛村。吴强刚将发现的一柄手雷清理出来后，由于年代久远，手雷氧化严重，就在手雷离开地面的一刹那，保险梢突然断裂，刹那间吴强用手按住了保险梢，避免了手雷在手中爆炸。

危险的工作在吴强的身上打下深深的烙印，"留着等回来的时候再喝。"无论在非洲还是在泰国，这句话成为吴强和战友们必不可少的自我暗示，直到现在在任何场合吴强喝酒也从不干杯。在任何地方一听到爆炸声，神经立即处于一种高度紧张状态，是谁？什么事？哪个环节？这些关键词会过电一样穿过吴强的大脑，即使春节不时传来的鞭炮声，吴强也觉得很不舒服。

尽管时常面临生命危险，有着如此多的扫雷后遗症，但吴强毫不后悔，他觉得男人能真正为祖国效力那是一种荣耀！

（三十）援泰扫雷专家荣膺中共十七大代表

援泰扫雷专家组副组长陈代荣，是我国我军扫雷实践经验最丰富的战斗员和指挥员之一，是扫雷界的翘楚。不仅参加过云南边境大扫雷，而且作为扫雷专家两次赴厄立特里亚执行人道主义扫雷培训任务，援泰扫雷他担任专家组副组长，后来又赴黎巴嫩参加维和扫雷任务，担任扫雷连连长。翻开陈代荣的履历，记载的是他骄人的人生轨迹：与地雷打交道20多年来，亲手排除地雷及各类爆炸物2150余枚（件），研制发明了多功能扫雷耙、扫雷撬、扫雷锚、扫雷爆破筒等人工扫雷器材，其中两项被评为军队科技进步奖。他创造了扫雷速度快、消耗低、质量高、伤亡为零的骄人业绩，先后荣立一等功两次、二等功一次，被四总部表彰为全军优秀指挥军官，出席全军英模代表大会并在会上介绍了自己的先进事迹，被军委首长誉为"履行新世纪新阶段我军历史使命的重大典型"。2007年，被选为中国共产党第十七次全国代表大会代表。（图9-5）

图9-5　陈代荣当选中共十七大代表

2011年4月28日，在成都军区工科所见到陈代荣时，他刚从北京开会回到昆明。当提出要采访他时，他谦虚地说："我只是做了一个中国军人该做的分内之事，没什么好谈的。"

我让他介绍一下援泰扫雷的有关情况，他便讲述了赴泰国扫雷培训的经历。

经过厄立特里亚两次援外扫雷教学考验，陈代荣的《国际人道主义扫雷手册》终于编成了一部比较理想的援外扫雷教材。2004年11月，在昆明召开的国际扫雷研讨会上，他的这部教材引起了世界各国扫雷专家的高度重视。经会议审查讨论通过后，这部教材从此被确定为中国援外扫雷的基本教材。

就在这次会上，陈代荣的这部教材引起了泰国政府官员的注意，于是，他们当即向中国政府提出希望中国扫雷专家到泰国进行扫雷教学的邀请。

2005年9月至11月，中国援外扫雷专家组奉命到泰国执行教学任务。

这一次，陈代荣一行扫雷行家们的运气不太好，一进泰国，就碰到几张冷面孔。泰国战后的扫雷行动已经进行过多次了，其间，西方好几个扫雷器材装备很先进的国家都曾去这里露过几手。人家一看中国援外扫雷专家组扛着怪模怪样的钉耙和爆破筒进去，心里就想笑，心想，这是什么专家咧？简直就像农民进城。

泰国地雷行动中心一位将军皱着眉头、苦笑着对扫雷中心计划处长说，为了教学安全，给中国朋友找一片好地方做教学场地吧，免得伤了人对谁都不好交代。计划处处长心领神会，笑嘻嘻地为陈代荣他们在城边找了一块很安全的无雷平地做教学雷场。明白人一看，这鬼地方明显是不能接受的，人家关心你是实，但同时也小看你了，如果你接受了这种关心，那就丢了中国军人的脸，丢了中国人的脸！在人家屋檐下丢了脸，你还有什么脸在人家院坝里教人家的儿子学本事？身为专家组副组长的陈代荣一看就急了，沉着脸色说："朋友，我们是来泰国教学排雷的，不是来搞杂技表演的。我们是来教泰国学员学真本事的，我们必须对泰国学员的生命安全负责，怎么能在没有地雷的场地上空谈排雷技术呢？请给我们找一个有地雷的实地雷场作教学场地吧。"

计划处处长笑容满面地说："番托（中校）陈，许多国家来的专家，我们都是这样安排的啊！在实地雷场教学太危险了，还是在安全的地方教学吧！"

陈代荣平静地说："别的国家在什么地方教学我们管不着，可我们一

第九章 泰柬边境显身手

定要在实地雷场教学，否则，就是你们看不起我们中国人啦！"

计划处长看陈代荣态度十分坚决，不好再说什么，只好报告上级，在尖竹文府地区，给中国扫雷教学组选了一个情况十分复杂的雷场。

这一片雷场树木林立，杂草丛生，地形复杂，是过去几个外国扫雷教学专家组都不敢去的地方。中国扫雷专家组在这里选定雷场后，泰国地雷行动中心主任戴蒙柯将军听说后，很吃惊，立刻乘直升机从首都曼谷赶到尖竹文府雷场视察，看望中国扫雷教学组。

就这样，经过36天的教学训练，陈代荣带领中国扫雷专家和泰国学员一起，扫除了泰国尖竹文府一片近两万平方米的雷场，清除了各种地雷212颗、爆炸物近1000件。（图9-6）

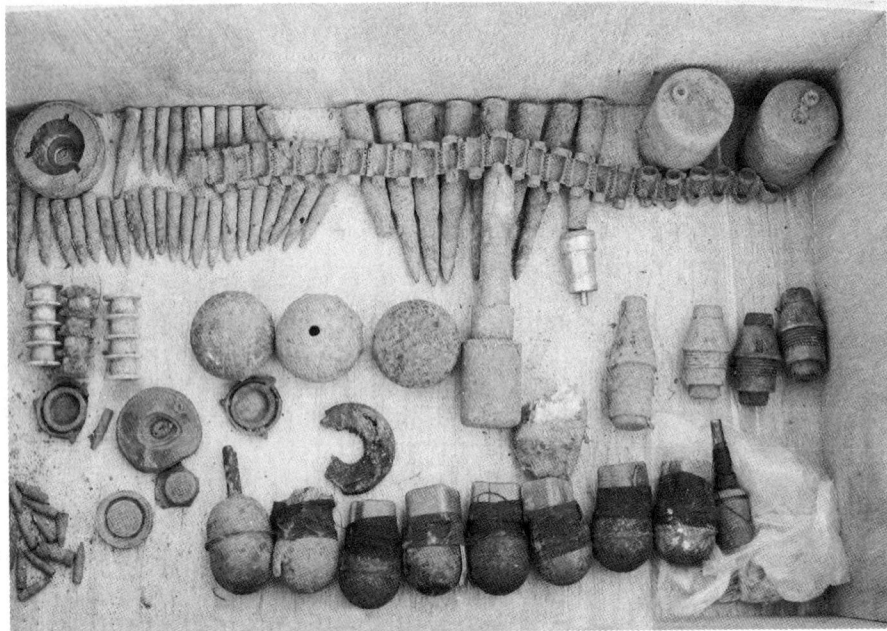

图9-6 排除的各种地雷和爆炸物

中国援外扫雷教学组向泰国移交这一片扫雷土地时，泰国陆军总参谋长勒拉上将当众宣布："这里原本是一片被死神笼罩着的雷区，是中国人让它恢复了原有的美丽。我们的政府要收回这块土地，种上一片树林，让它永远见证我们中泰两国人民的友谊！"紧接着，泰国政府就把这一片中国人移交的雷场,变成了栽满了各种树木的"中泰友谊林"。

陈代荣为中国军人争得了荣誉,为中国人争得了尊严,同时也受到了泰国人的尊敬,有人甚至想把陈代荣留下。在中国援外扫雷专家组告别泰国的宴会上,和陈代荣同甘共苦两个月的泰国地雷行动中心计划处处长希瓦猜实在舍不得他走,悄悄地对他说:"番托陈,我给你找一个十分漂亮的泰国老婆,你就留在泰国好不好?"陈代荣淡淡一笑说:"这个玩笑开不得。我有老婆,我的老婆也很漂亮;我有祖国,我的祖国很伟大!"

陈代荣回国后,他在泰国扫雷教学的许多行动都被国内外同行传为佳话。

陈代荣在采访中反复强调,扫雷要相信科学,不能相信运气。他说,扫雷是一项高风险的工作,绝对来不得半点马虎。陈代荣牢记这一点,无论在任何情况下,一旦进入雷场,都始终保持着十分清醒的头脑,坚持相信科学,不相信运气,绝不放过任何排雷隐患。

一次,陈代荣带领泰方扫雷学员清扫一片光秃秃的沙石地雷区。一位多次经过美军培训过的扫雷队学员自信地说:"凭我的感觉,这里不可能有地雷,大家可以大胆地往前走。"说完,他便放心地踏进了雷区。

陈代荣发现后,赶紧追上去把他拉了出来,狠狠地批评他说:"咱们和地雷打交道,决不能凭感觉走路,一定要靠科学走路。"说着,他赶紧提起一副探雷器冲到最前面去探雷。结果,他刚往前走了十几分钟,就在沙石缝里发现了一颗威力很大的跳雷。他把这颗地雷抠出来时,大家一看,都惊呆了。那位自认为不会有事的泰国学员更是吓得脸色苍白,双腿发抖。

如果这颗跳雷爆炸,后果将不堪设想。陈代荣相信科学,不相信运气,为大家排除了一次难以想象的危险。

泰国尖竹文府地区,属热带丛林地,时至秋季,气候仍然十分闷热潮湿,室外温度常在40℃以上。教员和学员穿着厚厚的防护服进入雷场作业,几分钟内,就会热得全身湿透,极其难受。

泰方有一位胖学员热得实在受不了,赌气说:"我宁愿被炸死,也不愿意被热死,不穿这该死的防护服未必就一定会踩中地雷。"说着,合掌低头默默祈祷之后,就将自己身上的防护服脱下扔在了雷场外,想穿着单衣进雷场扫雷。

陈代荣见了，立即叫他站在雷场外边，狠狠地批评他说："不穿防护服，就不准进雷场！今天你第一个怕热不穿防护服，明天进雷场，很可能就是你第一个被炸倒！这是开不得玩笑的。"

这胖小子听了陈代荣的话后，红着脸说："陈老师，我知道错了，以后再不敢这样了。"陈代荣拍拍那小子的肩膀说："知道了就好，穿好防护服跟我进场吧！"

陈代荣说，许多工作的质量标准都允许有误差，但排雷工作决不能有误差，排雷的质量标准必须是100%，雷场只有100%无雷，才是真正的安全，否则，代价就是人的伤亡。

泰国雷场上，有一种"小金雷"。这种雷体积小，外壳含金属量极少，一般探雷器很难探测出这种"核桃雷""苹果雷"。过去，不少外国专家来这里排雷，都很容易漏排这种地雷。

中国扫雷教学专家组到泰国后，没几天，也碰上了这种小东西。有一次，还险些伤着学员。陈代荣想设法解决这个难题。泰国有些官员还不以为然，说："不少探雷技术先进的国家都没解决这个问题，你们也没有什么比他们更先进的设备，就别去冒险了。排雷人员都穿着防爆衣、防爆鞋，即使有几颗没扫干净，也坏不了什么大事，你何必还要去冒风险呢？"

陈代荣严肃地说："话不能这么说，外国人现在能解决的事，中国人现在不一定都能解决；外国人现在不能解决的事，中国人现在不一定就解决不了。几颗'小金雷'虽然很难伤着扫雷队员，但很容易伤着老百姓，伤着中国人的面子。我们中国人搜排过的雷场决不能给泰国老百姓留下任何隐患。"

为了尽快找出捉拿"小金雷"的好方法，陈代荣反复查阅相关资料，最后决定在排雷阵法上做文章，设计出了一种叫"门型框标式搜排法"的好阵法，一下子就解决了漏排的大难题。

尖竹文府喃隆县邑嘎村，是泰国战后雷患的重灾区。过去，泰军某部扫雷队在这里清扫了好几次，都未彻底清除干净。有一天，陈代荣和泰国军方人员一起路过这里。几个老百姓跑来堵住泰国军方人员说："你们是怎么搞的？我们这里清扫好几次了，还给我们留下一些'纪念品'，地里还有地雷,再给我们好好扫一扫吧!不然,我们心里不踏实,根本不敢大胆种庄稼。"

随行的泰国军方人员听了老百姓的话,有点不高兴,说:"给你们扫了好几次了,不可能还有什么大问题。"吵闹的人也不高兴,说:"不可能有大问题?那什么叫小问题?炸断手脚是小问题吗?炸瞎眼睛是小问题吗?国家拿钱把你们养着,你们怎么能对老百姓这么不负责任?"泰国军方人员这样应付老百姓,肯定是不对的,不管是大问题还是小问题,万一伤着人就是严重问题,怎么能说没排干净地雷是小问题呢?

陈代荣一听老百姓讲得很有道理,便对泰国军方人员说:"这一片地让我们带学员来清扫吧!"随行的泰国军方人员见陈代荣为他们解了围,当场就答应了。

几天后,陈代荣和其他教员一起,带着泰国学员赶到邑嘎村雷场扫雷。

进入雷场后,开始泰国学员也没很重视,心想,"人家都清扫了好几遍了,哪还会有地雷啊!"可进场没多久,很快就发现了一个可怕的诱爆弹坑,里面不仅有一颗防步兵地雷,而且还有两根引信和十余件其他爆炸物。

一位排爆的学员一看这阵势,心里害怕,手忙脚乱,一不小心,当场就把一根延期引信弄出了一股白烟。陈代荣一看情况不妙,一把抓过正在燃烧的引信顺手扔了出去,才化解了一次险情。

经过这次历险后,所有的学员都格外认真起来,很快又在这一片雷场上搜出了三颗防步兵跳发雷和四根炮弹引信。之后,为了万无一失,陈代荣和所有的教员又带领学员,对一万多平方米耕地,全面进行了一次十分细致的搜排,才把土地交给当地群众耕种。

介绍完援泰扫雷培训情况后,我让他谈一谈赴黎巴嫩执行维和扫雷任务的情况。

陈代荣说:"在黎巴嫩执行维和任务,是我生命中最刻骨铭心的一段记忆,因为我看到了残酷战争所带来的灾难,以及那些无辜的平民眼里充满期望和平的目光。"回忆起在中东维和的日日夜夜,陈代荣的言语总显得那么沉重。(图9-7)

在黎巴嫩维和期间,陈代荣带领扫雷分队共为联黎部队扫除疑似雷场面积22万余平方米,巡逻道15条(1万余米)及蓝线标桩扫雷,共扫除

图9-7　赴黎维和扫雷队长陈代荣

地雷100余枚，排除各类未爆炸弹6500余枚，各类金属物500余公斤。一次，一枚航弹落在黎巴嫩南部村庄未爆，陈代荣接连3天带领战士冒着生命危险掘地20米，终于排除了这枚重达2000磅的航弹。当地村民围着中国军人欢呼雀跃，竖起大拇指直叫："China! China!"

战火磨炼了陈代荣坚强的意志，他那种身先士卒、英勇善战的精神让人敬佩。可陈代荣总是说，自己只是尽了一个军人的本职。"我希望能让扫雷技术传遍全世界，希望和平的种子洒遍全世界每一个角落。"

在出席党的十七大期间，记者采访时问陈代荣有什么感言，陈代荣说："责任与使命同在，我不能沉浸在鲜花和掌声之中。难民、家庭破碎、雷患这些字眼时刻撞击着我的心扉，我有责任为和平作出奉献。战争没有让我退缩，因为肩扛历史使命。我永远会牢记自己是一名共产党员，并决心为党的事业不懈奋斗，为党旗增光添辉。"

（三十一）援泰扫雷专家组里有一位扫雷排爆的兵专家

刘庆忠简直就是个"考不倒"。只要与扫雷有关的，什么地雷、金属都无法从他手下漏网。

不过，刘庆忠刚到泰国时，泰国学员还是对他投来怀疑的目光："一名士兵能教我们吗？"他们还专门"考"过刘庆忠。

在一次模拟雷场训练间隙，刘庆忠所在的第一组组长批亚目·萨克上尉悄悄拿出一个长方形的金属物埋进模拟雷场，然后用中国的探雷器反复探测，都没探测到。随后他就对刘庆忠说："NO地雷、NO地雷。"并告知翻译，用中国的器材探不到这个东西。

"绝对不可能！"刘庆忠有几分生气。他清楚对方不仅是想"考"他的技术，还想检验中国的探雷器材。他调试了一下探雷器的灵敏度，弓下腰仔细排查，泰方学员都凑过来看热闹。不到5分钟，探雷器发出敏锐的警报声。刘庆忠顺利找到了批亚目·萨克埋的东西。接着，有人又把一根绣花针埋在地里让他探测。刘庆忠同样顺利排出。

"噢，太神奇了，中国的扫雷器材非常好，中国扫雷专家非常棒！"批亚目·萨克上尉惊讶地看着刘庆忠。泰方学员随即一片掌声。

排真地雷，刘庆忠同样干得很棒。一次，在清除一个废旧的弹药库时，学员们想见识一下刘庆忠的真功夫。刘庆忠眉头都没皱一下，向前搜排，在泥土里一次次"抠"地雷。半个小时后，一枚地雷和其他十余件废旧爆炸物呈现在学员面前。"真排干净了吗？"面对泰方学员的质疑，刘庆忠来回在排过的地方走了几圈。见他安然无恙，泰方学员向他竖起大拇指："刘老师排雷的技术一流！排雷的质量也一流！"

2005年10月26日，泰柬边境某雷场。刘庆忠正在一块坡地上给泰国学员进行扫雷技术示范。突然，扫雷耙钩出的一颗手雷，顺着坡"骨碌碌"往下滚去，手雷的拉火环拖在外面，而几米外就有几名泰国学员在作业。"闪开！"刘庆忠一边大声招呼学员，一边不顾一切地扑上去，一把抓住手雷，控制住拉火环，避免了一场可能发生的意外爆炸。

这就是刘庆忠在国外扫雷随时都可能要面对的险情！在泰国教学扫雷的近三个月中，他曾在20多分钟内排除了5枚手雷，期间有两次用手指摸索腐殖土中的绊线时险些触动起爆装置，还有一次距他驻足之处不到10厘米的地方就埋有一枚防步兵地雷……虽然危险无处不在、无时不在，但刘庆忠无所畏惧，亲手排除了地雷30多枚，销毁地雷、迫击炮弹、手雷等300多枚（发）。泰国学员感动地说，从刘庆忠身上不仅学到了精湛的扫雷技术，还强烈感受到了爱好和平的中国军人舍生忘死的精神。

这种精神源自一支有着光荣传统的英雄团队。刘庆忠所在的某工兵团，曾先后参加过中越边境大扫雷和厄立特里亚、泰国援外教学扫雷，以及我国第一批、第二批、第五批赴黎巴嫩维和任务。作为英雄团队的一员，刘庆忠在耳濡目染中牢牢记住了这样一组数字：目前世界上有68个国家埋有近1亿枚地雷及其他爆炸物，每年约有2.6万人触雷伤亡！他更记住了团史馆中那句格外醒目的话："为消除世界雷患，放飞和平鸽，中国工兵时刻做好献身准备！"

图9-8　刘庆忠在泰国扫雷

在黎巴嫩维和，刘庆忠更是成了传奇人物。2006年7月下旬，黎以冲突激战正酣。刘庆忠随护送物资的运输车赴戈兰高地维和友军营地，在边境地区发现两枚122毫米未爆炮弹横躺在路中央。路边一侧的以军检查站哨所狙击手枪口寒光闪闪，而另一侧断水断粮的友军正焦急等待救援物资。因地形限制不能使用专业排爆工具，刘庆忠就用麻线缠、用手拧，冒着危险将引信拆除。带队的法国维和军官米歇尔上尉由衷赞叹说："刘，你真勇敢！"刘庆忠冲他淡淡一笑："中国军人都这样！"（图9-8）

最惊险的，还是黎以冲突刚结束时销毁未爆航弹的那一幕。当时，刘庆忠在一片橘园里发现了一枚500磅未爆航弹，这枚航弹包括引信在内的各部件都非常完整，稍有疏忽就有可能爆炸。考虑到在现场引爆会炸毁黎巴嫩平民的果园和房屋，中国营决定将其转移销毁。他们小心翼翼地将航弹吊到运输车上后，刘庆忠在弹体上裹了两层毛毯，自己一个人在车厢里双膝跪地死死抵住弹体，并用双手按住航弹，使之不能有丝毫的移动。车辆缓慢行驶了三个小时，刘庆忠就这样坚持了三个小时。

据中国第五批维和工兵营营长聂学政和手把手教刘庆忠排雷的某工兵团副团长陈代荣介绍，随我国第一批、第二批、第五批赴黎巴嫩维和部队三次赴中东执行维和扫雷任务的刘庆忠，主动承担了类似的销毁任务数十次，是维和营执行销毁任务最多的作业手。迄今，刘庆忠已亲手排除和销毁地雷、子母弹、航弹等各类爆炸物3900余枚（发），组织排除地雷等各种爆炸物2500余枚（发），为我军和外军培训200余名扫雷骨干，是我军目前参加国际扫雷次数最多、排除和销毁地雷数量最多、培训扫雷骨干最多的士官。他排除的地雷大多是雷场上发现的第一枚，或是一触即发的"诡计雷""险情弹"，与死神擦肩而过的险情多达30余次。

刘庆忠学历并不高，但凭着他坚韧不拔、一往无前的韧劲，从一个初中生成长为一位国际地雷士兵专家，创造了多项扫雷奇迹。

2006年黎以冲突结束后，维和部队奉命清除一枚斜插入民居院内的2000磅未爆航弹。按照通行的做法，要在弹洞周围10米处往下挖坑，需20多天时间。然而，刘庆忠带着两名战友，用挖掘机在弹洞周围不到3米的地方向下挖了14米，仅用3天多时间就成功排除了未爆航弹。联合国专家称赞他说："你创造了世界排除未爆航弹的奇迹！"

出生于山东革命老区的刘庆忠，是听着前辈讲地雷战的故事长大的，1998年入伍当上工兵时曾激动得一夜睡不着觉。但令他没想到的是，首次上训练场就接连三次踏响了"地雷"。他由此感到，当一个工兵并不那么简单——不仅要有不怕牺牲的精神，更要有高超的扫雷技能，以最小的代价取得最大效益。

在地雷界，扫雷被称为斗"死神"，只有理论没有实践的人只能被称为"纸上地雷专家"，有理论和实践的才算"大半个地雷专家"，"大半个地雷专家"再加上有科技革新成果，才称得上是真正的地雷专家。刘庆忠要当真正的地雷"兵专家"，有人曾取笑他："初中生会挖地雷就不错了，别做专家梦啦！"

"没有追求，哪能超越自我！"不服输的刘庆忠不断向自己挑战。

只有初中文化的刘庆忠，口袋里总装着一个记事本，随时记下有关的扫雷知识。入伍11年来，他先后学习了50多本专业书籍，整理了20多万字的读书笔记，熟练掌握了10多个国家60余种地雷的埋设和排除方法，撰写了百余篇论文和体会文章，参与编写了《扫雷作业指导手册》《国际人道主义扫雷手册》等多部扫雷教材教案。在出国扫雷和教学中，刘庆忠配合专家共同探索出"纵火毁雷法""单兵排雷六法""人工分标段搜排法"等26种中国式科学扫雷手段和方法。黎以战争期间及结束后,中国维和工兵营在排爆作业中遇到大量从前没有接触过的弹种。刘庆忠从多种渠道收集技术资料,与排雷连连长陈代荣等一道抵近观察,分析弹体结构及发火原理,最终摸索出清除多种型号子母弹和航空炸弹的训法与战法,丰富了我军在战时条件下扫雷排爆的经验。

更让国际地雷界惊叹的是,刘庆忠还先后研制革新了"扫雷耙""扫雷铲""松土锹"等10余种造价低、高效、安全、实用的简易扫雷装备,获得国际地雷界的认可。在我军传统扫雷作业中,抛扫雷锚引爆绊发雷是有效的方法之一,但扫雷锚容易挂在树枝上,刘庆忠用钢丝做成绊线探测器,有效克服了这一不足。有关专家称,一根只值几毛钱的钢丝,解决了大问题。他参与研发并在全军推广的"多功能扫雷耙",具有割除雷场草枝、钩雷、清理雷场等多种功能,被国家兵器工业部评为科技进步三等奖,填补了我军扫雷装备上的一个空白。

不断超越自我,刘庆忠成了国际地雷界专家公认的扫雷士兵专家,也书写了中国军人的辉煌:扫雷速度最快,是联合国维和扫雷部队平均速度的7倍;质量最高,扫除的数十万平方米雷场未发现一处漏扫雷患;成本最低,大大低于联合国维和扫雷部队标准;安全系数最高,他和他所培训的200余名多国扫雷骨干毫发无损。

刘庆忠危险时勇争第一,却5次让功,10余次拒绝扫雷商高薪聘请。

黎以战事最紧张的时候,中国维和工兵营按要求制定的撤离方案中需要有6个人留守。刘庆忠第一个找到中国营领导,斩钉截铁地说:"我是党员,我留下!"在他的带动下,战友们纷纷要求留守。营长罗富强说,刘庆忠在关键时刻站出来要求留守,激励了官兵的斗志,坚定了营党委"既维护我国负责任的大国形象,也保证官兵的生命安全"的信心。在黎以冲突的34天中,刘庆忠10余次主动报名外出执行任务,成为维和工兵营执行任务次数最多的一个。一名被他和战友从战火中救出的黎巴嫩老人,抚摸着他臂章上的中国国旗连声说:"感谢中国,感谢中国!"

在国际雷场与"死神"打交道,一举一动都连着国家和军队的荣誉。每次排爆扫雷都有友军配合,为确保万无一失,刘庆忠立下了三条不成文的"规矩":每一次上雷场,由他走在最前面;每次作业时,第一枚雷由他自己排；每次遇到比较复杂的情况，由他第一个进现场处理。一次，在黎以边境探查时，刘庆忠一如既往走在战友们前面，在原本估计不太可能有地雷的4公里巡逻道上，竟探出了6枚反步兵地雷。战友们感慨地说：跟着刘班长，我们就有安全感！（图9-9）

刘庆忠把国家和军队的荣誉看得比什么都重，个人的名利地位却看得很淡。2005年年底，刘庆忠刚从泰国执行教学扫雷任务回国，连队根据他的出色表现，决定

图9-9　刘庆忠在黎以边境某雷场

给他报请三等功，可他说："这种机会我以后还会有，这次给表现同样优秀的战友吧。"2007年9月，中国维和工兵营根据刘庆忠连续两次参加维和的出色表现，决定给他报请一等功。但他以自己在第一批维和结束时已荣立二等功为由，硬是把名额让给了战友。据某工兵团政委王良斌介绍，11年来，刘庆忠带出的徒弟有16人次立功，其中2人荣立一等功，2人荣立二等功，可他却先后5次让功。最让战友们感动的是，刘庆忠因超龄失去了保送入学的机会，他却热心帮助两名战友成为业务尖子，被保送军校学习。

第一次赴黎巴嫩维和结束时，领导想留他继续参加第二批维和，但考虑到他2005年领了结婚证后因接连两次出国执行任务还未举行结婚仪式，有点为难。他是独子，家里担心他的安全，已给他联系好工作，希望他退伍回乡。一位在部队干过工兵的老领导，自主择业后在香港成立了一家国际扫雷公司，让刘庆忠跟他干，年薪不下10万元。有人按国际商业扫雷的价格给他算过一笔账，每扫一颗雷至少可以赚20美元，按他的扫雷水平，完全可以成为百万富翁。但他还是主动向组织要求留下来继续维和。近年来，刘庆忠先后拒绝商业扫雷公司的高薪聘请10余次，每次他总是说："我是部队培养教育出来的，我的技术属于部队，属于中国军

人的使命!"

2011年4月28日,我在云南某工兵团驻地见到了刘庆忠,1980年7月出生,1998年12月入伍,四级军士长,高个儿,浓眉大眼,一个非常帅的山东小伙子。曾获"科技人才一等奖""全军维和先进个人(唯一兵代表)""全军十大杰出士官"和首届"全军优秀士官人才奖"一等奖等荣誉。

(三十二)援泰扫雷专家组个个竞风流

郭涛是解放军理工大学野战工程学院地雷与爆破教研室的教员。在援助泰国扫雷培训中,他主要负责理论教学阶段的教学工作。

理论教学阶段是在泰国工兵学校完成的。而让郭涛和他的队友们终生难忘的是泰柬边境实施的实地教学。(图9-10)

已经和地雷打了10年交道的郭涛,第一次见到真实的雷场,还是感到了不小的心理压力。"去之前我们也不知道会遇到哪些种类的地雷,泰国也无法提供详细的雷场资料,而且对当地的情况很不熟悉,所以我们几个中国队友也担心会有危险"。

整个边境被一片茂密的热带雨林所笼罩,除了高大浓密的树木以外,整个雷区长满了将近两米高的茅草。这样的自然条件为扫雷带来了不小的困难。泰国地处热带,10月份的平均温度仍然超过40摄氏度。排雷人员要穿上厚厚的防护服。刚穿上防护服的时候,很多土生土长的泰国学员都受不了,出现了中暑和虚脱症状。而对这种天气本来就已经很不适应的中国教员更是不能忍受。适应了几天后,穿着防护服排雷的人员必须

图9-10 郭涛在进行课堂教学

每30分钟轮换一次，脱下防护服调整和休息，以确保教学顺利完成。

扫雷前，队员们先要对雷场周围的茅草喷洒除草剂，待其枯萎之后用爆破筒爆破，开出一条宽度近3米的安全通道，然后在这条安全通道的周围用探雷器和探雷针，探测地雷的具体位置，将其挖出，最后拆除引信。

整个实地教学过程中，有两件事给郭涛的印象很深。

在探雷阶段，第一颗地雷是泰方学员探测到的。但是，面对一次非常好的排雷操作机会和挖出第一颗地雷的荣誉，所有的泰国学员却纷纷往后退。"他们说，自己没买保险，而且这次行动没有补助。"郭涛告诉记者：在泰国，排雷是政府行为，每次执行扫雷任务，政府会为扫雷人员购买很高的保险并且给予他们高额补助。而这次的培训班属于教学性质，政府没有给他们补助也没有为他们上保险，所以他们不敢冒这个险。

郭涛在几天的扫雷过程中发现了一种他"很不愿意见到"的地雷。一天，中方队员用扫雷爆破筒炸开了通路。在收集通路两旁报废的爆炸物的过程中，郭涛发现了美军的M14地雷。这种地雷含的金属量非常小，只有8克，刚刚达到探雷器能够捕捉到的范围。"它幸好是在扫雷爆破筒开辟通路的过程中被引爆了，否则如果靠探雷器来探测，就有可能发现不了，这样很容易出现伤亡"。让郭涛感到庆幸的是，这次扫雷中，这种地雷出现得很少。（图9-11）

郭涛说，这次行动非常辛苦，所有人员都住在雷场附近一个废弃的小别墅里，每天到达雷场要往返10多公里。最可怕的是热带的蚊虫。因为当地的蚊子会传播传染病，所以队员们所有裸露在外面的皮肤都要涂上防蚊药水。为了防止

图9-11　郭涛在作扫雷指导

虫子爬进裤管，队员们出门都要系紧绑腿，做严密的防护。

在这次援助行动中，两国队员共同扫除的雷区面积约两万平方米，扫除7个类型的地雷共212枚，并排除了大量的炮弹、炸弹和子弹，其中泰国学员在中国教员的指导下一天内排雷最多达23颗。而且，双方人员无一伤亡。

援泰扫雷专家组里有位专家叫张正军，来自成都军区某工兵团。

都说张正军雷场上胆大如虎、心细如发，此话不假。泰国雷场雷种复杂多样，堪称"地雷微缩博物馆"。但张正军不怕。

那次，他带泰方学员在一片茂密的丛林中排雷时，在一个土坎前，他发现泥土中埋有一枚防步兵地雷，旁边还散落着其他爆炸物。跟着他的脚印走的几名学员脸"唰"一下白了。"没事！"张正军让学员后退到安全地方，独自上前搜排。大约15分钟后，地雷和爆炸物全部被他清除。学员看着被他卸了引信的地雷和几枚木柄已腐烂的手榴弹，都冲他鼓起掌来。

类似的危险，张正军几乎每天都要面对。一天，他和泰方学员清除一个诱爆弹坑。起初，学员看到弹坑曾经被炸过，以为没危险，便要贸然进雷场。但张正军提醒大家可能有连环雷，要求每个学员注意安全。在一个土包旁，他探清地雷的准确位置后，毫不犹豫趴在地上，扒开泥土，小心翼翼地取出一枚防步兵地雷。接着，他又独自搜排出2枚引信和10余枚其他爆炸物。（图9-12）

世界各国雷种复杂多样，援外扫雷说不准会遇上什么地雷。2002年第一次被选入国际扫雷专家组时，张正军就把常遇到的50多种外军地雷一一分解结合，熟知每一种地雷的战技术性能。他把常遇雷种布设方法背得滚瓜烂熟。布雷常用的诡计、虚掩、引诱等骗术他了如指掌。

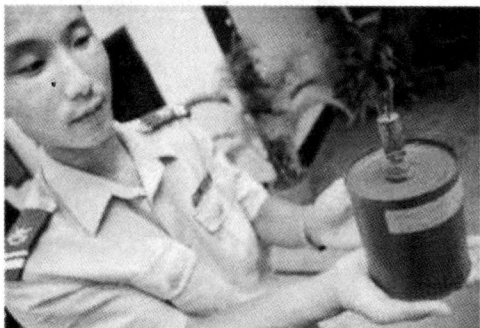

图9-12 张正军

就说这个诱爆弹坑，布

雷时有意将地雷埋设在爆炸过的弹坑处，造成看似已经爆炸过的错觉。幸好有胆大心细的张正军在场，这才安然无事。

援泰扫雷专家组里有位专家叫刘军，也来自成都军区。

"这小个子也是专家？"泰国一名54岁的老兵看看瘦小的刘军笑着对翻译说。在场的人哄堂大笑。但很快，学员们对这个"小个子"刮目相看了。

到泰国一个星期后的一天下午，刘军带学员在一个地势低洼的雷场进行人工搜排。由于遇上大雨，有的地方水淹过膝盖。在浑水里摸鱼易，排雷就难了，危险性很大。

"太危险！"饱受雷害的泰方学员耸耸肩站在雷场外看着带队的刘军。（图9-13）

图9-13　刘军身穿排雷防护服

"我是中国军人，看我的！"刘军操起探雷器材转身踏入泥浆水中进了雷场。穿着防雷鞋不好走，但脱了鞋子又不安全，刘军几次险些跌倒在泥水里。在一个十几米长的深水滩前，他判断滩中可能有地雷，便找来木板垫在脚下，每前进一步就换着垫一块木板，举步维艰。

果真，在一个积水较多的弹坑里，探雷器发出警报。刘军跪在泥水中，手伸进泥浆里触摸探测。他是忍着两个手指被石块和爆炸物碎片划破的疼痛一点点搜排的。大约10分钟后，一枚苏式地雷被他成功排出。刘军顾不上歇口气，又趴在泥水里搜排了半个多小时，先后排出各类爆炸物10余件。

由于在水里浸泡时间长，刘军的手、膝和脚都被泡得发白。手指流出的血染在他搜排过的泥土上。看着这个变成"泥人"的小专家，那名54岁的老兵激动地抱着他，用不太标准的汉语说："刘老师，好样的！"

援泰扫雷专家组里有位专家叫李宝刚。

人称李宝刚是"排雷机器"。他两次援外扫雷，先后排除各类地雷

图9-14　李宝刚

和爆炸物上千枚（件）。

"光自己排还不行，还必须教会别人如何扫雷"。李宝刚有句口头禅，"再难教的学员我也要让他合格！"这不是说大话。（图9-14）

学员中有个叫给提叁的，学习排雷总是比别人慢三拍，连同伴都称他是最难教的学员。一天，学员在轮流排李宝刚设置的模拟地雷时，唯有给提叁探了三次还是未发现那枚防步兵地雷。

看着给提叁有几分泄气，李宝刚又有意埋设了一枚容易探测的防坦克地雷，而且故意露出破绽让给提叁来排。很快，给提叁轻松地完成任务。李宝刚当即对他提出表扬。这让给提叁有了信心。第二天，李宝刚又让给提叁"顺利"探测到了地雷。给提叁一下来了劲，开始整天琢磨地雷。慢慢地，他赶上了其他学员。在结业考试时，给提叁取得了优秀成绩。

在泰国扫雷教学，语言障碍是第一道难关。李宝刚有"招"。他用自己摸索出的"手势加英语加泰话"方法使教学顺利进行。他所带的10名学员结业考核时全部取得良好以上成绩。

"小伙子，你很棒，你们中国人才是真正教我们技术的专家！"泰国扫雷行动中心一官员对李宝刚这样评价。

……

泰国的雷患不仅对人造成了危害，而且对动物也造成了伤害。

据媒体报道，生活在泰国南邦府的亚洲象摩莎贝贝在七个月大时不幸踩到地雷，右前腿被炸残，当时差点丧命。事故发生后，摩莎贝贝被迅速送到了"亚洲象之友"医院，在那里医生为它实施了手术。2007年，在泰国"亚洲象之友"组织的帮助下，医生为摩莎贝贝安上了为它量身定制的假肢，成为世界上第一头装上假肢的大象。（图9-15）

另据报道，泰国动物保护专家2009年8月15日又为一头10年前因触雷受伤的母象"摩塔拉"装上一条永久性"新腿"。

图9-15　装上假肢的大象

这一假肢由"假肢基金会"制造。专家们定于15日晚些时候给"摩塔拉"装上它。泰国"亚洲象之友"动物基金会秘书长苏赖达·萨瓦拉说:"我希望它能接受这条'新腿'。看到'摩塔拉'和'摩莎贝贝'并肩同行是件很棒的事。"

1999年,时年38岁的"摩塔拉"在泰国和缅甸边境密林中运木头时不幸踩上一枚年代久远的地雷,在接受左前腿截肢手术两年后,"摩塔拉"有了一条临时性以帆布为材料的假肢。专家在"摩塔拉"首次假肢手术中使用了足以放倒70人的麻醉剂,这被载入世界吉尼斯纪录。苏赖达说,曾经瘦骨嶙峋的它现在体重已超过3吨。(图9-16)

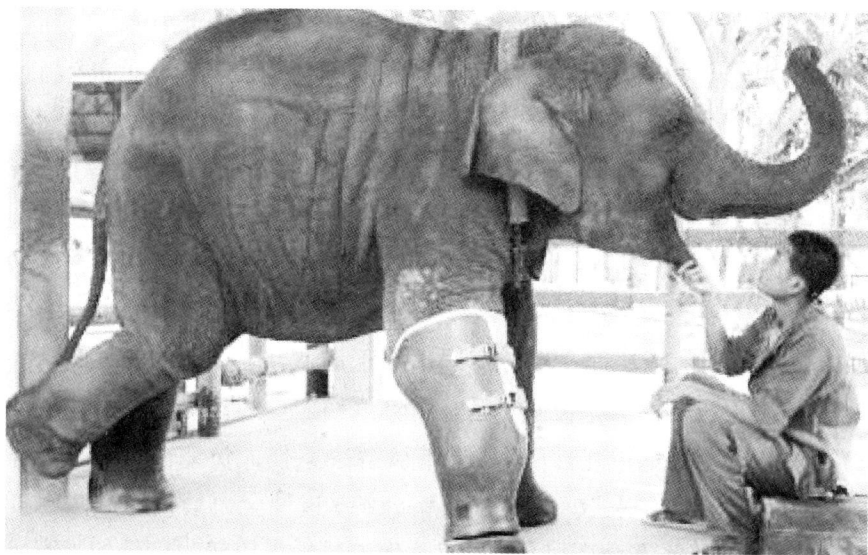

图9-16　装上假肢的小象

第十章　扫除雷患路漫漫

（三十三）认识是行动的先导，
全球地雷意识有待深化

　　人们常用"思想领先""认识先导"来形容思想认识的重要性，认为，只有自己想明白了，认识上去了，行动才能自觉或才能自觉地约束自己的行动。并且认为，只有统一的认识才有统一的行动，才能推动某一项事业的发展。

　　当今世界，大家对地雷的危害都看得比较清楚，但对是禁止使用还是限制使用地雷却很难达成统一的认识。这是因为，国家利益是最高利益，有损国家安全利益的事谁也不愿意做。

　　成新民，工程兵学院教授，是地雷意识宣传教育问题研究专家，曾参与我国地雷履约对策研究，并在国内军内举办的有关地雷问题培训班上担任授课任务。他说，目前，在有关地雷问题上存在着两个主要国际法律文书，一个是《修正的地雷议定书》，另一个则是《渥太华禁雷公约》。对这两个国际法律文书的不同选择形成了界限分明的两大阵营。其实，两个法律文书都是以减少乃至消除杀伤人员地雷对无辜平民的威胁为目标，二者并不相互排斥。如果单从解决杀伤人员地雷引发的人道主义关切的角度看，采取《渥太华禁雷公约》这种全面禁止的方法无疑是最佳选择。那些安全环境较好、对杀伤人员地雷依赖程度低的国家，是可以采取此种方式参与解决地雷问题的国际努力的。

但《渥太华禁雷公约》要求每一缔约国承诺在任何情况下，决不使用杀伤人员地雷；决不发展、生产、以其他方式获取、储存保有或者直接或间接向任何人转让杀伤人员地雷；决不以任何方式协助、鼓励或诱使任何人从事本公约禁止缔约国从事的任何活动。还要求每一缔约国承诺按照本公约的规定，销毁所有杀伤人员地雷或确保它们被销毁。

《渥太华禁雷公约》"在任何情况下决不"的条款，对那些安全环境复杂、对杀伤人员地雷依赖程度高的国家，由于自卫的需要，一时还难以放弃合法使用杀伤人员地雷的权利。而《修正的地雷议定书》便成为其合适的选择。因为《修正的地雷议定书》平衡地处理了人道主义关切和国家安全关切间的关系，从限制使用地雷、加强战后扫雷入手，解决地雷引起的人道主义关切问题。

地雷本是一种常用的防御性武器。由于地雷的高效、简便、廉价的特点，普遍成为各国军队保卫家园的军事手段之一。由于老式地雷本身的一些技术缺陷和战后扫雷不力，确实造成了一些人道主义问题。如果能从这两方面入手，即采取限雷和扫雷并举的方法，地雷问题是完全可以得到解决的。作为国际社会处理地雷问题的法律文书，《修正的地雷议定书》是在各国广泛协商的基础上，经过艰苦谈判而达成的。应该说，《修正的地雷议定书》兼顾了人道主义关切和国家正当的军事需要，得到了越来越多的国家的重视，世界上主要的地雷生产、使用国均已加入这一议定书。

就中国而言，我们充分理解国际社会对杀伤人员地雷滥伤平民问题的人道主义关切，支持国际社会为解决这一问题所作的努力。另一方面，中国的安全环境和国情决定了中国在找到杀伤人员地雷的替代方法并形成有效防御能力以前，不得不保留在本土上使用杀伤人员地雷进行自卫的权利。因此，我们选择了《地雷议定书》。

听了成教授的介绍，了解了世界上对地雷危害的认识的确难以统一。下面，我们再来看一看我国地雷专家林溪石在他主编的《地雷军控手册》中写到的美国对地雷问题的态度。

美国是世界上唯一的超级大国，它强大的军事力量特别是先进的防御手段是无人可比的。但就是这样一个超级大国，在地雷问题上的立场却左右摇摆。开始，它试图领导全球的禁雷运动。但当它面对《渥太华禁雷公约》"在任何情况下决不"的条款时，为了确保驻外美军特别是驻韩国美军的安全，又主张限雷而不是禁雷。而且在限雷谈判过程中，也无不以本国的安全利益为最高准则，无不从技术能力考量来决定履约的程度、时间和标准。

为了满足《渥太华禁雷公约》"在任何情况下决不"的条款，在1997年美国国防部就着手开发杀伤人员地雷替代技术系统。最初，国防部采取了两种途径：一是让美国陆军研究运用于朝鲜半岛地区不具有自毁功能的杀伤人员地雷替代技术系统；二是让国防高级研究计划局集中开发长期的、高技术含量的、能有效阻止敌人进入某一区域的杀伤人员地雷替代技术系统。1999年，美国国会出资赞助，又提出了第三种开发途径。即综合前两种途径，寻求新的技术和作战思想，要求具备集"不能自毁的杀伤人员地雷""应用于混合反坦克地雷系统中的杀伤人员地雷"和"当前混合地雷系统中的杀伤人员地雷"的功能于一身。

作为第三种途径的组成部分，美国国防部同国家科学研究院签署协议，要求研究院进行一项替代杀伤人员地雷的新技术武器系统研究。由此，成立了"取代杀伤人员地雷的替代技术委员会"（以下简称委员会）。该委员会的任务有三：一是2006年时鉴定和检验战术、技术与作战思想，使其战术优势类似于杀伤人员地雷；二是提出一项短期的替代技术、武器系统或联合系统计划，这种做法的目的是如果到2006年前替代技术不能奏效，则可提供一种暂时的解决办法；三是描述出确定的技术或系统如何同当前的战术理论、作战思想长期适应。

对国防部提出的为美国军队提供替代技术系统的战术优势要类似于杀伤人员地雷的要求，委员会认为有信心、有能力做到，替代技术系统将比当前的杀伤人员地雷更具军事效能。但考虑到关于杀伤人员地雷问题的总统命令和官方声明，该委员会认为，研究替代技术系统的原因之一是使美国同意《渥太华禁雷公约》，但对于是否应该加入该公约，没有作出判断。

国防部寻求杀伤人员地雷替代技术系统的主要原因是既要顺应《渥太华禁雷公约》要求，又不能削弱美军的作战效能。其实，美国库存的自毁、自失能杀伤人员地雷在世界上占有绝对性的军事优势，能达到的军事目的胜过其他任何类型的战争武器，同时也是最安全的。一些表面上看来符合《渥太华禁雷公约》的地雷替代技术系统还比不上当前美国库存的自毁、自失能地雷的人道主义程度。然而，《渥太华禁雷公约》"决不"的条款却不允许这样的地雷存在。

为此，国防部提出：如果决定加入《渥太华禁雷公约》，一段时间的过渡期是必需的。这段过渡期应为直到美国找到能维持目前军事力量的适当替代技术武器系统为止。过渡期间，现库存的具有自毁、自失能功能的杀伤人员地雷应当保留。如果没有找到符合《渥太华禁雷公约》的替代技术系统，则保留当前的自毁、自失能功能的杀伤人员地雷是最好的做法。

委员会在分析了杀伤人员地雷的历史及其现在或将来所需要的功能后，提出要寻求能发挥同样功能的替代技术系统。这个系统包括创新作战思想、军事策略等在内的非实体性替代技术办法和包括武器系统、非致命性装置、改进型传感器与通信系统等在内的实体性替代技术办法。

关于非实体性替代技术系统。委员会首先考虑了改变战术与作战思想的办法能否完全弥补消除杀伤人员地雷带来的损失。论证结果认为，到2006年，如果战术与作战思想不能提供如同杀伤人员地雷那样的战术优势，那么如下的一些非实体性替代技术办法可能会有用武之地。如加强前沿侦察：在既定的战场区域投入更多的兵力或武器系统；部署更多指挥引爆的"双刃大砍刀"杀伤人员地雷来阻滞敌人；反坦克地雷远距离待命，以提供机动支持和迟滞敌方的突破能力；快速、机动和攻击战术行动等。

关于实体性替代技术系统，委员会认为要分阶段考虑。

当前美国库存的五种杀伤人员地雷中仅有"双刃大砍刀"符合《渥太华禁雷公约》的条款要求。现有的三种反坦克地雷可在《渥太华禁雷公约》的要求下继续使用，但保护它们的杀伤人员地雷却不能使用。除地雷外，其他几种系统已证明能有效地对付坦克和大型地面车辆，但这些空投精确武器不能快速抵达目标。相对于"火山"系统而言，这些替代技术系统不能很好地满足军事效能标准。尽管没有包括在评估标准中，但委员会也关注这些武器系统带来的未爆弹药产生的后果。这些后续效应可能会比自毁、自失能杀伤人员地雷所带来的结果更糟糕。

到2006年前，在武器技术、传感器与通信技术领域可能会出现很多创新。采用这些新技术将成为替代技术系统的新特点，如传感器与杀伤方式的分离、传感器与士兵之间通信能力的提高等。但是，除非国防部将这些新技术放到特别突出的优先发展的位置上，否则，要使每项革新技术达到装备武器的水平，六年时间不一定能实现。

……

以上可以看出，美国军方组织的关于地雷问题的研究论证，完全是围绕着本国的安全利益和霸权地位来考虑，直至今日，仍未加入《渥太华禁雷公约》。即使加入了《地雷议定书》，也无不处处以本国安全利益为准绳来制定有关条款。比如，它已经有了具有自毁、自失能功能的杀伤人员地雷，《地雷议定书》就规定缔约国拥有的杀伤人员地雷必须具有自毁、自失能功能。

美国尚且如此，世界各国各有各的情况，各有各的利益，大家各自根据自身的安全需要来选择禁雷还是限雷都无可厚非。况且，即使加入了公约，履约也有个落实问题。在军控领域，已经产生了不少条约，比如：《不扩散核武器条约》《全面禁止核试验条约》《禁止化学武器公约》《禁止生物武器公约》等等。但在履约过程中由于安全需要和利益驱使，加上督查制裁机制不健全不落实，虐俘事件、使用违禁弹药和生化武器的行为屡禁不止。

由此可见，世界各国对地雷的人道主义关切，对如何以统一的行动来推动限雷或禁雷事业发展，思想还有待统一，认识还有待深化。

（三十四）需求是存在的必然，
替代地雷应用有待时日

纵观人类战争的历史，可以说是一部攻与防、矛与盾相互促进、交替发展的历史，进攻手段的发展，促进了防御技术的提高；防御技术的发展，又引发了进攻方式的变革。

地雷作为一种常用的防御性武器。由于它高效、简便、廉价，一直是各国军队特别是不发达国家军民保卫自身安全的重要防御手段。

国防大学战役教研部黄祖海教授是一位地雷专家，他对地雷的历史、地雷在战争中的地位作用、地雷在战役战斗中的运用有着深入的研究，编著出版了《地雷与战争》《望而却步的武器》两部著作。他在探讨地雷在战争中的作用时强调，在血火交融、生死搏杀的战场上，地雷既是攻防兼备、性能优异、用途广泛且经济实用的武器，又是以劣胜优，令人闻而生畏、望而却步，极具威慑力的"撒手锏"。近百年来，地雷武器已形成了种类齐全、型号众多、性能完善的庞大家族。由于地雷不但具有成本低、效果好和研制周期短的优点，更为重要的是特别适应于未来战争的需要，所以各国普遍重视地雷的发展。可以说，未来战争也离不开地雷。

黄教授指出，传统观念上的地雷战，存在着许多局限性。如：把地雷局限于地面和防御作战；把地雷战局限于敌后游击战；把地雷战局限于工兵和仅仅使用地雷的作战。长期以来，人们一般认为地雷是武器装备落后的不发达国家军队用来对付发达国家军队的一种防御性障碍器材，其实不然，率先将地雷列为"武器"的恰恰是科技最发达的西方先进国家。美军的地雷战条令规定："熟悉地雷是每个士兵的职责。"

随着高新技术特别是微电子技术的发展和应用，地雷武器目前正加速向系列化、标准化和智能化的第三代方向发展。黄教授介绍了21世纪地雷的发展趋势：

1. 广域地雷独领风骚

20世纪80年代，美军提出了"空地一体战"作战理论，特别是近几场高技术条件下的局部战争，对军队武器装备的发展产生了一系列重大变革和影响。这种变革的一个显著特点是，立体火力和纵深突击力明显增强，地空协同更加紧密。从而，引发了地雷的趋向也朝着立体地雷战的方向发展。根据空地一体战的作战理论，美军提出了地雷发展的一些新概念，其中有一项广域地雷计划（WAM）。美军对运动中的苏制T-62坦克进行的试验表明，这种地雷的性能良好。该地雷采用传感引信和以识别破坏装甲等最新技术的控制装置，通过振动传感器或音响传感器来捕捉目标,当坦克接近地雷55米以内时,地雷自行转向目标实施发射,当弹头到达搜索目标的上方,便开始搜索、探测和攻击目标,由弹头所产生的破片来击毁目标。由于地雷从发射到攻击顶部的时间非常短,运动中的坦克几乎难以幸免。这种地雷属于大面积毁伤性武器,能摧毁半径在100米范围内的运动目标,既能掩护前沿地段,又能限制敌方后续梯队和预备队的机动。广域地雷布设后,对目标的探测、识别和攻击均可自动进行。它既具有地雷的特性,又具有在近、中程距离上主动攻击目标的特性,是一种高技术的新型雷种。

广域地雷(WAM)不需要实时捕捉目标方面的支援,根据航空侦察就可判明攻击的目标和拦截地域,在敌人尚未到达之前就可以布设,可以在装甲车体范围之外较远的距离上攻击和摧毁目标(图10-1),而且与直接攻击系统相比,造价更为便宜。该地雷可撒布在敌后纵深,可用陆军战术导弹、多管火箭、火炮发射,也可用飞机布设,甚至在敌后纵深活动的突击队员、特种部队和侦察分队也可布设。

图10-1 自寻的地雷攻击坦克

美军正在研制的XM-93广域地雷(图10-2)和法军的玛扎克声控增程反坦克地雷最具有代表性。前者是专门用于攻击坦克顶部装甲的智能反坦克地雷,作用距离400米,有效毁伤半径100米。后者也是一种智能反顶甲雷,有效毁伤半径200米,约相当于100枚普通反坦克地雷的障碍效能。

图10-2 美军研制的智能跳雷

广域地雷(WAM)对装甲车辆以外目标的威胁也很有效。该地雷在敌后布设,可探测敌军的直升机并与之作战,对直升机的运用、人员物资的紧急补给和运输都会造成威胁。广域地雷(WAM)计划在未来地雷发展中是最有希望和最有前途的计划,对地雷是一种单纯防御武器的理论提出了新的挑战。广域地雷突破了雷与弹之间的传统界限,集雷、弹功能于一体。在复杂的战场环境中,能够自动警戒、捕获、识别目标;测定目标方位、距离和速度,在最佳时机对目标实施攻击,造成最大程度的毁伤,使地雷具有了更强的攻击性,使毁伤范围由十余平方米扩展到数万平方米,真正实现了由点制面的效果。广域地雷(WAM)是由人工智能技术引发的地雷技术的又一次革命性进步,将更加拓展地雷的作用范围,将对21世纪的战场产生重大影响。

2. 反侧甲地雷日趋完善

普通地雷只有在坦克经过它的上方并达到足够的压力时才能起爆。而这往往因地形限制和伪装的要求,增大了地雷设置的难度。后来,地雷专家根据电子传感技术研制出多种感应引信,装有传感引信的地雷对坦克产生的磁力、振力、声响以及红外辐射等十分敏感。于是,反侧甲地雷(图10-3)应运而生。

第二次世界大战中使用的第一代反侧甲地雷是用反坦克火箭弹改装的,自20世纪90年代以来又得到了迅速的发展。从技术发展

图10-3 反坦克侧甲雷

方面看,发展中的第三代反侧甲地雷与第二代同类地雷相比,现代反侧甲雷的技术已有重大突破,具有以下特点:

第一,微电子技术在引信与传感器方面的运用已发展到实用阶段,配以雷达、红外、音响、振动引信,运用了遥控点火和定时自毁等技术,引信能遥控,能识别目标,能主动攻击目标,并且具有全天候作战能力。

第二,新型的反坦克侧甲地雷采用自锻破片战斗部雷体,这与第二代空心装药战斗部相比,穿甲威力大大提高。同时还可利用单兵反坦克火箭筒作为反侧甲地雷的雷体,增加了作战用途和使用时机,具有兼容性。

第三,新型反侧甲雷群,可以从数千米以外进行遥控,可按照己方需

要适时进入战斗状态。障碍正面宽,毁伤效果好,对地形的适应性强,可用于封锁道路、隘口、雷场通路、城镇街区及不便埋雷的地段。

第四,由单兵携带,使用方便。

反侧甲地雷通常预先设置在坦克经过的侧方隐蔽处,一旦坦克进入有效毁伤范围,雷上的传感器便指令发射装置瞄准目标,高速射出的破甲雷弹将坦克击毁。

图10-4　法国F-1反坦克侧甲雷

现在,美、俄、英、法、德等国均发展和装备了新型的反侧甲地雷。如法国的F-1反坦克侧甲雷(图10-4),能侦测出80米以内装甲目标所发出的红外线及声响,可击穿70至80毫米厚的侧装甲,并有效杀伤车内人员。目前,较有代表性的还有美军的M24(图10-5)、德军的M3等。可以肯定,被称为路旁地雷的新型反坦克侧甲地雷,在高技术武器云集的21世纪的战场上,仍然占有一席之地。尤其在守点、卡口和控制交通线的防御作战中有其更多的用武之地。

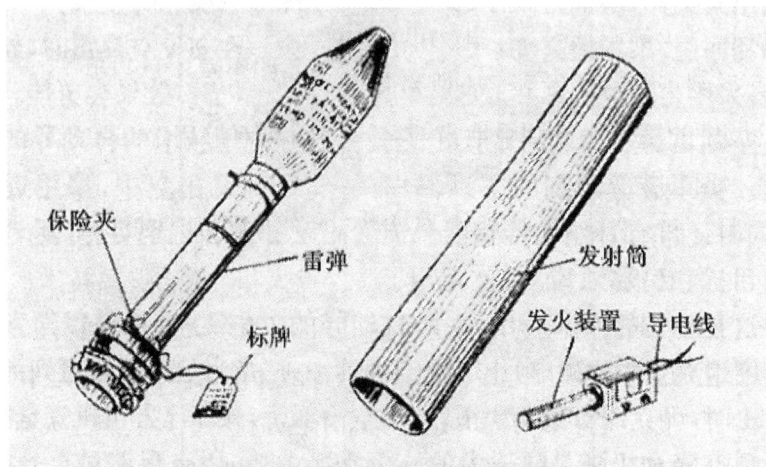

图10-5　美国M24防坦克侧甲雷

3. 反直升机地雷前景诱人

在海湾战争中，以美国为首的多国部队在"沙漠风暴"空袭作战和"沙漠军刀"地面作战行动中，其武装直升机大显神威，战果累累，起了开路先锋的作用，各国军界对武装直升机在现代战争中的作用和地位有了更深刻的认识。为对付敌方大规模的坦克和装甲集群的进攻，世界各国都在竞相发展和装备武装直升机。武装直升机的出现，又对敌方的坦克、装甲目标和防空体系提出了严峻的挑战。为了能够对付号称"空中坦克"的武装直升机，限制武装直升机低空和超低空攻击的优势，西方国家已率先开始研制反直升机地雷。

反直升机地雷主要分为两种：一种是空飘雷；一种是由地面腾空自动寻的地雷。

西方首先设想发展一种空飘雷来布设空中雷场。空飘雷主要由带非触角引信的装药、气球和系留索等组成。空飘雷的发射和展开可采用人工作业，也可采用飞机和火箭撒布。空飘雷场限制了飞机的机动和回避，雷场的高度一般在100米左右。在布设空飘雷时，如果注意伪装，采用与天空色彩相似的迷彩或自动变色气球，效果会更佳。

空飘雷是一种利用现代传感技术与微电子技术的自动寻的智能地雷。美军新近研制的空飘雷，由一氦气球悬吊空中，采用近炸引信，同时还带有音响和传感器。前者用于预警和识别目标，后者用于攻击目标和引爆地雷。

这种地雷的战术应用：一是自动寻的攻击直升机；二是以绳索控制其高度组成空中障碍，阻止直升机俯冲攻击；三是当己方直升机遭到敌方直升机攻击时，可立即布撒空飘雷，形成空中屏障，保障己方直升机安全脱险。

反空降和机降是陆战中的一个重要关节，用空飘雷对直升机打、炸、阻更是一个全新的课题。由于地雷的成本低，研制周期短，可以肯定，反直升机空飘雷的研究和发展，在21世纪是最具吸引力的。

另一种反直升机地雷是设置在地面。美国于20世纪80年代后期率先开始研究这种地雷。此种地雷通常有四部分组成：探测识别系统、近距离瞄准系统、战斗部和控制系统。其中最关键的是探测识别系统，其声传感装置能探测直升机发出的声响信号,并能据此分辨出直升机的类型,可靠率可达90%以上。近距离瞄准系统采用红外传感器与声传感器结合的方式。战斗部为爆炸型弹丸,其破片能够击穿直升机的底部装甲。控制系统可自动追踪,也可遥控操作。当飞机经过雷场上空,并处于地雷的有效作用高度时,地雷自动起飞跟踪目标,直至与飞机同归于尽。

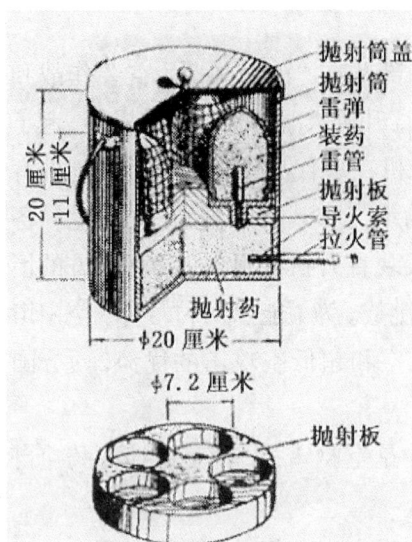

图10-6 子母雷型对空地雷

还有一种子母型对空地雷(图10-6)。这种地雷由抛射筒、抛射药、抛射板和雷弹等组成。每个抛射筒内装有用生铁制成的5枚雷弹;单个雷弹内装TNT炸药200至300克;抛射药为700至750克黑色药,可将5枚雷弹抛射到400至500米空中;杀伤半径50至100米;采用电点火或拉火管点火。

反直升机雷的出现,突破了地雷仅是地面武器的传统概念,使之能够成为主动攻击目标并有立体作战能力的武器。可以预言,智能化反直升机地雷的问世,不仅使地雷能够灵活选择攻击目标,获得最佳攻击效果。更重要的是,倘若与战场指挥自动化系统融为一体,将能对诸军兵种地雷战器材的运用实施统一、有效的指挥与控制,使运用更加自如,并能使地雷战法与其他战法紧密结合,进一步提高地雷的整体效能。

4.可撒布地雷方兴未艾

由于常规地雷靠人工、机械定点布设,其战术运用上的局限性在于一个"慢"字,不适应现代战争快速机动的要求。可撒布地雷的出现,打破了传统的布雷观念,对传统的地雷战术提出了挑战。可撒布地雷布设速度快、距离远、突然性强、障碍面积大。其最大的优点是一个"快"字,可利用火炮、火箭(图10-7)飞机等快速机动布设在远距离上,为有效拦阻、迟滞敌方集群坦克的进攻提供了新的手段。近期几场局部战争的经验表明,进攻一方机动布设的可撒布地雷,通常可迟滞防御一方的第二梯队和预备队的机动时间1.5小时,并使其进入战斗的时间延误3至4小时;防御作战中,使用可撒布地雷在己方前沿直接布设,每一雷区将迟滞敌方攻击部队1至2小时,若广泛使用,会将进攻者置于险地和困境。

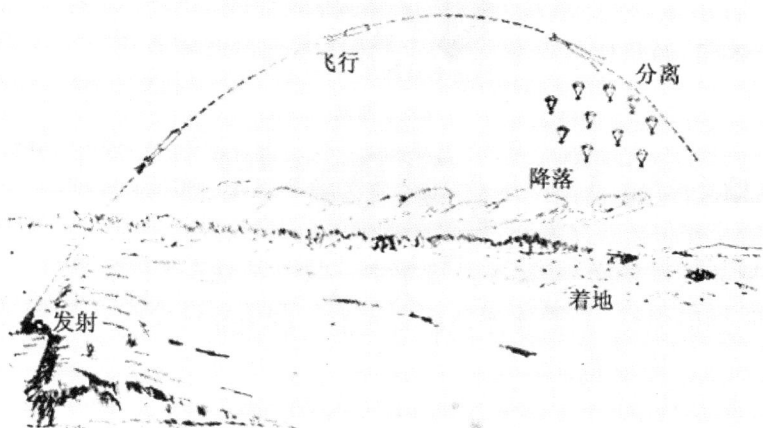

图10-7　火箭布雷示意图

从20世纪60年代后期开始研制可撒布地雷系统,目前已形成了机械抛撒,飞机和直升机布撒,火炮、火箭和导弹发射的撒布系统。从效果来看,第一代撒布地雷只能起阻碍机动作用,而第二代撒布地雷不仅可毁伤装甲,还能杀伤车内乘员。美军认为,可撒布地雷特别适用于机动防御,其主要优点是:在敌人集中的地方进行进攻性布雷,杀伤、扰乱和瓦解敌军;在敌后主要交通要道和狭窄地段布雷,阻滞和瘫痪敌交通线;迅速构成雷场,帮助警戒部队切断与敌接触;加强既设雷场,封闭被敌人开辟的通路和突破口;迟滞敌先头部队,增加反坦克火器的杀伤效力;扰乱、瓦解和迟滞敌第二梯队和预备队的行动。

美国最早使用飞机和直升机布撒地雷(图10-8),目前已研制出第三代直升机布撒系统。地雷从由飞机投下的雷弹内抛出后,接着降落伞即自行打开。地雷减速降落,并分布在一定范围内,触地后降落伞随即分离,同时声学传感器自动伸出,地雷进入战斗状态。

图10-8 空中可撒布地雷

美国的"火山"和德国的"MW-1"撒布系统最具代表性。意大利研制的DAT地雷抛撒系统,用于快速抛撒防坦克和防步兵地雷。撒布系统在电子控制装置发出信号后,抛撒器出雷口迅速开启撒布地雷。设置一个防坦克雷场时,通常以八个地雷为一组,布雷时直升机的飞行高度为100米,时速200千米。

未来大纵深立体作战强调实施多方向、多触角、多层次的立体侦察,预先设置的雷场被发现的可能性越来越大,或被摧毁,或被绕过,其障碍作用必然降低,有的甚至完全失去作用。可撒布地雷布雷速度快,机动性好,不受地形限制,能进行远距离大面积撒布,能快速形成宽正面、大纵深的障碍区域。雷场通常设置在对方机动和攻击队形前方,也可直接覆盖对方开进或攻击队形,以满足诱逼、牵制、阻滞、扰乱与毁伤敌人的需求。

随着科学技术的进步,地雷这个古老的兵器也获得了飞速的发展。可撒布地雷及其各种撒布系统的研制成功,使地雷的发展进入了一个崭新的阶段。可撒布地雷的作战效能,不论采取拦阻布雷或是覆盖布雷,实质上是把地雷作为一种"火力"障碍来运用。由于可撒布地雷具有很高的机动性,研制周期相对较短而且效果好,成倍地提高了地雷武器的作战效能,开发了地雷这一传统防御武器前所未有的进攻性,因而其使用范围大,普及性广,代表了地雷的发展方向,备受各国军事家的青睐,必将在21世纪的战场上大出风头。

黄教授在介绍完地雷的发展趋势后肯定地说,纵观近代的战争发展史,地雷的杀伤、破坏作用正随着其性能的提高、布设手段的改进和新战法的运用而越来越有效。随着地雷信息化性能的提高和完善,地雷不仅是在地面打步兵、打坦克的有效武器,而且是对付直升机、伞兵和舰船的最简便、最经济和最有效的手段,成为集水、陆、空三维一体和攻防兼备的立体化武器。可以预见,在21世纪,地雷不仅是一种"静"态的障碍器材,而更多的将是一种"动"态的火力进攻型武器,将得到更广泛的运用和发展;在高技术条件下的联合战役作战和信息化作战行动中,地雷武器将与陆、海、空军编成内的工程兵、炮兵、装甲兵、火箭兵和航空兵等诸军兵种的作战行动融为一体,使地雷战的信息性、防御性、进攻性、突然性、机动性、灵活性和威慑性大大提高。

通过黄教授的介绍,我们看到了地雷在战争中具有不可替代的作用。然而,出于人道主义考虑,世界又需要正视地雷对人类带来的伤害,限雷或禁雷又势在必行。战争中的防御需求和人们对消除雷患的殷切期待形成了一对尖锐的矛盾。要解决这一矛盾,最好的办法就是能找到替代地雷的武器。目前,在地雷替代技术的研究上究竟有哪些进展?笔者访问了地雷专家、地雷履约专家林溪石。

林溪石,广东雷州人,解放军某工程科研设计所总工程师,专业技术少将军衔,1988年当选为第七届全国人大代表,2003年当选为第十届全国政协委员。他是国际知名的地雷专家,他研制的"林氏地雷系列"早在20世纪80年代就初步解决了地雷战后误伤平民的问题,达到当时国际先进水平。他多次随中国军控谈判代表团出席联合国军控会议,参与地雷问题军控谈判。

采访林溪石将军,我重点请教了地雷替代武器技术问题。

林将军谈到,随着地雷履约进程的推进,寻求地雷替代武器已成为大家的共识。目前,防步兵地雷软杀伤武器研究已经取得了一定进展,国外已有可用于实战的武器出现。如美军低压"塔莎"雷、软弹丸动能地雷、辣椒喷射剂雷、得克萨斯靴等。低压"塔莎"雷，击中目标后，会产生不致人死亡的低压电，使其暂时丧失作战能力；软弹丸动能地雷（也称克莱莫地雷），可散射橡胶球、豆状物、棒状物等替代以往使用的钢珠；采用辣椒喷射剂技术构造的防步兵地雷，其动作后能使人员非常痛苦而影响其作战行动，并给参战人员造成心理恐惧；得克萨斯靴，是以胶粘剂的作用形式束缚住敌人的双脚，使其不能移动或行动迟缓，从而达到限制敌机动的目的。

软杀伤人员地雷武器就是使战斗人员、车辆等作战要素暂时失能，而又从根本上不会对人员、车辆等作战要素造成损坏的武器。这种新型地雷替代武器因不会引起国际社会的舆论谴责而受到倡导进攻战略的发达国家的青睐。比如，在地雷内装入强粘液体，当人员、车辆使地雷动作后，液体喷洒在了人员、车辆上，液体遇到空气而固化，从而将人员手脚凝固，将车辆轮子固定，使其失去作战能力。待战斗结束后，采取一定措施将其融化，使人员、车辆恢复原样。诸如此类的软杀伤人员地雷武器屡见不鲜，在障碍设置中完全可以大量开发并广泛运用。开发对车辆不破坏，对人员不致死、致残的软杀伤人员地雷，是解决地雷危害的一种有效途径。

软杀伤武器是一种利用声、光、电、磁和化学等技术手段，使敌军人员和作战设备（车辆、舰船、飞机和基础设施）暂时或永久地丧失正常机能，而不造成人员死亡的新概念武器，有时也被称为非致命武器或失能武器。早在20世纪70年代，美、苏、英等国家就开展了软杀伤武器的研究并取得一定成效，但在当时并未引起足够重视。直到90年代，随着全球人道主义呼声的日渐强烈和非军事行动的需求，软杀伤武器得到业界各国特别是美国的重视，并得到迅速发展。

据有关资料介绍，美军对软杀伤武器的研究颇有成效，目前已有许多成熟的技术应用于防暴和中低强度的军事行动中。目前正在论证或研制的60多个项目在技术途径上涉及了动能、声能、电能、电磁能、化学战剂、激光技术、胶粘缠绕装置等多种高新技术，有些技术应用方面已取得了突破性的进展，推出了具体的产品。我们在软杀伤技术方面的研究还只是处于理论研究阶段，因此，必须加快步伐，在运用杀伤技术研究新概念地雷时必须坚持软杀伤的原则，要注重武器系统作战效能的可调化问题，使控制者可根据情况调节作用的大小，来警告、惩罚目标，令目标失去机动能力或战斗力，甚至对目标进行致命性杀伤。软杀伤人员地雷是将来替代武器能满足地雷议定书要求的重要雷种之一，是新型雷种的发展方向。

研究和发展软杀伤人员地雷的目的是使替代原理实用化，使之最终发展成为一种具有地雷基本性能和特点的新型实用武器，同时也是实现全面禁止杀伤人员地雷的必由之路。

可以预见，只有加强软杀伤等非致命地雷的研究，才能使地雷替代武器全面实用化并形成一定规模，传统的防步兵地雷才能真正完成其历史使命并正式退出武器系列。未来几年，世界各国仍将继续探索新型地雷武器装备替代技术，通过实用化研究和工程化设计，尽快形成新型地雷，以便尽快实现替代现有的爆破性防步兵地雷的目的。

林将军还介绍了地雷替代技术研究的其他一些情况。比如，有的国家采用堑壕、灯光、尖桩、打滑的表面和泡沫等来作障碍系统的辅助物，但其威慑效果不及地雷。有的将带刺铁丝网构成的障碍置于火力控制之下，同样能对敌军起阻滞作用，但设立和维护这种铁丝网费时费工。在西撒哈拉、旁遮普省和戈兰高地，曾将保护性栅栏与传感器联用，也起到重要作用。南非军队与反叛力量作战中在边境使用了一种据称不会造成死亡事故或平民伤亡的系统。这一系统在雷区标界线上，将无害的机械和电子传感器以及遥控起爆定向破片弹药醒目地安装在杆子上距地面6米处。一名士兵从雷场外的装甲哨所控制传感器与武器的接通，由他掌握传感器发出的点火命令。由于必要时可简单地关闭整个系统，消除了传统上维护雷场带来的风险。这就便于部队、农民和牲畜在安全的条件下通过。种族隔离状态结束后，传感器被关掉，地雷也很容易地起除了。有人还建议将电子连续传感器或光学电子传感器联接在诸如破片地雷、架设好的机枪、枪榴弹等直接点火武器上，认为以此防止潜入远比雷场有效。从统计学角度看，虽然一名潜入者踏中传统压发式地雷的概率较低，但触动连续电子传感器的概率却接近百分之百。如果在触动传感器和武器点火之间插入一个人为地确认威胁存在并人为决定点火与否的因素，就可以既产生更大效用，又大大减少滥杀滥伤。还有的认为，多使用像电子感应装置、实时卫星情报和具备红外摄影能力的无人驾驶飞机等遥测方法，可使拥有此类技术的国家以之取代地雷使用。这类装置的预警能力可在军事上带来与雷场阻滞作用相同的好处。一旦发现敌军推进，即可采用地雷以外的其他手段，如由火炮、飞机，发射的弹药或直接火力来攻击目标。目前，这些技术多已为现代军队所掌握，它们加强了"看到"大面积战场的能力，这是现代战争意义最重大的发展之一。既然杀伤人员地雷是滥杀滥伤、难以除清和人道主义代价极高的武器，那么利用现代技术能力来消除对地雷的需求也是顺理成章的。目前已能提供的设备，如绊索照明雷和夜视设备亦可起到类似地雷的作用，在发现有人企图破坏或潜入时发出警报。

林将军强调，地雷替代技术研究虽然有了很大的进展，但发展很不平衡，要想世界各国都普遍拥有地雷替代技术武器，从而在战争中全面禁止使用杀伤人员地雷，还有待时日。

（三十五）雷患是现实的伤痛，
全球地雷行动任重道远

《地雷监测报告2009》称：已知生产杀伤人员地雷的国家有50多个，虽然其中38个已终止生产，但保留了生产地雷的权利。2008年只有3个国家生产了杀伤人员地雷。2009年地雷监测估计，35个非《渥太华禁雷公约》缔约国存储了约1.6亿枚杀伤人员地雷。截至2009年8月，全球共有雷患国家和地区79个，埋有近1亿枚地雷及其它爆炸物，每年有数千乃至上万人因触雷而伤亡。全世界雷患最严重地区集中在非洲、东南亚和南亚。

联合国新闻网2012年11月30日消息：国际禁止地雷运动组织11月29日在日内瓦联合国总部发布了年度《地雷监测报告》，称叙利亚政府部队一直在边境地区针对试图逃离暴力冲突的无辜平民使用杀伤人员地雷，是今年全世界唯一一个政府许可使用地雷的国家。

报告指出,过去一年,世界各地共有超过4200人因地雷和战争遗留爆炸物死伤,相当于平均每天就有12人成为地雷的直接受害者。

报告称,尽管在阿富汗、哥伦比亚、缅甸、巴基斯坦、泰国以及也门均发现反政府武装仍在继续使用地雷这种致命武器,但叙利亚是唯一一个公然针对平民使用杀伤人员地雷的政府。

与此同时,《地雷监测报告》强调,在利比亚、苏丹、南苏丹以及叙利亚等近期出现武装冲突的国家,因使用地雷造成的伤亡数字在过去一年出现显著增加;然而,旨在为地雷受害者的保健和康复、社会和经济的恢复以及地雷认识方案提供支持的国际援助资金却出现了超过30%的下滑,急需得到国际捐助方的关注与新的支援。

国际上一些分析家指出,尽管在推进人道主义扫雷方面取得了积极成果,但要彻底消除雷患,特别是达到全面禁止使用杀伤人员地雷的最终目标,实现无雷世界,仍面临着许多难题。2010年11月29日,在瑞士日内瓦举行的《渥太华禁雷公约》第10届缔约国会议上,红十字国际委员会主席雅各布·克伦贝格尔在会上的讲话中指出,要终止杀伤人员地雷造成的苦难,实现无雷世界,我们必须应对巨大的挑战。

最大的挑战之一是切实改善地雷幸存者的生活。雅各布·克伦贝格尔指出,2009年,国际助残组织开展了名为"来自一线的声音"的幸存者情况调查,这项工作在许多国家都得到了红十字国际委员会的大力支持。调查报告显示,在25个国家采访的幸存者中只有25%的人认为,与2005年相比,2009年他们获得的服务有所改善。《卡塔赫纳行动计划》确定了每个受影响的缔约国为确保地雷受害者和其他残疾人获得优质服务、支持和机会所应采取的重要步骤。行动计划还强调为实现公约对幸存者做出的承诺,我们需要作出更大政治承诺并投入更多资源。

雅各布·克伦贝格尔指出,2009年,红十字国际委员会提议缔约国应当更多关注如何在具体国家履行援助受害者的承诺。援助受害者工作常设委员会应当协助开展更多有关国内情况和挑战的深入讨论。红十字国际委员会很高兴地看到,挪威籍大会主席审议会间工作计划的报告在一定程度上包含了这项建议。同时也要感谢那些在2009年6月表示愿意就他们所开展的受害者援助工作和需求展开深入讨论的缔约国,这些讨论是2011年常设委员会会议期间的一个试点项目的组成部分。召开规模较小、更有针对性的非正式会议是切实改善地雷受害者及受影响群体的生活的重要手段。

第二项挑战是资源。雅各布·克伦贝格尔指出,公约不断获得成功几乎完全有赖于在国家和国际层面充分调动资源并将其有效地用于扫雷、销毁库存和援助受害者。挪威籍大会主席今年对资源问题的重视受到各方广泛欢迎。大量讨论已经凸显了全力应对这一挑战的必要性,正如我们全力以赴履行公约在扫雷、销毁库存和援助受害者领域所作出的其他积极行动承诺一样。为了实现这一目标,红十字国际委员会敦促各国支持赞比亚及其他一些国家在卡塔赫纳峰会上首次提出并于2010年6月份再次提出的有关设立新的资金常设委员会的建议。应当由常设委员会或类似机构来处理所有与实现公约目标相关的问题,包括调动国内资源、确定工作重点、资源利用,如何通过具体捐助方获得反地雷行动资源,私营企业支持,以及建立专项基金的必要性。

我们必须承认,虽然近期筹资很多,但要实现公约扫雷和援助受害者的承诺还不够。资金缺乏导致过多国家要求延长清理期限,更糟糕的是,不断有人因本可预防的地雷事故而丧生,许多受影响社区中的地雷受害者继续被边缘化。

第三项挑战是销毁库存。雅各布·克伦贝格尔指出,这一直是禁雷公约取得的最伟大成就之一,已有4300多万枚杀伤人员地雷库存被销毁。仅在过去6年中,就有13个缔约国履行了《公约》第4条规定的义务。但是,我们也面临着公约进程中前所未有的局面,有4个缔约国无法在最后期限前销毁库存。即使每个国家都能够提供具体理由说明为什么会发生这种情况,但这也应当受到所有缔约国的高度关注。守约是公约可靠性的关键。"守约文化"给所有缔约国传递了一个信号,无论其负有销毁库存、清理雷区还是援助受害者的义务,他们都必须履行这些义务。存在问题的四个国家,有的在2009年已经取得很大进展,但另外一些在过去一年中并没有销毁更多地雷。我们敦促缔约国和其他支持销毁地雷活动的捐助方继续对这一问题给予高度的政治关注,直到消除所有遗留的行政和经济障碍并最终销毁所有库存地雷。

第四项挑战是扫雷工作。雅各布·克伦贝格尔指出，有五个缔约国原定的扫雷最后期限都是2011年。但只有赞比亚按时履行义务，没有申请延期。在其余四个国家中，有一个既没有提交延期申请，也没有确认能够按原定期限完成任务。红十字国际委员会认为，考虑到人道要求以及《公约》第5条规定的"尽速"清理雷区地雷的义务，最近出现大量延期请求令人感到遗憾。

此次会议将审议并决定是否批准六个国家的延期申请，其中有三个国家是第二次要求延期。我们呼吁所有代表团参考分析组提供的报告以及国际禁雷运动提供的宝贵意见，对这些请求做出独立分析。最重要的是，大会有关延期请求的决定以及所提的建议应当将保护平民免受地雷影响放在政治和地区性考虑之上。

该公约包含了旨在终止杀伤人员地雷造成苦难的全面规定。但是，正如我开头所说的，需要更加切实地实施该公约。我们不仅需要卡塔赫纳行动计划，还需要在各项正式会议与受影响国和捐款国政府当局就工作重点、计划和资源所做的决定之间建立更加稳固的联系。2010年，缔约国会议在柬埔寨举行。1995年国际禁雷运动就在该国召开了首届在受影响国家举办的地雷问题全球会议。我们希望有更多新加入该公约的国家参加柬埔寨会议。我们还特别期目前在美国和其他国家进行的政策审议能够取得积极成果。本周我们在这儿所做的工作必须确保在柬埔寨审议公约时，我们能够完成更多清理工作，为地雷受害者提供更多帮助，承诺投入更多资源，并产生更强大的后劲。能够永远终止杀伤人员地雷造成苦难的不是行动计划，而是切实的行动。

红十字国际委员会主席雅各布·克伦贝格尔所阐述的四个方面的挑战，足以说明扫除雷患的艰难。特别是要排除埋设在地下的大量地雷困难重重。

1995年7月，在日内瓦举行的有97国参加的国际排雷会议，只提供了少量的经费，即8700万美元。但据专家们说，清除并拆除一枚地雷的费用差不多要高出生产和埋设它的成本的近百倍。

事实证明，战后扫雷的花费是惊人的，地雷长期危害带来的经济损失是巨大的。二次大战后，在法国遗留下30万公顷的"地雷区"，虽经多次清扫，几十年后这些地区仍难正常开发使用。英阿马岛战争后，英国耗资700多万英镑进行扫雷，平均扫除1枚地雷需359英镑，但收效甚微。中越边境老山地区清除雷患耗资8000多万元人民币，平均每枚地雷清除费用大约300多元人民币。在柬埔寨每清除1公顷土地需要2400美元。

联合国估计，要扫除所有地雷的费用约需要850亿美元。专家估计，按照现行的排雷方法，至少需要300年才能将地雷清除掉。可见，要清除困绕地球、威胁人类的一颗颗地雷，不是一朝一夕能够解决的。

对原有库存地雷的改装任务也相当艰巨。如果要全部销毁，则工作容易得多。但若要对其全部按标准进行改装，不仅需要时间，而且资金来源困难。看来，改装也非易事。

再则，地雷是一种造价低、破坏性强、战斗效果好的杀伤性武器。地雷与那些日益价格飞涨的昂贵武器比较起来显得"价廉物美"，因此地雷又被称为"穷人的武器"。特别是对于经济落后、军费有限的不发达国家来讲，"价廉物美"、好使管用的地雷，自然成了他们实施防御的首选武器。一旦国家安全受到威胁，他们很有可能采用地雷防御手段，一些不法军火商也并不愿意失去向这些国家输出地雷、牟取暴利的机会。

因此，要彻底扫除雷患，实现无雷世界理想，还任重道远。

（三十六）扫雷是紧迫的使命，
先进技术装备事半功倍

马克思主义认为，批判的武器当然不能代替武器的批判，物质力量只能用物质力量去摧毁。

对现实的雷患，我们可以从舆论上进行呼吁和声讨，但呼吁和声讨不能代替雷患的消除。要消除雷患，还要靠实实在在的扫雷行动。而扫雷行动又需要管用的技术手段，先进的扫雷技术装备可以使扫雷效果事半功倍。

从技术上来看，扫雷首先要探雷。目前较为广泛的探雷装置是金属

探雷器，但它只能探测含有金属的地雷，对于全塑料地雷却无计可施。对此科技人员不断研制新的探雷设备。例如根据地雷与土壤不同的热信号特性，使用红外热像仪发现裸露的地雷，使用地面透视雷达探测器等探测地雷。一些国家甚至利用犬和老鼠灵敏的嗅觉来探雷。近年来，美国研究人员研制出了一种声波传感装置，可以通过声波振动发现远距离埋藏的地雷并确定其位置。

目前，国际探雷主要设备有以下几种：

美国VMMD车载探雷器系统：探测宽度为3米，行进间探测速度为3-5千米/小时，收集到的数据通过一个成像处理计算机，在车辆内部实施处理。

加拿大"改进型地雷探测器机器人"（ILDP）：车上装有遥控系统，最大遥控距离达5千米，能够快速扫描到道路、车辙上的金属壳地雷，使作业人员免受地雷伤害。

AN-19/2金属地雷探测器：由瑞典和奥地利联合研制生产，重量轻、灵敏度高、鉴别能力强，被北约称之为人道主义扫雷行动中的"标准探雷器"，其适应温度为-30℃至60℃，平均无故障工作时间大于10小时。该探雷器还可以两部同时使用，互相之间干扰较小。

澳大利亚F1A4便携式探雷器：在各种地形、天气条件下都能发挥最佳探测性能。特点是在铁矾土和磁性土壤中探雷时虚警率较低。

南非MEDDS车载探雷器系统：一种炸药探测系统，它通过化学法收集炸药气体，再用经过专门训练的犬进行识别，其探测灵敏度大大超过已知的任何实验方法，该系统平均每天能探测15-20千米的道路，单次搜索的可靠性达99.6%。

芬兰RA-140DS扫雷车：可以清除布设在地面的可撒防步兵和反坦克地雷等，并达到了作为机器扫雷系统的要求。

英国MD8金属探雷器：一种单兵便携式探雷器，采用了高频脉冲感应技术，灵敏度极高，特别适合探测微量金属地雷。

一旦确定了地雷位置，排除就是时间问题了。最常见的排雷方法就是手工排雷，依靠专业排雷人员的个人经验和技术，解除地雷引信，使地雷失去作用。但此办法速度缓慢，且对排雷人员威胁大。因此人们又研究出了爆破排雷、机械排雷的方法，就是用不同的手段将地雷引爆。但无论如何，排雷都是一项费时、费力的高危险性工作。

目前世界采用的主要扫雷方法大致有以下几种：

人工搜排法：应用最广泛的传统手段，用来保证彻底地清除地雷和其他爆炸物。

机械作业法：使用专业扫雷机械（如链锤式扫雷机、扫雷犁和推土机等），打碾、翻排、推压雷区土地，提高扫雷速度，降低扫雷成本，减少触雷伤亡人员。

纵火毁雷法：焚烧亚热带丛林地表植被并将裸露于地面或浅埋的地雷和其他爆炸物烧毁或诱爆。

爆破扫雷法：借鉴战场环境开辟通路的方法，将雷区进行网状或扇形分割，开创作业面以展开作业分队，辅助其他扫雷手段以提高扫雷速度，减少扫雷人员伤亡。

我国在探雷扫雷装备器材的研制上取得了丰硕的成果，不少装备技术走在了世界前列。特别是近年来，加大了人道主义扫雷装备技术的研究，搞出了系列扫雷装具，在国际人道主义扫雷行动和维和扫雷行动中发挥了重要作用。下面，我们来看2009年1月21日新华网发布的介绍解放军维和工兵多款探扫雷新型装备的文章和组照。

文章写到，新年伊始，我国第五批赴黎巴嫩维和工兵营正在云岭高原整装待发。维和工兵营以成都军区驻滇某工兵团为主组建。该团10余年来先后参加过中越边境大扫雷、3次援外教学扫雷、两次执行维和任务，是一支誉享国际地雷界的扫雷尖兵。

好马配好鞍。随同维和工兵营走出国门的装备除一大批我国自行研制的扫雷器械外，还有由我专业人员培育、训导出的扫雷犬，它们都鲜明的印有"中国制造"。某工兵团团长聂学政、政委王良斌满怀信心地告诉记者："尽管中东历经多次战争之后，遗留了多种地雷和未爆物，堪称'地雷缩微博物馆'，但这批装备将为我维和工兵营扫雷破障提供可靠的保障。"

维和工兵营出征前，记者探访其集训地，独家向您披露即将走向中东雷场的中国装具。

探雷机器人

探雷机器人主要用于人道主义扫雷行动中探测地雷及未爆弹药,具有视频监测和远程实时传输功能,可实现±20毫米未知高度变化路面的稳定行走和快速通过,还具有翻越200毫米高度的垂直障碍物和上下楼梯、进出狭窄通道等功能。

记者在现场看到,该机器人采用无线可视遥控操纵方式,探测高度为离地10~20毫米;探测最大速度为平原开阔地100米/小时;左右摆动探测范围各60°。机器人通过摄像头即时采集图像信号,通过无线视频传输模块提供给遥控部分。当探雷器探测到有雷信息后,会自动传输给云台控制器做前端处理,并停机定位、喷洒标识液、响报警铃、亮警示灯等,同时将有雷信号发送给机器人主控制器。此设备适应在-5℃~+50℃,具有较好的防潮防水性能。在植被深不超过10厘米的平原、丘陵、沙漠地,坡度不大于25°的地域能够自如作业。机器人最多连续工作1~6小时,控制器最大最多连续工作1~6小时。

【专家解读】该机器人用一台笔记本电脑控制,操作简单,具有四个特点:具有三节履带式结构,前后节均可以俯仰,以适合条件较为复杂地理环境,机动灵活;体积较小,可以进入狭小空间作业,且在做侦察用时具有很强的隐蔽性;采用模块化结构,各模块独立运作,可拆换性强;利用高精度数字云台对探雷器在三维空间内准确定位,可精确标定可疑物体。

排雷机器人(图10-9)

排雷机器人以机器人为载体,将机器人、排雷滚、视频监视集成为一个整体,实现了排雷的自动控制,满足复杂地形环境中排雷作业的需要。

记者在现场了解到,排雷机器人是根据人道主义扫雷需要研制的。我军遂行人道主义扫雷任务仍

图10-9 排雷机器人

离不开人员深入雷区来完成,存在作业效率低、安全性差、强度高等问题,尤其是排除防步兵地雷,因其动作压力小,探测难度大,对作业人员构成了最大的安全威胁,因此,快速扫除防步兵地雷是扫雷行动的关键。

"排雷机器人"主要由机器人系统、排雷系统两大部分组成。主要用于在人道主义扫雷行动中代替人工排除防步兵地雷。

【专家解读】排雷机器人紧贴人道主义扫雷需求,将排雷作业与机器人技术有机结合,研发及采用的自动控制、远程遥控、排雷滚组合压排等技术,实现了不需人工搜排、定位就能有效排除防步兵地雷,而且不会压爆防坦克地雷的"无人化"作业方式,消除了防步兵地雷对扫雷人员的安全威胁,提高了扫雷效率,降低了扫雷成本,开创了我军将机器人技术应用于扫雷领域的先河,解决了人工清除防步兵地雷危险性高、作业难度大、效率低等问题,达到国内领先水平。

综合扫雷车(图10-10)

某型履带式综合扫雷车,可扫除陆地各种地雷。其主要用于扫除敌前沿阵地多种形式防坦克地雷场,为突击作战的坦克、装甲部队开辟通路。它也可在纵深战斗及防御战斗中克服机动撒布的雷场、雷群,还可用于战后扫雷。

令记者想不到的是,这个重38吨、全车长9.7米、宽3.2米、高2.5米的庞然大物,仅一名车长和一名驾驶员就可完成各种扫雷器的操作,同时还将承担驾驶、观瞄、通信等任务。据介绍,为了减轻乘员负担,该车在设计上采取各扫雷器均可自动和手动两种操作模式。记者发现,在自动操作模式下,各扫雷器可按规定要求进入工作状态。如使用爆破扫雷器时,仅需盖上舱盖,按下工作开关,扫雷器便自动打开,发射架升起到预定射角(如果扫雷

图10-10 综合扫雷车

车的俯仰角在10°以内,可自动补偿),进入战斗状态。在这个过程中,车上的检测系统可对每个动作进行检测。任何一个动作不到位,即使按动发射开关,也无法发射,保证了动作可靠性和安全性。

【专家解读】该扫雷车可配有爆破扫雷器、机械扫雷器和电子扫雷器三种,通过爆破、打碾、翻排、推压雷区土地等方法,提高扫雷速度,降低扫雷成本,减少触雷伤亡人员。在行军状态下,发动机功率427千瓦,挂装扫雷犁公路最大行驶速度47千米/小时。

扫雷犬(图10-11)

被称为"无言扫雷兵"的扫雷犬,是比利时马里努阿犬,系比利时牧羊犬的一种,经训导后用于扫雷。虽然它的血统来自比利时,但它是我方专业技术人员按"中国特色"的方式培育、训导出来的,堪称"中国制造"。

扫雷犬识别有无地雷全靠敏锐的嗅觉,能在不同气候,不同环境和不同地理条件下进行探测搜索,发现细微迹象,或在离开地雷埋设地点数米远还能嗅出空气中有无炸药蒸发物存在。

真是名不虚传。记者看到,模拟雷场上,扫雷犬步法轻松、灵活。在

图10-11 扫雷犬

一个土堆前,它用鼻子嗅了嗅,就"汪汪汪"叫起来,并用前爪"示意"埋有地雷的位置。驯犬员李虎刨开泥土,果真发现了一枚防步兵地雷。"真神!"现场的人们向扫雷犬鼓起掌来。

马里努阿犬兴奋性高、衔取欲强、反应灵敏、精力旺盛、爱运动、耐力持久。由于其特点鲜明,较适合于搜爆、搜毒,只要对其加以科学的训练,必定能使之成为一头出色的搜爆犬,所以目前在我国主要用于搜毒搜爆领域,是我国七大警犬品种之一。

【专家解读】比利时牧羊犬是1891年鲁尔教授在一所兽医学校里开始进行培育的。该类犬根据毛色可分为4个品种类型，分别用4个布鲁塞尔附近的地名命名：赫鲁代尔犬、特伏丹犬、利克诺犬、马里努阿犬。马里努阿犬体高公犬约为62厘米，母犬约为58厘米；浅黄色到灰黑色短被毛，黑面。扫雷犬的扫雷成功与否，并不取决于地雷是磁性的还是防磁的，也不取决于地雷是金属制成的还是非金属制成的，而实际上往往是取决于炸药材料。

扫雷爆破筒（图10-12、图10-13）

扫雷爆破筒是由直列装药爆炸后引爆、摧毁地雷和其他爆炸物，乍看和我军传统的爆破筒相差无几，但它可以多节连接，进行大面积扫雷。目前，"扫雷爆破筒"已列入我军扫雷重要装备，国际扫雷行动也在广泛使用。

图10-12　扫雷爆破筒（一）

在某山林地模拟雷场，因植被茂密，不仅探雷器无法触及地表探不到地雷，而且危险性大。"我们有办法对付它！"只见作业手将"扫雷爆破筒"一节节连起，插入草丛，"嘭、嘭、嘭"，一连串爆炸声响后，只见一条宽约2米、长10米的爆破带直穿茂密的灌木丛林带。随之，数枚模拟地雷被成功引爆。扫雷操作手再

图10-13　扫雷爆破筒（二）

进入雷场探排。现场观摩的军地领导连连称赞说："'扫雷爆破筒'看起来像一节节竹子,但威力竟如此大!"

扫雷爆破筒是采用爆破扫雷法,借鉴战场环境下开辟通路的方法,将雷区进行网状或扇形分割,开创作业面以展开作业分队,辅助其他扫雷手段以提高扫雷速度。它携带方便,设置简单,又能随意连接,辅助其他扫雷手段后,能提高扫雷速度,减少人员伤亡。

【专家解读】扫雷爆破筒是我军在中越边境大扫雷中研制而成并逐渐改进后的装备。其研制者当时受竹子的启发,提出了研制"扫雷爆破筒"的创意:先打通竹关节,将炸药灌进竹筒,纵向伸进雷区引爆地雷。经某工兵团在国外多次扫雷实践证明,使用其进行爆破扫雷,进度比传统爆破手段提高数倍。

多功能扫雷耙(图10-14)

多功能扫雷耙酷似电视剧《西游记》中猪八戒的钉耙,是爆破扫雷后由作业手用其把地雷钩出来。目前已经装备工兵部队,成为世界人道主义扫雷教材里的规范器材,在我国中越边境大扫雷、援助厄立特里亚、泰国教学扫雷等行动中,都发挥了重要作用。

眼见为实。在一片刚爆破的雷区,作业手报告发现一枚诡计雷。"人工排除!"随着指挥员一声令下,数名扫雷队员操起"多功能扫

图10-14　多功能扫雷耙

雷耙",在爆破过的地方轻轻钩刨,模拟地雷就像红薯、土豆般骨碌碌滚出来,不到10分钟,10余平方米的雷区就被清除。现场有人提出疑虑,指挥员便让扫雷犬来回仔细搜寻,但始终没发现目标,疑虑者不得不称服了。

多功能扫雷耙适用于在爆破扫雷后的山地、丛林、丘陵、低洼地排雷。同时还具有割除雷场草枝、清理排查雷场等多种功能,大大提高了扫雷效率。

【专家解读】多功能扫雷耙是我扫雷一线人员在实地扫雷过程中发明的。其发明者从猪八戒的钉耙开始琢磨:地雷通常采用压发装置起爆,达到杀伤目的,而从侧面受力则不会引爆。如果有类似的钉耙,就能把地雷钩出。"多功能扫雷耙"就是基于此发明的。该扫雷耙看似简单,但它具有排雷简单、实用、轻便、制造成本低等特点。

新型扫雷防护服(图10-15)

新型扫雷防护服由某种特殊材料制成,具有柔软、透气、轻便、防护性能好、穿着舒适、便于作业等特点。参加过中越边境排雷的参谋段新华穿着这款防护服在现场作业后感慨地说:"新的防护服比以前钢板式的防护服相比,真是鸟枪换炮啊!"

在中越边境大扫雷等多种扫雷场合,记者也曾穿着过我军装备的老式扫雷防护服,其质地硬,透气性差,不便于扫雷手弯曲身体作业,不利于实战,而且非常笨重,达几十公斤重,酷似唐老鸭。

新型防护服此前在某工兵团参加援外教学扫雷等活动中发挥过重要作用,并留下了许多惊心动魄的故事。一次,在泰国某雷场,时任我援外扫

图10-15 新型扫雷防护服

雷教学专家组副组长陈代荣，在诱爆弹坑里发现一枚设有诡计装置的防步兵地雷。一名学员排除时不慎引发了另一枚诡计装置的拉火管。陈代荣眼疾手快，一脚踢出，随即将学员按倒。炸飞的弹片和泥土重重地落在他和学员的身上。那名学员好半天才反应过来，惊奇地对陈代荣说："陈中校，上帝让我们有惊无险！"其实，让他们有惊无险的正是他们身上穿着的这套我军自行研制的新型扫雷防护服，否则后果不堪设想。

【专家解读】新型扫雷防护服近10年来从材料选取，样式设计都进行过多次革新：大到整体设计、防护性能，小到防护服的一个纽扣都进行了改进。仅防护头盔的面罩改进就达十多次。此前的头盔在面罩上处理不当，光线遮挡效果不佳，而改进后的面罩，不仅能遮光，而且透明度也增加了，戴上后，视线清晰。目前，这套防护服的战技术性能也得到国际扫雷界专家的一致认可。

气压抛射扫雷器（图10-16）

气压抛射扫雷器是将特制的锚钩抛射到雷区进行排雷的一种新型扫雷器材。它利用特制的气瓶喷嘴，将气瓶携带线绳及锚钩抛射到雷区，然后扫雷作业手再用线拉回射出的锚钩，利用锚钩将雷线勾出，达到排雷的目的，最适用于排除绊发雷。

模拟雷场上，多名作业手同时在4个点上展开作业。一名学员突然发现一枚绊发地雷，发丝与引信连接，显得悬而又悬，稍有不慎，就可能引发爆炸。

"这样的地雷怎么排啊！"就在场外观摩的数十名军地领导都为他们捏了一把汗时，指挥员将作业手引导到安全区域隐蔽起来，随即"嗖"的一声，把气压抛射扫雷器射到40米开外的雷

图10-16　气压抛射扫雷器

点上。"气压抛射扫雷器"钩住了地雷绊线。他趴下身子轻轻地回收气压抛射扫雷器。"哧、哧"一股青烟,地雷的绊线被气压抛射扫雷器钩到,并拉开了引信,地雷被成功排除。

【专家解读】由我国自主研发采用空气推进技术生产的,它在一只0.5升气瓶内灌入20Mpa的压缩空气,其射程为50~90米,具有体积小,重量轻,安全可靠,携带方便等特点,得到扫雷作业手的钟爱。

装甲救护车(图10-17)

装甲救护车由我国根据某型越野车改装而成,主要用于扫雷现场或战场对伤员的转送和救护,或作为雷场或战场的防护、指挥保障用车。

图10-17　装甲救护车

记者登上车看到,约4米长、2米宽的车厢内,配有医疗器材和设备,几名医护人员正在进行战场救护演练:一名被地雷"炸伤"左腿的士兵正躺在简易手术台上,医护人员在对其伤口消毒、包扎的当儿,装甲救护车"呼"的一声,向着野战救护所飞驰。驶出不到10分钟,就遇到了一个30余度的陡坡,但车子却"呼呼呼"超过了前面的地方车辆。记者感到,尽管路面凹凸不平,但行进间却显得很平稳,不影响对伤员的救护。室外0℃的低温,也因车载空调而温暖如春。某工兵团政治处主任夏友林介绍,该救护车除具备了功率大、油耗低、可靠性好、越野能力强、维修方便等优越的性能外,还具有防弹、防爆等功能。

【专家解读】装甲救护车由于形体小,便于运输,机动性好,轴距短,转弯直径小,灵活性好;前后驱动,越野性好;油箱容积大,保障性好;车身全装甲,防护性能好,只要在车内配备相关设备和武器装备,就可用于巡逻、侦察、通信联络、武装护卫、人员输送、机动指挥、救护救援等。

扫雷钩（图10-18）

扫雷钩是简易的排雷工具，主要用于在茂密的灌木丛里排雷。

在一个低洼的模拟雷场，作业手正在排雷。由于雷场草丛茂密，加之刚下过一场大雨，排雷难度增加了。几名队员"碰头"后，决定用"扫雷钩"来探查有无绊发雷。队员刘庆忠把拴在绳索

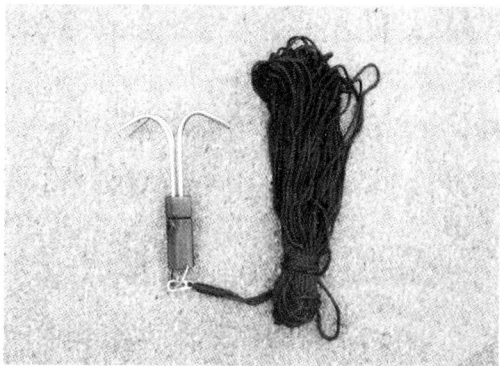

图10-20　扫雷钩

上的"扫雷钩"丢出去，慢慢往回拉。很快，草枝被割断。一串像雷管的东西被"扫雷钩"抓住。"嘀"一声炸响，一枚地雷钩爆了。刘庆忠安然无恙。"如果没有'扫雷钩'，真说不清会出现什么危险。"目睹这一幕的人惊呼道。

【专家解读】把雷场设在茂密的灌木丛里，是不少埋雷者常用的做法，能增加排雷者的难度。研制者当初受登山者挂钩的启示，琢磨出"扫雷钩"。它造价低廉，能割断雷场中的植被，同时拉爆或拉出绊发雷。"扫雷钩"在草丛中排雷作用明显，既提高了扫雷的速度，又保证了作业手的安全。

"请《解放军报》代我们告诉全国人民：维和工兵营有上述这些好装备，加上官兵们勇敢的献身精神和精湛的技艺，一定能在中东雷场上再创辉煌，为祖国争光！"结束探营时，某工兵团政治处主任夏友林恳切地对记者说。

《修正的地雷议定书》

**《禁止或限制使用某些可被认为具有过分伤害力或滥杀滥伤
作用的常规武器公约》所附的《禁止或限制使用地雷、
诱杀装置和其他装置的修正议定书》**

（修正的二号议定书）

1996 年 5 月 3 日

第一条　修正议定书

特此修正《禁止或限制使用某些可被认为具有过分伤害力或滥杀滥
伤作用的常规武器公约》（"《公约》"）所附的《禁止或限制使用地雷、
诱杀装置和其他装置的议定书》（第二号议定书）。经修正的议定书的案
文如下：

"禁止或限制使用地雷、诱杀装置和其他装置的修正议定书"

（修正的第二号议定书）

第1条　适用范围

1．本议定书针对的是本议定书中界定的地雷、诱杀装置和其他装
置的陆上使用，其中包括为封锁水滩、水道渡口或河流渡口而布设的地
雷，但不适用于海洋或内陆水道中反舰船雷的使用。

2．本议定书除适用于本公约第1条所指的情况外，还应适用于1949
年8月12日《日内瓦四公约》共有的第3条中所指的情况。本议定书不适用
于内部骚乱和出现紧张局势的情况，例如暴乱、孤立和零星的暴力行为
和其他性质类似的行为，因为它们不属于武装冲突。

3．如果缔约方之一领土上发生并非国际性的武装冲突，每一冲突

当事方应遵守本议定书的禁止和限制规定。

4．不得援引本议定书中的任何条款影响国家主权或影响政府通过一切正当手段维持或重建国家的法律和秩序或维护国家统一和国家领土完整的职责。

5．无论出于何种原因，均不得援引本议定书的任何条款作为借口，直接或间接干涉武装冲突或干涉其领土上发生武装冲突的缔约方的内部事务或对外事务。

6．如果冲突当事方不是接受本议定书的缔约方，则本议定书条款对此种当事方的适用不应对其法律地位或对有争议领土的法律地位造成任何明示或默示的改变。

第2条　定　义

为本议定书的目的：

1．"地雷"是指布设在地面或其他表面之下、之上或附近并设计成在人员或车辆出现、接近或接触时爆炸的一种弹药。

2．"遥布地雷"是指非直接布设而是以火炮、导弹、火箭、迫击炮或类似手段布设或由飞机投布的一种地雷。由一种陆基系统在不到500米范围布设的地雷不作为"遥布地雷"看待，但其使用须依照本议定书第5条和其他有关条款行事。

3．"杀伤人员地雷"是指主要设计成在人员出现、接近或接触时爆炸并使一名或一名以上人员丧失能力、受伤或死亡的一种地雷。

4．"诱杀装置"是指其设计、制造或改装旨在致死或致伤而且在有人扰动或趋近一个外表无害的物体或进行一项看似安全的行动时出乎意料地发生作用的装置或材料。

5．"其他装置"是指人工放置的、以致死、致伤或破坏为目的、用人工或遥控方式致动或隔一定时间后自动致动的包括简易爆炸装置在内的弹药或装置。

6．"军事目标"就物体而言，是指任何因其性质、位置、目的或用途而对军事行动作出有效贡献并在当时的情况下将其全部或部分摧毁、夺取或使其失效可取得明确军事益处的物体。

7．"民用物体"是指除本条第6款中界定的军事目标以外的一切物体。

8.“雷场”是指范围明确的布设了地雷的区域。“雷区”是指因为有地雷而具有危险性的区域。“假雷场”是指象雷场却没有地雷的区域。“雷场”的含义包括假雷场。

9.“记录”是指一种有形的、行政的和技术的工作,旨在将有助于查明雷场、雷区、地雷、诱杀装置和其他装置位置的一切可获得的资料记载于正式记录中。

10.“自毁装置”是指保证内装有或外附有此种装置的弹药能够销毁的一种内装或外附自动装置。

11.“自失效装置”是指使内装有此种装置的弹药无法起作用的一种内装自动装置。

12.“自失能”是指因一个使弹药起作用的关键部件(例如电池)不可逆转地耗竭而自动使弹药无法起作用。

13.“遥控”是指在一定距离之外通过指令进行控制。

14.“防排装置”是指一种旨在保护地雷、构成地雷的一部分、连接、附着或置于地雷之下而且一旦企图触动地雷时会引爆地雷的装置。

15.“转让”是指除了包括将地雷实际运入或运出国家领土外,还包括地雷的所有权和控制权的转让,但不包括布设了地雷的领土的转让。

第3条　对使用地雷、诱杀装置和其他装置的总的限制

1.本条适用于:

(a)地雷;

(b)诱杀装置;和

(c)其他装置。

2.按照本议定书的规定,每一缔约方或冲突当事方对其布设的所有地雷、诱杀装置和其他装置负有责任,并承诺按照本议定书第10条的规定对其进行清除、排除、销毁或维持。

3.禁止在任何情况下使用设计成或性质为造成过度杀伤或不必要痛苦的任何地雷、诱杀装置或其他装置。

4.本条所适用的武器应严格符合技术附件中针对每一具体类别所规定的标准和限制。

5．禁止使用装有以现有普通探雷器正常用于探雷作业时因其磁力或其他非接触影响引爆弹药而专门设计的机制或装置的地雷、诱杀装置或其他装置。

6．禁止使用装有一种按其设计在地雷不再能起作用后仍能起作用的防排装置的自失能地雷。

7．禁止在任何情况下——无论是为了进攻、防卫或报复——针对平民群体或个别平民或平民物体使用适用本条的武器。

8．禁止滥用适用本条的武器。滥用是指在下列情况下布设此种武器：

（a）并非布设在军事目标上，也不直接对准军事目标。在对某一通常专用于和平目的的物体如礼拜场所、房屋或其他住所或学校是否正被用于为军事行动作出有效贡献存有怀疑时，应将视为并非用于这一目的；或

（b）使用一种不可能对准特定军事目标的投送方式或手段；或

（c）预计可能附带造成平民死亡、平民受伤、民用物体受损坏，或同时造成这三种情况，而其损害的程度超过预期的具体和直接的军事益处。

9．位于城市、城镇、村庄或含有类似平民集聚点或平民物体的其他区域内的若干个明显分开的、有别于其他物体的军事目标，不得作为单一军事目标看待。

10．应采取一切可行的预防措施，使平民不受适用本条的武器的影响。可行的预防措施是指考虑到当时存在的一切情况、包括从人道和军事角度考虑后所采取的实际可行的或实际可能的预防措施。这些情况包括但不仅限于：

（a）雷场存在期间地雷对当地平民群体的短期和长期的影响；

（b）可能的保护平民措施（例如竖立栅栏、标志、发出警告和进行监视）；

（c）采用替代手段的可能和可行性；和

（d）雷场的短期和长期军事需要。

11．可能影响平民群体的地雷、诱杀装置和其他装置的任何布设均应事先发出有效的警告，除非情况不允许。

第4条　对使用杀伤人员地雷的限制

禁止使用不符合技术附件第2款中规定的可探测性的杀伤人员地雷。

第5条　对使用除遥布地雷以外的杀伤人员地雷的限制

1．本条适用于除遥布地雷以外的杀伤人员地雷。

2．禁止使用适用本条的不符合技术附件中自毁和自失能规定的武器，除非：

（a）此种武器布设于受到军事人员监视并以栅栏或其他方式加以保护的标界区内，以确保有效地将平民排除在这一区域之外。标记必须明显和耐久，必须至少能为将要进入这一标界区的人所看见；以及

（b）在放弃这一区域前将此种武器清除，但将这一区域移交给同意负责维护本条所要求的保护物并随后清除此种武器的另一国部队的情况除外。

3．只有在因敌方的军事行动而被迫失去对这一区域的控制从而无法继续遵守以上第2款（a）和（b）项的规定的情况下，其中包括因敌方的直接军事行动而使其无法遵守这些规定，冲突当事方才无须继续遵守这些规定。该当事方若重新取得对这一区域的控制，则应恢复遵守本条第2款（a）和（b）项的规定。

4．一冲突当事方的部队若取得对布设了适用本条的武器的区域的控制，应尽可能维持并在必要时建立本条所要求的保护措施，直到此种武器被清除为止。

5．应采取一切可行的措施，防止未经许可移走、磨损、毁坏或隐藏用于确立标界区周界的任何装置、系统或材料。

6．如属下述情况，适用本条的以小于90度的水平弧度推动碎片而且布设于地面或其之上的武器，其使用可不受本条第2款（a）项所规定措施的限制，但最长期限为72小时：

（a）位于布设地雷的军事单位的紧邻区域内；且

（b）该区域受到军事人员监视，以确保有效排除平民的进入。

第6条　限制使用遥布地雷

1．禁止使用遥布地雷，除非此种地雷按照技术附件第1款（b）项予

以记录。

2．禁止使用不符合技术附件中的自毁和自失能规定的遥布杀伤人员地雷。

3．禁止使用除杀伤人员地雷以外的遥布地雷，除非在可行的情况下此种地雷装有有效的自毁或自失效装置并具有一种后备自失能特征，按其设计当地雷不再有助于放置地雷所要达到的军事目的时可使地雷不再起地雷的作用。

4．可能影响平民群体的遥布地雷的任何布设或投布均应事先发出有效的警告，除非情况不允许。

第7条　禁止使用诱杀装置和其他装置

1．在不妨害适用于武装冲突中的有关诈术和背信行为的国际法规定的前提下，禁止在任何情况下使用以任何方式附着于或联结在下列物体上的诱杀装置和其他装置：

（a）国际承认的保护性徽章、标志或信号；

（b）病者、伤者或死者；

（c）墓地或火葬场或坟墓；

（d）医务设施、医疗设备、医药用品或医务运输；

（e）儿童玩具或其他为儿童饮食、健康、卫生、衣着或教育而特制的其他轻便物件或产品；

（f）食品或饮料；

（g）炊事用具或器具，但军事设施、军事阵地或军事补给站的此种用具除外；

（h）明显属于宗教性质的物体；

（i）构成民族文化或精神遗产的历史古迹、艺术品或礼拜场所；或

（j）动物或其尸体。

2．禁止使用伪装成表面无害的便携物品但专门设计和构造成装有爆炸物的诱杀装置或其他装置。

3．在不妨害第3条规定的前提下，禁止在地面部队未进行交战或未有迹象显示即将交战的任何城市、城镇、村庄或含有类似平民集聚点的其他区域内使用适用本条的武器，除非：

（a）此种武器布设在军事目标上或其紧邻区域内；

（b）已采取使平民不受其影响的保护措施，例如派设岗哨、发出警告或竖立栅栏。

第8条 转 让

1. 为促进本议定书的宗旨，每一缔约方：

（a）承诺不转让任何其使用受本议定书禁止的地雷；

（b）承诺不向除国家或经授权可接受此种转让的国家机构以外的任何接受者转让任何地雷；

（c）承诺在转让任何其使用受本议定书限制的地雷方面实行克制，特别是每一缔约方承诺不向不受本议定书约束的国家转让任何杀伤人员地雷，除非接受国同意适用本议定书；并且

（d）承诺确保根据本条进行的任何转让由转让国和接受国双方完全按照本议定书的有关规定和适用的国际人道主义法准则行事。

2. 如果一缔约方宣布它将按照技术附件的规定推迟遵守有关使用某种地雷的具体条款，则本条第1款（a）项仍应适用于此种地雷。

3. 在本议定书生效之前，所有缔约方将不采取任何与本条第1款（a）项不符的行动。

第9条 记录和使用关于雷场、雷区、地雷、诱杀装置和其他装置的资料

1. 关于雷场、雷区、地雷、诱杀装置和其他装置的所有资料均应按照技术附件的规定予以记录。

2. 冲突各方应保存所有此种记录，并且应在现行敌对行动停止之后立即采取一切必要和适当的措施，包括利用此种记录，保护平民不受雷场、雷区、地雷、诱杀装置和其他装置的影响。

同时，它们应向冲突的对方或各方和联合国秘书长提供关于不再为它们所控制的区域内由它们布设的雷场、雷区、地雷、诱杀装置和其他装置的所有此种资料；但有一项条件：在对等的前提下，如冲突一方的部队在敌方领土内，任何一方均可在安全利益需要暂时扣发的限度内不向秘书长和对方提供此种资料，直到双方均撤出对方领土为止。在后一种

情况下，一俟安全利益许可即应提供暂时扣发的资料。在可能情况下，冲突各方应设法经由相互协议争取尽早以符合每方安全利益的方式发放此种资料。

3．本条不妨害本议定书第10和第12条的规定。

第10条　排除雷场、雷区、地雷、诱杀装置和其他装置及国际合作

1．在现行敌对行动停止之后，应按照本议定书第3条和第5条第2款立即清除、排除、销毁或维持所有雷场、雷区、地雷、诱杀装置和其他装置。

2．各缔约方和冲突各方对其控制区域内的雷场、雷区、地雷、诱杀装置和其他装置负有此种责任。

3．对于一当事方布设在已不再由其控制的区域内的雷场、雷区、诱杀装置和其他装置，该当事方应在其准许的限度内向本条第2款所指的控制该区域的一方提供履行此一责任所必须的技术和物资援助。

4．在一切必要情况下，各当事方应努力在相互之间以及酌情与其他国家和国际组织就提供技术和物资援助、包括在适当采取履行此项责任所必要的联合行动达成协议。

第11条　技术合作与援助

1．每一缔约方承诺促进并应有权参加与本议定书的执行和清除地雷手段有关的设备、物资以及科学和技术资料的尽可能充分的交换。特别是，各缔约方不应对出于人道主义目的提供清除地雷设备和有关技术资料施加不应有的限制。

2．每一缔约方承诺向联合国系统内建立的关于清除地雷的数据库提供资料，特别是关于清除地雷的各种手段和技术的资料，以及与清除地雷有关的专家、专家机构或本国联络点的名单。

3．有能力这样做的每一缔约方应通过联合国系统、其他国际机构或在双边基础上为清除地雷提供援助，或向联合国清除地雷援助自愿基金捐款。

4．缔约方的援助请求连同充分有关的资料可提交给联合国、其他适当机构或其他国家。此种请求书可提交联合国秘书长，而联合国秘书

长应将其转交所有缔约方和有关国际组织。

5．如果向联合国提出请求，联合国秘书长可在其现有资源的范围内采取适当步骤，对情况作出评估，并与提出请示的缔约方合作，确定为清除地雷或执行议定书适当提供援助。联合国秘书长也可向各缔约方报告任何此种评估的结果以及所需援助的类型和范围。

6．在不妨害其宪法和其他法律规定的前提下，各缔约方承诺开展合作和转让技术，以促进本议定书有关禁止和限制规定的实施。

7．为求缩短技术附件中规定的推迟期，每一缔约方有权酌情寻求并接受另一缔约方在必要和可行的情况下就除武器技术以外的具体有关技术提供的技术援助。

第12条　旨在免受雷场、雷区、地雷、诱杀装置和其他装置影响的保护

1．适用

（a）除本条第2款（a）项（一）目所指部队和特派团之外，本条仅适用于经在其领土上执行任务的缔约方同意在一区域内执行任务的特派团。

（b）如果冲突当事方不是缔约方，则本条的规定对此种当事方的适用不应对其法律地位或对有争议领土的法律地位造成任何明示或默示的改变。

（c）本条的规定不妨害为依本条执行任务的人员提供更高程度保护的现有国际人道主义法或适用的其他国际文书或联合国安全理事会的决定。

2．维持和平及某些其他部队和特派团

（a）本款适用于：

（一）根据《联合国宪章》在任何区域内执行维持和平、观察或类似任务的任何联合国部队或特派团；以及

（二）根据《联合国宪章》第八章建立的在冲突区域内执行任务的任何特派团。

（b）每一缔约方或冲突当事方如经适用本款的部队或特派团的首长要求，应：

（一）尽其所能采取必要措施，保护此种部队或特派团在其控制下

的任何区域内不受地雷、诱杀装置和其他装置的影响;

（二）必要时,为有效保护此种人员,尽其所能排除该区域内的一切地雷、诱杀装置和其他装置或使其丧失杀伤力;并且

（三）向部队或特派团首长告知该部队或特派团执行任务区域内的一切已知雷场、雷区、地雷、诱杀装置和其他装置的位置,并在可行的情况下向该部队或特派团首长提供其所掌握的关于此种雷场、雷区、地雷、诱杀装置和其他装置的所有资料。

3. 联合国系统人道主义特派团和实情调查特派团

（a）本款适用于联合国系统的任何人道主义特派团或实情调查特派团。

（b）每一缔约方或冲突当事方如经适用本款的特派团的首长要求,应:

（一）为特派团人员提供本条第2款（b）项（一）目规定的保护;并且

（二）为使特派团人员能安全前往或穿越特派团执行任务所必须前往或穿越的在其控制下的任何地点:

（aa）如知悉有安全通径通往该地点,则将路径告知特派团首长,除非正在进行的敌对行动有碍于此;或

（bb）如不按（aa）分目提供指明安全路径的资料,则在必要和可行的情况下清出一条穿越雷场的通路。

4. 红十字国际委员会特派团

（a）本款适用于红十字国际委员会经所在国同意、根据1949年8月12日《日内瓦四公约》及其适用的《附加议定书》执行任务的任何特派团。

（b）每一缔约方或冲突当事方如经适用本款的特派团的首长要求,应:

（一）为特派团人员提供本条第2款（b）项（一）目规定的保护;并且

（二）采取本条第3款（b）项（二）目规定的措施。

5．其他人道主义特派团和调查特派团

（a）在不适用以上第2、第3和第4款的情况下，本款适用于在冲突区域内执行任务或为冲突受害者提供协助的下列特派团：

（一）国家红十字会或红新月会或其国际联合会的任何人道主义特派团；

（二）公正的人道主义组织的任何特派团，包括任何公正的人道主义扫雷特派团；以及

（三）根据1949年8月12日《日内瓦四公约》及其适用的《附加议定书》建立的任何调查特派团。

（b）每一缔约方或冲突当事方如经适用本款的特派团的首长要求，应在可行的情况下：

（一）为特派团人员提供本条第2款（b）项（一）目规定的保护；并且

（二）采取本条第3款（b）项（二）目规定的措施。

6．保密

依本条提供的所有机密资料，其接受者应为其严格保密，未经资料提供者明示准许不得向有关部队或特派团以外的任何方面透露。

7．遵守法律和规章

在不妨害其可享有的特权和豁免或其任务要求的前提下，参加本条所指部队和特派团的人员应：

（a）遵守所在国的法律和规章；并且

（b）不从事任何与其任务的公正性和国际性不符的行动或活动。

第13条　缔约方的协商

1．各缔约方承诺在有关本议定书实施的一切问题上彼此进行协商与合作。为此目的，应每年召开缔约方会议。

2．年度会议的参加应按商定的议事规则行事。

3．会议工作应包括：

（a）审查本议定书的实施情况和现况；

（b）审议各缔约方根据本条第4款提出的报告所引起的事项；

（c）筹备审查会议；

（d）审议各种保护平民不受地雷滥杀滥伤影响的技术的发展情况。

4．各缔约方应就任何下列事项向保存人提出年度报告，而保存人应在会议前将报告分送所有缔约方：

（a）向其武装部队和平民传播有关本议定书的资料；

（b）清除地雷和善后重建方案；

（c）为满足本议定书的技术要求而采取的步骤和任何其他有关资料；

（d）与本议定书有关的立法；

（e）就国际技术资料交换、就清除地雷方面的国际合作以及就技术合作与援助而采取的措施；以及

（f）其他有关事项。

5．缔约方会议费用应由各缔约方和参加会议工作的非缔约国按适当调整的联合国会费分摊比额表分摊。

第14条　遵　守

1．每一缔约方应采取一切适当步骤，包括立法及其他措施，以防止和制止其管辖或控制下的个人违反本议定书或在其管辖或控制下的领土上违反本议定书。

2．本条第1款所指的措施包括为了确保对违反本议定书的规定在与武装冲突有关的情况下故意造成平民死亡或严重伤害的个人进行刑事制裁和将其绳之以法而采取的适当措施。

3．每一缔约方还应要求其武装部队发布有关的军事指令和作业程序，并要求武装部队人员接受与其任务和职责相称的培训，以期遵守本议定书的规定。

4．各缔约方承诺通过双边方式、联合国秘书长或其他适当国际程序彼此进行协商与合作，以解决在本议定书条款的解释和适用上可能产生的任何问题。

技术附件

1．记录

（a）应按下列规定对除遥布地雷外的地雷、雷场、雷区、诱杀装置

和其他装置的位置进行记录：

（一）应准确说明雷场、雷区及诱杀装置和其他装置的布设区相对于至少两个参考点座标的位置，并说明此种武器的布设区相对于这些参考点的估计范围；

（二）制作地图、图表或其他记录时，应标明雷场、雷区、诱杀装置和其他装置相对于参考点的位置，这些记录也应标明它们的周界线和范围；

（三）为了探测和清除地雷、诱杀装置和其他装置，地图、图表或其他记录应载有关于所布设的所有此种武器的类型、数量、布设方法、引信类型和有效期、布设的日期和时间以及（可能有的）防排装置的完整资料及其他有关资料。凡可行时，雷场记录应标示出每枚地雷的确切位置，但对于行列雷场，标示出每行的位置即可。对布设的每一诱杀装置的确切位置和运作机制应分别予以记录。

（b）应以参考点（通常以区角点）座标具体说明遥布地雷的估计位置和区域，并应尽早作出实地勘察，在可行的情况下留下标记。所布设地雷的总数和类型、布设日期和时间以及自毁期限也应记录下来。

（c）应尽可能由足以保证记录安全的指挥级别保存记录的副本。

（d）禁止使用本议定书生效之后生产的地雷，除非以英文或有关国家语文作出含有如下信息的标记：

（一）原造国名称；

（二）生产年月；以及

（三）序列号或批量号。

标记应尽可能可看见、可判读、耐久和耐受环境作用的影响。

2. 关于可探测性的规定

（a）1997年1月1日之后生产的杀伤人员地雷应在其构造内含有某种材料或装置，以便能用现有普通地雷探测技术设备探测并可产生相当于8克或8克以上的一整块铁所产生信号的响应信号。

（b）1997年1月1日之前生产的杀伤人员地雷应在其构造内含有或在布设之前以不易去除的方式附着某种材料或装置，以便能用现有普通地雷探测技术设备探测并可产生相当于8克或8克以上的一整块铁所产生信号的响应信号。

（c）一缔约方若确定它不能立即遵守（b）项规定，可在其通知同意受本议定书约束时宣布它将推迟遵守（b）项，推迟期自本议定书生效算起不超过9年。其间，它应在可行的情况下尽可能减少使用不符合此规定的杀伤人员地雷。

3. 关于自毁和自失能的规定

（a）所有遥布杀伤人员地雷均应设计并构造成在布设后30天内未能自毁的有效雷不超过所有有效雷的10%，每枚地雷均应具有后备自失能特征，按其设计和构造与自毁装置相结合在布设后120天仍有地雷作用的有效雷不超过所有有效雷的1‰。

（b）在本议定书第5条所界定的标界区以外使用的所有非遥布杀伤人员地雷应符合（a）项的自毁和自失能规定。

（c）一缔约方若确定它不能立即遵守（a）和/或（b）项的规定，可在其通知同意受本议定书约束时宣布，对于本议定书生效之前生产的地雷，它将推迟遵守（a）和/或（b）项，推迟期自本议定书生效算起不超过9年。

在此推迟期内，该缔约方应：

（一）承诺在可行的情况下尽可能减少使用不符合有关规定的杀伤人员地雷；并且

（二）对于遥布杀伤人员地雷，遵守自毁规定或自失能规定；对于其他杀伤人员地雷，至少遵守自失能规定。

4. 雷场和雷区的国际标志

应使用类似于所附示例的标志并按照如下规格标出雷场和雷区，以确保平民能看到和认出这些标志：

（a）尺寸和形状：三角形或正方形，三角形的底边不应小于28厘米（11英寸），斜边不应小于20厘米（7.9英寸）；正方形的边长不应小于15厘米（6英寸）；

（b）颜色：红色或橙色，框以黄色反光周边；

（c）符号：附件中所绘出的符号，或其他类型的符号，但须在树立标志的地区很容易辨认出此一符号标明了危险区；

（d）文字：标志中应含有本公约六种正式语文（阿拉伯文、中文、英文、法文、俄文和西班牙文）之一及当地所用语文中的"地雷"一词；

（e）间隔：竖在雷场或雷区周围标志的间隔应足以确保平民从任何一点靠近该区域时都能看到。

第二条　生　效

本修正议定书应按照《公约》第8条第1款（b）项的规定生效。

《渥太华禁雷公约》

关于禁止使用、储存、生产和转让
防步兵地雷及销毁此种地雷的公约
（1997 年 9 月 18 日）

各缔约国：

决心终止防步兵地雷所造成的痛苦和伤亡，它们每星期杀死或残害数以百计的人，大多数是非武装的无辜平民，特别是儿童，妨碍经济发展和重建，阻止难民遣返和国内流离失所者重返家园，并在放置后多年仍然引起其他严重后果。

相信有必要尽力以有效率、互相协调的方式作出贡献，以应付扫除在世界各地放置的防步兵地雷的挑战，并确保销毁此种地雷。

希望尽力提供援助来照顾受地雷伤害的人和帮助他们复原，包括重新融入社会和经济生活。

认识到彻底禁止防步兵地雷也是一项重要的建立信任措施。

欢迎作为《禁止或限制使用某些可被认为具有过分伤害力或滥杀滥伤作用的常规武器公约》附件，并于1996年5月3日作了修正的《禁止或限制使用地雷（水雷）、诱杀装置和其他装置的议定书》获得通过，并吁请所有尚未批准的国家早日批准这项议定书。

又欢迎联合国大会1996年12月10日第51/458号决议敦促各国大力谋求缔结一项有效的、具有法律拘束力的禁止使用、储存、生产和转让防步兵地雷的国际协定。

并欢迎历年来采取的各种旨在禁止、限制或暂停使用、储存、生产和转让杀伤人员地雷的单方面和多边措施。

强调公众良心对促进各种人道原则的作用,要求彻底禁止防步兵地雷就是一个例证,并确认红十字会与红新月会国际联合会、国际禁止地雷运动和世界各地许多其他非政府组织为此目的作出的努力。

回顾1996年10月5日《渥太华宣言》和1997年6月27 日《布鲁塞尔宣言》敦促国际社会谈判缔结一项具有法律拘束力的禁止使用、储存、生产和转让防步兵地雷的国际协定。

强调希望争取所有国家加入本公约,并决心为促使它得到普遍加入而在所有有关的论坛作出不懈的努力,这些论坛除其他外,包括联合国、裁军谈判会议、各区域组织和各个集团,以及《禁止或限制使用某些可被认为具有过分伤害力或滥杀滥伤作用的常规武器公约》的审查会议。

基于武装冲突各方选择作战方法或手段的权利并非毫无限制这一国际人道主义法原则,基于禁止在武装冲突中使用会造成过分杀伤或不必要痛苦的武器、射弹及作战物资和方法的原则,并基于必须在平民与战斗人员之间作出区分的原则。

第1条 一般义务

1. 每一缔约国承诺在任何情况下,决不:

(a)使用防步兵地雷;

(b)发展、生产、以其他方式获取、储存、保有或者直接或间接向任何人转让防步兵地雷;

(c)以任何方式协助、鼓励或诱使任何人从事本公约禁止缔约国从事的任何活动。

2. 每一缔约国承诺按照本公约的规定,销毁所有防步兵地雷或确保它们被销毁。

第2条 定 义

1. "防步兵地雷"是指其设计旨在当人员出现、接近或接触时即会爆炸而使一个或多个人丧失能力、受伤或死亡的地雷。设计旨在当车辆而不是人员出现、接近或接触时引爆,并且装有防排装置的地雷,不视为防步兵地雷。

2. "地雷"是指设计用来置于地面或其他表面之下、之上或附近,当有人或车辆出现、接近或接触时爆炸的一种弹药。

　　3. "防排装置"是指用来保护地雷的装置,它是地雷的一部分,或是与地雷相连,或是附着地雷,或是放在地雷下面,当有人试图触动或者以其他方式故意扰动地雷时引爆地雷。

　　4. "转让"除了防步兵地雷进出国家领土的实际移动之外,也包括这种地雷的所有权和控制权的转让,但不包括其内放置了防步兵地雷的领土的转让。

　　5. "雷区"是指由于布有或者怀疑布有地雷而具有危险性的区域。

第3条　例　外

　　1. 虽有第1条规定的一般义务,但为发展探雷、排雷或销毁地雷的技术和进行这些方面的训练而保留或转让一定数量的防步兵地雷是允许的。这种地雷的数量不应超过上述目的绝对需要的最低数目。

　　2. 为销毁目的转让防步兵地雷是允许的。

第4条　防步兵地雷的销毁

　　除第3条规定者外,每一缔约国承诺尽快地,但至迟在本公约对该缔约国生效后4年内,将其所有或拥有、或在其管辖或控制下的所有防步兵地雷予以销毁,或确保它们被销毁。

第5条　销毁雷区内的防步兵地雷

　　1. 每一缔约国承诺尽快地,但至迟在本公约对该缔约国生效后10年内,将在其管辖或控制下的雷区内的所有防步兵地雷销毁,或确保它们被销毁。

　　2. 每一缔约国应尽其努力,查明在其管辖或控制下所有已知或怀疑放置了防步兵地雷的地区,并应确保尽快标明在其管辖或控制下的所有防步兵地雷布雷区的周边界线,加以监测,并用围栏或其他方式保护起来,以确保有效地阻止平民进入,直至里面的防步兵地雷已全部销毁。所作的标记应至少达到作为《禁止或限制使用某些可被认为具有过分伤害力或滥杀滥伤作用的常规武器公约》附件,并于1996年5月3日作了修正的《禁止或限制使用地雷(水雷)、诱杀装置和其他装置的议定书》所规定的标准。

3．一个缔约国如果认为自己无法在第1款规定的时间内将该款所述的防步兵地雷全部销毁或确保它们被销毁，可以向一次缔约国会议或审查会议提出延长销毁这种防步兵地雷的完成期限的请求，最多可延长10年时间。

4．每一项请求应载有：

（a）提议延长的期间；

（b）对提议延长期限的理由的详细说明，包括：（一）在本国排雷方案下做的工作的筹备和进行情况；（二）该缔约国可以动用来销毁所有防步兵地雷的财力和技术手段；和（三）影响该缔约国销毁布雷区内所有防步兵地雷的能力的情况；

（c）延长期限所涉及的人道主义、社会、经济和环境问题；和

（d）与这项提议延长期限的请求有关的任何其他资料。

5．缔约国会议或审查会议应考虑到第4款所述各种因素，评估该项请求，以出席并参加表决的缔约国过半数票决定是否批准延长期限的请求。

6．这样延长期限后，经按照本条第3、4和5款提出新的请求，可以再次延长。在请求再次延长期限时，缔约国应提交有关的进一步资料，说明在上一次延长的期间内按照本条采取了什么行动。

第6条　国际合作和援助

1．每一缔约国在履行其在本公约下的义务时，在可行情况下，有权寻求和接受其他缔约国在可能范围内提供援助。

2．每一缔约国承诺提供便利，并应有权在最大可能范围内参与交换设备、物资以及与执行本公约有关的科学和技术资料。缔约国不应对为了人道主义目的提供排雷设备和有关的技术资料施加不当的限制。

3．每一个有能力这样做的缔约国应提供援助，以供照顾受地雷伤害的人，帮助他们复原及重新融入社会和经济生活，和进行防雷宣传方案。这种援助除其他外，可以通过联合国系统、各种国际性、区域性或各国的组织或机构、红十字国际委员会、各国的红十字会和红新月会及它们的国际联合会、非政府组织提供，或在双边基础上提供。

4．每一个有能力这样做的缔约国应提供援助，以供进行排雷和有关的活动。这种援助除其他外，可以通过联合国系统、各种国际性或区

域性组织或机构、非政府组织或机构提供，或在双边基础上提供，或者采取向联合国协助排雷自愿信托基金或其他用于排雷的区域性基金捐款的方式。

5. 每一个有能力这样做的缔约国应提供援助，提供销毁储存中的防步兵地雷。

6. 每一缔约国承诺向在联合国系统内建立的排雷数据库提供资料，特别是关于各种排雷手段和技术的资料，以及排雷方面的专家、专家机构或国家联络点名单。

7. 缔约国可以请求联合国、区域性组织、其他缔约国或其他合适的政府间或非政府论坛协助其当局拟定国家排雷方案，以便除其他外，确定：

（a）防步兵地雷问题的严重程度和范围；

（b）为了执行排雷方案而需要的财力、技术和人力资源；

（c）估计需要多少年才能全部销毁在该缔约国管辖或控制下的布雷区内的防步兵地雷；

（d）旨在减少地雷造成伤亡的发生率的防雷宣传活动；

（e）对受地雷伤害的人的援助；

（f）该缔约国政府与将会参与执行排雷方案的有关政府、政府间或非政府实体之间的关系。

8. 按照本条规定提供和接受援助的每一个缔约国应进行合作，以确保议定的援助方案迅速得到充分执行。

第7条　透明性措施

1. 每一缔约国应在切实可行的情况下，尽快地，但无论如何至迟在本公约对该缔约国生效后180天内，就下列事项向联合国秘书长提出报告：

（a）第9条所述的国家执行措施；

（b）它所储存的属其所有或拥有、或在其管辖或控制下的所有防步兵地雷总计，包括分类列出所储存的每一种防步兵地雷的类型和数量，可能的话并列出其批号；

（c）在可能范围内，列出在其管辖或控制下的内有或怀疑内有防步

兵地雷的所有布雷区的位置,包括尽可能详细地列出每一个布雷区内每一种防步兵地雷的类型和数量以及何时放置;

(d)根据第3条为发展探雷、排雷或销毁地雷的技术和进行这些方面的训练而保留或转让的,或为销毁目的而转让的所有防步兵地雷的类型和数量,可能的话并列出其批号,以及缔约国授权保留或转让防步兵地雷的机构;

(e)将防步兵地雷生产设施转成民用或停止军用的方案的现况;

(f)按照第4条和第5条销毁防步兵地雷的方案的现状,包括详细说明所将使用的销毁方法、所有销毁地点的位置以及所要遵守的适用的安全和环境标准;

(g)本公约对该缔约国生效后已经销毁的所有防步兵地雷的类型和数量,包括分类列出已分别按照第4条和第5条销毁的每一种防步兵地雷的数量,可能的话并列出按照第4条销毁的每一种防步兵地雷的批号;

(h)在知道的范围内列出缔约国所曾生产的,以及目前属其所有或拥有的每一种防步兵地雷的技术特点,并在合理的可能范围内提供可能有助于识别和排除防步兵地雷的各种资料;这种资料至少应包括其尺寸、引信装置、所装的炸药、所装的金属、彩色照片以及其他可能有助于排雷的资料;和

(i)为将按照第5条第2款查明的所有地区立即向居民发出有效警告而采取的措施。

2. 按照本条提供的资料应由缔约国每年加以增订,以过去一历年为期,至迟于每年4月30日前向联合国秘书长提出报告。

3. 联合国秘书长应将所收到的所有这种报告分送各缔约国。

第8条 协助遵行和澄清遵行问题

1. 各缔约国同意就本公约各项规定的执行互相协商和合作,并以合作精神共同努力,协助各缔约国遵行本公约所规定的义务。

2. 如果一个或多个缔约国希望澄清或试图解决有关另一个缔约国对本公约规定遵行情况的问题,可以通过联合国秘书长,就此事向该缔约国提出澄清请求。这种请求应附有一切适当的资料,每一缔约国应自

我克制，不要提出没有根据的澄清请求，小心避免滥用。收到澄清请求的缔约国应在28天内，通过联合国秘书长，向提出请求的缔约国提供有助于澄清此事的一切资料。

3. 如果提出请求的缔约国没有在上述时限内通过联合国秘书长收到答复，或者认为对澄清请求的答复未能令人满意，可以通过联合国秘书长，将此事提交下一次缔约国会议。联合国秘书长应将此一请求，连同与此项澄清请求有关的一切适当资料，分送全体缔约国。所有这种资料应送交被请求的缔约国，该缔约国应有作出答复的权利。

4. 在等待任何一次缔约国会议召开期间，任何有关的缔约国可以请求联合国秘书长进行斡旋，促使作出对请求的澄清。

5. 提出请求的缔约国可以通过联合国秘书长，提议召开一次缔约国特别会议来审议此事。联合国秘书长应立即将此提议以及有关的缔约国所提交的一切资料通报全体缔约国，请它们表示是否赞成召开缔约国特别会议来审议此事。如果在发出这种通报之日后14天内，至少有三分之一的缔约国赞成召开特别会议，联合国秘书长即应在其后14天内召开缔约国特别会议。这种会议的法定人数应为缔约国的过半数。

6. 缔约国会议或缔约国特别会议（视情况而定）应首先根据有关的缔约国所提交的全部资料，决定是否进一步审议此事。缔约国会议或缔约国特别会议应竭尽努力以协商一致方式作出决定。如果尽管为此目的尽了努力，仍然无法达成协议，则应以出席并参加表决的缔约国过半数作此决定。

7. 所有缔约国均应同缔约国会议或缔约国特别会议充分合作，以完成对此事的审查，包括同按照第8款授权派出的任何实况调查团合作。

8. 如果需要作进一步澄清，缔约国会议或缔约国特别会议应以出席并参加表决的缔约国过半数，授权派出一个实况调查团，并决定它的任务规定。被请求的缔约国可以在任何时候邀请派遣实况调查团前往该国领土。这种调查团应无须经缔约国会议或缔约国特别会议作出决定即可派出。调查团应按照第9和第10款指派和核可的最多9名专家组成，可以到现场或前往在被请求的缔约国管辖或控制下与所指控的遵行问

附
录
二

题有直接关系的其他地点收集进一步资料。

9. 联合国秘书长应编制和更新一份并列由缔约国提供的合格专家姓名、国籍和其他有关资料的名单,并将它传送给全体缔约国。列在这份名单上的任何专家应视为获得指派参加所有实况调查团资格,除非某一缔约国书面声明不接受。假如某一专家不获接受,如果表示不接受的声明是在任命该名专家参加调查团之前作出的,该名专家就不应参加派往表示反对的缔约国领土或在该国管辖或控制下的任何其他地点的实况调查团。

10. 联合国秘书长接到缔约国会议或缔约国特别会议的请求后,应同被请求的缔约国协商,然后任命调查团的成员,包括其团长。不应任命请求派出实况调查团的缔约国或直接受它影响的缔约国的国民参加调查团。实况调查团成员应享有1946年2月13日通过的《联合国特权和豁免公约》第6条所规定的特权和豁免。

11. 至少提前72小时作出通知后,实况调查团成员一有机会即应进入被请求的缔约国领土。被请求的缔约国应采取必要的行政措施来接待调查团以及提供交通和住处,并在调查团留在其控制下的领土期间内,应负责在尽可能最大程度上确保调查团的安全。

12. 在不损害被请求的缔约国主权的情况下,实况调查团可以将只供用来收集与所指控遵行问题有关的资料的必要设备带进被请求的缔约国领土。调查团在抵达之前,将把它在进行实况调查时打算使用的设备通知被请求的缔约国。

13. 被请求的缔约国应尽其努力,确保给予实况调查团机会同也许能提供与所遵行问题有关的资料的所有有关的人谈话。

14. 被请求的缔约国应允许实况调查团前往在其控制下的预期能收集到与遵行问题有关的事实情况的所有地区和设施。这应受到被请求的缔约国因下述理由认为有必要作出的任何安排的限制:

(a) 保护机密的设备、资料和地区;

(b) 保护被请求的缔约国在所有权权利、搜查与扣押或其他宪法权利方面的任何宪法义务;

(c) 保护实况调查团成员的人身和安全。被请求的缔约国如果作出这种安排, 应在合理范围内作出一切努力, 通过其他方式表明它遵行本公约。

15. 除非另有协议, 否则实况调查团不得逗留在有关的缔约国领土超过14天, 在任何一个特定地点不得超过7天。

16. 作为机密提供的与实况调查团的主题事项无关的一切资料, 应视为机密处理。

17. 实况调查团应通过联合国秘书长, 将其调查结果向缔约国会议或缔约国特别会议提出报告。

18. 缔约国会议或缔约国特别会议应审议一切有关的资料, 包括实况调查团所提交的报告, 并可以请被请求的缔约国采取措施, 在一段订明的时间内解决遵行问题。被请求的缔约国应就所请求此项的采取的所有措施提出报告。

19. 缔约国会议或缔约国特别会议可以向有关的缔约国提出以什么办法和方式进一步澄清或解决审议中的事项的建议, 包括依照国际法展开适当的程序。如果判断认为该问题是由于被请求的缔约国无法控制的情况, 缔约国会议或缔约国特别会议可以采取适当的措施, 包括采用第6条所述的合作措施。

20. 缔约国会议或缔约国特别会议应竭尽努力以协商一致方式达成第18和19款所述的决定, 否则应以出席并参加表决的缔约国三分之二多数作出这种决定。

第9条　国家执行措施

每一缔约国应采取一切适当的法律、行政和其他措施, 包括实施刑事制裁, 以防止和制止在其管辖或控制下的人或者在受其管辖或控制的领土上从事本公约禁止缔约国进行的任何活动。

第10条　争端的解决

1. 缔约国应互相协商和合作解决就本公约的适用或解释可能发生的任何争端。每一缔约国均可将任何这种争端提交缔约国会议处理。

2. 缔约国会议可以采取它认为适当的任何方式促成争端的解决, 包括进行斡旋、促请争端各当事国展开它们自己选择的解决程序以及为任何议定的程序建议一个时限。

3. 本条不妨害本公约关于协助遵行和澄清遵行问题的规定。

第11条　缔约国会议

1. 缔约国应定期开会，以便审议与本公约的适用或执行有关的任何事项，包括：

（a）本公约的实施情况和现状；

（b）按照本公约规定提交的报告所引起的事项；

（c）按照第6条进行国际合作和提供援助；

（d）防步兵地雷清除技术的发展；

（e）缔约国根据第8条提出的请求；和（f）关于缔约国根据第5条规定提出的请求的决定。

2. 第一次缔约国会议应由联合国秘书长在本公约生效后一年内召开。以后的会议应每年由联合国秘书长召开，直至第一次审查会议召开为止。

3. 联合国秘书长应按照第8条所列的条件召开缔约国特别会议。非本公约缔约国的国家，以及联合国、其他有关国际组织或机构、区域组织、红十字国际委员会和有关的非政府组织，可以按照议定的《议事规则》获得邀请作为观察员出席这些会议。

第12条　审查会议

1. 审查会议应由联合国秘书长在本公约生效5年后召开。此后的审查会议应在一个或多个缔约国提出请求时由联合国秘书长召开，但两次审查会议之间的间隔无论如何不应少于5年。每一次审查会议均应邀请本公约的全体缔约国参加。

2. 审查会议的目的应为：

（a）审查本公约的实施情况和现状；

（b）审议第11条第2款所述以后召开缔约国会议的需要和时间间隔；

（c）就缔约国根据第5条规定提出的请求作出决定；和

（d）必要时在其最后报告中通过关于本公约执行情况的结论。

3. 非本公约缔约国的国家，以及联合国、其他有关国际组织或机构、区域组织、红十字国际委员会和有关的非政府组织,可以按照议定的《议事规则)获得邀请作为观察员出席每次审查会议。

第13条 修 正

1. 任何缔约国可以在本公约生效后随时对本公约提出修正。任何修正提案应送交保存人;保存人应将其分发给全体缔约国,并应征求它们对于应否召开一次修约会议来审议该提案的意见。如果过半数缔约国在提案分发后30天内通知保存人表示赞成进一步审议该提案,保存人应召开一次修约会议,并应邀请全体缔约国参加。

2. 非本公约缔约国的国家,以及联合国、其他有关国际组织或机构、区域组织、红十字国际委员会和有关的非政府组织,可以按照议定的《议事规则》获得邀请,作为观察员出席每一次修约会议。

3. 修约会议应紧接缔约国会议或审查会议之后举行,除非过半数缔约国请求提早举行。

4. 对本公约的任何修正应以出席修约会议并参加表决的缔约国三分之二多数通过。保存人应将获得通过的任何修正通报各缔约国。

5. 对本公约的修正应在过半数缔约国向保存人交存接受书后,对所有已表示接受该项修正的本公约缔约国生效。其后,对于任何其余的缔约国,修正应从该国交存接受书之日起生效。

第14条 费 用

1. 缔约国会议、缔约国特别会议、审查会议和修约会议的费用,应由参加会议的本公约缔约国和非缔约国、按照作了适当调整的联合国经费分摊比额表分担。

2. 联合国秘书长因执行了第7条和第8条而花的费用,以及任何实况调查团的费用,应由缔约国按照作了适当调整的联合国经费分摊比额表分担。

第15条 签 署

本公约于1997年9月18日在挪威奥斯陆签订,应于1997年12月3日至1997年12月4日在加拿大渥太华,并自1997年12月5日起在纽约联合国总部开放给所有国家签署,直至公约生效为止。

第16条　批准、接受、核可或加入

1. 本公约须经各签署国批准、接受或核可。

2. 本公约应开放给没有签署本公约的任何国家加入。

3. 批准书、接受书、核可书或加入书应交存于保存人。

第十七条　生　效

1. 本公约应自第40份批准书、接受书、核可书或加入书交存那个月之后第六个月的第一天起生效。

2. 对于在第40份批准书、接受书、核可书或加入书交存之日后交存其批准书、接受书、核可书或加入书的任何国家,本公约应自该国交存其批准书、接受书、核可书或加入之日后第6个月的第一天起生效。

第18条　临时适用

任何国家可以在批准、接受、核可或加入本公约时宣布,在本公约生效之前,它将临时适用本公约第1条第1款。

第19条　保　留

不得对本公约的条款作出保留。

第20条　期限和退出

1. 本公约应无限期。

2. 每一缔约国为行使国家主权,应有权退出本公约。它应将退约一事通知所有其他缔约国、保存人和联合国安全理事会。退出申请书中应对退约的动机理由作出充分说明。

3. 退约应在保存人收到退出书六个月后才生效。不过,如果在六个月期满时,退出的缔约国正处于武装冲突之中,则退约不应在武装冲突结束之前生效。

4. 某一缔约国退出本公约,绝不应影响各国继续履行它们在任何国际法规则下所承担义务的责任。

第21条　保存人

兹指定联合国秘书长为本公约的保存人。

第22条　有效文本

本公约原本应交存于联合秘书长，其阿拉伯文、中文、英文、法文、俄文和西班牙文文本具有同等效力。

后　记

对于"地雷履约"这一重大而又神秘的国际题材，应该如何客观公正去把握、恰如其分去描述？作者力求采用纪实文学的创作手法，依托丰富、生动、真实的材料，再现国际地雷问题的由来和地雷履约的发展历程，以历史的纵深感、履约的神秘感和内容的新鲜感来感染和吸引读者，并为此作了不懈的努力，但由于文学造诣不深、地雷知识匮乏，难免有不当或不周之处，恳请广大读者，特别是广大"地雷履约"的亲历者批评指正。

本书的编撰得到了中国人民解放军总参谋部地雷履约部门的大力支持，为作者详细介绍了地雷问题的由来和地雷履约的有关情况，协调安排了采访事宜，认真组织了审校把关，为本书的编撰创造了优越的条件；得到了军地有关部队、院校、科研、生产单位以及驻厂军代表室的领导、专家和近百位当事人的大力协助，特别是总参军训和兵种部履约事务局原副局长郭守民，总参工程兵军事代表办事处原主任陈洪强，他们为本书提供了大量的文字图片资料和采访线索，并亲自陪同采访，为本书的编撰打下了坚实的基础，《中国人民防空》杂志社朱汉仓编辑为本书的图片选配和封面设计做了大量工作，在此一并表示感谢！

需要说明的是，本书在编撰过程中参阅或引用了《地雷行动》《望而却步的武器》《地雷军控手册》《人道主义扫雷技术》、历年《地雷监测报告概要》《杀伤地雷是不可或缺的武器吗》《中国军事百科全书》等书籍以及互联网、报刊上的中外文资料，由于无法与作者取得联系，请发邮件到2296967417@qq.com，我们将依照有关规定保障您的合法权益。

作　者
2015 年 1 月于北京